외로움
살해자

외로움살해자

ⓒ 윤재성 2016

초판   1쇄 발행일 2016년 5월 27일

지 은 이 윤재성

출판책임 박성규
기획실장 선우미정
편집진행 유예림
편   집 구소연
디 자 인 김지연 · 이수빈
마 케 팅 석철호 · 나다연
경영지원 김은주 · 박소희
제   작 송세언
관   리 구법모 · 엄철용

펴 낸 곳 도서출판 들녘
펴 낸 이 이정원
등록일자 1987년 12월 12일
등록번호 10-156
주   소 경기도 파주시 회동길 198
전   화 마케팅 031-955-7374 편집 031-955-7381
팩시밀리 031-955-7393
홈페이지 www.ddd21.co.kr

I S B N 979-11-5925-160-3 (03810)

「이 도서의 국립중앙도서관 출판예정도서목록(CIP)은 서지정보유통지원시스템 홈페이지(http://seoji.nl.go.kr)와 국가자료공동목록시스템(http://www.nl.go.kr/kolisnet)에서 이용하실 수 있습니다.(CIP제어번호: CIP2015028016)」

외로움 살해자

윤재성 장편소설

들녘

◆ ◆ ◆　외로움을 죽여드립니다　◆ ◆ ◆

당신은 지금 외로우십니까? 아니면 난 외롭지 않다고 스스로를 속이고 계십니까? 아무도 없는 새벽에 깨어났을 때, 홀로 밥을 먹을 때, 직장에서 퇴근해 집으로 향하는 도중, 우리는 불현듯 외로움을 느낍니다. 친구를 만나고 연인을 만들어도 근본적인 해결책은 되지 못합니다. 대한민국 국민의 1일 평균 자살률 38명, 불행 지수 81%를 조장하는 숨은 원흉이 바로 그들인 것입니다.

이제는 조직적이고 체계적인 파훼가 필요합니다. 더 이상 외로움은 불치의 질병이 아닙니다. 그것은 맞서 싸워야 할 적이며, 백신이 존재하는 바이러스입니다. 저희가 당신의 외로움을 낮게 해드릴 수 있습니다. 파고들어간 악성 종양을 뽑아드리겠습니다. 놈들을 모조리 몰아내, 빼앗겼던 행복을 되찾아드릴 것입니다.

이미 변화는 시작됐습니다. ㈜외로움살해자의 고객 수는 30만을 돌파했고, 100만 명에 달하는 예비 고객들이 상담 중입니다. 지금 현대 사회에서는 바야흐로 외로움과의 대혈투가 벌어지고 있습니다. 늦기 전에 결정하십시오. 당신은 믿음직스러운 보호자와 함께 싸우겠습니까, 아니면 놈들의 희생양이 되어 영원히 괴로워하겠습니까?

더는 고민하지 마십시오. 외로움살해자들이 당신을 기다립니다.

외로움살해자 대표 **강 길수**
02-9X88-9987
㈜ㅇㄴ

차례

프롤로그 8

1단계 외로움을 살해한다는 것 ·············· 11
1 / 2 / 3 / 4 / 5

2단계 살해 대상을 접선할 것 ·············· 85
1 / 2 / 3 / 4

3단계 적을 알고 나를 알 것 ·············· 131
1 / 2 / 3

4단계 요인을 보호할 것(1) ·············· 185
1 / 2

5단계 비밀을 파헤칠 것 ·············· 219
1 / 2 / 3

6단계 요인을 보호할 것(2) ·············· 267
1 / 2 / 3 / 4 / 5

7단계 심연으로 따라 들어갈 것 ·············· 349
1 / 2 / 3

8단계 소각시킬 것 ·············· 391
1 / 2 / 3 / 4 / 5 / 6

작가의 말 455

그는 예고 없이 현실로 추방되었다. 검던 시야가 밝아진 순간, 희끗한 백열등 광선이 안구를 폭격했다. 귓가에서는 연방 기관총 소리 같은 이명이 메아리쳤다. 그는 포화 속 병사처럼 웅크렸다가, 자신의 손을 내려다보고 비명을 질렀다. 두 손바닥이 온통 피로 시뻘겠던 것이다.

이것이 내 피인지 다른 누구의 피인지, 지금 보는 것이 환상인지 아닌지조차 판단이 서지 않았다. 어쩌면 전날 살해한 외로움의 잔재일지도 몰랐다. 그는 손을 바지에 마구 문질러 닦다가 불길한 기분에 사로잡혔다. 상실이 시작된 것은 며칠 전부터였다. 기억은 몇 시간, 몇 분 단위로 토막토막 끊기며 탈락되었다. 문부터 길게 이어진 핏자국이 시선을 붙들어 맸다. 내가 여길 어떻게 들어왔던가? 자문해보았으나 답은 없었다. 바로 저 방문 뒤에 잘 썰린 시체가 있을지도 모를 일이었다.

넌 감염된 거야, 그들의 외로움에.

악마를 닮은 속삭임이 소곤댔다. 고개를 세차게 가로저었지만 부질없는 것이었다. 목소리는 귀가 아닌 심장으로부터 들려왔다.

이미 네 싸움은 끝장난 거라고. 어서 해야 할 일을 해. 그게 아니면, 몇 명을 더 죽이고서야 격리병동으로 끌려 들어갈래?

물론 알고 있었다. 입사 이후 거듭해온 반복 훈련을 통해, 그는 놈들뿐 아니라 스스로를 격리시키는 방법 또한 배웠다. 감염된 뒤 회사에 폐를 끼치지 않고 사라지는 매뉴얼 역시도. 그는 사제폭탄이 터진 듯한 머리를 움직이다가 몇 발짝 옆의 휴대폰을 발견했다. 액정에 금은 갔으나 전원을 켜자 정상적으로 작동됐다. 이윽고 떨리는 손가락이 붉은 지문을 남기며 화면을 두드렸다.

그는 어디로 전화를 걸어야 할지 알고 있었다.

─ 안녕하십니까. 당신의 외로움을 없애드리는 외로움살해자, 센터 상담원 추미소입니다. 무엇을 도와드릴까요?

목소리가 광섬유 속에서 흘러나왔다. 그는 절박하게 토로했다.

"저는 놈들에게 당하고 말았습니다. 지금 방 밖으로 핏자국이 이어져 있는데…… 아무것도 기억이 나질 않아요. 내가 무슨 짓을 한 건지, 어딜 가서 누굴 해쳤는지조차 모르겠습니다. 도움이 필요해요."

─ 알겠습니다. 잠시만 기다려주십시오.

목소리에는 놀란 기색 하나 없었다. 상담팀의 여직원들은 끔찍한 간접경험에 매일같이 노출된 나머지, 사람 몇 명이 죽네 마네 하는 정도론 눈도 깜짝하지 않았다. 실제로 그리 놀라운 일은 아니었다. 현대인의 삶에는 죽음보다 훨씬 큰 위협이 도처에 산재하지 않던가?

몇 초간 이어지던 정적은 곧 끊겼다. 친절한 목소리가 물었다.

─ 오래 기다리셨습니다. 30분 안에 임의의 살해자가 출발할 예정이오니, 성함과 직종을 말씀해주십시오.

그는 감고 있던 눈을 떴다. 동공은 무언가에 감염된 듯 벌겠다.

"남현수, 외로움살해자입니다."

1단계

—

외로움을
살해한다는 것

1

월요일, 회사에 출근하자 자리 하나가 비어 있었다. 한 책상 건넌 남 대리의 자리였다. 일찍부터 외근을 나갔나 싶었지만 사무실 안 분위기가 영 심상찮았다. 필은 동료들과 건성으로 인사하며 식구의 행방을 물었다.

커피를 든 조 과장이 시큰둥하게 대꾸했다.

"그 친구 감염됐다. 이 바닥 일도 끝난 거지, 뭐."

"그런 것 같긴 했습니다. 이번 고객 때문이랍니까?"

"주말 동안 있었던 일이라 나도 몰라. 왜, 그간 남 대리랑 정분이라도 났었냐?"

오늘 자리를 뺀 사원은 남자였다. 필은 한숨을 좀 쉬곤 자기 자리로 가서 앉았다. 여섯 명이 등지고 앉는 사무실 책상에 한 사람이 사라지자 맞물릴 이빨 하나가 뽑혀나간 것처럼 휑했다. 1층 카페에 들른 누군가의 선물인지, 그의 책상에도 커피잔이 놓여 있었다. 필은 녹다 만 아메리카노를 소주마냥 쭉 들이켰다. 청부 대상에게 살해된 동료의 제사상치곤 조촐하기 그지없었다.

새삼 슬퍼할 일도 아니었다. 학벌 좋은 카사노바든 인간이길 글러먹은 말종이든, 그들의 회사에서는 석 달을 못 버티고 쓸려나갔다. 새로 온 직원들이 망가지는 수순은 대체로 비슷했다. 첫 한 달간은 사명감에 불타 고객들을 쫓아다닌다. 두 달째에는 말수가 줄어들고 낯빛이 어두워지며, 세 달째부터는 펜과 메모지를 챙겨 선배들을 따라다녔다. 어떻게 해야 회사에서 사직서를 빨리 수리해주는지 묻기 위해서였다.

물론 이번처럼 2년차 이상이 그만두는 경우도 더러 있었다. 이 바닥에 오래 있었던 이들은 후유증도 심했다. 필은 퇴사한 남 대리가 가까운 시일 내로 정신과에 내원할 것이라고 예상했다. 병명은 뇌에서 뇌로 전이된 바이러스성 우울증일 테고.

'의사가 직업을 듣곤 한숨부터 쉬겠군. 왜 그따위 험한 일에 발을 들여서 이런 꼴을 당하느냐고.'

그들의 일은 정신과 의사들이 기피하는 직업군에서 당당히 1순위를 차지했다. 일반 환자보다 회복이 더디고, 완치율이 낮고, 상담사까지 지쳐빠지게 만든다는 이유에서였다. 사실 그럴 만도 했다. 필과 나머지 네 명의 팀원, 그리고 이 회사의 모든 사원들이 싸우는 상대는 인류 최대의 수악이자 세상을 망가뜨리는 영원불멸적 병폐였으므로.

세상은 그의 동료들을 이렇게 칭했다. **외로움살해자.**

지금에야 모르는 이 없는 신조어로 자리매김했으나, 몇 년 전만 하더라도 외로움살해자—일명 '외살자'—를 아는 사람은 극소수였다. 그 생소한 단어를 처음 들은 이들은 되묻곤 했다. 직업치고는 이름이 좀 섬뜩한데, 살인청부업자 같은 거야? 아니면 동명의 소설을 원작으로 한 영화? 답변은 그들의 회사가 거대한 광고지로 된 아가리를 으르렁거리며 토해냈다.

독극물 감별 기능사, 뉴스클리퍼, 장기이식 디자이너, 감성설계사, 토피어리 전문가와 홈메이커와 손해사정인. 세상에 직업은 많고, 현대인들은 직업만큼이나 다양한 정신질환에 시달린다. 정신병은 건실한 성인 남녀의 덕목이 되었다. 그 달 벌어 카드를 틀어막는 월급쟁이도, 세후 2억짜리 고액 연봉자도, 누구나 증세 다른 우울증을 한둘씩 가지고 살아갔다. 상담과 약물만으로는 완벽한 치료가 불가능했다. 이 세상은 누군가의 말마따나 '모두가 미쳐버린 현대 사회'로 거듭난 것이다.

그 질병들의 근원에는 외로움이 있었다. 놈은 불행의 씨앗이며 만병의 원흉이다. 고로 놈들을 처치하지 않는다면 행복이란 불가능하다…… 라는 사상에 그들의 대표는 심취했던 모양이었다. 세상의 모든 재앙이 외로움 때문이라고. 인류의 가장 큰 과제는 핵전쟁 중재가 아니라, 우리들 내면에 시커멓게 들러붙은 고독을 긁어내는 것이라고.

그렇게 탄생한 것이 28개 층에 연면적 8만 제곱미터, 철골조 위를 콘크리트와 강화유리가 덮은 강남 한복판의 고층빌딩이었다.

"유품 수거반이야. 오랜만에 보네."

옆자리의 서 대리가 무심하게 중얼거렸다. 모자와 마스크로 중무장한 두 명의 청소부가 걸어 들어왔던 것이다. 양손에는 하얗고 큰 쓰레기봉투가 들려 있었다. 직원들은 꼭 시체 치우는 사람 같다며 그 청소부들을 장의사라고 불렀다.

"지금 하면 됩니까?" 청소부 한 명이 형식적으로 물었다. 조 과장이 고개를 끄덕이자 그들은 빈 책상을 구석구석 뒤지기 시작했다. 불명예제대를 맞긴 했으나 한때 용맹스러웠던 전사답게, 남 대리의 자리는 볼펜 하나 없이 깨끗했다. 텅 빈 책상이야말로 떠난 이가 우수한 외살자였다는 증거였다.

책상 안팎을 싹싹 쓸어냈는데도 수확은 얼마 없었다. 자투리 이면지 두 장, 고래밥 봉지, 혀에 붙이는 구취 제거 테이프 한 곽이 전부였다. 청소부 한 명이 예의 쓰레기봉투를 벌렸다. 다른 한 명은 수거한 유품들을 봉투 안에 쏟아 넣었다. 외로움과 싸우던 6팀의 일원, 26살을 일기로 전사한 투사의 흔적은 그렇게 쓸려나갔다.

일을 마친 청소부들은 인사도 없이 떠났다. 지켜보던 조 과장이 추도사처럼 중얼거렸다.

"안타까운 일이야. 난 저 친구가 오래가길 바랐는데."

상사의 자리에는 종이뭉치 몇 개가 굴러다니고 있었다. 필은 알람 시계 하나만 덩그러니 놓인 본인의 책상을 쳐다보았다. 그가 이 사무실에서 사라질 때엔, 한 사람만 와도 충분할 것이었다.

강길수 대표이사는 S지 인터뷰에서 술회했다.

"외롭지 않은 사람은 있지만 외롭지 않을 사람은 없습니다. 작금을 살아가는 현대인들 모두가 외로움과 싸우는 투사인 것입니다. 그러므로 우린 면역된 선민으로 거듭날 필요가 있습니다. 외로움이란 아직 정복되지 않은 질병일 뿐입니다. 천연두도, 흑사병도, 결국 인간에게 패배해 역사 속의 공포로 사라졌습니다. 외로움 역시 언젠가는 완전히 물리칠 수 있을 범세계적 과제라고 봅니다. 지금 이 순간에도 그 초석을 우리 외로움살해자들이 닦고 있습니다."

외로움이라는 감정을 소거 대상으로 취급한 그 인터뷰는 대찬 논란을 낳았다. 인터뷰에 언급된 예민한 어휘들은 차치하고라도, 과연 인간의 감정을 어떻게 죽이겠냐는 것이었다. 미디어들은 강 대표가 밝힌 슬로건을 단순한 노이즈마케팅으로 여겼다. 외로움이 질병이라니, 그리고 심지어 그것을 살해한다니. 아무리 우매한 대중이라도 저런 허튼수작에 속아 넘어갈까? 돈푼이나 뜯어보려는 사기 업체임을 다들 알 터인데.

그러나 얼마 되지 않아 ㈜외로움살해자는 독자적인 업무구조와 폭넓은 해결 방침을 가지고 있다는 것이 밝혀졌다. 지갑이 실험정신으로 꽉 찬(혹은 그만큼 외로움에 진력이 난) 호구들이 시작이었다. 서비스를 경험해본 고객들은 침이 마르도록 회사를 칭찬했다. 파견을 나온 외살자가 정말로 깔끔하고 젠틀하더라, 일주일쯤 지나니 세상이 다르게 보이더라, 날 좀먹던 병균들이 낱낱이 제거된 기분이더라…….

그래, 거기선 대체 뭘 해주는데? 그 질문에 대한 대답은 영 대중없었다. 누군가는 만나자마자 소맥을 진탕 마셨다고 했다. 또 누군가는 퇴근한 뒤 자신을 데리러 온 외로움살해자와 속초까지 드라이브를 다녀왔다고 했다. 보고 싶은데 혼자는 싫었던 심야영화를 밤새 봤다는 이도 있었다. 각양각색의 사례들 중 공통점을 찾자면, 어쨌거나 의뢰인 본인은 행복해한다는 것이었다.

사촌이 땅을 사면 배가 아프고, 직장 동료가 실실거리면 복권 당첨을 의심할 필요가 있다. 외로움의 살해란 로또 2등에 맞먹는 이변이었다. 입에서 입으로, 속살대던 귀띔에서 노골적인 소문으로, 속속들이 밀려드는 성공담은 자연스레 신뢰를 쌓았다. 네트워크를 통해 퍼져나간 외살자 슬로건도 SNS의 태그를 점령했다. 가장 부정적이었던 음모론 신봉자들마저 호기심에 굴복하는 데에는 긴 시간이 걸리지 않았다.

그리고 저 모든 궁금증보다도,

사람들은 외로움을 없애고 싶었다.

삽시간에 흐름은 바뀌었다. 의뢰가 쏟아졌고 회사의 주가도 치솟았다. 고객은 마지막 주가조작을 허락받은 개미들처럼 몰려들었다. 외로움살해자는 21세기 외톨이들의 유일한 구원으로 느껴졌다. 이 죽일 놈의 우울. 고독 때문에 목숨도 끊는 세상인데 까짓 통장 잔고쯤이 문제겠는가? 그리하여 외로운 이들은 회사의 봉이 되었고, 외로움살해자들은 그들의 청부업자로 자리매김했다. 이제 새로운 화두는 어떻게 해야 남들보다 더 좋은 살해자를 만날 수 있느냐, 였다.

흐름에 발맞춰 온갖 매스컴도 불을 뿜었다. 뉴스와 잡지는 물론, 출범 한 달 뒤에는 지상파 심야 프로그램에서 120분을 할애해 다뤘다. 24시 현장 다큐—외살자들은 누구를 죽이고 있는가. 추적 르포 같은 부제도 썩 잘 어울렸다. 방송이 시작되자마자 상한가를 쳤던 검색어 순위는 이튿날까지 3위 아래로 내려가지 않았다.

물론 머리에 사기 감지 레이더를 단 인간은 언제나 있었다. 그들은 보다 이성적인 의문으로 대한민국의 교육 수준을 증명했다.

'그런데 어떻게? 외로움은 먹으면 가시는 허기나 잠들면 사라지는 수면욕이 아니잖아. 그걸 어떻게 없앤다는 말이야?'

회사는 간단히 답했다. "물론 외로움을 완전히 없앨 수는 없지요. 하지만 놈을 죽일 수는 있습니다." 실로 괴이쩍은 주장이었으나, 전혀 아귀가 안 맞는 그 논리도 사람들의 낭만을 자극했다. 외로움을 죽여준다니, 드디어 날 괴롭히던 샴쌍둥이에게서 벗어날 수 있단 말인가? 수면제를 퍼먹거나 자살하지 않고도?

㈜외로움살해자가 차차 베일을 벗어가며, 사람들은 몇 가지 사실에 경악했다. 첫째로는 상상 이상의 서비스 비용이었다. 조건만남 포주, 애인 대행업체, 전화 방석집 등 법의 변두리에 위치한 업소보다도 몇 배나 비쌌던 것이다. 이미 거기서 재산을 탕진해본 외로움 선배들은 코웃음을 쳤다. 어차피 그 나물에 그 밥인데, 뭐가 다를 게 있겠냐는 것이었다. 그들은 서비스 신청 사흘 뒤 외살자 팬 대열에 합류했다.

둘째로는 예상보다 훨씬 큰 규모였다. 끽해야 일이백 명을 유추했던 전문가들은 상상 이상의 인원수에 황급히 칼럼을 내렸다. 당장 발로 뛰는 실무 요원만 수천 명이 넘었다. 포멀한 수트에 넥타이를 맨 살해자들은 외로움 주살 특명을 받고 서울 전역을 활보했다. 물론 그들을 한눈에 가려내기란 힘들었다. 옷차림도, 신장과 연령도, 생김새와 헤어스타일도 고객의 수요만큼이나 천차만별이었으므로. 다만 심장 안에서 활활 타는 소명의식만은 하나같이 똑같았다. 회사는 그야말로 대(對) 외로움 특급 전사들을 만들어낸 것이다.

마지막, 셋째는 혁신적인 내규였다. 저 절대악에 맞서, 외살자 수뇌부는 상세한 전투 개요를 준비하고 있었다. 실제로 회사엔 외로움을 상대하는 매뉴얼이 존재했다. 1단계, 혼자 있을 때 느끼는 외로움. 2단계, 함께 있어도 느껴지는 외로움. 3단계, 외롭다는 감각마저 무뎌져버렸을 때의 외로움. 단계가 올라갈 때마다 대응 방법도 달라졌다. 직원 중 누군가는 외로움을 찔러 죽였고 누군가는 외로움에 총알을 박았으며, 누군가는 잔류하는 외로움을 싸그리 긁어모아 분쇄기에 처넣었다. 결과적으로 놈들 중 상당수가 서울에서 사라졌다.

후기의 8할을 웃도는 고객 만족, 그것이야말로 온갖 빈축에도 불구하고 외살자를 자리잡을 수 있게 한 요소였다. 어쨌거나 다수가 만족하는 사기는 사기가 아닌 법이다.

외로움살해자를 둘러싼 궁금증은 끊임없이 난립했다. 성공적으로 우리 사회에 뿌리내렸다는 것은 알겠다, 가시적인 성과도 있다, 그렇다면 대체 그 방법은? 많은 이들이 비밀을 파헤치기 위해 몸이 달았다. 외살자가 받는 초봉이야 이미 소문이 자자했다. 더욱 매력적인 것은 오를 대로 오를 직업적 인기도였다. 채용만 된다면 외로움 살해의 비밀은 물론, 요즘 가장 '핫'한 타이틀까지 차지할 수 있는 것이다.

당연하지만 채용 방식이 평범할 리는 없었다. 명문대 졸업, 법학석사 학위, 해외 유학과 각종 영어시험 고득점, 그것들은 합격에 어떤 도움도 되지 못했다. 회사 13층의 면접실에서는 어깨를 축 늘어뜨린 채 나가는 고스펙자들을 심심찮게 볼 수 있었다. 이곳에서 그 화려 무쌍한 명패들이란 납기 기한이 지난 고지서나 다름없었다.

그럼 무엇이 도움이 되느냐, 이 채용 기준이란 놈이 또 웃겼다. 정신병력은 있어도 상관없다. 다만 해리성 인격 장애나 조울증 환자는 안 된다. 마리화나와 코카인, 해시시 등 마약 유경험자는 특별 점수를 얻는다. 연애 경험은 적으면 적을수록 좋았고, 반대로 많아도 많을수록 좋았다. 돌아온 싱글 역시 환영받는 재목이었다. 면접 전 보게 되는 필기시험에는 애널 섹스와 외로움의 상관관계를 설명하라는 문항이 실렸다. 면접관은 진지한 얼굴로 '당신이 성병에 걸린다면 얼마나 더 외로워질 것 같습니까?' 따위의 질문을 던졌다.

최종 면접에서 네 번째로 고배를 마신 명문대 졸업자가 면접장을 나오며 한마디 던졌다. "이건 뭐, 순 사이코들 소굴 아냐?"

그 말이 진실인지는 누구도 알지 못했으나, 합격이 성적순이 아니라는 것만은 확실했다.

서류 전형과 심층면접을 거치며 총 지원자의 5%가 선발됐고, 그중 절반만이 수습 기간을 거쳐 정규직으로 살아남았다. 고르고 고른 인재들 틈에서도 더 우수한 이들은 존재했다. 외로움 살해 실적을 처치한 괴생물의 목처럼 주렁주렁 내건 투사들이었다. 외살자 평사원이 두어 달에 한두 건의 의뢰를 맡는다 치면, 그들은 한 달 평균 네다섯 탕을 뛰었다. 평범한 직원들과는 일의 속도와 성공률 모두에서 차이가 났다. 그들은 더 노련하고 더 강인했으며, 무엇보다 고객의 외로움에 쉽사리 전염되지 않았다. 회사는 한 달에 한 번씩 이 달의 우수 사원을 뽑아 특별 보너스를 지급하곤 했다.

그리고 그 우수 사원의 중심에, 바로 필이 있었다.

윤 필, 붙여 쓰면 얼핏 하나로 들리는 두 글자가 그의 이름이었다. 외자인 이름을 제하면 외모나 배경에 별 특이 사항은 없었다. 186센티미터, 79킬로그램, AB형에 사수자리. K대 심리학과를 중퇴했다거나 대기업 인턴으로 몇 달간 일했다는 스펙은 여기서야 평범한 축에 속했다. 자기소개서의 취미 란에는 '독서와 심야영화, 전시회를 즐기지 않는다'고 적혀 있었다.

될성부를 살인마는 떡잎부터 남달랐다. 전설처럼 내려오는 면접 일화는 몇몇 합격자 동기들에 의해 널리 전파됐다. 입사를 준비 중인 예비 외살자에게는 성서와 같은 문답이었다.

"우리 회사에 지원한 동기가 있습니까?"

"제 원룸 앞에 공고가 붙어 있었습니다. 읽어보니 저 같은 사람을 구하는 중이더군요. 그래서 지원서를 넣었습니다."

이곳은 온갖 괴상망측한 인간들의 집합소였다. 면접관은 당황하지 않고 이력서 몇 장을 더 넘겼다. 서류에 별다른 정보가 없었으므로 초점은 미스터 원룸에게 다시 맞춰졌다. 298 대 1의 경쟁률을 뛰어넘은 지원자는 창밖의 석양을 관찰하고 있었다.

"윤 필 씨, 혹시 면접을 더 진행할 마음이 없습니까?"

필이 고개를 돌리자 타버린 옹이구멍 같은 눈동자가 보였다. 흔히 볼 수 없는 눈빛이었기에 면접관은 조금 놀랐다. 그의 새까만 눈동자가 외로움을 빨아들이는 무저갱이란 것은 몇 달 뒤 밝혀졌다.

필은 질의에 답하는 대신 엉뚱한 반문을 던졌다.

"여기서 일하시는 분들 전부가 외로움을 느끼지 못합니까?"

"글쎄요, 꼭 그렇지는 않습니다. 본인이 외로움을 느끼지 못해야만 고객들의 외로움을 소탕할 수 있는 건 아니니까요."

"전 그 감정을 느껴본 적이 없습니다. 간혹 쓸쓸하단 생각이 들긴 하지만, 그걸 왜 외로움이라고 부르는지도 모르겠고요. 제게 고독이나 외로움이란 간혹 생기는 긁힌 상처에 불과합니다. 피가 두어 방울 흐른들 큰 고통도 없고, 며칠만 지나면 흔적 없이 사라지는. 그런 면에서 제가 이 회사의 인재상에 부합한다고 생각했습니다."

자기가 외로움을 못 느낀다고 주장하는 미친놈들은 차고 넘쳤다. 면접관은 건성으로 대꾸했다.

"그렇군요. 본인이 생각하기엔 어떤 점 때문인 것 같습니까?"

"태어날 때 사람을 한 명 죽였거든요. 아마 너무 일찍 범죄자가 된 탓이 아닌가 싶습니다. 저를 증오하는 사람들 속에서 살다 보니, 의도치 않게 여러 감정들에 면역이 되더군요."

앉아 있던 세 면접관의 시선이 한 곳으로 쏠렸다. 다른 지원자들도 입을 벌리고 정신 나간 동지를 쳐다보았다. 필은 그에게 처음 질문했던 면접관을 보곤 무뚝뚝하게 물었다.

"농담이었습니다. 그런데 합격은 언제쯤 발표가 나죠?"

면접관은 동그란 안경을 올려 썼다. 적절한 유머 감각이야 외살자의 필수 소양에 들어갔다. 그러나 최종 면접에서 저런 농담을 한 사람은, 결단코 저 나사 하나가 빠진 듯한 2988번이 처음이었다. 그는 3주 후에 결과가 나온다고 말하고 다음 면접자로 넘어갔다. 한 달 뒤, 2988번은 사원증을 걸고 회사 로비에 나타났다.

그것이 벌써 2년 전의 일이었다.

필은 일곱 시 정각에 일어난다. 시계가 맞춰져 있지만, 워낙 생체리듬이 적확해 알람이 울리기 전부터 눈을 뜨는 경우도 많다. 깨어나면 TV가 꺼진 거실은 푸르스름하다. 그는 냉장고에서 차가운 맥주를 꺼내서 창가로 걸어간다. 한강이 저 멀리 보이는 고층아파트의 아침 전망은 늘 비슷했다. 부연 물안개가 꾸물꾸물 손을 뻗고, 쌍심지에 불을 켠 승용차들이 도로를 내달리는 그 광경은 음침한 새벽녘의 괴수영화와도 닮아 있다.

집 안의 인테리어는 깔끔하고 실용적이다. 블랙과 그레이가 배색된 실내는 흑돌이 우세를 점한 바둑판을 연상시킨다. 벽면은 벽돌

질감의 벽지로 도배되어 있고, 바닥엔 헤링본 패턴의 바닥재가 깔렸다. 침대와 소파, 러그며 탁자 등은 대부분 심플한 검은색이다. 혼자 살기에는 다소 넓어도 도시적인 감각으로 세공된 집처럼 보이나, 실은 전부 인테리어 디자이너의 솜씨였다. 필에게는 취향이란 것이 없었다. 가구의 기호는 무색이었고 호불호는 무취였다. 아마 그 디자이너가 실내를 공주님 방마냥 꾸며뒀더라도 별 불만은 없었으리라.

아침을 먹고 나면 출근 준비가 시작된다. 그들의 직장은 여느 비즈니스맨들보다 뛰어난 센스를 요구하는 편이었다. 외로움에 앞서 외살자가 마주하는 첫 관문은 고객의 취향이므로. 필은 뜨거운 물로 오랫동안 몸을 씻고, 셰이빙크림을 듬뿍 짜서 바르고, 간밤 뿌려진 턱 언저리의 철가루들을 면도한다. 침대 옆 탁자에는 향수병이 계절별로 늘어서 있다. 여름은 크리드 히말라야, 겨울은 딥티크 롬브르, 오늘처럼 조의를 표해야 할 날에는 겔랑의 베티에. 셔츠와 양말, 넥타이까지 색을 맞춰 입으면 알람시계가 두 번째로 요동친다.

그리하여, 머리부터 발끝까지 전투 준비를 마친 외로움살해자는 월가의 늑대처럼 집을 나서는 것이다.

필은 국산 중형차를 탔고, 회사에서도 그 편을 권장했다. 서민들과 동떨어진 업종으로 보이면 곤란하다는 것이었다. 물론 우수 사원들은 충고를 깡그리 무시하고 드림카를 몰았다. 필이 그러지 않는 이유는 딱 하나, 집 바로 앞에 H사의 서비스센터가 있어서였다.

그가 입사하고 1년이 지난 뒤, 정확히는 목숨을 내건 고연봉자로 자리매김한 다음부터 많은 것들이 바뀌었다. 반지하 월세방이 아파트로, 낡은 점퍼가 수트로 변한 것은 시작에 불과했다. 돈은 매일 양주로 목욕을 해도 될 만큼 남아돌았다. 값비싼 외제차를 몰면서 기름과 지폐를 흥청망청 뿌릴 수도 있었다. 그러나 필은 한결같이 강변역 4번 출구로 내려갔고, 달려온 놋쇠 괴물의 아가리로 집어삼켜졌다.

실전 감각을 유지하려면 늘 적들 앞에 스스로를 노출시킬 필요가 있었다. 놈들의 소굴 중 하나는 출근길의 지하철이었다. 거기선 눈동자를 몇 밀리만 굴리면 볼거리가 쏟아졌다. 필은 직업적 사견을 담아 사람들을 관찰했다. 새까만 힐에 격자무늬 백을 든 오피스 걸, 이 여자는 얼마나 서둘렀는지 마스카라에 눈곱이 매달려 있군. 푸석거리는 피부를 보니 남자와 있었던 건 아니고, 보나마나 외로움에 떨며 핸드폰을 들여다보다 네 시쯤 잠들었겠지. 서류가방을 꽉 쥔 증권거래인, 저 남자는 성욕은 해소했지만 외로움은 해소하지 못했고…… 와이셔츠 칼라에 립스틱을 칠할 정도면 둘 다 떡이 된 상태였을 거야. 호텔에서 곧장 출근하느라 간밤의 수염 자국도 미처 못 지웠으니.

예비 고객들은 냄새까지 고약했다. 출근 전, 채 다 못 씻어낸 외로움의 악취가 몰래 뀐 가스와 역류한 구취에 섞여 풍겼다. 그는 남들보다 머리 하나가 더 컸기에 반강제적인 조망권도 얻었다. 필은 비듬이 희끗희끗한 정수리들을 내려다보며 생각하곤 했다. 이 사람들을 괴롭히는 것은 출근길까지 따라붙은 외로움인가, 아니면 장 속에 남은 숙변 찌꺼기인가.

사람들에 휩쓸려 나온 뒤에는 걷지 않아도 됐다. 가만히 있기만 해도 수천 개의 다리로 이뤄진 인간 군체가 그를 회사 앞까지 데려다 주기 때문이었다. 위치는 간단했다. 강남역 8번 출구로부터 332미터 직진, 좌향좌 후 다시 20미터 직진. 거기까지 가면 주변 빌딩들 사이로 최후의 망루처럼 우뚝 솟은 ㈜외로움살해자 센터가 나온다. 필은 조각조각 갈라진 풍경을 되비추는 28층짜리 건물을 올려다보았다.

그곳이 그들의 본거지이자 병영이자 아지트였다.

화살과 투석구로 무장했던 옛 시대와 달리, 현대의 적과 싸우기 위한 성채는 세련되고 심플했다. 자동문이 홍해처럼 갈라지고, 대리석 바닥에 구둣발을 찍으면 화려한 회사원 생활의 시작이었다.

엘리베이터로 가는 길에 로비의 경비가 고개를 숙였다. 필은 친절하게 인사를 받는다. 직원 중엔 몹쓸 인간 말종도 더러 있으나, 필은 고객을 포함한 모든 이에게 예의가 바른 편이었다. 그는 번쩍거리는 승강기 버튼 '23'을 꾹 누른다. 올라가는 길에는 때로 동승객이 타지만, 같은 팀 소속이 아니라면 무관심으로 일관하는 것이 관례였다.

로비, 카페, 24시간 편의점이 있는 바로 위층, 즉 2층부터 12층까지는 일종의 콜센터에 속한다. 컨베이어 벨트처럼 매끈하고 기다란 테이블에는 여직원들이 일렬로 앉아 전화와 씨름했다. 하는 일은 외로움 처방전의 발급, 또는 투약 및 사후 관리와 상담이었다.

곱게 차려입은 여직원들은 3교대로 근무했다. 외로움에 대해, 서비스에 대해, 가격에 대해 문의하고픈 사람들은 끊임없이 전화통을 불살랐다. 회사로 들어온 일거리 전부가 이곳에서 선별되는 것이다. 복도에는 명조체로 프린트된 대자보가 시선을 끌었다.

1단계 외로움 제거: 고객을 혼자 두지 않는 것

한 층을 더 올라가면 보다 안락해진 공간이 나온다. 컨베이어 벨트를 연상케 하는 긴 테이블은 똑같지만, 각 자리마다 나눠진 칸막이나 푹신한 의자는 아래층과 차별화된 요소들이다. 당연히 근무 환경도 훨씬 좋았다. 헤드셋, 이어폰, 목에 대는 베개와 각종 간식거리, 그 외의 모든 물품을 회사에서 마련해주었다. 강 대표가 이렇게까지 사원 복지에 힘쓴 이유는 따로 있었다. 외로움의 비대면 살해, 그것이 13층부터 22층까지 배정된 '중간층'에서 하는 일이기 때문이었다.

새벽녘 말동무, 퇴근길 전화 상대, 연애 초기의 애인 흉내…… 직원들은 노련하게 희망사항을 파악했다. 주 대상은 호기심은 있되 망설임이 아직 더 큰 예비 고객들이었다. 속는 셈치고 전화나 해볼까, 수화기를 들었던 사람들은 새로이 얻은 마음의 안식처에 흠뻑 빠졌다. 그것으로 회사는 몇 없던 라이벌 업체들마저 모조리 제압했다. 외로움 살해자 상담소 대 불법 폰팅, 신흥 해결사 대 불법 사기꾼. 애초에 내건 명패부터가 상대도 안 되는 싸움이었다.

필은 가장 가까이에 있는 여직원이 손톱을 손질하며 헤드셋 속 상대와 이야기하는 것을 지켜보았다. 그녀는 불과 몇 분 전 처음 만났을 사이버 애인에게 애교를 떠는 중이었다.

"이제 도착했나 봐? 난 아까 출근해서, 지금은 부장님 몰래 휴게실에 와 있지. 자기 목소리가 얼마나 듣고 싶던지……."

이번 층에서는 대자보에 적힌 글귀가 조금 달라졌다.

2단계 외로움 제거: 고객을 바쁘게 만들 것

그러나 비대면 외로움 살해는 한계가 있었다. 회사는 잔인하게도 고정 상담원을 일절 금지시켰다. 한 번 통화에 한 명씩, 그러니 전화를 끊는 순간 나와 말하던 애인이 사라진단 소리였다. 바로 그 시점에서 마지막 카드, 이른바 '꼭대기층'의 필요가 탄생한다. 사실상 23층부터가 진짜 외로움살해자들이 머무르는 병영인 것이다.

꼭대기층은 요새의 세 부분 중 가장 한가했다. 처음 들어온 신입은 자유롭다 못해 방종한 분위기에 경악했다. 사원이나 과장이나 마음대로 핸드폰을 들여다보고, 사무실에서 음악을 듣고, 싸 온 다이어트 도시락을 먹기도 했다. 그마저도 아침 출근 시간 이외에는 다들 외부로 나가니 안은 텅텅 비었다. 필은 입사 다음 날 즉각 그 괴상한 분위기에 적응했다. 이곳은 그야말로 전쟁 준비터일 뿐, 그 이상도 이하도 아니었다. 달리 말하자면 낮잠을 푸지게 보충한들 상사가 뒤통수를 후릴 일은 없다는 소리였고.

"일만 잘하면 되지. 여기서 똥을 싸든 방귀를 뀌든 무슨 상관이야? 애초에 우리가 PPT 만들자고 입사한 것도 아닌데."

필을 등지고 앉은 조 과장이 떠들었다. 아직 나가지 않았던 최 대리가 냉큼 받았다.

"그럼요. 과장님은 언제 나가십니까?"

조 과장이 의자를 돌리는지 부스럭거리는 소리가 났다.

"글쎄, 고객이 어제 늦게까지 야근을 한 모양이야. 연락이 없는 걸 보니 기절해 있겠지."

"그럼 아래로 내려가서 커피나 한잔하시죠. 그 카페, 매니저가 바뀌고 커피 맛이 확 좋아져서 예쁜 여직원들이 몰린답니다."

탕비실에는 기본 비품들이 갖춰져 있었으나, 실제로 거기서 뭔가를 만들어 먹는 사람은 필과 조 과장밖에 없었다. 곧 두 사람은 사무실을 나갔다. 필은 여직원들만 남은 실내를 둘러보았다. 팀원 중

하나가 탈락했으니, 이제 남은 사람은 다섯이었다. 입사 동기인 최대철 대리, 팀이 바뀌어 배속된 서미애 대리, 남 대리의 이탈로 막내가 된 한혜지 대리, 6팀의 총괄 책임자인 조재우 과장.

외살자 중에서도 조 과장은 다소 독특한 인간이었다. 마흔을 훌쩍 넘긴 나이였으나 외모는 30대 후반쯤으로 보였다. 늘 메탈 소재의 둥근 안경을 착용했고 머리는 포마드를 발라 쓸어넘겼다. 그가 사내에서 괴짜 취급을 받는 이유가 있다면, 동료를 지나치게 챙긴다는 것이었다. 방년 46세의 중간관리자는 목사처럼 설교해댔다. 너무 늦게까지 밤거리를 돌아다니지 마라, 고객을 한 번에 세 명 이상 만나면 안 된다, 외로움 살해와 연애는 본질이 같은 게임이다. 다른 외살자들은 그를 미친놈으로 여겼다. 당장 본인 모가지 간수도 불분명한 판에, 저런 짓이 무슨 의미가 있겠는가? 보험설계사가 자기 후배에게 생명보험을 추천하는 격인 것을.

그러거나 말거나 조 과장은 꾸준했다. 회사에서 지원하는 회식 이외에도 본인의 사비를 아낌없이 털었는데, 그렇게 데려가는 곳은 주로 한남동의 펍이나 이태원의 라운지 바였다. 그날 밤도 회식이 있었다. 필은 느지막이 나갔다가 두 시간도 못 돼 복귀했다. 출국을 앞둔 그의 고객은 이제 서비스 종료가 목전이었다. 살해 작업 역시 순조로웠다. 무엇보다 외로움의 찐득한 체취, 처음 만났을 때는 피부로도 느껴지던 악취가 더 이상 나지 않았던 것이다. 필은 고객의 회사 근처 카페에 앉아 20분쯤 이야기하곤 그녀를 바이어들과의 미팅으로 돌려보냈다. 이 역시 중요한 살해 과정이었다. 내가 원할 때 누군가가 거기 있는 것, 얼마나 많은 현대인들이 그것을 꿈꾸며 죽어갔던가?

천장에 달린 우퍼 스피커가 쾅쾅 울렸다. 화요일 밤인데도 라운지

를 꽉 채운 사람들로 바까지 만석이었다. 필은 들러붙는 인파를 헤
치며 그들의 테이블을 찾아갔다. 일곱 시부터 잡아둔 예약석답게,
테이블 위에는 양주 몇 병과 빈 칵테일 잔들이 널려 있었다. 새 안
주를 오더하던 조 과장이 그에게 한 손을 들어 보였다.

"왜 이제 왔어. 최 대리는?"

"오늘 못 온대요. 고객과 중요한 단계라니까 과장님이 직접 연락
해보세요, 지난번처럼 저한테 떠넘기지 마시고."

필이 대답하기도 전에 서 대리가 딱 잘랐다. 그녀 옆에서는 한혜
지 대리가 말없이 칵테일을 한 모금 마셨다. 두 여직원은 양주에 손
도 안 댄 것 같으니, 저 술은 전부 과장님 배로 들어간 셈이었다.

필은 얼음 담긴 컵에 술을 부었다. 외살자의 회식이라 봐야 별다
를 것은 없었다. 업무에 대한 신세 한탄이나 요즘 생긴 뉴스, 어떤
팀에서 누가 잘렸고 누가 승진했는지 따위가 주된 화제였다. 필이 온
더록을 반잔쯤 마셨을 때 오가던 이야기가 재개됐다.

"……그러니까, 전 사원들은 합심해서 들고 일어나야 해. 고층빌딩
외벽 청소부들한테는 온갖 안전장비를 씌워주면서, 왜 우린 정신적
완충기제 하나가 없냐는 거지. 여기서 일하다 잘린 애들이 어떤 꼴
이 되는지는 자기들도 잘 알 텐데."

"대신 회식비는 주잖아요. 과장님이 그것보다 더 써서 문제지."

서 대리가 시큰둥하게 대꾸했다. 그녀는 코트를 벗고 새까만 투
피스 차림이었는데, 꽉 조여든 허리 라인이 몸매를 더욱 부각시켰다.
겉옷과 색상을 맞춘 입술은 고혹적인 붉은빛이었다. 서 대리는 뭇
고객과 남성들 모두에게 인기가 많았다. 실제로 사무실에서 가장 고
객이 많이 밀린 직원, 가장 사적인 약속이 많은 직원, 가장 남자를

많이 만나는 직원 타이틀은 그녀의 몫이었다. 필은 오늘도 어김없는 동료의 인기를 실감했다. 벌써 남자 몇 명이 이쪽 테이블을 흘끔거리고 있었다.

다만 성격은 싹싹함과 거리가 멀었다. 남자들만 모인 술자리에서 조 과장은 그녀를 '얼굴값 심한' 친구라고 평했다. 필의 입사 동기, 최대철의 감상은 보다 간단했다. 예뻐서 지랄맞은 년.

조 과장은 잔을 쭉 비웠다.

"당장 남 대리 일만 해도 그래. 몇 년간 신입과 중견들이 퇴사하는 것을 심심찮게 봐왔지만, 요즘만큼 회전률이 빠른 적도 없었어. 이번에야말로 사원 보호 대책을 마련할 때가 됐단 소리지."

"예를 들면요?"

"방법이야 많지 않겠나? 심리상담사나 정신과 의사 몇 명을 불러다 치료 센터를 만들 수도 있고. 이상이 느껴지면 언제든지 가서 상담을 받을 수 있도록 말이야."

서 대리는 한숨을 푹 내쉬었다.

"과장님, 현실적으로 생각해보세요. 다들 바쁘다고 난리인데 거기 들를 틈이 어디 있어요?"

"그래서 달마다 서너 명씩 실려 나가고 있잖아. 보호 장비도 안 채워서 일터로 보내는 공장은 없어."

"이 회사가 그런 공장도 아니죠. 우리가 하는 일은 다단계 회사랑 똑같아요. 뛰는 만큼 돈을 벌고, 도태되면 밀려나고. 외로움과 싸우기에 앞서 우리는 사내의 라이벌부터 물리쳐야 해요."

서 대리는 명료하게 결론짓더니 화장을 고치기 시작했다. 필의 무기가 강철 같은 이성이라면, 그녀의 무기는 신상 의류와 화장품 세트였다. 필은 그녀가 덧바르는 립스틱을 보면서 생각했다. '조르지오 립라커 400이군. 내가 이전 고객에게 선물했던 제품인데.'

여태 칵테일만 마시던 한 대리도 거들었다.

"그런 병동이 생기면요, 저라도 안 갈 것 같아요. 왠지 기분이 나쁘잖아요. 제가 고객들을 만나면서 정신과 상담을 받으면…… 외로움살해자가 아니라 우울증 환자가 된 기분일걸요."

6팀의 여직원 둘은 평소에도 죽이 잘 맞았다. 서 대리는 콤팩트 거울에 얼굴을 이쪽저쪽 비춰 보며 말했다.

"그리고 과장님, 우린 우리 고민만으로 충분히 바빠요. 오늘은 무슨 향수를 뿌릴까, 이 가방에 저 힐의 색상은 어울릴까, 지나치게 센스 있는 옷차림이 고객을 주눅 들게 하진 않을까. 남자란 제 외로움을 제거하는 상대에게도 우월감을 느껴야 직성이 풀리는 족속이잖아요."

조 과장은 치사스럽게도 필을 참전시켰다.

"두 사람은 아직 경험이 많지 않아서 그래. 저기 앉아 있는 우수 사원한테 물어보든지."

필은 가리비 관자에 관심을 돌리려 했으나 실패했다. 화장을 다고친 서 대리가 그를 흘끗 보았던 것이다.

"윤 대리님은 어때요. 저런 정신병동이 필요하다고 생각하세요?"

질문에는 어쩐지 날이 시퍼렜다. 필은 별 수 없이 대답했다.

"글쎄요, 관점의 차이겠죠. 누군가에겐 필요할 수도 있고, 또 누군가는 쓸데없는 짓이라며 반발할 수도 있고. 다만 우리가 20년을 더 일해도 저런 치료 센터는 생길 일이 없을 겁니다."

한 대리가 궁금증이 들었는지 물었다.

"그건 왜인가요?"

"소문이 퍼져나가면 우리 밥줄도 끊길 테니까. 외로움을 질병으로 받아들이고 싶어 하는 고객은 없어요. 자신들이 항우울제에 찌들기 싫어 우릴 불렀는데, 정작 우리가 병원을 다닌다는 걸 알면 어떻게 되겠습니까? 정신병 환자들이 돈을 받고 다른 환자를 만나는 거냐며 난리가 나겠죠. 그럼 고객 만족 1위의 신흥 기업이고 뭐고 풍비박산입니다."

"하지만 고객을 관리하는 건 우리들이야. 자네들과 내가 오래 살아남아야 회사가 굴러갈 수 있다고."

필은 무슨 상관이냐는 듯 어깨를 으쓱했다.

"왜 그런 리스크를 짊어지겠습니까? 뽑을 사람은 널려 있는데."

논란은 종결됐다. 두 여직원은 수긍한 얼굴로 자기들 칵테일 잔을 부딪쳤다. 조 과장도 존경의 의미를 담은 박수를 몇 번 쳤다.

"자, 다들 들었지? 서 대리랑 한 대리도 잘 보고 배워. 저런 태도야말로 뭇 외살자들의 귀감이 될 만한 모습이거든. 자기 자신을 철저하게 부속품 취급할 줄 알아야 이 전쟁터에서 롱런하는 거야."

"맞아요, 저도 알죠. 정말 대단하시더라고요."

서 대리는 의미심장하게 말꼬리에 강세를 뒀다. 그리고 필을 똑바로 바라보면서 건배를 제안했다. 필은 속이 찜찜해지는 것을 느끼며 잔을 들었다. 지난 주말 술을 마시자고 약속해놓고 그가 바람을 맞힌 뒤, 상처 입은 자존심이 아직 덜 치유된 모양새였다. 외살자끼리의 데이트는 흔했고 섹스는 더욱 흔했다. 허나 필은 적극 권장되는 사내 교류에도, 콧대 높고 쿨한 미녀 동료에게도 별 관심이 없었다. 그는 약속 전날 만취해 곯아떨어지는 것으로 잠재적 스캔들에서 탈출했다.

32

조 과장은 새로 딴 양주를 쭉 따르더니 잔을 치켜들었다.

"그럼 건배하지. 이 자리에 있는 모두의 안녕을 위해. 오래 해먹고 싶거든 건강 관리가 최우선이야."

오늘도 한 명, 그것을 실패한 투사가 전사했다. 필과 한 대리는 따랐던 술을 반쯤 비웠고 서 대리는 입술만 댔다. 건배 도중에도 휴대폰을 들여다보던 그녀는 자리에서 일어섰다.

"과장님, 저 전화 좀 받고 올게요. 오늘은 자정에 아차성길로 가야 해요. 중요한 약속이 생겨서."

저 약속의 종착점은 필시 워커힐이었다. 조 과장이 물었다.

"뭐, 이 시간에 고객을 만난다고?"

"설마요. 당연히 개인적인 일이죠. 혜지야, 넌 어떻게 할래?"

한 대리는 계시를 받은 요한처럼 일어났다.

"저도 잠깐 일어날게요. 화장을 고쳐야 해서요."

"그래, 바쁘신 숙녀 분들은 어서 다녀오라고. 난 윤 대리랑 자네들 흉이나 보고 있을 테니까."

서 대리는 웃지도 않고 휑하니 사라졌다. 한 대리는 언니가 놓고 간 백을 들고 뒤따라갔다. 필은 그녀들의 우정에 감탄하다가 조 과장이 맥주 잔에 데킬라를 붓는 것을 보고 더더욱 놀랐다.

"과장님, 고객이 간경화에 걸려달라고 요청했습니까? 그렇게 마시다간 조만간 응급실 신세를 지시겠는데요."

"이 정도는 거뜬해. 안 그래도 최근에 종합검진을 받았는데, 콜레스테롤 수치도 혈당도 정상이라더군. 외로움에 감염되는 게 빠를지, 내 간에 구멍이 뚫리는 게 빠를지 궁금했는데."

"요즘 과장님을 봐선 과체중이 먼저겠군요. 어째 뵐 때마다 셔츠

앞이 불룩해지시는 것 같습니다."

조 과장은 자기 배를 내려다보고 고민에 잠긴 듯했다. 그는 결국 안주 접시를 옆으로 밀어놓았다.

"그러는 넌 어때, 별일 없냐? 일은 잘 풀리고?"

그와 조 과장이 한 팀에서 일한 것만 벌써 3년째였다. 다른 사람들이 없을 때는 호칭도 자연스레 편해졌다. 필의 경우엔 상사가 윤 대리라고 부르든, 재수 없는 괴짜놈이라고 부르든 별 상관이 없었다.

"이제 내일이 마지막 날입니다. 서비스가 종료되는 시점을 고객의 출국 날짜와 비슷하게 맞췄어요."

"벌써 그렇게나 됐나? 한 달짜리는 잘 안 맡더니, 어쩐 일로 단기 손님을 나 받았는지 모르겠네."

"아, 처음부터 석 달 코스였습니다."

"그래, 너한테만 가면 그 석 달이 꼭 열흘 같거든. 그래서 신기하다는 거야. 체력 좋은 애들도 두어 탕이면 녹초가 되는데, 어떻게 쉬지도 않고 완치시켜 쫓아내는지 원. 난 네가 외로움이 아니라 과로 때문에 쓰러질까 걱정된다."

"매일 하는 일인데 어려울 게 있겠습니까? 전 늘 똑같습니다. 죽여야 할 외로움을 죽이고, 살려야 할 사람을 살리고. 제 고객 운이 유달리 좋았던 모양이죠."

물론 저 말은 사실이 아니었다. 외살자들조차 맡지 않으려 기피하는 고객 부류는 존재했다. 외로움의 단계가 높고, 이미 몇 번 외살자를 불러본 경험이 있고, 단기보다는 장기 서비스를 원하는 고객들. 그들은 영양가 높은 폐기물 같은 존재였다. 추가 수당은 짭짤했지만 바라는 것이 많고 까다로웠다. 게다가 만족도가 낮아 기간을 연장시키는 일도 다반사였다. 그러니 직원들 사이에서 폭탄을 돌리듯 미뤄지다, 결국 새로 맡겠다는 이가 나타날 때까지 무한정 대기 상태에 들어가게 되는 것이다.

필은 그런 이들을 홀로 도맡았다. 다른 외살자들이 처리하지 못한 고객이 그의 1순위 대기 명부가 됐다. 콜센터로부터 올라온 서류에는 고객의 나이와 성별, 의뢰 이력과 단계별 수치가 적혀 있었다. 그는 내용을 쭉 훑어본 뒤 선언했다. "제가 맡겠습니다." 그러고는 석 달 안에 그 애물단지들을 죄다 처리해 내려보냈다.

조 과장은 더 이상의 입씨름을 포기했다.

"잘 해봐라. 끝내면 비싼 데서 술 한잔 사고. 따로 안 찔러줘도 아가씨들이 줄줄이 나오는 곳으로."

필은 라운지를 둘러보았다. 팀의 여직원들이 저 파렴치한 소리를 듣지 못한 것이 다행이었다.

"아직도 그런 데를 가십니까? 슬슬 나이를 생각하셔야지요."

"농담이야. 몇 년 전에 고객과 룸에서 만난 뒤로는 발길 끊었다. 내가 처음으로 실패한 건수였지."

조 과장은 눈도 안 깜빡이고 끔찍한 후일담을 풀었다. 손님 대 업소 여성으로 고객과 마주치는 기분이 어떨지, 필로선 상상도 가지 않았다.

"뒷얘기는 서 대리한테 해주십시오. 꿈에 나올까 무섭군요."

"아서, 그 친구는 듣자마자 뺨을 때릴걸. 아무리 허울뿐인 상사라도 부하한테 폭행당해서야 되겠나?"

"아마 때리지는 않을 겁니다. 대신 직장 내 성희롱으로 고소하겠죠."

조 과장은 끅, 과 꽥, 을 합친 신음을 흘렸다. 중간관리자치고는 영 품위 없는 감탄사였다.

"그건 그렇고, 과장님은 요즘 어떠십니까? 최 대리가 이태원 어느 바에서 고객과 있는 모습을 몇 번 봤다던데요. 그것도 다 다른 사람으로. 옛날 같은 다작은 그만뒀다고 하셨잖습니까."

중년 외살자는 수갑을 닮은 안경테를 밀어 올렸다.

"한동안은 한 번에 한 명만 상대했지. 그런데 역시 난 타이트한 운영이 체질이더라고. 바람피우는 기분도 느끼고 싶었고."

"과장님, 전 지금 농담하는 게 아닙니다."

"나도 농담이 아냐. 나이를 먹을수록 제 버릇 남 못 준다더라."

이번에는 필이 한숨을 내쉴 차례였다.

"입이 닳도록 말씀드렸지만, 두 명 이상의 고객을 동시에 맡는 건 너무 위험합니다. 물리적으로나 정신적으로나, 한 발짝만 잘못 디디면 초침이 제거되는 시한폭탄이에요. 과장님도 이젠 승진을 염두에 두셔야죠. 왜 그런 위험부담을 안고 가려 드십니까?"

조 과장은 코웃음을 쳤다.

"승진은 무슨, 일선에서 물러난 외살자들이 임원까지 올라가는 꼴 봤어? 실무가 끝난 순간 목이 달아나는 판국에, 너 같은 경력을 유지해왔으면 또 모를까."

필은 입을 다물었다. 조 과장의 실력이 준수하긴 했으나, 다른 우수 사원들에 버금갈 만한 강점은 없었다. 노병의 위대함은 센터 출범 이래 쭉 이어져온 생존 능력에서 드러나는 것이었다. 조 과장은 물고기를 닮은 눈으로 자기가 조제한 폭탄주를 들여다보았다.

"난 그렇게 살아남아왔어. 평생 개밥을 핥더라도 내 마지막 밥그릇만은 지켜내겠단 일념으로. 그러다 보니 어느 순간 혼란스러워지는 시점이 오더군. 내가 정말 이들의 외로움을 죽이는 건지, 아니면 내 외로움을 떠넘기고 있는 건지 구분이 안 갈 때가. 그 죄책감에 빠져 있기 싫어서 고객을 몇 사람씩 두는 거야. 넌 그런 적이 있냐?"

"아뇨, 없습니다."

"그럼 이제부터라도 한번 해봐. 고객 유치가 정 안 내키면 애인을 세 명쯤 만들거나. 외로움 예방책으로는 그만한 것도 없다."

후배를 위한 조언이란 게 숫제 양아치 교습용 훈화였다. 조 과장은 필의 눈빛을 멋대로 해석한 것 같았다.

"왜, 요즘 젊은 애들에겐 흔한 일이더구만. 한 이성에게 집착하지 않기 위해 또 다른 파트너로 분산 투자를 하는 거지. 도박, 술, 여자는 꾸준한 정량 배팅이 롱런의 기본이니까. 바빠져야 덜 외로운 건 고객이나 우리나 마찬가지 아니겠나?"

필은 조 과장의 어깨 너머를 보곤 혀를 찼다.

"전 사양하겠습니다. 여기서 바람둥이라며 뺨 맞긴 싫거든요."

"뭐가요? 누가 누구한테 뺨을 맞아요?"

막 돌아온 서 대리가 물었으나 아무도 대답하지 않았다. 조 과장이 뻔뻔스레 둘러댔다.

"남자들끼리 하는 얘기야. 궁금하면 우리도 여자화장실에 들어가게 해주든가."

몇 잔씩 더 마시자 자리를 파할 시간이 가까워졌다. 겉옷을 챙긴 두 여직원이 먼저 일어났다. 내일의 일정 때문에 필도 귀가해야 했고, 조 과장 역시 아침부터 미팅이 잡혔다는 것 같았다. 밖으로 나오니 택시를 잡기 위한 줄이 도로변까지 이어져 있었다.

그들은 개선문처럼 생긴 라운지 입구에서 작별 인사를 나눴다. 퍼를 단단히 여민 서 대리가 지갑을 꺼냈다. "과장님, 그럼 저흰 들어가 볼게요. 내일 회사에서 봬요."

조 과장이 물었다.

"여기서 택시를 잡으면 너무 늦지 않겠나? 내가 기사한테 전화할 테니 조금만 기다리지 그래."

서 대리가 고개를 젓자 긴 생머리가 요동쳤다.

"아까 화장실에서 두 분 콜까지 불러뒀어요. 과장님은 회식 때마다 차를 가져오시니 대리기사로 부탁해뒀고요."

"어, 뭐 그런 걸 다 준비했어. 미안하게."

"인사는 됐고, 미안하면 술 먹고 운전 좀 하지 마세요. 지난번에도 술에 떡이 돼서 집까지 차를 모셨다면서요? 윤 대리님은 심지어 옆자리에 함께 탔고요. 그러다 두 분 다 어떻게 되는 수가 있어요."

몹쓸 놈이 된 남자들은 멀뚱멀뚱 서로를 마주 보았다. 조 과장이 소리 죽여 투덜거렸다. "최 대리가 안 온 이유가 있었군. 우릴 팔아넘기고 자기 혼자 빠져나간 거야." 필은 아무 말도 하지 않았다. 그건 사실 제가 서 대리한테 일러바친 겁니다, 이참에 과장님 술버릇 좀 고쳐달라고. 저 말을 곧이곧대로 꺼내기에는 자리가 좋지 못했다.

곧 질풍같이 달려온 콜택시가 여직원들을 태우고 사라졌다. 필은 두 번째로 당도한 52바 3017에 몸을 실었다. 차에 오르며 보니 조 과장도 누군가와 통화를 하고 있었다.

택시 뒷좌석은 어둑했고 새 가죽 냄새가 났다. 앞자리의 택시기사가 라디오 소리를 줄이며 물었다.

"술을 많이 드셨나 봅니다. 어디로 모실까요?"

"강변역으로 가주십시오."

조 과장의 또래쯤일 기사는 필보다도 피곤해 보였다. 몇 번 출구로 갈까요? 그냥 역 근처에서 세워주시면 됩니다. 네, 알겠습니다. 기사의 대답을 끝으로 대화는 단절됐다. 심야 라디오에서는 블루스가 흘러나왔고, 술집들은 도래한 밤에 희희낙락하며 호롱을 밝혔다. 사람 반 자동차 반인 대로를 빠져나오는 동안 주황빛 광채가 그의 무릎께를 데웠다. 선팅된 차창에 온도를 잃고 만 네온 파편이었다.

눈을 감은 필은 가죽 헤드에 머리를 기댔다. 들이부었던 술이 위속에서 칵테일이 되어 찰랑였다. 술집은 지하철만큼 해로운 외로움의 온상이었다. 아침보다 더 짙고 더욱 농밀하며, 어떻게든 이 밤이 가기 전 배출하고픈 조급함마저 더해진. 필은 그의 고객들에게 꼭 삼가야 할 위험 지대를 가르쳤다. 홀로 있을 때만이 위험하다고 생각한다면 큰 착각이다. 사람에게 둘러싸여 있을 때야말로 각별한 주의가 필요하다. 함께 있다 혼자가 된 순간, 혹은 군중 속에서 자신이 혼자라고 느끼는 순간 놈들은 활동을 개시하므로. 친구들과 헤어진 귀갓길의 버스 안, 손을 씻다 술이 깨버린 클럽 화장실, 새벽 세 시의 내 방 침대 위. 날고 기는 외로움살해자라도 그 시점들만큼은 경계해야 했다. 서 대리에게서 전화가 온 것도 토요일 새벽이 아니었던가?

택시의 속도는 거북이와 큰 차이가 나지 않았다. 필은 꽉꽉 막힌 도로를 둘러보다 외살자다운 의문에 사로잡혔다. 저 고철들 안에는 몇 명분의 외로움이 타고 있을까. 그들 모두가 차고지에 도착하면 편안한 밤을 보낼 수 있을까. 오늘 워커힐에서 서 대리를 부른 남자는 같은 외로움살해자일까.

불빛 휘황하던 라운지가 어둑한 택시 뒷자리로 바뀌었으나, 그는 여전히 예비 고객들에게 둘러싸여 있었다.

2

다음 날 아침, 필은 평소보다 두 시간 일찍 일어났다. 전날의 숙취는 목구멍으로 에너지음료를 들이붓자 곧 역류했다. 그는 마지막 위액 한 방울까지 토해버린 뒤 보리차에 얼음을 타서 소파로 갔다.

1월 28일, 최종 살해일. 까만 흉기 같은 글자들이 떠올랐다. 오늘이 기나긴 여정에 종지부를 찍는 날이었다. 고객의 일정은 죄다 머릿속에 들어 있었다. 어제가 해외 바이어들과의 마지막 미팅, 그리고 오늘이 출국이라고 했다. 갑자기 잡힌 출국 날짜라면 일정의 진폭도 컸겠으나, 그녀의 직장은 외국계 회사답게 신사적이었다. 이미 끝난 싸움이었기에 조급할 까닭도 전무했다. 외로움은 순조롭게 말소됐고…… 이제 명운을 건 종장만을 앞두고 있었다. 놈들과의 싸움에서 끝은 시작보다 중요했다. 고백이 서툴러 완성된 연애를 그르치는, 어설픈 사랑꾼 같은 실수를 범할 수야 없는 노릇이었다.

필은 주차장을 빠져나가는 차 안에서 정보를 점검했다. 이름은 곽진희, 나이는 올해 서른, 사는 곳은 신사동 근처의 신축 아파트. 제법 큰 제약회사의 해외 마케터로, 앤디 워홀과 매카트니의 골수 팬이며 젊은 시인들의 산문시를 좋아한다……. 그는 고객의 출퇴근 시간뿐만 아니라 그녀가 선호하는 작가며 디자이너, 시시콜콜한 커피 취향까지 수첩에 메모해두고 있었다.

작업은 기억을 제대로 하고 있는지 확인하는 데만 머물러선 안됐다. 기억과 현실, 머릿속의 정보와 서류상의 내용이 일치하는지 항시 점검해야 했다. 필은 전날까지 멀쩡하던 외살자가 하룻밤 사이 바보가 되는 것을 종종 봐온 바였다. 외로움살해자의 이상 증세란 급성 치매와 비슷했다. 그들은 어느 날 아침 고객의 이름을 잊고, 그들의 존재를 잊고, 자신이 왜 이 일을 하는지조차 잊었다. 그 뒤에는 결근-사직-정신병원 입원의 코스가 기다렸다.

불세출의 우수 사원도 그 위협에서 안전치는 못했다. 필은 외로움의 흉탄이 뇌를 꿰뚫을 순간을, 상륙작전에 임하는 보병의 기분으로 기다리곤 했다. 필수 감정들의 소거, 급격한 기억력 쇠퇴, 심신상실과 정신분열. 모두가 장기간 외로움을 살해해온 직원들에게 나타나는 부작용이었다. 달리 보면 당연한 수순인지도 몰랐다. 매일같이 괴물의 피를 뒤집어쓰면서 제정신을 유지할 수 있겠는가?

필은 핸들을 잡지 않은 손으로 조수석의 파일을 추렸다. 자료 맨위에는 그가 만든 고객분석표가 올라와 있었다.

'나이, 맞군. 이름도 맞아. 나쓰메 소세키를 가장 좋아하는 소설가로 꼽은 것도, 교통사고 후유증으로 몇 달간 입원했다는 것도 일치하고…… 처음 만난 날짜도 기억하는 대로야.'

아파트 주차장이 4차선 도로로 변할 때쯤 대조 작업도 끝났다. 필은 흩어진 자료들을 브리프케이스에 대강 챙겼다. 신께 감사하게도, 오늘은 윤 대리 최후의 날이 아닌 모양이었다. 기름칠을 마친 총에 탄환을 채운 총잡이의 확신이 서서히 내려앉았다. 난 아직 감염되지 않았구나. 몇 시간은 더 놈들과 싸울 수 있겠구나.

창을 열고 달리며, 필은 날씨를 확인했다. 달력 뒷자리가 바뀌었음에도 봄은 아직 요원했다. 하늘은 뿌옜고 오래된 우유 빛깔 구름이 흘러갔다. 그는 반투명한 돔에 갇힌 상공을 보다가 창을 올렸다. 조 과장의 말을 빌리자면, '고객을 올려다보게 해선 안 될 날'이었다.

고객은 집 앞에서 캐리어를 챙겨 기다리고 있었다. 필은 그녀를 픽업해 혼잡한 출근길 사이를 빠져나갔다. 많이 기다렸어요? 어제 만난 뒤 너무 오랜만에 보는 것 같은데. 가벼운 농담에 대답하는 고객의 눈가가 거무스름했다. 컨실러를 두껍게 펴 발랐으나 어젯밤의 불면은 미처 못 가린 모양새였다.

"안색이 안 좋은데요. 잠을 푹 못 잤습니까?"

"어머, 티가 많이 나요? 어젯밤에 세 번인가 깼어요. 자기 전에 커피를 마셔서 그런가, 이상하게 잠이 안 오더라고요."

전날 밤의 카페인 섭취량은 안색만 봐도 드러났다. 필은 그녀가 깨어날 때마다 에스프레소를 내렸을 것이라고 짐작했다. 눈을 뜬 김에 한 잔, 브람스의 음악을 들으며 한 잔, 마지막 밤이라서 또 한 잔.

필은 핸들을 돌리며 말했다.

"저도 처음 해외로 나갈 때는 며칠씩 잠을 설쳤습니다. 진희 씨는 이번이 첫 해외 파견이시죠?"

고객은 눈을 동그랗게 떴다.

"네. 그런데 어떻게 아셨어요? 제가 전에 말했었나요?"

"예전에 지나가면서요. 어쩐지 그럴 것 같기도 했고."

물론 거짓말이었다. 회사에서 전달받은 고객 정보 파일에는 이직 횟수와 해외 출장 기록까지 줄줄이 나와 있었다.

필은 뭔가 먹기를 권했지만, 그녀는 음식보다 모닝 카페인이 절실하다고 했다. 주차를 마치고 들어간 카페에서 고객은 더블 에스프레소를 주문했다. 두 잔의 커피가 비즈니스 현장에 놓인 뒤, 고객이 얼굴을 붉혔다.

"무슨 커피 중독 같아서 부끄럽네요. 제가 좀 많이 마시죠?"

"글쎄요, 술을 이렇게 마시는 것보단 낫다고 봅니다. 들고 온 캐리어에 커피머신이 있는지 검사는 해봐야겠지만요."

그제야 고객의 뺨에 미소 비슷한 것이 돌았다. 그녀는 긴장이 좀 풀린 듯, 요 며칠간의 신변잡기적 사항—매일 듣고 또 들어서 모를 수가 없는—을 조잘조잘 늘어놓았다. 필은 회사 동료들이 송별회를 열어줬다느니, 페이스북에 출국 날짜를 써놓자 전 남자친구에게서 전화가 왔다느니 하는 이야기에 적당히 대꾸하면서 고객을 살폈다.

이 역시 달라진 것 중 하나였다. 처음 만났을 때 그녀는 말수가 적었고 자신을 드러내길 어려워했다. 그랬기에 필은 1단계 매뉴얼 첫 번째 요소를 충실히 이행했다. 고객이 원할 때 거기에 있는 것, 내가 혼자가 아님을 인지시키는 것. 두 가지가 선행되어야만 비로소 인간의 외로움에 다가갈 열쇠를 얻는다.

한창 말하던 고객이 웃음을 터뜨렸다.

"그래서 희수가 울기 시작하니 전부 다 눈물이 터졌어요. 정신없이 울다가 웃다가, 나중엔 둘 다 번갈아 했던 것 같아요. 아마 보는 사람들은 처녀파티라도 하는 줄 알았을 거예요."

"희수 씨라면…… 지난번에 이태리 레스토랑에서 봤던 분 말입니까?"

"네. 그 친구는 마지막까지 우리 사이를 캐묻더라구요. 아무 관계 아니라니까 그럴 리가 없다면서. 새로 만나는 애인이냐, 눈이 맞아 도피하는 남자 직원이냐, 하여간 별별 소릴 다 들었어요."

여자들의 '우정'은 종종 살해에 방해물로 작용했다. 필은 개가 널 질투해서 그래, 하고 말하는 대신 우정을 지켜주는 쪽을 택했다.

"절친한 친구로군요. 그분이 진희 씨를 많이 걱정하나 봅니다."

"네, 맞아요. 그러고 보니 외로움살해자 센터를 알려준 것도 희수였어요. 그 애가 동창 모임에 나와서 추천했거든요. 혹시 요즘 외로워서 견딜 수 없는 사람이 있으면 한번 연락해보라고. 자긴 얘기로만 들었는데 꽤 도움이 될 것 같다면서요."

저 말이 사실이라면, 희수란 친구는 일생일대의 실수를 저지른 꼴이었다. 매일같이 외롭네 쓸쓸하네 떠들며 동지애를 느낄 전우 한 명이 빠져버렸으니. 필은 그녀가 자기 친구들이 진짜로 행복해지길 바라지 않는다는 것에 올해 연봉을 걸 수도 있었다.

"어쨌든 우리 둘에게 좋은 일은 한 셈이니, 나중에 밥이라도 한 끼 사주십시오. 저에 대한 이야기는 빼시고."

고객은 붉은 입술을 움직여 웃었다.

"정말 그래야겠어요. 아, 그런데 궁금한 게 있어요."

"말씀하십시오."

잠시 망설이던 고객은 시선을 약간 내렸다. 그러자 뺨에 떠오른 홍조가 무드등 불빛 아래 드러났다.

"우리가 처음 만난 날을 기억해요? 벌써 한참 전이긴 하지만, 그래도 혹시나 해서……."

필의 두뇌가 번개같이 회전했다. 바로 지금이 승부처였다. 여기서 실수했다간 완치 직전의 외로움은 물론, 여태 쌓아왔던 금자탑 전부가 무너져내릴 것이었다.

"물론입니다. 아직 몇 달 지나지도 않은 일인데요."

실제로 그는 첫날 소화한 일정을 낱낱이 기억했다. 그때도 첫 접선 장소는 모처의 프랜차이즈 카페였다. 모처럼 햇살이 진했고, 볶은 원두 향이 풍겼고, 앞치마를 두른 아르바이트생은 본인 시급보다 비싼 커피 제조에 열중하고 있었다. 필과 마주 앉은 고객은 어색하게 웃었다. "정말로 오셨네요. 저는 거기…… 그 회사, 지금까진 쭉 전화로만 문의해왔거든요. 이렇게 만나니 실감이 나지 않아요."

필은 마주 웃어 보였다.

"곧 익숙해질 겁니다. 아, 그런데 주문은 뭘로 하시겠어요?"

비대면 외로움 살해가 회사 업무의 전부인 줄 알았다는 고객은 시도 때도 없이 그를 필요로 했다. 필이 출근해 있으면 핸드폰 메신저가 1분 알람처럼 울렸다. 메시지 내용은 별것 없었고, 만나서 하는 일은 더더욱 별것 없었다. 커피, 저녁 식사, 이따금씩 맥주 한잔. 사는 얘기와 오늘 있었던 일들의 공유.

필은 어렵지 않게 그녀의 발병 원인을 찾아냈다. 1단계와 2단계가 혼합된 외로움, 오랫동안 만나는 이가 없던 사람들이 겪는 증상이다. 이런 고객들에게 소개팅은 소용없었다. 얄팍한 관계를 늘려봐야 그때뿐, 겉핥기 식 연애로는 어떤 것도 충족되지 않았다. 연애를 섹스 이전의 요식행위쯤으로 생각하는 남자들, 결혼을 위해 접근해 오는 남자들은 그녀의 정신과 육체 모두를 지치게 했다. 가볍지도 무겁지도 않은 진심이란 21세기의 만남에서 희구키 힘든 것이었다.

만난 지 2주쯤 되던 날, 그녀는 필을 자기 동네로 불렀다. 단골 바에서 마시던 와인은 몇 시간 뒤 고객의 집 안으로 옮겨졌다. 술자리가 끝나자 그들은 자연스레 같은 침대로 들어갔다. 필은 그녀를 품에 안고 재웠다가, 다음 날 아침 블라우스 단추 하나 풀지 않은 채로 흔들어 깨웠다.

그 뒤부터 고객은 그에게 완전히 마음을 열었다.

필은 회상에 잠긴 투로 말했다.

"전 오히려 다음 날이 더 기억에 남습니다. 그때 갔던 라이브 바에 좋아하는 밴드가 왔었죠?"

고객의 얼굴이 확 밝아졌다.

"세상에, 그걸 아직도 기억하고 계셨어요?"

"그러게요. 기억력이 좋은 편은 아닌데, 인상 깊은 경험은 유독 오래 남더군요. 아마 진희 씨와 보냈던 시간이 즐거웠었나 봅니다."

"그래요. 그랬다면 정말 기쁘겠네요."

대화는 잠시 소강기로 접어들었다. 고객은 한동안 제 손등을 내려다보았다. 그러고는 큐티클이 잘 정돈된 열 손가락 끝을 모았다.

"제가 해낼 수 있을까요?"

필은 고개를 약간 들었다.

"무엇을 말입니까?"

"절 기다리는 모든 것을요. 일도, 사랑도, 나를 아끼는 것도."

고객은 잠시 숨을 고른 다음 말을 이었다.

"지난 3개월은 제게 많은 변화를 가져왔어요. 저는 더 이상 밤에 잠을 못 이루지 않고, 사라졌던 불면증이 돌아올까 걱정하지도 않아요. 한때의 현상이라고 생각했지만 아니었어요. 전 필 씨로 말미암아 바뀌고 있었던 거예요. 제 외로움은 정말로 죽어가고 있었어요."

목소리가 끊겼으나, 답을 바라는 침묵이 아니었다. 필은 고객이 다음 말을 꺼내기를 기다렸다.

"그래서 지금은 조금 불안해요. 한국을 떠나, 혼자가 되자마자 다시 예전의 저로 돌아가는 게 아닐까 해서요. 저는 필 씨 없이 똑같은 고통과 싸워 이길 자신이 없어요."

필은 고개를 저었다.

"아뇨, 오히려 반대입니다."

"네?"

"제가 계속 곁에 있다면 외로움도 기억나겠죠. 이번 서비스는 언제가 만료일지, 지금의 평온은 얼마나 유지될지 늘 조바심이 들 테고요. 그런 식으로는 결코 해결이 되지 못해요. 전 외로움을 죽일 수는 있지만, 진희 씨의 진짜 행복을 찾아드릴 수는 없습니다."

고객은 거의 울음을 터뜨리기 직전의 표정이 되었다. 필은 그녀 안에서 뛰쳐나오려 애쓰는 외로움을 감지했다. 지금이야말로 놈에게 최후의 일격을 가할 시간이었다.

"외롭지 않다고 느끼게 된, 바로 지금부터가 시작입니다. 물론 놈들이 영원히 자취를 감춘 것은 아닙니다. 오랜 시간이 흐르고, 언젠가 면역력이 약해졌을 때 새로운 외로움이 자라날 수도 있겠죠. 하지만 그때는 제가 아닌 누군가가 진희 씨 곁에 있을 겁니다. 예전처럼 스스로의 외로움에 쉽게 굴복하지도 않을 거고요."

고객은 코 먹은 목소리로 물었다.

"정말 그럴까요?"

"물론입니다. 진희 씨는 제 고객 중 가장 용감한 사람이었어요."

확신에 찬 어조는 효과가 있었다. 그녀의 호흡이 안정되기 시작했던 것이다. 필은 긴 싸움이 끝났음을 느꼈다. 마지막으로 발버둥 치던 외로움의 버르적거림이 멎어가고 있었다.

이윽고 고객은 붉어진 눈시울로 고개를 들었다.

"제게 오신 분이 당신이라 얼마나 다행인지 몰라요. 정말로요."

필은 다 식은 커피를 내려다보며 웃었다. 그녀를 골라준 사람은 회사도 필 본인도 아닌, 해보라고 등을 떠민 조 과장이었다.

"저도 그렇습니다. 진희 씨를 만나 다행이에요."

회사 건물 앞에는 이미 픽업용 차가 와 있었다. 차에서 내린 남자는 30대 초반쯤으로 보였는데, 인물이 제법 훤했다. 그는 필을 흘끗 보더니 시동을 걸어두겠다면서 차 안으로 들어갔다.

고객은 차에 타기 전 몇 번이나 뒤를 돌아보았다. 그러나 보는 눈 때문인지 울음을 터뜨리거나 그에게 달려와 안기진 않았다. 필은 어떤 돌발 상황도 일어나지 않았다는 점에 만족했다. 고객을 괴롭혀왔던 외로움은 살해당했다. 그리고 올해 안에, 적어도 놈들을 죽이는데 걸린 석 달 안에는 재발하지 않을 터였다.

'이왕이면 그녀에게 다른 일이 없었으면 좋겠군, 보너스를 아무리 많이 준대도 뉴욕까지 날아갈 생각은 없으니.'

횡단보도 신호에 걸려 있던 렉서스는 어느새 사라졌다. 그 자리에 들어차는 차량들을 바라보면서, 필은 무심한 죄책감을 느꼈다. 고객과 작별할 때는 늘 이런 기분이 들었다. 외로움이 아닌 사람 한 명을 죽인 느낌, 연쇄살인마를 끝장낸 또 다른 살인귀가 된 듯한. 무심코 두 손을 들자 비릿한 냄새가 났다. 채 닦지 못한 피와 앞으로 새로 묻힐 피가 섞인 악취였다.

필은 코를 약간 찡그렸다. 환청, 망상, 심신 불균형 등의 이상 징후는 완벽하게 배제되어야 마땅했다. 그는 기본적으로 본인의 감정에 있어 명료한 인간이었다. 그러나 이따금 한두 번씩, 지금처럼 예고 없는 여름 감기가 치밀 때도 있었다. 그럴 때 해결 방법은 딱 한 가지였다. 성과를 낸 날이니만큼 스스로에게 포상을 주는 것. 영화 속 수많은 청부업자들도 의뢰를 마친 날마다 미녀를 안지 않던가?

고개를 들자 죄책감 일부가 사라졌다. 필은 차에 올라타 가로수길의 가장 큰 와플 가게로 갔다. 그리고 거기서 호화로운 아이스크림 세트를 주문해 먹으며 시간을 보냈다. 그가 원하는 곳으로 가기에는 아직 세상 위 외로움들이 잠잠한 시각이었다.

3

눈을 뜨자 누르스름한 닻이 보였다. 눈꺼풀을 몇 번 비비니 녹슨 닻은 다리가 여섯 개 달린 샹들리에로 변했다. 취중에 침실 천장 인 테리어를 뜯어고쳤을 가능성도 있었지만, 그는 아무리 취해도 제정신 을 잃는 법이 없었다. 불확실한 가설 몇 개를 추려내자 답이 남았다.

여긴 어디지?

고객의 집, 또는 호텔.

가능성은 후자 쪽으로 기울었다. 눈덩이마냥 새하얀 침대 한쪽에 는 웬 여자가 잠들어 있었다. 필은 쏟아지는 두통에 미간을 찡그렸 다. 한 주 내내 올라가던 혈중 알코올 농도는 어젯밤 미터기를 깨부 쉈다. 맥주가 열네 병, 양주는 두 병, 칵테일이 일곱 잔. 전날 마신 술 까지 합하면 욕조 하나를 거뜬히 채울 양이었다.

눈앞이 쿨렁, 늪에 잠긴 함선처럼 기울었다. 필은 옆에서 잠든 여 자를 흘끗 쳐다보았다. 엉망으로 손상된 균형 감각과 달리, 어젯밤 의 기억은 또렷했다. 저 여자를 만난 것은 2차로 간 지하 펍에서였다. 필은 바텐더에게 새 칵테일을 주문하고 있었다. 소금투성이 프레즐을 씹는데 맞은편 바에 앉은 까만 원피스와 눈이 마주쳤다. 세 번째로 시선이 맞닿았을 때, 그녀가 먼저 필을 향해 웃어 보였다. 필은 마시던 술을 들고 그녀의 옆자리로 갔다. 그러곤 코가 비뚤어지도록 퍼마신 뒤 호텔로 가는 콜택시를 불렀다.

섹스는 어땠던가, 떠올려봤으나 잘 생각나지 않았다. 그보다 정해진 목표치를 채웠다는 것이 중요했다. 살해가 완료된 날에는 질펀한 폭음과 섹스 한 차례. 어겨선 안 될 징크스까지야 아니었지만, 그 둘 중 하나라도 빼먹었다간 찜찜한 기분이 며칠씩 이어졌다. 모름지기 외로움살해자라면 본인의 건강을 최우선으로 챙겨야 하는 법이었다.

"네, 팀장님. 이번 달은 아무래도 힘들 것 같아요. 수불부와의 차이 발생을 증빙하려면 챙길 서류가……."

뒤에서 여자가 잠꼬대를 했다. 필은 별 신경 쓰지 않고 짐을 챙겼다. 그의 소지품은 호피무늬 브라와 팬티, 악어가죽 백 틈새에 난파선의 잔해마냥 흩어져 있었다. 누가 따로 지갑을 뒤진 흔적도 없었다. 필이 최근 깨달은 것은, 꽤 많은 여성들이 하룻밤을 함께 보낸 남자의 신상을 궁금해한다는 점이었다. 지갑 속 명함이라도 발각됐다간 골 아픈 질문 공세가 기다렸다. 우와, 외로움살해자예요? 저 명함은 진짜인가요? 고객이랑은 어떻게 섹스하는지 말해주면 안 돼요?

체크아웃까지 시간은 아직 충분했다. 어젯밤의 일일 파트너는 필이 목욕을 마치고, 양치와 면도를 끝내고, 넥타이를 고쳐 매고 있을 때에야 일어났다. 그녀는 잠이 덜 깬 눈으로 방 안을 둘러보았다.

"우리가 왜 여기 있는 거죠?"

"어젯밤 술을 먹고 함께 잤으니까요. 콘돔은 사용했고, 상식 밖의 행위도 안 했으니 걱정은 말아요. 아마 곧 기억이 날 겁니다."

여자는 말의 내용보다 필의 어조 때문에 정신이 든 표정이었다. 그녀의 시선이 바닥에 널린 속옷들로, 이어 수트를 전부 갖춰 입은 비즈니스맨에게로 옮겨 갔다. 필은 친절하게 덧붙였다.

"룸서비스를 주문해뒀습니다. 아침에는 돼지고기보다 연어가 낫죠?"

"네? 네, 그렇긴 한데……."

"다행이군요. 그럼 천천히 먹고 푹 쉬어요."

그녀는 잘 가라는 말을 생략했다. 자기가 자는 사이 나가려던 남자를 배웅하는 것도 우스운 노릇이었다. 필이 도어록을 열었을 때 뒤에서 요란한 핸드폰 벨소리가 들렸다. "여보세요? 네, 팀장님. 죄송한데 오늘은 조금 늦게 출근해야 할 것 같아요. 어젯밤부터 몸살기가 가시질 않아서……." 필은 공범자의 변명을 들으며 문을 닫았다.

로비를 지나는데 프런트의 직원 두 명이 그에게 인사했다. 필은 가볍게 고개를 숙여 맞받았다. 비가 오나 눈이 오나, 그를 챙기는 사람은 같은 서비스업 종사자들뿐이었다.

새 달력이 2월 문턱을 넘어갔다. 봄에 앞서 찾아온 꽃샘추위가 사람들의 옷깃을 걸어 잠근 나날들이었다. 일도 며칠째 없었다. 몇 개의 의뢰 건수가 아래층으로부터 전달됐지만 필 쪽에서 모두 고사했다. 외로움 난이도가 낮은 고객이라는 것이 이유였다.

조 과장은 어김없이 잔소리를(야, 쉬운 것부터 해야 할 거 아냐. 저런 일이 공짜로 들어오는 줄 알아?) 늘어났고, 나머지 팀원들은 각자 저 할 일을 했다. 아직 신입이 오지 않아 남 대리의 자리는 휑뎅그렁했으나, 전우의 죽음도 곧 잊혀졌다. 외살자에게 직장 내 우정이란 중환자실의 동료애 정도였다. 오는 것도, 가는 것도, 내일 죽을 환자를 보듯 무관심했다. 입사 지원이야 상시로 받고 있으니 자리는 또 메꿔질 터였다.

28층의 건물, 197개의 팀, 2398명의 외로움살해자 중에서 동료의 공석을 신경 쓰는 척이라도 하는 사람은 조 과장이 유일했다.

필은 다른 용무로 바빴다. 취향의 수집이 그에게는 곧 일이었다. 고객의 내면에 머무르는 이상, 그들과 나눌 화제가 금방 밑천을 드러내선 곤란했다. 잡지, 패션, 영화, 새로 나온 아티스트들의 음반과 시즌별 디자이너의 컬렉션 정도는 기본적으로 알아야 했다. 유행에 뒤떨어지지 않는 것도 외살자의 기본 소양 중 하나였다. 이번 고객의 관심사가 어느 분야일지는 신만이 아실 것이었으므로.

어느 대학교수는 외로움살해자를 21세기형 카사노바라며 지탄했다. 필은 그 비난에 일정 부분 동의했다. 현대인들은 본인이 필요한 것을 얻을 수만 있다면, 그게 부동산 투기꾼이든 연쇄살인범이든 큰 상관없는 세상에서 살아가고 있었다.

그런 고로 필은 썩 건실한 하루하루를 보냈다. 구독하는 잡지와 신문을 읽고, 등록해둔 헬스클럽에 나가 운동을 했다. 인터넷으로 주문한 융의 분석심리학 책이 도착하자 그 두터운 책자도 탐독했다. 무의식의 명사(名士)가 설명하는 이론은 다방면으로 도움이 됐다. 필은 직접 내린 커피를 마시며 생각했다. 그가 맡는 수많은 고객들을 보면 융은 뭐라고 할 것인가. 고독이 개성이 된 이 시대에 놀라 까무러칠까, 웬 불한당 같은 놈들이 해결사를 자청하며 돌아다닌다는 사실에 치를 떨까?

철학 탐색이 지루해지면 술을 마시러 나갔다. 한남동 부근에 자주 가는 싱글몰트 위스키 바가 있었다. 연인 없는 독신 남성이 자주 가선 안 될 곳이었으나, 그의 신경계는 일반인과 다른 방향으로 흘러갔다. 타자로부터 전염되는 외로움에 있어 윤 필 대리는 완전면역자나 다름없었다.

필은 바 맨 끄트머리에 앉아 온더록을 주문했다. 마지막으로 맡았던 고객은 14,000킬로미터가 넘게 떨어져 있었고, 그의 의뢰는 일주일 전에 끝난 뒤였다. 일이 아니면 연락을 주고받는 이도 없었다. 나른 외살자들은 알음알음 알게 된 인맥이 연예인 빰치게 화려했으나, 필에게는 회사의 문자만 들어왔다. 쉬는 날, 퇴근한 날, 이른 오전과 한밤중을 가리지 않고 전송되는 고객 명단이었다.

그는 휴대폰 액정을 켜고 알람을 확인했다. 읽지 않은 메시지가 좌측 상단에 깜빡이고 있었다.

> 윤 필 대리님, 새 고객이 기다리고 있습니다. 23세, 은평구 거주, 휴학생, 디자이너 인턴. 아래 번호를 누르시면 연결됩니다.

이번 고객의 외로움 단계는 [1]이었다. 필은 지나치게 활성화된 사원 복지에 한숨지었다.

'따로 메시지는 받지 않겠다고 했는데, 우리 팀을 관리하는 직원이 바뀌었나 보군. 자동 발송 리스트에서 날 좀 빼달라고 부탁해야겠어.'

젊은 바텐더가 빈 잔에 새 위스키를 부었다. 바의 뒤쪽에는 값비싼 양주병들이 산등성이처럼 이어져 있었다. 끝이 하얀 술병들은 눈 덮인 에베레스트인 양 반짝거렸다. 고개를 돌리자 와인잔 걸이에 거꾸로 걸린 유리잔들이 바의 끝에서 끝까지 이어졌다. 서울의 야경을 그대로 옮겨놓은, 휘황찬란한 주류 창고였다.

흠뻑 젖은 코스터가 흥하게 부풀어 올랐다. 그는 바텐더의 재빠른 손길 아래 치워지고, 또다시 새 것으로 바뀌는 종이 깔개를 응시했다. 이젠 단 하나의 이분법만이 인간을 나누었다. 외로움에 잡아먹혔느냐, 놈들을 극복하였느냐. 후자는 절대 소수로서 생존성 자체를 증명했다. 인류를 불행하게 하는 것은 전쟁도 죽음도 아니었다. 세상을 떠돌던 질병들이 하나둘씩 정복당한 지금, 무엇보다 두려운 재앙은 존재의 상실과 영혼의 고독화였다.

필은 중간 중간 금이 끊긴 손바닥을 들여다보았다. 출생의 축복이라고 해도 좋으리라. 닥쳐온 현대판 흑사병은 그를 비켜 갔다. 그는 놈들과 맞서 싸울 수 있었고, 스스로를 지킬 수 있었으며, 타인을 구원할 수도 있었다. 직업을 떼놓은들 그가 남다르다는 사실은 달라지지 않았다. 외로움을 느끼지 못하는 인간이란 21세기의 초능력자였다.

그 사실은 언제나 필에게 직업적 사명감을 부여했다.

"너무 무리하는 거 아니에요? 어제도 친구들이랑 마셨다면서."

"걱정 마, 의사가 아직은 두꺼비 위벽처럼 건강하대. 오빠 간이 얼마나 튼튼한지 몰라서 그래?"

옆자리 커플의 대화가 할 일을 일깨웠다. 필은 외투 안주머니를 뒤져 가져온 준비물을 꺼냈다. 작은 곽 안에는 위장약과 비타민, 캡슐형 숙취 해소제가 한 알씩 들어 있었다. 잠깐 만났던 치위생사는 데이트 상대의 괴벽을 이해하지 못했다. 오빠, 그렇게 유난 떨 거면 술은 뭐하러 마셔? 필은 질문자의 수준에 맞춰 답했다. 네가 한밤중에 치킨을 뜯곤 되지도 않는 산책을 나가는 이유랑 같아.

문득 안주머니가 진동했다. 필은 끔찍한 내용물이 담긴 듯 요동치는 핸드폰을 꺼냈다. 발신인은 다음과 같았다.

〈친구/지영준/외제차딜러〉

필은 고민하다가 통화 버튼을 눌렀다. 전화를 받자마자 그가 있는 술집 못잖게 시끄러운 공간이 뛰쳐나왔다.

– 야, 뭐하냐?

"술 마신다. 이 시간에 웬일이야?"

– 이 시간이니까 전화하지. 딴 게 아니라 우리가 모이는 날 말야. 날짜를 하루만 앞당겼으면 해서. 애들은 괜찮다는데, 넌 어때?

필은 머릿속의 캘린더를 넘겼다. 일을 하고 있을 때는 고객이 최우선이었으나, 그 이외엔 모든 약속이 선착순으로 처리됐다. 어차피 그의 최근 일정표는 텅텅 빈 채였다.

"나도 상관없어. 그런데 뭘 전화까지 했어, 메시지 하나면 될 일을."

– 넌 문자는 죄다 무시하잖아. 속이 어지간히 터져야지.

"미안, 업무 마감이 코앞이라 정신이 없었네."

수화기 저편에서 허, 하고 비웃는 소리가 들렸다.

– 어련하시겠어, 그럼 그때 보는 걸로 하자. 내가 지금 좀 바빠서.

"또 클럽이지? 소리가 남자화장실 안 같은데."

– 야, 나 너랑 통화하다가 거기가 지퍼에 꼈단 말이야. 빼야 되니까 나중에 연락한다. 끊어.

전화는 정말로 끊어졌다. 필은 눈을 몇 번 깜빡거리다가 휴대폰

을 집어넣었다. 외로움을 못 느끼는 인간이 정상이 아니라곤 하지만,
그를 친구로 둔 저놈도 분명 제정신은 아니었다.

4

그들은 확실히 색다른 4인조였다. 공통적인 관심사를 가신 동호회 원도 아니었고, 고교 시절 어울리던 단짝들도 아니었다. 하지만 8년 이나 지속된 우정에는 결속을 유지시킬 어떤 요소가 있기 마련이다.

네 명이 처음 만난 것은 학교 앞 술집에서였다. 축제 기간이었기에 자교생과 타교생으로 호프집은 만원이었다. 모든 테이블이 찼는데도 단체 손님은 꾸역꾸역 밀려들었고, 사장은 공짜 안주를 미끼로 다른 손님과의 합석을 제안했다. 필이 승낙하고 나니 합석객은 하나가 아 닌 셋이었다. 심지어 그 자리에 앉은 모두가 모르는 사이였다. 생면 부지의 대학생 넷이 강제 합석을 하게 된 것이다.

뚱한 면면들이 둘러앉은 테이블은 한동안 조용했다. 필은 아직도 처음 침묵을 깼던 영준의 말을 기억했다.

"합석시킬 거면 수라도 맞춰주지. 남자 셋에 여자 하나는 뭐, 나가 서 몇 명 더 꼬셔 오라는 거야?"

알고 보니 그들 넷 중 세 명이 같은 학교였다. 전부 동갑에, 학번과 나이도 같았다. 그리고 결정적으로 넷 모두가 혼자 방문한 손님들이었다. 인파가 득실거리는 대학 축제에서 홀로 술을 마시러 온, 인근 10블록 내의 독보적 괴짜들이었던 것이다.

그날 밤 넷은 빠르게 친해졌다. 이해타산적 관계를 시작하는 첫걸음이 대학이라고들 하나, 막 스물이 된 신입생들에겐 해당 사항이 없었다. 공통된 화제도 끝없이 많았다. 우리 학교는 명문의 탈을 쓴 꼴통이다, 들어와보니 지성의 배움터는커녕 술주정뱅이 어린애들과 네거티브에 빠진 피선동꾼 집합소가 아니냐, 배부른 소리 마라, 명문 대생들이 진짜 똥통 학교가 어떤지 알겠느냐……. 그들은 주점 문이 닫히도록 퍼마신 끝에 어느 해장국집에서 번호를 주고받았다. 그 다음은 거의 매일같이 붙어 다니는 공동체로 거듭났다.

모임의 이름은 만장일치로 '외로운 몽상가들'이 선정됐다. 그 이름을 제안한 사람이 지 씨 가문의 4대 독자, 영준이었다.

그는 졸부 아버지와 교수 어머니 사이에서 태어난 반쪽짜리 엘리트였다. 성격 역시 부모를 반반씩 물려받아 통 종잡기 힘들었다. 장사꾼의 기민함과 학자의 명석함, 온갖 부도덕함과 지적 요소가 들끓는 용암처럼 뒤섞여 튀어나왔다. 키도 남들만큼은 컸고 얼굴도 반반했다. 선천적으로 사람을 휘어잡는 말재간이 있어, 그가 열의를 띠고 말할 때면 누구든 멍하니 귀를 기울였다.

영준에게는 타고난 재능이 많았다. 생전 처음 접하는 분야라도 금방 배우고 쉽게 익혔다. 반면 그랬기에 게으르고 방탕한, 매사 새로운 재미만 찾는 기질도 있었다. 본인도 스스로가 잘난 것을 알았지만 워낙 처세에 능해 적을 만들지 않았다. 그는 어디서 입을 열어야 하는지, 터진 농담이 좌중을 폭소시킬지 아니면 말을 꺼낸 이가 밥

맛으로 찍힐지를 정확히 알았다. 그가 당시 홀로 나온 이유도 가관이었는데, 철학과 멍청이들이 플라톤의 정치관에 대해 얼토당토않은 비판을 늘어놓기에 속이 끓어 일어섰다는 것이었다.

"그래서 결론이 뭔 줄 알아? 너흰 다 애인도 못 만드는 바보들이란 거지, 날 빼고. 왜냐하면 난 귀찮아서 누굴 안 사귀거든."

5천 원에 태극기만 한 부침개를 주는 대학가의 술집이었다. 그들은 잔뜩 취해 있었고, 앞으로 더 취할 참이었다. 필이 그 논리의 맹점을 지적하려 했으나 예슬이 더 빨랐다.

"야, 지영준. 자발적 솔로인 게 너뿐만인 줄 알아? 난 지난달에만 고백을 세 번 받았어. 캠퍼스 밖에서 헌팅당한 건 일곱 번이었고."

영준이 혀 꼬부라진 소리로 물었다.

"그럼 넌 왜 안 사귀는데?"

"귀찮으니까. 얼굴만 보고 달라붙는 애들도 지겹고."

당당하게 말한 그녀는 아주머니를 불러 막걸리 세 병을 더 주문했다. 영준은 필을 마주 보고 똑같은 결론을 내린 듯했다. 저거, 괜히 건드렸다간 집에 갈 때까지 물어 뜯긴다.

"그래, 예쁜 얼굴 안 다치게 잘 관리해라. 제발 술도 좀 줄이고."

아닌 게 아니라, 그녀는 정말로 예뻤다. 예슬은 '외로운 몽상가들'의 두 번째 멤버이자 유일한 여자였다. 과하지 않은 미인상에, 여학생이 몇 없는 학과라 미모가 더욱 돋보였다. 성격은 회계 전공답게 합리적이면서 직선적이었다. 남자에 목을 안 매는 것은 둘째 치고, 그 나이 여학생들 특유의 의존적 성향도 없었다. 현실감각 또한 또래의 누구보다 예리했다. 세상에는 나보다 예쁘고 똑똑한 여자가 많다. 그렇다고 내가 예쁘지 않거나 공부를 못하는 것은 아니다.

다만 살랑거리는 여우짓은 허예슬표 대인 관계에 없었고, 그래서 속을 터놓을 친구가 늘 부족했다. 예슬은 훗날 어느 술집에서 회고했다. 여태 이상한 사람을 수없이 만났지만, 그중 이만큼 가까워진 미친놈들은 너희가 처음이자 마지막이었다고.

그녀는 학교를 졸업하고 뜬금없이 웨딩숍에 취직했다. 원래 있던 바닥에서는 여자가 인정받기 힘들다는 것이 이유였다. 예슬은 웨딩 플래너로도 성공한 듯 보였으나…… 대신 만날 때마다 욕이 입에 붙었다. 추억을 파는 서비스직, 게다가 같은 여자들을 대상으로 하는 일이다 보니 스트레스가 심한 모양이었다. 진탕 마시고도 다음 날 촬영이 있다고 귀가하는 예슬을 보며, 필은 과연 그녀답다고 생각했다. 그의 외로움살해자 취직을 유일하게 반대했던 멤버가 바로 허 플래너였다.

마지막 한 자리는 현일이 차지했다. 그는 4인방 중 유일하게 K대 출신이 아니었다. 그의 사연도 퍽 황당했는데, 친구를 보러 왔다가 바람을 맞고 우울한 김에 술집으로 들어온 것이었다. 신현일은 그들 무리에서 가장 정상에 가까웠다. 다른 말로는 왜 껴 있는지 모를 만큼 평범했다. 나쁘지 않은 성적으로 문예창작과에 들어갔지만 그것이 끝이었다. 그의 재능은 평범하게 졸업하여 평범한 회사에서 평범한 회사원이 되는 것으로 증명되었다.

못난 예술가라도 모임 안의 역할은 있었다. 백번 양보한들 그가 리더였다고 볼 수는 없겠으나, 현일이 간단한 의견만 제시해도 나머지 세 명은 그에 따랐다. 셋 다 평균 이상의 머리를 가지고 있었기에 충돌도 빈번했다. 영준은 과하게 화끈했고 필은 반대로 음울했다. 예슬은 세상만사 대부분에 시큰둥했으나 마음먹은 고집은 절대 꺾지 않았다. 담론이 격화될 때면 중재는 늘 '평범남'의 몫이었다. 점심 메뉴나 주종의 선택, 새로 볼 연극 섭외 등도 마찬가지였다. 색깔 약한 구성원이야말로 논쟁을 종식시키는 중재자로 적합했던 것이다.

그런 식으로 그들은 어른이자 어른이 아닌 시기를 함께 보냈다. 필이 대학을 중퇴하고, 영준이 자동차딜러로 전업하고, 마침내 외로움살해자가 탄생한 지금껏 낙오자는 없었다. 그가 돕지 않았음에도 세 친구는 세상의 외로움과 훌륭히 싸워나가고 있었다.

"축하해. 또 한 놈을 태워 죽였다면서?"

필의 잔에 소주를 그득 부은 영준이 말했다.

"태워서 죽인 건 아니고. 어쨌든 고맙다."

필이 잔을 비우자 영준은 고개를 절레절레 흔들었다.

"나야말로 나와줘서 고맙다. 그놈의 고객 타령 때문에 아주 돌아버리는 줄 알았어. 너희들도 알지? 저놈 저거, 일할 때 영락없이 의부증 걸린 와이프잖아. 의뢰 기간엔 집에도 안 들어가고."

예슬이 대꾸했다.

"그게 쟤가 하는 일이니까. 더 바쁜 애들이 얼마나 많은데, 저 정도면 양호한 거지. 넌 동기들하고 연락도 안 하니까 모르겠지만."

"걔들한테는 관심 없어. 어차피 고만고만한 초봉들 가지곤 내가 파는 차 한 대도 못 살 텐데."

씩 웃은 영준은 새 병맥주를 하나 땄다. 예슬도 소문난 주당이었고 필 역시 센 편이었으나, 저 술망나니만큼은 아니었다. 필은 전날 소주를 궤짝으로 비우고도 어떻게 영업이 가능한지 알 수 없었다.

"내가 할 말은 아니지만, 초봉이 아니라도 그런 건 못 사. 요즘 세상에 리스가 아니면 카푸어 신세로 전락하잖아. 우리 부장님도 긴

축재정이라면서 대중교통만 타시는걸."

현일이 조심스럽게 끼어들었다. 그는 요즘 줄어든 주량 탓에 얼굴이 첫 회식처럼 벌겠다.

"그럼 살 만한 놈들한테만 팔면 되지. 돈을 쓸어 담는 전문직이 바로 내 옆에도 한 분 앉아 계신데."

필은 돌아보지도 않고 거절했다.

"난 됐어. 프로모션 문자가 오는 곳은 우리 회사로 족해."

"왜? 너도 예슬이처럼 네 손으로 운전 안 하는 병에 걸렸냐?"

"회사 차원에서 규제를 둬. 직원들이 외제차를 타고 다니면 회사 이미지가 나빠진다면서. 고객들이 박탈감을 느낄 수도 있고."

영준은 세상의 모든 불합리와 마주한 표정이었다.

"그게 말이 되는 소리야? 네가 번 돈을 네 마음대로 못 쓴다고?"

"그럴 수도 있지. 저 정도로 잘나가는 직장이라면 출퇴근을 걸어서 하라고 해도 신이 날 것 같아."

현일이 몽롱한 눈으로 중얼거렸다. 영준은 못난 친구를 돌아보더니 혀를 끌끌 찼다.

"살해자라잖아, 살해자. 우리 중에 그런 타이틀이 어울릴 만한 사람은 그나마 윤 필뿐이지. 대학 때 누굴 죽일 기세로 도서관만 들락거렸던 걸 보면, 아마 쟤 때문에 차석들이 많이들 울었을 거다."

필은 잠시 회상하곤 그 말에 동의했다. 신입생 시절 그의 말수는 지금보다 훨씬 적었다. 과묵한 엘리트에게 홀딱 반한 선배들이 많았으나, 그에게는 귀찮은 암벌 떼에 불과했다. 인간관계를 유지하면서 학과 톱에 과외까지 병행키란 쉬운 일이 아니었다.

영준은 필에게로 고개를 돌렸다.

"어쨌든 너희 회사가 유명하긴 한가 봐. 요즘은 어딜 가나 외로움 살해자 타령이더라. 내 고객들하고도 외살자를 빼면 대화가 안 통해."

예슬이 말했다.

"대세니까. 뭐든 유행을 타면 안 팔리는 거 봤어?"

"그래도 신기하잖아, 대체 왜 거기다 돈을 쏟아붓는 걸까? 끽해봐야 두어 달짜리 애인인데 말야."

필은 외살자의 마케팅전략을 설명해줄 필요성을 느꼈다. 친구는 본인의 사고 범위에서 벗어나면 다소 모자라지곤 했다.

"사람들은 외로움이 없어지길 원해. 물론 외살자가 진짜 연인이 아니라는 것도 알지. 우리가 표방한 타이틀이 애인 대행이라면 문제가 되겠지만, 모두가 납득할 만한 이유가 주어지니 윤리적 부담감도 사라지는 거야. 서로의 이해관계가 들어맞았다고 할까."

듣고 있던 영준이 손뼉을 딱 쳤다.

"아, 맞아. 너희 대표였나? 그 사람이랑은 언제 술이라도 마시면서 사업 얘길 나눠보고 싶더라. 자기 물건 팔 줄을 안단 말이지. 분명히 차도 신형 S클래스나 우라칸을 몰 거야."

"난 만난 적 없어. 얼굴도 모르고."

"왜? 여자면 작업해보지 그래."

"관심 없어. 네가 너한테 돈을 주는 보스를 꼬시진 않잖아?"

영준은 진지하게 고개를 끄덕였다.

"그건 그렇지. 서른여덟이 넘은 여자는 우리 이모랑 다를 바가 없어."

"너희 이모님이 어떠셔서?"

최근 나이에 민감해진 예슬의 말꼬리가 뾰족해졌다. 영준은 주위를 휘둘러보더니 반대편 테이블의 중늙은이를 가리켰다.

"저기, 머리 벗겨진 아저씨 보이지? 우리가 서른여덟 여자를 보는
게 딱 지금 네 느낌이야."

예슬은 코웃음을 쳤다.

"그래, 지영준. 나도 널 볼 때마다 그런 느낌을 받아."

술이 몇 순배 더 돌았다. 화제도 여전히 필 근처에 머물렀다. 그가
외살자가 된 지 벌써 3년이 넘었는데도 직업에 대한 궁금증은 끊이
지 않았다. 친구들은 복리후생은 좋은지, 업무 도중 정분은 안 나는
지, 이번에 만난 고객은 어땠는지를 묻고 또 물었다. 하긴, 외제차 딜
러나 웨딩플래너의 일상보다야 외로움살해자 쪽 경험담이 흥미진진
하긴 했다.

"그럼 보통 고객을 만나면 뭘 하는데? 평범하게 밥 먹고 커피만
마신 다음 집으로 가는 거야?"

예슬이 첫 미끼를 던졌다. 영준도 냉큼 참전했다.

"그래, 넌 네 일 얘기만 나오면 말을 돌리잖아. 대체 살해란 게 뭔
지, 속 시원히 좀 풀어봐."

필은 고추장 묻은 젓가락을 내려놓았다.

"첫째, 상대를 잘 파악해야 돼. 너처럼 무작정 내 차 사십쇼 하면
서 덤비다간 그날로 시말서 행이거든."

듣고 있던 예슬이 깔깔거렸다. 필은 아랑곳 않고 강의를 계속했다.

"둘째, 평소엔 예슬이 말처럼 밥을 먹거나 커피를 마시기도 해. 일
하는 중간 중간 연락도 하고. 마지막 주말에는 함께 심야영화를 봤
었네."

"뭐야, 그게 다야?"

"아니, 가장 중요한 것. 언제나 고객의 행동반경 가까이에서 대기하면서 연락이 오자마자 달려가야 해. 외로움을 막기 위한 보디가드 역할이라고 생각하면 빠르겠군."

영준은 오만상을 찌푸렸다.

"말만 들어도 귀찮다. 그게 돈 받고 하는 연애랑 뭐가 달라?"

"연애와는 달리 기한이 정해져 있지. 차일 염려도 없고, 상대가 바람을 피울 걱정도 없어."

"애 보기가 따로 없구만. 내 와이프한테도 못할 짓이야."

곧 죽어도 애인은 안 만든다던 독신남의 주장은 설득력이 없었다. 필은 짧게 웃었다.

"언제는 여자친구도 안 만들겠나면서?"

"그렇지. 그래서 내가 너희 회사에 취직할 일도 없는 거고."

그때, 예슬이 마시던 잔을 내려놓았다.

"아니, 그건 그냥 네가 연애를 못하는 거야."

영준은 과장되게 두 손을 들어 보였다.

"야, 못하는 거랑 안 하는 거랑 같아? 난 내가 외롭다고 아무나 사귀지는 않아. 가벼운 관계가 가능한 애들만 골라 만난다고."

예슬의 가지런한 갈색 눈썹이 좁혀졌다.

"전부 다 핑계야. 그게 관계를 책임지기 싫어서 섹스파트너만 구하는 겁쟁이랑 뭐가 달라?"

"사랑 운운하며 이 여자 저 여자 환승하는 것보다야 그 편이 낫지. 적어도 남들한테 피해를 주진 않잖아."

"어설프게 착한 척은. 내가 볼 땐 너나 걔들이나 거기서 거기야."

영준이 귀를 후비자 예슬은 팔짱을 꼈다. 필이 중재하려 했지만 이미 기름에 불이 붙은 뒤였다. 곧 2차전은 남성과 여성의 치사스러운 자존심 싸움으로 넘어갔다.

"남자들 머릿속이야 다 비슷하지. 첫 소개팅부터 어떻게 한번 자빠뜨려볼까, 이 여잔 무슨 속옷을 입고 어떤 신을 냈을까나 생각하는 애들이 태반이야. 그런 남자들이 보통 스스로를 독신주의자라 칭하더라고."

"여자들 생각이라고 다를 게 있냐? 진심을 원한답시고 온갖 고결은 다 떨면서, 조건 몇 개만 빠지면 인간으로도 안 보는데 뭘. 그래 놓고 외살자 센터로는 꼬박꼬박 전화를 넣겠지. 감정적 허영만큼 꼴사나운 정신병도 없다."

두 친구의 논쟁에는 늘 따사로움이 넘쳐흘렀다. 한 뼘짜리 동아리방에서 연애관으로 다투던 대학 시절과 다를 바가 없었다. 영준은 매 순간 자유로운 만남을 추구했고, 예슬은 그것을 바람둥이의 변명이라고 여겼다. 어느 쪽이든 상관이 없던 필은 묵묵히 공부만 했다. 그에겐 사랑의 목적이나 본질, 친구의 새 애인 얘기보다 정신병의 예후를 원서째 외우는 것이 더 중요했다.

"쟤들 좀 말려봐. 저러다 집에 갈 때까지 싸우겠어."

현일이 조심스럽게 말했다. 필은 어깨를 으쓱하곤 일어섰다. 술자리마다 저 꼴을 봐온 것이 어언 8년째였다.

"화장실 좀 다녀올게. 연락할 데가 있어서."

가게 밖 화장실은 기다리는 줄이 길었다. 필은 대차게 뿜어지는 오줌발 뒤에 서서 휴대폰을 확인했다. 다행히 오늘은 급한 고객 의뢰도, 조 과장의 강제 회식도 없는 모양이었다. 자리로 돌아오니 지영준 쇼가 게스트만 바뀐 채 계속되고 있었다.

"현일아, 사람은 누구나 꿈을 향해 전진할 권리가 있어. 개인적으론 네가 그 굶어죽기 딱 좋은…… 아니, 소설가 흉내를 좀 더 내봤으면 좋겠다고 생각해. 난 네 책이 꽤 재미있었거든."

필은 의자를 끌어다 앉았다. 당사자는 탐탁잖은 표정으로 대꾸했다.

"나도 그러고 싶어. 넌 잘나가는 외제차 딜러지, 예슬이도 꾸역꾸역 경력을 쌓고 있지, 필이야 더 말할 것도 없고."

"그럼 고민할 게 뭐 있어? 그냥 쓰란 말이야. 네 발뒤꿈치도 못 따라가는 문재들이 성공하는 걸 보면서 아무렇지도 않아?"

불판 위 주꾸미들이 타닥타닥 소리를 냈다. 현일이 생각에 잠긴 사이, 필이 현실직힌 문제점을 세기했다.

"그러다가 실패하면?"

영준은 필을 돌아보고 씩 웃었다. 그가 파는 머슬카의 보닛처럼 반짝거리는 미소였다.

"안타깝지만 어쩔 수 없지. 희망이란 놈은 원래 태세전환에 능하거든. 아차 했다간 깔려 죽는 거야."

그때껏 머릴 싸매고 있던 현일이 말했다.

"지금 내가 딱 그런 기분이야. 초대형 압축기 밑에서 작신작신 다져진 느낌. 너희도 휴가를 세 번 연속으로 잘리고 나면 이해할걸."

예슬은 깊이 공감한다는 듯 입을 열었다. "맞아, 나도 알아. 쉬는 날이라 출근도 안 했는데 아침부터 고객들 전화가 올 때면……." 영준은 그녀의 말을 뚝 끊었다.

"왜? 출판사 직원은 휴가도 못 간다는 법이 생겼냐?"

현일은 무겁게 신음했다.

"왜 못 가긴. 상사 눈치도 봐야지, 동료들이랑 사전 조율도 해야지. 막 들어온 신입까지 날 못 잡아먹어 안달인 것 같아."

"그럴수록 새로운 분야에 도전해야 돼. 고인 물은 썩기 마련이라고."

"영준아."

필은 친구를 불렀다. 영준은 영문 모를 표정으로 돌아보았다.

"왜?"

"세상 사람들 모두가 너 같은 재능을 타고난 건 아냐. 손댄 분야마다 성공하는 건 네 경우나 그렇겠지."

지난 8년간, 영준은 지치지도 않고 변화를 모색했다. 법학도는 경제학도로의 신분 개혁을 꾀했고 졸업 후에는 뜬금없이 요리사로 취직했다. 막 자리를 잡아갈 때쯤 요리사는 외제차 딜러가 되었다. 이번에야말로 실패하리라는 범부들의 관망은 무의미한 것이었다. 그는 놀리기라도 하듯 번번이 더 큰, 더 손쉬운 성공으로 예상을 박살냈다.

영준은 넥타이 구김을 탁탁 털어 폈다.

"이런 건 일도 아냐. 예술가나 정치인 같은 연줄 스포츠면 모를까, 조금만 노력하면 누구나 할 수 있는 거라고."

고시원의 장기 투숙객들에게 지껄였다간 몰매를 맞을 소리였다. 필은 결국 설득을 포기했다.

"그래. 언젠가 너도 네 방랑벽을 인정할 날이 오겠지."

"야, 그렇게 따지면 너도 나쁜 놈이야. 멀쩡히 잘 다니던 학교를 때려치우지 않나, 집안에 일이 생겼다며 다짜고짜 잠수를 타지 않나. 우리가 얼마나 걱정했는지 알아?"

"맞아, 자퇴했다는 말을 듣고 얼마나 놀랐는데. 나는 네가 사업이라도 시작한 줄 알았어."

화제에서 밀려난 현일이 말했다. 필은 짧게 웃었다.

"운이 좋았지. 지금껏 공부했던 전공을 써먹을 일이 생겼으니까. 다른 길을 찾으라고 했으면 엄두도 못 냈을 거야."

영준은 중지와 엄지로 딱 소리를 냈다.

"맞아, 운. 인생은 역시 대세에 편승하는 운이 따라야 해. 현일이를 좀 봐라. 재능이 쥐똥만큼 있긴 한데 늘 막차를 놓치니 이 꼴이잖아?"

현일은 네 얼굴을 막차로 갈아버리고 싶다, 어쩌고 하는 악담으로 화답했다. 한바탕 웃음이 터졌으나 허 플래너만은 예외였다. 예슬은 눈을 가늘게 뜨고 물었다.

"그런데 그 일은 언제까지 할 생각이야?"

필은 웃다 말고 그녀를 돌아보았다.

"어떤 일 말이야? 외로움살해자 실무직?"

"응. 그 정도 경력이면 슬슬 안정적인 곳으로 옮겨야지."

영준은 신기한 농담을 들은 표정이 되었다.

"쟤는 또 뭐라는지 모르겠네. 몇 년째 대세인 직업을 빼면 뭐가 안정적이라는 거야?"

그러나 예슬은 오늘따라 끈질겼다.

"영준이 넌 몰라서 그래. 예전에도 몇 번씩 들어온 소리지만, 우리 샵 선배도 그쪽 고객을 담당하던 외살자들을 많이 봤대. 일을 그만두거나 잘리는 순간 폐인이 된다면서?"

감염자 소식을 들은 거군, 어쩐지 눈빛이 심상찮더라니. 필은 그렇게 생각하며 애꿎은 불판을 뒤적였다. 외로움에 처형당한 전우들은 많고 세상은 좁았다. 그 선배란 사람이 남 대리의 사촌쯤 될지도 모를 일이었다.

"꼭 그렇지만도 않아. 퇴직자들 모두가 네 말처럼 됐다면 진작 안정성 문제가 도마 위로 올랐겠지."

"하지만 생각해봐. 꼭 그 위험한 일을 고집할 필요는 없잖아? 요즘은 외살자 출신이 하는 상담소, 왕년의 경험을 토대로 한 개인 카운슬러들도 꽤 인기가 좋다고 들었어."

필은 고개를 저었다.

"충고는 고맙지만 난 지금 내 직업에 만족해. 적어도 당분간은 이 일을 계속할 생각이야, 그래야 할 이유도 있고."

예슬은 더 종용하기도 애매했던지 입을 다물었다. 그 사이 영준이 그녀의 빈 잔에 소주와 맥주를 콸콸 부었다.

"자, 헛소리 말고 이거나 마셔. 자고로 가장 쓸모없는 염려가 연예인 걱정이랑 윤 필이 걱정이랬다."

"어…… 그런데 연예인들은 자살도 많이 하지 않나? 쟤가 하는 일도 똑같은 감정노동이잖아."

테이블에 불경스러운 침묵이 깔렸다. 벌써 혀가 꼬부라진 현일은 내가 뭘 어쨌는데, 하는 눈으로 멀뚱멀뚱 친구들을 쳐다보았다. 영준이 의자 등받이의 외투를 챙기면서 일어섰다.

"헛소리 말고 일어나, 볼링이나 치러 가자. 여기 더 있다간 쭈꾸미 냄새가 팬티까지 배겠어."

2차는 가까운 압구정의 볼링 펍으로 정해졌다. 예슬은 게임을 할 바에야 술이나 한 잔 더 마시겠다며 투덜댔으나, 별 반항 없이 따라왔다. 지하에 있는 야광 볼링장은 사람으로 북적였다. 영준과 현일은 곧장 겉옷부터 벗어던지고 레인으로 출격했다. 필은 다트 판만 몇 번 기웃거린 뒤 테이블로 돌아와 술을 홀짝거렸다.

번쩍이는 점수판을 구경하는데 예슬이 다가왔다. 그녀의 손에는 반쯤 얼어붙은 500cc 맥주잔이 들려 있었다.

"왜, 같이 안 치고?"

예슬은 그들의 레인 쪽을 흘끗 고갯짓했다.

"저긴 너무 시끄러워서. 어린애들끼리 실컷 놀라고 해."

봤나? 이거지, 바로 이거라고! 두 팔을 번쩍 드는 영준이 요란하게 세리모니를 하는 것이 보였다. 필은 알 만하다는 듯 끄덕였다.

"너도 앉아. 계속 그걸 들고 있다간 팔 빠지겠다."

그들은 한동안 친구들의 게임을 구경했다. 음악 때문에 시끄러운 와중에도 고함 소리는 잘 들렸다. 게임비 몰아주기인지 술값 독박인지, 하여튼 무슨 내기가 걸리긴 걸린 모양새였다. 당연한 일이지만 스코어보드는 영준 쪽이 압도적으로 높았다.

스트라이크, 스트라이크, 스트라이크. 볼링 핀 30개가 연속으로 쓰러진 다음 예슬이 입을 열었다.

"있지, 가끔 보면 넌 영준이를 닮아가는 것 같아. 난 너희 둘이 쌍무적 독신관계 같은 괴상한 소릴 해도 놀라지 않을 준비가 됐어."

필은 눈썹을 찌푸렸다.

"말이 좀 심한데. 차라리 나가 죽으라고 욕을 하지 그래."

그녀는 깔깔대느라 현일의 다음 스트라이크 장면을 놓쳤다. 그래도 점수는 아직 한참 차이가 났다.

"요즘 남자친구하곤 어때, 그때 봤던 금융직하곤 아직 만나?"

"아니, 헤어졌어. 올해 안에 결혼을 안 할 거면 만날 이유가 없다며 진상을 떨어서."

필은 그만 웃어버리고 말았다. 예슬은 아무렇지 않게 맥주를 한 모금 마셨다.

"어차피 끝내려던 참이었어. 슬슬 집착이 심해진 것도 있고, 싫은 모습들이 너무 많이 보이니 감정도 식더라. 넌 어떤데?"

"나야 늘 똑같지. 누굴 따로 만나고 있지는 않아."

"왜, 고객들도 전부 이성이라면서. 그중에 따로 연락하는 사람은 없어? 호감이 가는 여자라든가."

"꼭 우리 과장님 같은 소릴 하는군. 일이 끝난 뒤 고객과의 사적인 연락은 금지야. 그래본 적도 없고."

예슬은 새로운 문화와 맞닥뜨린 카우보이 같은 표정을 지었다.

"말도 안 돼, 이건 원칙이랑은 다른 얘기잖아. 네 얘길 들으면 24시간 밀착 상담사가 따로 없던데. 그렇게 붙어 다니면서 감정이 생겼던 적이 없단 말이야?"

필은 얼음이 녹아가는 맥주잔을 들여다보았다. 친구의 정보력이 썩 뛰어나지 않은 것이 다행이었다. 대학 시절, 그를 따라다녔던 순진한 여학생들은 주 단위로 속출했고 분기별로 해체됐다. 싱그러운 젊음, 술과 체취를 섞은 육탄 공세, 맹목적인 연정, 저 모든 것은 소용없었다. 그녀들의 외로움은 함께 있는 것 정도로 필에게 전염되지 못했다.

예슬은 질문을 약간 바꿨다.

"의뢰를 마친 고객이랑 친구로 지냈던 적은 있어?"

"아니, 없는데."

"한 번이라도 다시 연락한 적은?"

"그것도 없어. 전혀."

"그 사람들도 널 참 독하다고 생각할 거야. 아니면 피도 눈물도 없는 감정상실자라 여기거나."

"그게 내가 할 일이니까. 기껏 청부를 끝내고선 다시 연락해봐야 부작용만 생길 뿐이야. 그들이 내게 의존하지 않는 이유는 딱 하나, 우리의 관계가 고객과 직원이기 때문이지. 사적인 요소가 생긴 순간 내가 죽인 외로움은 득달같이 되살아날걸."

그녀는 질렸다는 듯 진저리를 쳤다.

"너도 참 대단하다. 꼭 그렇게 말해야 해?"

필은 희미하게 웃었다.

"본질은 쉽게 변하지 않아. 인간을 변화시키는 유일한 촉매는 죽음뿐이란 말이 있지. 그게 타자의 것이든 자신의 것이든. 나는 내 고객들이 스스로의 외로움에서 잠시라도 자유로워지길 바라."

예슬은 대답하지 않았다. 그들이 침묵하는 사이, 양쪽 레인의 팀이 바뀌었고 영준-현일의 게임도 끝났다. "야, 거기 앉아 있는 애들! 우리 둘을 이기면 너희가 사귀는 걸 인정해줄게!" 술에 취한 얼간이가 소리쳤지만 두 사람 모두 무시했다.

몸을 돌린 그녀가 뭔가 말하려고 했을 때, 필의 휴대폰이 테이블 위에서 진동했다. 예슬은 시큰둥하게 물었다.

"누구니, 이 시간에?"

필은 액정을 흘끗 보았다. 연락한 사람이 누군지는 찍힌 전화번호만 봐도 알 수 있었다.

"우리 회사 문자. 안 받는다고 했는데도 계속 고객을 보내네."

예슬은 회사란 말에 흥미가 인 모양이었다. 휴대폰을 가져간 그녀는 내용을 보더니 눈이 동그래졌다.

"이런 식으로 컨택을 시키는 거야? 무슨 번개팅 사이트 같다. 스팸메일 광고에서 비슷한 문구를 본 기억이 나."

변명할 말이 궁색했기에 필은 어깨만 으쓱했다. 내일은 기필코 이 불상사에 대해 조 과장에게 따질 생각이었다.

"난 주로 심화된 고객들을 맡아, 1단계나 2단계는 거의 거절하고. 아마 이번 사람도 다른 직원이 가져가서 처리하겠지."

"그래? 이 여자는 심각한가 본데, 숫자가 3이야."

필의 고개가 빠르게 돌아갔다. 그는 도로 건네받은 휴대폰 속 메시지를 읽었다. 이번 문자는 평소 받던 것보다 한참 짧았다. 액정에는 딱 세 마디와 단계 표시만이 적혀 있었다.

　　김 미, 독신, 여자. [3]

5

회사 건물은 기름을 부은 벌집처럼 환했다. 멀리서 봐도 불이 켜져 있는 창문들이 훨씬 많았다. 꼭대기층 실무 요원들이야 모두 퇴근했겠으나, 나머지 직원들의 업무는 이제부터 시작이었다.

필은 사무실 바로 앞에서 조 과장과 마주쳤다. 그는 웬 거대한 대접을 두 손에 들고 있었는데, 필을 보자마자 대뜸 내밀었다.

"마침 잘 왔다. 모르고 곱빼기 세트를 시켜버려서, 고민하다 아래층에 돌리려던 참이었는데. 굳이 내려갈 필요가 없겠어."

짬뽕 그릇을 싼 비닐은 김으로 허옜다. 필은 의심스러운 눈초리로 상사와 붉은 국물을 번갈아 훑었다.

"여기서 뭘 하시는 겁니까? 다들 퇴근했을 시간에."

"고객 세 명이 다 일이 있다기에 사무실에서 잠들었지. 이젠 집보다 회사가 편해. 굳이 내 기름을 써 가며 천호까지 안 가도 되고."

방금 깬 사람치곤 낯빛이 수상하리만치 멀쩡했다. 필은 안주머니에 손을 넣다가 문득 어떤 사실을 깨달았다.

"저한테 문자를 보낸 것도 과장님이시군요."

조 과장은 낯빛 하나 안 바뀌고 부인했다.

"아니, 말은 바로 해야지. 난 그냥 들어온 건수를 연결시켜줬을 뿐이야. 요즘은 눈이 침침해서 자판을 치지도 못해."

거짓말도 저 정도면 허언증 수준이었다. 필은 어이가 없어 대꾸했다.

"문자로는 따로 받지 않겠다고 말씀드렸잖습니까."

"그래. 나도 그 오더를 내려보냈어. 그런데 오늘은 하필 박 과장한테 전화가 오더라고. 너희 팀에 한가한 사람이 있거든 좀 맡아달라면서, 아마 5팀까지 우수 사원이 다 나가 있었나 봐."

"3단계인 것을 보고 즉시 회사로 왔습니다. 과장님 솜씨인 줄 알았으면 그냥 들어갈 걸 그랬네요."

조 과장은 그릇을 든 손을 으쓱해 보였다.

"아무렴 어때, 어차피 내일 아침에 너한테 갔을 텐데. 지금 맡나 그때 맡나 다를 게 뭐 있겠냐."

필의 짐작으로는, 5팀까지의 외살자들 전부가 그녀를 거절한 것이 틀림없었다. 직원들 사이에서 3단계 고객은 시한폭탄이라고 불렀다. 기껏 맡아봐야 월급은 같고, 중도 실패율은 높고, 감염 위험까지 치사율을 오르내린다는 이유였다.

"다른 사항들은 어떻게 된 겁니까?"

"나도 모르겠어. 처음엔 입력이 누락됐나 싶었는데, 그냥 저 고객이 공개한 정보가 저게 다였던 모양이야. 나머지는 자길 맡을 직원에게 직접 전해달라고 했다더군."

필은 메고 있던 가방을 고쳐 들었다.

"어차피 분석팀이 그녀의 전 애인 생일까지 알아 오겠죠. 고객 정보는 어디서 받으면 됩니까?"

"6층으로 가봐."

"알겠습니다. 아, 그런데 과장님."

조 과장은 왜 부르냐는 표정으로 돌아섰다. 필은 상사의 손에 들린 그릇을 가리켰다.

"그 짬뽕 다 불었습니다. 새로 시키셔야겠네요."

잔 속의 각얼음이 미끄러졌다. 소파에 등을 기댄 필은 타 온 아이스커피를 한 모금 마셨다. 형광등을 모두 끈 거실은 어둑했다. 수신료만 납부할 뿐 쓰임새는 없다시피 한 TV도 꺼져 있었다. 며칠 전 그가 직접 설치해둔, 심해 아귀의 초롱처럼 생긴 스탠드만이 소파 주변을 바다 빛으로 물들였다.

6층으로 내려가자 이미 기다리는 사람이 있었다. 분석팀의 여직원은 지루한 얼굴로 그에게 서류 봉투를 건넸다. 삶이 무료해 자살했다는 이는 아직껏 본 바 없었으나, 세상에서 가장 따분해 보이는 사람을 찾자면 그녀일 것 같았다. 그는 택시 안에서 읽었던 종이를 다시 펼쳤다. 고객이 본인에 대해 직접 적었다는 문항지였다.

보통 이런 서류는 타이핑해서 이메일로 보내기 마련인데, 이번은 특이하게도 자필이었다. 필은 ㅣ와 ㅜ 모음을 길게 늘여 쓰는 글씨체를 죽 읽어 내려갔다. 그림이 취미, 글은 부업, 일주일에 두 번 집 근처의 종합 트레이닝 센터를 다닌다. 나이는 28세, 하는 일은 큐레이터/전시 디렉터, 사는 곳은 '우리 집'이고(정말로 이렇게 적혀 있었다)······ 162cm, 45kg, 머리는 짧은 단발, 탈색을 두 번 거친 밝은 갈색. 필은 끝머리에 가서 관자놀이를 눌렀다. 이 아가씨도 어지간히 엉뚱한 인간이었다. 이게 결혼정보회사 설문지도 아니고, 왜 여기다 자기 체중을 써둔 거지?

물론 그녀의 머리야 핑크색이든 에메랄드색이든 상관없었다. 그보다는 얼마 남지 않은 시간이 문제였다. 보통 새 고객을 맡을 때는 일주일의 준비 기간이 주어지나, 조 과장은 바로 사흘 뒤로 약속이 잡혔다고 했다. 이 고객은 본인의 외로움에 꽤 절박한 위협을 받고 있는 모양이었다.

필은 마지막 줄을 다시 한 번 읽었다. 글의 작성자가 겪었을 내적 갈등은 곳곳에서 드러났다. [좋아하는 것] 란의 '코미디 영화'에는 두 줄이 그어지고 '슬픈 영화'로 바뀌어 있었다. 반면 [싫어하는 것] 란에는 해석이 불가능한 문장도 많았다. 딸기가 안 들어간 딸기 파르페, 비 오는 날 시든 장미, 우울증 환자에게 처방된 수면제.

'이건 거의 수수께끼인데. 난해한 현대시가 따로 없잖아.'

이럴 때 믿을 것은 회사의 정보력이었다. 필은 노트북을 켜고 먹다 만 사과가 하얗게 발광하는 것을 바라보았다. 과연 새 이메일이 들어와 있었다. 외로움살해자 백업 부서에는 뒷조사 담당 팀도 따로 존재했다. 그들은 주로 새 고객이 안전한 시민일지 위험인물일지, 외로움의 단계를 분석해 외살자를 도왔다.

실행한 파일은 기대에 걸맞게 세밀했다. 분기별로 그녀가 이직한 직장, 이사 기록, 친척 관계는 물론이거니와 어디서 태어나고 어느 학교를 다녔는지까지 정리되어 있었다. 필은 텍스트를 훑으며 필요해 보이는 사항을 메모했다. 김 미, 그녀가 밝힌 이름은 본명이 맞았다.

눈여겨볼 점은 서울 소재의 모 미대를 졸업했다는 것이었다. 대학에선 서양화를 전공했는데, 파스텔화와 유화를 주로 그렸다. 그는 첨부된 그림을 감상한 뒤 '가족' 항목으로 넘어갔다.

미는 무남독녀의 외동딸이었다. 졸업하자마자 독립했고, 한동안 어머니와 함께 살던 집과 자취방을 오갔다는 대목도 보였다. 필은 고개를 조금 기울였다. 그럼 아버지는 어디로 갔던 거지? 의문은 바로 아랫줄에서 풀렸다. 그녀의 부모는 꽤 오랜 시간 동안 결혼생활에 문제를 겪어온 모양이었다. 완전히 갈라선 것이 7년 전, 아버지가 재혼한 것은 3년 전쯤…… 그 전까지는 명목상이나마 부부 관계를 유지해왔다. 거기서 필은 붉은 줄을 그었다. 단계 높은 외로움이란 유년 시절의 트라우마로부터 이어진 경우가 많았다.

어떻게 알아내 연락했는지, 지인 및 업무상의 옛 파트너에게 부탁한 코멘트도 몇 줄씩 있었다. 필은 한 마디씩 살피며 계획과 작전을 시뮬레이션했다. 인평은 이럭저럭 비슷했다. 솔직하고 담백하다. 엉뚱한 구석이 있지만 대체로 딱 부러지는 성격이다. 주변에 남자가 많았는데 정작 애인을 자주 사귄 것 같진 않다. 그중에서도 고교 동창이라는 텔레마케터가 밝힌 소견이 인상적이었다. 김 미요? 걔는 좀 이상한 애였어요. 살살 웃고 다니는데 머릿속으론 뭘 생각하는지 모르겠고. 그러면서도 선생님한테 예쁨받을 짓만 골라 하니까. 아마 그때 우리 반 여자애들 절반은 걔를 싫어했을 거예요.

'이걸 보면 따돌림을 당했을 가능성도 있군. 그 또래 여자애들 사이에서는 흔한 일이니.' 필은 거기까지 생각하다 회사의 정보력에 새삼스레 감탄했다. 반나절 사이 모은 것이 이 정도니 필 자신의 경우는 보지 않아도 뻔했다. 분명 출생 시각부터 생활기록부, 대학 자퇴

사유까지 정리된 보고서가 임원의 메모리에 저장되어 있으리라. 그의 가장 친한 친구들조차 모르는 비밀과 함께.

그것을 저 미라는 고객이 본다면 의뢰를 취소할까, 아니면 외로움을 도살해온 인간 백정의 본모습에 놀라 도망갈까.

조금 전, 회사를 나오는데 조 과장에게 전화가 걸려 왔다. 그가 받자 조 과장은 설명도 없이 말했다.

─ 그런데 문제가 있어. 그 고객, 반송품이더라고.

반송품은 말 그대로 반송된 고객, 이미 한 번 서비스를 신청했다가 실패로 끝난 적이 있는 사람이란 뜻이었다. 필은 택시를 잡기 위해 다른 쪽 손을 들며 물었다.

"이유는 뭡니까?"

─ 나도 잘 모르겠어. 아마 따로 주의 통보가 갈 거다. 나중에 놀라지 말라고 미리 얘기해주는 거야. 혹 이번 일이 찜찜하다면…….

"아뇨, 괜찮습니다. 당시 그녀를 맡았던 직원이 실패한 이유만 알아봐주십시오. 고객의 사정 때문이었는지, 아니면 다른 까닭이 있었는지요."

조 과장은 잠시 침묵했다.

─ 나도 알아보려 했는데…… 그게 말이지, 지금은 알 수가 없어. 그 외살자는 이미 한참 전에 그만뒀거든. 고객 감염으로.

대화는 그쯤에서 끝났다. 조 과장은 영 께름칙해하는 눈치였으나, 필은 맡기로 한 일을 그만둘 생각이 없었다. 살해에 실패한 반송품이 뭐가 어떻단 말인가? 미라는 여자의 외로움이 아무리 흉악스럽다 한들, 그를 위협한다는 것은 태생적으로 불가능했다. 밑바닥 뚫린 심장에 독을 부어봐야 통과해 흘러내릴 뿐이었다.

'아니, 그렇지 않아.' 작은 목소리가 비장 언저리에서 들렸다. '넌 고객들의 외로움을 먹고 사는 괴물이니까. 네가 2단계 이상의 환자들만 골라 맡는 이유도 그래서잖아.'

필은 벌써 갈색이 많이 엷어진 잔을 들었다. 얼음이 다 녹은 커피는 오래된 사랑처럼 밍밍했다. 고객 선정의 기준이야 어쨌든, 김 미라는 아가씨는 당장 치료가 필요한 중환자였다. 인간은 물과 지방과 단백질, 소량의 외로움으로 구성된 생물체였고. 놈들을 죽일 수만 있다면 외로움을 처치하는 까닭은 중요치 않았다.

나머지는 일정 관련 정보였다. 그녀는 프리랜서였으나 최근 어떤 공동 작업 때문에 정기적으로 출근하고 있었다. 오전 아홉 시쯤 회사 앞의 카페, 열두 시 반에는 근처 식당에서 목격됐다. 그 이후부터는 정보가 전무했기에 필은 직접 그녀를 추적한다는 계획을 세웠다. 잠복과 미행은 오래전부터 그의 장기였다.

창밖 멀리서, 빌딩의 충돌 방지등이 붉은 눈처럼 점멸했다. 필에게는 일의 시작을 알리는 신호탄으로 보였다. 우수한 외로움살해자는 곧 유능한 탐정이기도 했다. 고객을 쫓고, 그들을 파악하고, 한발 앞서—심지어 본인보다도 먼저—심리를 꿰뚫는다는 면에서 두 직업에는 스토커틱한 공통점이 존재하는 것이다.

"앞으론 잠이 모자라겠어. 그녀가 새벽형 인간이 아니었으면 좋겠는데."

필은 무심코 중얼거렸고, 자신이 혼잣말을 입 밖으로 발음했다는 사실에 흥미를 느꼈다. 어쨌거나 3단계 고객은 무척 오랜만인 터였다. 거기다 그녀는 되돌아온 반송품이 아니던가. 이성도, 육신도, 그가 가진 살해 도구 모두를 날카롭게 손질할 필요가 있었다.

그는 일어나서 스탠드를 꺼러 걸어갔다. 곧 노트북은 대기 모드로 들어갔다.

2단계

—

살해 대상을
접선할 것

1

그곳은 미의 집과 30분쯤 떨어진, 합정동의 한적한 카페였다. 온종일 홍대의 인파에 지친 사람들이 모여드는 곳이기도 했다. 고양이 플리마켓, 기념품 노점상, 노랗고 붉은 벽돌 골목을 굽이굽이 돌아들어오면 세계 각국의 요리를 파는 레스토랑들이 나온다. 크기는 작았고 가게도 2층뿐이었으나, 카페는 그리스와 스페인의 사이에서 늘 문을 열었다. 푸른색 간판은 하늘에 흐려진 구름 빛깔이었다.

〈모퉁이집〉

손님은 적당했고, 누구 하나 목소리를 키우는 일 없이 조용조용 이야기를 나눴다. 카페 내부도 예술가의 집처럼 아기자기했다. 선반에는 일본 인형과 모형들이, 목조 벽면에는 직접 만든 여러 소품이 붙어 있었다. 한물간 문인 같은 외양의 주인은 말수가 적었지만 친절했다. 얼리샤 키스, 누벨바그, 릴리 앨런의 히트곡들이 연달아 나온 뒤에는 80년대 브릿팝이 구형 LP판에서 흘러나왔다.

점심을 먹으러 온 휴일족들 탓에 거리가 시끄러워졌지만, 카페는 변함없이 한가로웠다. 공간 전부가 부드러운 시간 속에 잠겨 있었다. 시곗바늘은 솜뭉치처럼 낙하했고 공기는 느리게 흘러갔다. 문학적 소양을 지닌 손님이라면 한 문장으로 평했으리라. 외부와 단절된 은신처, 바깥에서 날뛰는 외로움도 들어오지 못할 만큼 아늑한 곳이라고.

필은 쓰고 있던 뿔테안경을 벗었다.

"손님, 커피를 더 드릴까요?"

"아뇨. 괜찮습니다. 곧 일행이 올 거라서요."

그가 정중하게 거절하자 주인은 주방으로 가버렸다. 필은 시계를 확인했다. 고객과 접선키로 한 시각이 이제 바로 코앞이었다.

지난 사흘간, 그는 증거 수집을 의뢰받은 브로커처럼 미를 추적했다. 미의 오피스텔 앞에서 한 시간여를 잠복한 것이 시작이었다. 누가 타깃인지는 금방 알아볼 수 있었다. 단발, 작은 키, 마른 체형의 20대 여성. 필은 그녀가 탄 차를 따라 이동했고, 카페에서 음료를 사는 것을 확인했다. 정오 무렵에는 팀원 몇 명과 함께 레스토랑으로 들어갔다. 그는 조금 늦게 따라 들어가 한 테이블 뒤에 앉았다. 그런 다음 주문한 샐러드를 휘적대며 수첩을 채워나갔다. 연한 화장, 혈색 평범, 현재 우울증 약이나 독한 진정제는 복용하지 않는 것으로 보임.

미는 밤 9시쯤 혼자 나왔고, 차를 타고 집으로 귀가했다. 일이 끝난 뒤 만나는 친구는 없었다. 그렇다고 다시 나가는 것 같지도 않았다. 혹시 누군가를 집으로 부를까 싶어 새벽까지 주시했으나 미의 방 창문은 불 꺼진 그대로였다.

그는 사흘간 네 번, 바로 지근거리에서 미와 스쳐 지나갔다. 가장 가까웠던 때는 집 근처의 서점에서였다. 미는 보들레르의 시집을 읽고 있었다. 그녀는 소설책 몇 권을 더 뒤적이더니 필이 있는 쪽으로 걸어왔다. 필은 이어폰 볼륨을 조절하는 척 돌아서서 얼굴을 감췄다. 잠시 후 입구를 보니 미가 고른 책을 계산하고 있었다.

필은 얼음만 남은 커피잔을 내려다보았다. 취향 파악 이외에도 그가 미를 미행해야 할 이유는 또 있었다. 고객이 모르는 사이 같은 공간에서 같은 시간을 점유한다는 것, 그 행위는 직접 마주 앉았을 때 육안으로 구별할 수 없는 차이를 만들어냈다.

시곗바늘이 기어이 약속 시간을 넘어갔지만, 전화는 할 수 없었다. 만남 이전의 직접적 교류는 악영향을 끼치기 십상이었다.

그랬기에 필은 기다렸다. 창밖 나뭇잎은 한가로이 흔들리고 난간에는 미지근한 햇살이 내리비쳤다. 주인이 테라스로 나가서 식탁보를 너는 동안, 손님 없는 골풀의자는 일광욕을 하고 있었다. 외로움이 끄집어내지기에 좋은 오후였다. 혹은 예고 없이 튀어나오기에도.

필이 슬슬 고객의 교통사고 여부를 고민할 때쯤, 카페 문이 열렸다. 회전문을 밀고 들어온 여자는 주위를 둘러보았다. 그녀는 곧 만나기로 한 사람이 누구인지 알아차린 모양이었다. 카페 안에 홀로 앉아 있는 손님은 필 혼자뿐이었다.

마루를 밟는 하이힐 소리가 가까워지더니 멎었다. 필은 천천히 고개를 들었다. 새까만 코트에 볼이 발갛게 언, 단발머리 여자가 그의 테이블 앞에 서 있었다. 그녀는 아리송한 표정으로 물었다.

"안녕하세요. 혹시 저와 만나기로 한 분인가요?"

미의 단발은 그녀의 미니스커트만큼 새까맸다. 갈색이던 머리칼이 먹물 같은 검정으로 바뀌어 있긴 했으나, 사흘간 따라다닌 여자를 못 알아볼 리 없었다. 필은 자리에서 일어서서 손을 내밀었다.

"그런 것 같네요. 윤 필입니다."

"김 미예요. 당신이 제 살해자로군요."

그녀의 손은 녹지 않은 겨울 가지처럼 차가웠다. 손을 잡은 채, 필은 고객의 얼굴을 빠르게 살폈다. 가까이서 마주 본 미는 생각 이상의 미인이었다. 눈썹은 가지런했고 눈매는 깊었으며, 코끝은 인공적이지 않은 느낌으로 오똑했다. 다소 차가운 첫인상에도 불구하고 남자들의 심장깨나 분탕질할 이목구비였다. '화장만 바꾸면 훨씬 예뻐질 텐데. 일부러 저런 이미지를 유지하는 건가?' 필은 그렇게 생각하다가 곧 깨달았다. 저 차가움은 섀도우나 블러셔 때문이 아니었다. 미는 표정 위에 얼음으로 된 가면을 한 꺼풀 더 덮어쓰고 있었다.

미는 코트를 벗더니 세심한 고양이 같은 눈으로 그를 보았다.

"생각보다 젊으시네요. 제 또래처럼 보여요."

"아마 그럴 겁니다. 제가 나이가 많을 거라고 생각했습니까?"

미의 까만 단발이 아래위로 오르내렸다.

"상담원에게 문의했는데도 끝까지 가르쳐주질 않아서. 이렇게 불친절한 비즈니스 관계는 오랜만이라 신기했어요. 외로움을 죽이러 온다는 상대가 아빠뻘 아저씨인 건 상상이 안 가더라고요."

필은 눈을 깜빡거렸다. 첫 만남에서 '상담원, 비즈니스, 외로움을 죽인다'는 키워드를 모두 말한 사람은 눈앞의 고객이 처음이었다.

"직원의 신상을 비밀에 부치는 것은 회사 방침입니다. 저야말로 미 씨가 신기하군요."

"왜요?"

"보통 이런 얘기는 잘 하지 않으니까요. 게다가 의뢰 당일부터."

미는 길고 가지런한 눈썹 끝을 중지로 짚었다.

"하지만 사실인데요. 전 당신의 청부 인력을 샀잖아요, 당신의 회사는 제 돈을 받았고. 아, 전 카푸치노로 주세요."

메뉴판을 들고 다가온 주인이 고개를 끄덕였다. 필은 똑같은 것을 시키고 네 시간째 앉아 있던 등받이에 다시 기댔다.

"마지막으로 주신 연락에서…… 세 달, 혹은 무기한 서비스를 신청하셨죠? 석 달이 지날 때까지 외로움이 살해되지 않으면 자동으로 서비스가 연장됩니다. 제가 그 기간 동안 미 씨와 함께할 거고요."

보통 고객의 타입은 둘로 나뉘었다. 이런 말을 들으면 붉어진 얼굴로 화제를 돌리는 부류, 잘 부탁드린다면서 수줍게 웃는 부류. 미는 그 어느 쪽에도 해당되지 않았다. 그녀는 흰 손으로 턱을 괴었다.

"굉장히 유능한 직원이시라고 들었어요. 저 말고도 지금껏 많은 분들을 도와주셨다는 말도요."

필은 구태여 부인하지 않았다. 회사가 그의 이력을 자랑스레 팔아넘긴 것이 처음도 아니었다.

"하지만 조금 걱정이 돼요. 비록 제가 제 외로움을 없애기 위해 연락을 드렸다지만, 전 실패할 확률이 훨씬 높다고 생각하니까요."

"왜 그렇게 생각하셨죠?"

미는 곧바로 대답하는 대신 약간 틈을 뒀다. 그녀는 커피가 나오려면 아직 한참 남은 주방을 돌아봤다가, 무언가 결심한 얼굴로 다시 필을 보았다.

이윽고 그녀가 말했다.

"외로움은 죽이지 못할 거예요. 그 전에 제가 죽을 테니까."

필은 눈을 두 번 깜빡거렸다. 카페 안의 풍경은 몇 분 전과 같았다. 사람들은 커피를 마셨고 음량이 평준화된 목소리들이 테이블 위를 옮겨 다녔다. 그러나 분명 공기의 온도는 바뀌어 있었다. 미에게서 흘러나온 외로움의 입자가, 실내의 기온을 조금씩 낮추는 중이었다.

필은 잘못 들었다는 표정으로 되물었다.

"이해하지 못했습니다. 다시 한 번 말해주시겠습니까?"

"말 그대로예요. 제 외로움은 없앨 수 없어요. 아마 전 필 씨가 맡은 고객 중 가장 골칫덩이일지도 몰라요."

필은 안주머니에서 수첩을 꺼냈다.

"첫 접선 이후 변경 기간은 사흘까지입니다. 혹시 제가 아닌 다른 살해자로 교체를 원하신다면……."

"아뇨, 당신을 못 믿겠다거나 마음에 안 든다거나 하는 문제가 아니에요. 저 때문에 필 씨에게 피해를 끼치기 싫어서니까요. 전 누군가의 경력에 흠집을 내고 싶지 않아요."

"저는 단 한 번도 실패해본 적이 없습니다."

필이 선언했지만 상대는 그보다 한 수 위였다. 미는 당연한 사실을 공표하듯 대꾸했다.

"그 고객들은 전부 덜 외로운 사람이었나 보죠. 아니면 본인의 외로움을 관심을 받기 위한 수단으로 활용했든지. 전 정말 외로운 사람들이 외롭다고 말하는 걸 들어본 적 없어요."

"저희는 외로움의 단계로 고객들을 판가름하지 않습니다. 고독한 사람이라면 누구나 도움을 받을 권리가 있어요."

"맞아요. 인간은 모두가 외로운 존재니까. 요즘은 심지어 너나 나나 다 외롭고 싶은 것 같던데, 그걸 본인을 알리는 또 다른 개성이라고들 생각하나 봐요. 독특한 신발이나 신상 향수 같은."

필은 흥미로운 기분에 사로잡혔다. 보통 그의 고객들은 외로움을 직접적으로 언급하는 것을 기피했다. 그녀들에게 필의 정체란 꺼내선 안 될 금칙어, 혹은 치료받기조차 수치스러운 성병이나 마찬가지였다. 하지만 눈앞의 반송품은 달라도 한참 달랐다. 하는 말만 들으면 미는 외살자로 30년쯤 잔뼈가 굵은 백전노장 같았다.

필은 정신과 의사로의 변화를 모색해보았다.

"그래서, 증상은 어떻습니까? 최대한 자세하게 말해주십시오. 본인의 외로움이 남들과 어떤 부분에서 다른지도요."

미는 새로운 고민에 빠진 것 같았다.

"다 말해야 하나요? 조금 많은데."

"물론입니다. 아까도 말씀드렸지만, 자세할수록 더 도움이 돼요."

미가 숨을 들이마시는 동안 필은 기다렸다. 귀머거리들의 도시에서 말을 잊었던 사람이 할 법한 준비 동작이었다.

"저는 외로워요. 저무는 태양 밑에서 외롭고, 뜬 달 아래 또다시 외로워요. 내 외로움을 이야기하는 것조차 그 의미가 희석될까 입을 다물 만큼 외로워요. 하루에도 몇 번씩 숨이 턱턱 막혀요. 누군가 주기적으로 심장을 움켜쥐었다 펴길 반복하는 것처럼. 약을 먹어도 나아지지 않고, 누군가와 함께 있다고 잦아들지도 않아요. 이건 천식 환자의 호흡곤란 같은 거예요. 찾아올 때마다 속절없이 호흡기부터 물어야 하는."

증상 설명이 숨도 쉬지 않고 이어졌다. 미는 자기 손등을 내려다보면서 계속했다.

"다른 이들의 외로움에는 제각기 해결 방법이 있어요. 속내를 털어놓을 곳이 필요했던 사람은 친구가 생기면 나아져요. 사랑이 필요했던 사람은 연인을 만들면 회복되고요. 개인이 느끼는 고독이란 말할 곳과 기댈 곳, 약해지고픈 곳의 부재에서 비롯되니까요. 맨 처음제 외로움을 없애지 못할 거라고 말씀드린 것도 그래서였어요. 제가가진 병은 저런 임시방편들로 치료할 수 없기 때문에."

필은 그의 고객들에게 수천 번쯤 물었던 질문을 던졌다.

"놈들이 자주 찾아오는 때나 장소가 있습니까? 잠에서 깬 새벽이라든가, 지인들과 헤어진 귀갓길이라든가요."

"아뇨. 전 언제나 혼자고, 그건 변하지 않아요. 누군가와 함께 있는 것으로 외로움이 사라진다면 밤마다 홈파티를 열었겠죠. 인간이갖는 질량은 존재의 고독을 달래주지 못해요."

필은 치워뒀던 수첩을 펴서 적었다. 외로움에 대한 무정하고 적확한 이해, 강박적 자기 성찰, 기나긴 투병생활로 개선 의지 부재…… 양극성 장애 및 멜랑콜리형 우울증 가능성 높음. 더할 것도 뺄 것도없는 3단계짜리 중환자였다.

"외로움을 극복하려 스스로도 많이 노력하셨다고 들었습니다. 주로 어떤 활동들을 하셨습니까?"

미는 선뜻 답했다.

"모든 걸 다 해봤어요. 친구도 사귀어봤고, 동호회도 나가봤고, 취미생활을 늘려보기도 했어요. 삶이 바빠지면 외로울 틈이 없다는 말만 믿고요. 하지만 몸만 힘들 뿐 달라지지 않더군요."

필은 그 밖의 활동들에 대해 끈질기게 캐물었고, 미의 말이 진실임을 확인했다. 미는 본인의 고독을 마케팅화한 양치기 소녀가 아니었다. 그녀가 치유를 위해 쏟아부은 노력만 해도 외살자 매뉴얼에 버금갔다. 정신병원, 열 군데 이상 다녀왔어요. 심리치료와 미술치료, 당연히 받아봤죠. 우울증 약, 두통약, 수면유도제를 함께 복용하다가 응급실에도 실려 가봤고요. 나중에는 소개팅까지 상대를 바꿔 가며 한 달 내내 했어요. 저것들 중 효과를 본 방법은 하나도 없었고.

열서너 개의 실패 사례를 들은 뒤, 필은 수첩을 닫았다. 외로움을 죽이기 위해 자해마저 불사했다는 여자를 더 의심하기도 힘들었다.

"알겠습니다. 주로 증상은 어떻게 되죠?"

미는 곰곰이 생각하는 표정이 되었다.

"다양하게 나타나는 편이에요. 불면증, 식욕 감퇴와 체중 감소, 스트레스성 편두통. 감정 기복이 심해지지만 잘 표현하지 않게 돼요. 무의미하게 연락처를 훑어보는 시간이 길어져요. 삶의 많은 부분들이 공허해지고, 그 허무함을 벗어나려 애쓰기보다 순응해버려요. 꼭 고통에 무뎌진 장기 투병자처럼."

그러나 현대인의 외로움은 여느 질병들과 달랐다. 정신적인 격통은 익숙해질지언정 무뎌지지 않았다. 지난 몇 년간, 필이 봐온 살해 실패 사례에는 하나같이 공통점이 있었다. 고독에 찌들어 그 감정이 당연하다고 느끼는 사람들, 이미 모든 것이 무기력해져버린 허무주의의 맹신자들. 그들은 싸움을 포기하고 외로움 속으로 본인을 내던졌다. 그런 다음 깊고 찐득한 타르 구덩이에 발부터 잠겨 들어갔다. 동료들은 경멸을 담아 그런 이들을 '외로움 돼지'라 칭했다.

"아, 이걸 잊었네요. 전 제가 아는 사람 앞에서 울지 못해요."

전혀 울음기 없는 목소리로 미가 말했다. 필은 되물었다.

"아예 눈물이 나지 않는다는 말입니까?"

"아뇨, 그건 아니에요. 말 그대로 지인들 앞에서만 울지 못해요.

최근에도 느꼈지만, 아는 사람과 함께 있으면 슬픈 영화를 보면서도 눈물이 나지 않아요. 실은 누군가의 앞에서 울어본 게 언제인지 잘 모르겠어요."

필은 덤덤하게 지적했다.

"대신 미 씨가 혼자일 때는 예고 없이 흘러내리겠죠. 외롭다는 것을 인지하든 못하든, 주변에 사람이 있든 없든 개의치 않고."

미의 눈빛에 어떻게 알았냐는 의문이 떠올랐다.

"제가 그 이야기를 했던가요?"

"아뇨. 외로움의 증상이란 누구에게나 비슷하게 나타나니까요."

필의 목소리가 흩어지자 대화는 잠시 끊겼다. 찻잔과 차받침의 달각대는 소리, 접시에 닿는 포크 소리, 소곤거리는 연인들의 귀엣말 소리가 망중한을 틈타 들려왔다. 주위를 둘러보던 필은 불현듯 깨달았다. 카페 안은 여전히 사람들로 북적거렸으나, 그들의 옆에는 앉아 있는 손님이 한 명도 없었다. 그와 미가 앉은 테이블 근처는 전염병 환자를 격리시키기라도 한 것처럼 비어 있었다.

미는 이 상황이 낯설지 않은 듯 보였다. 그녀는 고개를 15도쯤 기울였고, 그러자 머리카락과 목 사이에 얇은 경계선이 생겼다.

"생각해보니 말씀을 안 드린 부분이 있네요. 제가 이번이 첫 번째가 아니란 것도 아시나요?"

필은 잠시 고민하다 사실을 토로하기로 마음먹었다. 눈앞의 아가씨는 암만 봐도 눈치가 빨라 보였다.

"네."

"그런데 아무것도 묻지 않으시네요. 왜 다시 의뢰하게 되었는지 궁금하실 법도 한데요."

"굳이 당시 이야기를 꺼낼 이유가 없으니까요. 필요하다면 미 씨 쪽에서 먼저 말하겠거니 했습니다."

미는 트임이 들어간 니트 어깨를 으쓱했다.

"그분은 다른 사정으로 그만두셨어요. 저와 만나고 며칠 뒤에, 일이 생겨 퇴사하게 됐다는 말만 남기고요."

필은 어떻게 됐는지 대번에 알아차렸다. 후기 감염이었다. 이전 고객이 그 불쌍한 동료를 전염시켰거나, 적어도 계속 외로움 사냥에 나서지 못할 만큼의 타격을 입힌 것이리라.

"그래서 흐지부지 끝나게 된 거군요. 선금을 환불받은 뒤 다른 외살자로 교체하지 않으셨고요."

"네. 비단 그분만의 문제가 아니라, 그냥 제겐 불가능한 일이라고 생각했어요. 외로움을 없애려는 이 모든 시도가요."

미는 다시 기댄 자세로 돌아가서 손을 모았다. 필은 밤을 묻은 듯 새까만 눈동자를 마주 보았다.

"원래 이런 말씀을 자주 드리진 않습니다만, 미 씨의 외로움은 평범한 고객들보다 상당 부분 악화된 게 사실입니다. 그래서 앞으로도 난관이 많겠다는 생각이 들어요. 어지간한 해결책은 모두 시도해 봤고, 그럼에도 호전이 없었다는 것은 좋은 소식이 아니죠. 솔직히는…… 3개월 내에 끝낼 수 있을지 자신이 없습니다."

미는 고개를 끄덕였다.

"네, 그럴 거라고 생각했어요. 전 아직도 제 외로움을 누군가 죽일 수 있다고 믿지 않아요."

"그럼 어째서 절 부르셨습니까? 아무 기대도 하지 않았다면요."

그 질문은 몇 분 전의 침묵을 되살려냈다. 미는 곤란한 질문을 받은 사람처럼 시선을 내리깔았다. 필은 그녀가 말을 돌릴 거라고, 적당한 핑계를 대며 언행의 불일치를 무마시킬 거라고 예상했다. 그러나 그것은 아직 새 고객을 잘 몰라서 할 수 있는 생각이었다.

불어온 바람이 테라스의 식탁보를 땅에 떨어뜨렸다. 주인이 황급히 달려 나간 뒤, 미는 표정 하나 안 바뀌고 고개를 들었다. 그때까지도 꽁꽁 언 동토(凍土) 같은 눈동자는 그대로였다.

"외로웠으니까요. 다른 사람들처럼."

2

"그기 미친 여자 아냐?"

딱, 공들여 초크칠한 큐 끝이 공을 쳤다. 굴러간 흰 공은 당구대의 두 벽을 때린 뒤 아슬아슬하게 붉은 공에서 빗나갔다. 순서를 기다리고 있던 필이 큐대를 돌려 쥐며 대답했다.

"아니, 미치진 않았어. 정신병력도 있고 치료 기록도 있지만, 그런 진단만으로 미쳤다는 수식을 붙이진 않지."

"그런데 어쨌거나 외롭다면서. 내가 볼 때, 일단 그 회사에 돈을 썼다는 것부터 제정신이 아냐."

영준에게서 전화가 온 건 미와 헤어지고 몇 분 뒤였다. 오늘 거래가 두 건이나 성사됐는데, 바쁘지 않거든 당구나 한 게임 치자는 것이었다. 곧 바빠질 외살자는 흔쾌히 승낙했다. 고객의 콜만 오면 뛰쳐나가야 한다는 점에서, 외로움살해자와 외제차 딜러는 서글픈 공통점이 있었다.

"외롭다는 애들은 다 배부른 돼지야. 일이나 열심히 하라고 해, 눈

98

코 뜰 새도 없이 스스로를 몰아치라고. 그럼 외로움은커녕 한숨 푹 자고 싶다는 생각밖에 안 들게 될걸."

그가 자세를 잡는 것을 지켜보던 영준이 훈수를 뒀다. 필은 아랑곳 않고 몇 미터 앞의 공을 가늠했다.

"그녀는 한가한 사람이 아니야. 일부러 바쁘게도 살아보고 일을 몇 개나 맡아도 봤는데, 그때나 지금이나 똑같다더라."

영준은 자타가 공인하는 해결책을 내놓았다.

"그럼 애인을 만들라고 해. 일로 안 될 때엔 사랑놀음이지."

"그것도 해봤다던데. 남자 다섯을 동시에 만난 적도 있다더군."

외제차 딜러는 눈을 깜빡거렸다.

"미친 여자 맞네. 말했지? 예쁜 애들은 죄다 사이코라니까."

"아니, 그냥 세상 여자 전부가 정신이상자라고 했던 것 같은데."

"맞아. 우리 업계에서 통하는 도식이 있지. 여자의 미친 정도와 미모는 항상 정비례한다는 거야. 왜냐면 예쁜 애들은 아무리 정신 나간 짓을 해도 여간해선 다 받아주거든. 야, 저 정도면 그럴 만하지. 어릴 때부터 얼마나 고충이 많았겠어, 하면서."

영준이 하는 말은 종종 통계학적 본질을 꿰뚫었다. 필은 미의 얼굴을 떠올려보았다. 객관적인 기준으로도, 그만하면 테이블에 똥을 싸는 수준까지는 이해해줄 만했다. 남자들의 관대함이란 아름다운 이성에게 늘 넘쳐흐르는 덕목이었다.

영준은 다음 차례를 마치고 큐대를 세웠다.

"멀쩡하게 생겼는데 친구가 없다, 연락할 사람이 없다고 말했다고?"

"그래, 고객들이 토로하는 공통적인 증상이지. 주소록을 아무리

뒤져도 마음 편히 불러낼 상대가 드문 세상이니까."

귀를 몇 번 긁은 영준이 대꾸했다.

"다른 사람들 사정이야 알 바 없고, 가능성은 두 가지야. 확률 높은 쪽은 걔가 너한테 거짓말을 하고 있다는 거. 내가 볼 때는 널 부른 것 자체가 그 여자애의 새 취미생활 같아. 실컷 남자를 끼고 놀다가 슬슬 지겨워지니 다른 곳으로 눈을 돌렸다고 할까."

필은 미간을 찌푸렸다.

"그래서 그녀가 얻을 건 뭔데?"

"주기적이고 순도 높은 관심, 본인의 외로움은 남들과 다르다는 자기만족, 여주인공이 된 기분도 가외로 만끽할 수 있겠군."

불미스러운 추측은 꼬리를 물고 쏟아져 나왔다. 필은 우선 회의적인 입장을 취했다.

"거짓말을 하는 것처럼은 안 보였는데."

"현실을 직시해. 소녀가 여자로 바뀌며 가장 먼저 배우는 게 거짓말이야. 그때부터 터득한 생존 습관이 어디 갈 것 같아?"

필의 차례가 돌아왔지만 이미 당구에 관심은 사라져 있었다. 탁구공을 주고받듯 기계적인 랠리만 이어졌다. 딱, 딱, 따닥. 치는 사람들의 집중력이 흐트러지자 백중세던 승부도 진창으로 빠졌다. 적구를 치는 데 세 번째로 실패한 필이 돌아섰다.

"일리 있는 말이긴 한데, 너도 만나봤다면 이해했을 거야. 그녀가 한 이야기 중에 거짓은 없었어."

"뭐, 말만 하면 그래 보이지 않았대." 영준이 벌컥 신경질을 냈다. "여자는 일관되게 미쳤고, 네 고객도 전부 여자란 걸 기억해. 남자는 여잘 속이지만 여자는 본인을 속인단 말이야."

"여성의 부정직함이란 크게 비난할 거리가 못 돼. 한국 남성들의 사회지능 부족이나 만성 허세 같은 성적 특성이지."

"맞아. 그런데 네가 오늘부터 외로움을 죽이겠다며 따라다닐 상대는 여자라면서. 너랑 섹스를 하고 추억을 쌓고 앞으로 네 심장을 후벼팔 인간도 여자고."

필은 어깨를 으쓱했다.

"글쎄, 난 누구한테 후벼파여본 적이 없어서."

그 게임은 영준이 이겼고, 종목을 바꾼 포켓볼에서는 필이 승리했다. 둘 모두 슬슬 지겨워졌기에 당구는 그쯤에서 마무리됐다. 그들은 당구장 간판이 네온을 뿌리는 거리로 나와, 가드레일 앞에 나란히 섰다. 영준은 수트 안주머니에서 담배를 꺼내 피우기 시작했다. 필도 한 대 얻어 불을 빌렸다.

휘파람에 가깝던 바람이 연발하는 재채기로 변했다. 내뱉은 연기가 옷자락마냥 뒤쪽으로 끌려가자 영준이 말했다.

"시간 낸 김에 한잔하고 가. 이 근처에 자주 가는 술집이 있어."

"난 안 마셔. 알잖아, 일할 때 다른 사람하곤 금주인 거."

영준은 세상의 걱정거리가 모조리 사라지는 미소를 지었다. 학부생 시절, 요리사 취직 당시, 딜러로 일하는 지금도 마주한 이의 혼을 쏙 뺄 만큼 매력적인 웃음이었다.

"그럼 안주만 먹든가. 술은 나 혼자 마시지 뭐."

그가 안내한 곳은 청담동의 고급 이자카야였다. 옻칠한 듯 붉은 처마 밑에, 일본식 연등 몇 개가 도깨비불처럼 흔들거렸다. 정장 차림의 외제차 딜러와 외로움살해자는 맨 안쪽 자리로 입성했다. 필은 남색이 감도는 투 버튼 블랙 수트, 영준은 진회색 재킷에 까만 팬츠

차림이었다.

곧 주문한 사케가 나왔다. 필은 마시지 않았지만 영준은 혼자서도 줄기차게 들이부었다. 미에게서 머물던 이야기는 친구의 새 고객으로 넘어갔다. 오늘 거래한 한 명은 교수 집안의 의대생이고, 다른 한 명은 꽤 유명한 여성의류 쇼핑몰 사장이라고 했다. 영준은 네 고객이 외제차를 살 생각은 없어 보이냐고 묻더니 연락처 교환을 제의했다. 미에게는 외제차가, 의대생과 쇼핑몰 사장에게는 외살자가 필요하지 않겠냐는 얘기였다.

필은 난잡한 거래에 응하는 대신 조 과장의 이름을 팔았다. 꼭 네 연애 방식처럼 고객을 유치하는 상사가 있다고 하자 영준은 반색했다.

"야, 그 과장님 나랑 마음이 좀 맞겠다. 감정 소모의 분업화를 우리 시대상에 걸맞게 이해한 위인이잖아. 언제 한번 자리나 만들어줘. 술도 잘 드신다면서?"

"글쎄, 너랑은 연배 차이가 좀 날걸."

"난 여자 나이 말곤 신경 안 써. 근데 그분은 차를 뭘로 모시려나?"

술병 진열장으로 칸을 나눈 내부가 시끄러워졌다. 안주 두어 개가 나왔을 때, 영준의 휴대폰이 울렸다. 영준은 입모양으로 '보스야', 한 마디만 남기고 전화를 받더니 대화에서 완전히 이탈했다. 필은 삼치살 몇 점을 발라 먹곤 다른 고민에 빠졌다. 미는 이런 술집도 함부로 데리고 와선 안 되겠지, 어설프게 술을 마셨다간 증상이 더 심해질 가능성이 높으니. 첫 처방은 뭐가 좋을까. 1~2단계 매뉴얼로는 심장에 기별도 안 갈 텐데.

그가 미의 생각을 하건 말건, 두건 쓴 종업원은 지치지도 않고 요리를 운반했다. 적색 칠기에 잘 익힌 메로구이와 성게알 초밥이 나왔고, 찐 전복과 모듬튀김이 뒤를 이었다. 눈부신 조명은 생선살을 녹일 듯 지글거렸다. 술이, 요리가, 꽉 찬 그릇들이 외로움을 견디기 위한 건량처럼 운반됐다. 필은 그 불빛과 소음의 혼란 속에서 멍하니 앉아 있었다. 그의 정신 반쪽, 이성을 유지하는 현실감각은 휘황한 이자카야에 있었다. 다른 반쪽은 일식집을 떠나 그가 곧 가야 할 고독의 바다 저편을 항해했다. 전화를 끊은 영준이 술을 따를 때까지도 필은 미의 살해방법을 구상하는 중이었다.

술자리는 한 시간 뒤쯤 마무리됐다. 영준은 혼자서도 사케를 세 병이나 마셨고, 더 마시고 싶은 눈치였으나 시간이 부족했다. 그들 둘 모두 아침 일찍 출근해야 했던 것이다. 가게를 나온 두 사람은 별 인사도 없이 각자의 차로 찢어졌다. 차에 탄 필이 도로로 나오는데 운전석 창문을 두드리는 소리가 났다.

창을 내리자 영준이 고개를 디밀었다. 그는 운전대를 잡기만 해도 구속될 만취 상태라 대리기사를 불러야 했다.

"왜, 더 할 얘기가 남았어?"

"아까 당구장에서, 네 고객의 가능성이 두 가지라고 했잖아. 첫째는 거짓말을 하고 있다는 얘기였고."

길이 막힌 뒤차가 신경질적인 경적을 뿜었다. 필은 개의치 않고 물었다.

"그랬지. 나머지 하나는 뭔데?"

"진짜 정신병자. 정말로 그만큼 답이 없는 외로움 환자라면, 당장 병원으로 집어넣고 격리치료를 시작해야 돼. 그 정신 나간 외로움을 동네방네 살포해 주변 사람까지 죽이기 전에."

농담처럼 들렸으나 말 안에는 뼈가 있었다. 영준은 필의 어깨를 툭 치더니 등을 돌렸다. 미의 지인들 중 그녀에게 감염되어 죽은 이가 있었던가? 그가 되짚어볼 때 경적이 다시 울렸다. 뒤쪽 차주는 잠깐 사이 화병이 도진 모양새였다.

필은 핸들을 돌려 혼잡한 대로를 빠져나갔다. 둘 중 어느 쪽이 됐든, 영준의 추론이 하나라도 사실이라면 낭패일 터였다.

3

다음 날, 필은 다른 이유로 낭패스러운 기분을 느껴야 했다. 온종일 고객에게서 연락이 오지 않았던 것이다.

처음에는 바쁜 일정 탓이라고 여겼다. 그러나 점심시간이 지나고 해가 저무는 범혼이 찾아올 때까지, 그의 전화기에는 〈현 고객/김미/28세〉라는 알림이 뜨지 않았다. 출근한 뒤로 핸드폰만 바라보던 그로서는 맥이 빠질 지경이었다. 물론 생소한 서비스에 거부감이 들 수도 있었다. 사례가 많진 않았지만, 고객들 중엔 이제부터 어떻게 해야 할지 몰라 손을 놓는 경우도 간혹 존재했다. 당장의 고독보다 외로움을 살해한답시고 사람을 샀다는 수치심이 더 커진 것이다.

'그래, 그럴 수도 있지. 내일이나 모레쯤이면 연락이 올 거야.' 필은 달달 외운 미의 신상을 다시 암기하며 이틀을 더 기다렸다. 그래도 연락은 오지 않았고, 그는 미의 전화번호를 눌렀다. 고객은 의외로 신호음 세 번 만에 전화를 받았다.

– 여보세요. 누구신가요?

첫마디부터 기가 찬 응대였다. 그때 주고받았던 연락처조차 저장하지 않은 것이 틀림없었다.

"윤 필입니다. 기억하시죠?"

– 아, 물론 기억하죠. 그런데 어쩐 일로 다시 연락하셨나요?

필은 그가 보일 리 없는 상대에게 황당한 표정을 지었다.

"당신이 제 고객이니까요. 며칠간 기다리다 도통 소식이 없어 다시 전화를 드렸습니다."

– 전 끝난 줄 알았는데요. 그 이후에 따로 연락이 안 와서요. 얘기를 나누고 절 포기하셨구나 싶어서, 환불은 자동으로 되는지 문의해보려던 참이었어요.

수화기 건너 목소리는 그녀의 발음처럼 명료했다. 필은 자초지종을 조리 있게 설명했다.

"무슨 오해가 있었나 본데요. 보통은 고객분들이 저희에게 먼저 연락을 주십니다. 제가 필요할 때 전화를 달란 말씀도 드렸고요."

– 지난번에 말씀드리지 않았나요? 전 매 순간 외롭고, 그건 누구와 있든 변하지 않아요. 필 씨가 필요할 때마다 곁으로 불렀다면 아마 우린 24시간 내내 붙어 다녀야 했을 거예요.

이런 식으로는 대화가 진전될 턱이 없었다. 필은 고객에게 위험성을 주지시킬 필요를 느꼈다. 본인도 알고 있는지는 몰랐으나, 그녀는 당장 버스에 뛰어들어도 이상하지 않은 상태였다. 말기 외로움 환자란 여러 의미에서 인간실격과 상통했으므로.

"거기가 어딥니까? 일단 제가 그쪽으로 가겠습니다. 자세한 이야기는 만나서 하죠."

미는 순순히 있는 곳을 이야기했다. 필은 몇 가지 자료와 수첩을 챙겨 엘리베이터를 탔다. 그녀의 회사 근처까지는 금방이었다.

폭주기관차처럼 차를 몰아 온 필이 가로수길에 도착했을 때, 미는 카페 구석으로 들어가 있었다. 그녀는 혼자 커피를 마시다가 계단을 올라온 필을 보고 눈인사를 보냈다. 탁자 위에는 맥북과 전선, 핸드폰 충전기와 아이패드 따위가 어지럽게 널려 있었다.

필은 사무실을 옮겨둔 듯한 책상을 쭉 훑어보았다.

"여기서 뭘 하고 있었습니까?"

미는 한쪽 귀에서 이어폰을 빼고 대답했다.

"일을 하고 있었는데요. 원래는 야근을 할 생각이었는데, 부장님이 자꾸 퇴근하라며 등을 떠밀어서요."

"그걸 묻는 게 아니에요. 금요일 밤인데 약속이 없습니까?"

미는 다른 쪽 이어폰까지 마저 뺐다.

"제게 주말과 주중, 불금이나 불토 같은 말들은 별 의미가 없어요. 휴일을 앞둔 밤이면 꼭 누군가를 만나야 하나요? 그들을 만나고 귀가하는 길이 오히려 더 공허할 것 같은데요."

말이야 바른 말이긴 했다. 고무줄마냥 탄력적인 외로움의 성질상, 어설프게 사람들을 만날 바에야 잠이 올 때까지 일과 씨름하는 쪽이 나았다. 다만 그녀의 사정을 알면 이야기는 달라졌다. 필이 감시했던 시기를 포함해, 미는 몇 달간 한 번도 개인적 만남을 갖지 않았다. 아무리 혼자가 좋다지만 그 정도면 고독사 감이었다.

"그만 일어납시다. 벌써 여덟 시예요, 밥은 먹고 살아야죠."

그가 제안하자 미는 큰 눈으로 필을 올려다보았다. 잘 놀던 아이에게 집에 가자는 말을 하면 저런 표정일까 싶었다.

"이것만 마무리하고 가면 안 되나요? 오늘 안에 다 끝내겠다고 애기했었거든요. 10분이면 될 거예요."

30분 뒤, 필은 본인의 인내심에 감탄하며 카페를 나섰다. 가로수길 근방에는 저녁을 해결할 만한 요릿집이 꽤 많았다. 미는 착석하고 나서도 이해가 안 간다는 표정이었다.

"그런데 오늘은 무슨 일로 오셨어요? 원래 하려던 작업이 더 있었는데, 필 씨 때문에 내일 미팅을 미뤄야 할 것 같아요."

필은 적반하장을 일삼는 고객에게 친절한 태도를 유지했다.

"지난번에는 제게 매일이 외롭다고 말씀하시지 않았습니까?"

"네. 하지만 그건 당연한 현상인걸요. 전 제 외로움을 남과 공유하는 것에 익숙지 않아요. 지금껏 혼자 버텨오기도 했고."

"지금 미 씨는 매우 위험한 상태입니다. 여기서 더 악화된다면 정상적인 일상 유지가 불가능할지도 몰라요."

미는 뭐가 문제냐는 듯 그를 빤히 쳐다보았다.

"저도 알아요. 혹시 그런 날이 오면…… 뭐, 다시 병원에 입원해야겠죠. 그러다 영영 못 나와도 어쩔 수 없지만."

징, 지잉. 필의 것과는 다른 진동이 테이블을 흔들었다. 미는 그와중에 휴대폰을 열고 업무 문자를 확인했다. 평범한 사람이라면 이쯤에서 복장이 터졌겠으나, 그는 골수까지 프로의식으로 찬 외로움 살해자였다. 필은 건조하게 설명했다.

"최대한 간단히 이야기하죠. 나는 당신의 외로움을 죽이러 왔고, 그 대가로 돈을 받습니다. 그러기 위해 지금 우리가 마주 앉아 있는 거고요. 다만 미 씨가 계속 이런 식으로 비협조적이라면 곤란해요. 당사자의 협력 없이 어떻게 놈을 쓰러뜨릴 수 있겠습니까?"

미는 감정이 상실된 얼굴로 그의 말을 들었다. 필은 그녀를 만난 뒤, 미가 표정 변화를 단 한 번도 보인 적 없다는 것에 주목했다. 얼어붙은 입꼬리는 명화 속에 갇힌 꽃병 같았다.

"혹 제 방식이 마음에 들지 않는다면, 지금이라도 회사로 연락해 계약을 끝내십시오. 이건 현대인의 질병과 맞서는 전면전이에요. 미 씨의 외로움에 당신이 먼저 잡아먹히느냐, 그 전에 내가 당신의 외로움을 죽이느냐가 걸린. 애매한 각오로는 시작을 하지 않는 편이 낫습니다."

미는 방금 들은 말을 찬찬히 곱씹는 듯했다. 메일로 받은 자료들에는 김 미가 영민한 학생이었으며 예술적 창작 능력이 탁월했다고 적혀 있었다. 필은 그녀의 심장 안이 어떤 모습일지 문득 궁금해졌다. 황량한 붉은 달 아래 흰 모래만 날리고 있을까, 수면부터 성벽까지 성에로 덮여 얼어붙은 호수 위 유리성일까.

기다림이 엿가락처럼 늘어지고 또 늘어질 무렵, 미가 입을 뗐다.

"좋아요. 하죠."

"제 말을 듣겠다는 얘깁니까?"

"네. 여태 필 씨의 말을 듣지 않으려고 했던 적은 없었어요. 다만 이해가 어려웠을 뿐이에요. 제게 외로움의 살해란 채식주의자 고양이만큼 생소한 개념이니까."

"그거면 됐습니다. 아, 깜빡 잊은 게 있네요."

필은 브리프케이스를 열어 까만 노트를 꺼냈다. 집 앞에 있는 대형 문구점에서 고른 것이었다.

"여기서 술을 팔기도 하니, 오늘부터 지켜야 할 주의사항을 말씀 드리겠습니다. 주류 중 과일소주, 크림맥주, 도수가 약한 칵테일은 최대한 피하십시오. 정 마시고 싶다면 차라리 술자리가 끝나자마자 잠들 수 있는 종류를 택하시고요. 애매하게 오른 취기만큼 기분을 멜랑콜리하게 만드는 것도 없어요. 술을 마시면 특별히 달라지는 점이 있습니까?"

미는 멍한 얼굴로 고개를 저었다.

"아뇨, 잠이 오거나 조금 피곤한 정도인데······."

"그럼 됐습니다. 보통 몇 시에 잠자리에 드는 편이죠?"

"한 시에서 네 시 사이쯤? 어떨 때는 눕자마자 잠들기도 하고, 어떨 때는 날이 밝도록 못 자기도 해요."

필은 펜을 뽑아 들었다.

"가장 좋은 방법은 정해진 시간에 잠드는 거예요. 깨어 있을 때 놈들에게 시달리는 건 어쩔 수 없다고 칩시다. 요는 불필요한 여지들을 최소화하자는 얘기죠. 외로움이란 이별 직후의 상실감과 같아서, 머릿속에 생각할 공간이 남을수록 기승을 부리거든요."

미의 표정에 처음으로 희미한 균열이 생겼다. 웃음이라기보다 어이가 없어 새어나온 실소에 가까웠다.

"전 이런 얘길 듣는 건 처음인데, 굉장히 체계적이네요. 영화 속 청부업자랑 대화하는 기분이에요."

"실제로도 크게 다를 건 없습니다. 그들은 인간을, 전 외로움을 수배해 살해하니까요. 대상에 차이가 있을 뿐이죠."

음식은 아까부터 나와 있었으나, 미는 먹을 생각이 없어 보였다.

"궁금한 게 있는데, 그 노트는 뭐예요?"

"제가 만든 외로움 방지 리스트 중, 필수 항목 몇 가지를 적어뒀습니다. 잠 안 오는 밤에 도움이 될 거라고 생각해요."

미는 재미있다는 눈빛으로 그를 넘겨다보았다.

"글쎄요. 저보다 당장 필요하신 분들이 많을 것 같은데요. 일반 대중들에게 공개하실 의향은 없고요?"

이번 고객은 범국민적인 박애주의자인 모양이었다. 필은 무뚝뚝하게 대답했다.

"전 회사에 소속된 외로움살해자입니다. 인류의 미래를 위해 제 일자리를 포기하고 싶지는 않아요."

미는 이번에도 웃지 않았다. 그러나 외살자의 눈매는 왼쪽 입꼬리가 꿈틀거린 것을 놓치지 않았다. 비즈니스 미팅 자리에서 그녀가 몇 번이나 웃었던 점으로 미루어, 미소나 웃음은 그녀에게 업무용 정장 비슷한 의미인 것 같았다. 사석에서는 결코 꺼내 입지 않는.

'그래, 나를 모르는 이들에게만 할 수 있는 말이 있지. 괜히 현대인의 일기장이 익명 속 SNS로 옮겨 간 게 아냐.'

음식이 심각하게 식어가고 있었기에 두 사람은 재빨리 식사를 했다. 트러플 오일로 맛을 낸 파스타, 루콜라 샐러드, 노른자를 올린 햄버그스테이크까지 전부 필의 주문이었다. 외로움 환자는 식단에도 무진 신경을 써야 했다. 웃긴 소리긴 했으나, 위경련으로 병원에 실려 갈 때만큼 스스로가 혼자란 것을 절감하는 순간도 없었다.

"앞으로는 식사를 거르지 말아요, 커피와 술은 삼가고. 아메리카노라도 하루 두 잔 이상은 자제하는 편이 좋습니다."

한창 밥을 먹던 도중, 필이 말했다. 미는 양상추가 찍혀 있는 포크를 허공에서 멈췄다.

"이젠 제 식단까지 관리해주시려고요?"

"이것도 제가 하는 일이니까요. 외로움이 인간의 몸에 미치는 영향은 치명적입니다. 불면증은 뱃살로, 고독은 옆구리로, 스트레스는 팔뚝살로. 울적할 때마다 시켰던 음식들은 고스란히 체중에 붙죠. 몇 년 전과 달라진 몸매도 삶을 비관하게 만드는 요인이에요."

미는 자신의 셔츠를 내려다보았다. 셔츠 밑의 속옷, 또 그 아래의 나체에는 군살이 얼마나 붙었는지 체크하듯이.

"전 아직 괜찮아요. 운동도 꾸준히 하고, 원래 살이 잘 붙는 체질은 아니라서. 5년 전과 큰 차이는 없을 거예요."

필은 다소 불성실하게 어깨를 으쓱했다.

"하지만 외로움이 아니더라도 우리는 날마다 죽어가고 있죠. 방심은 금물입니다."

컵이 비자 까만 넥타이의 웨이터가 물을 채워주었다. 그들은 말없이 음식을 자르고 씹고 삼켰다. 접시 위 요리가 깔끔하게 해체된 다음, 디저트로는 산딸기를 올린 셔벗이 나왔다. 셔벗을 들여다보던 미가 문득 생각난 듯 말했다.

"그런데 지금 이 프로그램이 모든 고객들에게 적용되나요?"

필은 고개를 저었다.

"그렇지는 않습니다. 사내에는 하드카피로 된 대(對) 외로움 전용 매뉴얼이 있는데, 반출은 금지되지만 사원이라면 누구나 볼 수 있습니다. 보통 그 단계별 살해 방법을 바탕으로 고객을 응대하죠."

"궁금한데요. 매뉴얼이란 게 뭐죠?"

"미 씨가 지금껏 해왔던 방식과 비슷해요. 1단계 고객들에게는 함께 있는 것, 체온을 나누는 것, 쓸쓸함을 충족시켜주는 것 위주로 서비스가 제공됩니다. 2단계 고객들에게는 자존감을 되찾는 것, 내 안의 공허를 받아들이는 것, 쌓이기 시작한 외로움을 긁어내는 것이 주가 되죠."

미는 영업 기밀을 듣고서도 시큰둥한 표정이었다. 애초에 이런 하위 단계용 매뉴얼로 그녀의 성이 찰 리도 없었다.

"생각보다는 별 게 없네요."

"마술의 실체를 알고 나면 맥이 빠지는 법이죠. 말씀드린 주의사항은 제가 직접 만든 3단계 전용이니, 도움이 되긴 할 겁니다."

"만약 그걸로도 나아지지 않는다면요?"

"그럼 또 다른 해결책을 찾아야겠죠. 집 곳곳에 감시카메라를 설치하는 한이 있더라도."

미의 표정이 어처구니없게 바뀌었다.

"아까부터 느꼈던 건데, 꼭 스토커 정신과 의사 같네요. 의사보다는 극성맞은 남편에 가까운 것 같기도 하고."

뼈 있는 지적에 필은 수긍했다.

"그것도 틀린 말은 아니군요. 이제부터 석 달간은 제가 미 씨의 예비 신랑이라고 생각하세요."

미는 얇다 싶은 입술을 삐죽이듯 내밀었다.

"전 결혼할 생각이 없는데요."

서비스로 에스프레소가 나왔지만 필은 거절했다. 미도 아까의 주의사항을 기억했는지 얼음물만 조금 마셨다. 그가 꺼낸 노트를 건네자 미는 눈으로 물었다. 이걸 왜 나한테 주는 거예요?

"미 씨에게 필요한 사항들을 조금 적어놨습니다. 한 번에 다 외우진 못해도 틈틈이 보면서 익히세요."

미의 단발이 위아래로 흔들렸다.

"고맙게 받을게요. 여기 적힌 대로만 하면 외로움에서 벗어날 수 있는 건가요?"

"아까도 말씀드렸다시피 확답은 힘듭니다. 외로움은 마부 없이 질주하는 마차와 같아요. 바퀴 하날 떼어낸다고 멈추지는 않지만, 운이 좋다면 빠른 시일 내에 서게 할 수도 있겠죠."

미는 미심쩍은 눈으로 그를 쳐다보았다.

"저, 혹시 다른 외로움살해자들도 다 당신과 비슷한가요?"

필은 턱을 조금 기울였다.

"글쎄요. 전 제가 어떤지 잘 모르겠어서요."

"매사에 무심하고 관조적이고, 무슨 일이 일어나도 놀라거나 당황하지 않을 것 같아요. 감정 몇 가지가 결여된 건 아닌가 싶기도 하고요. 당장 내일 불치병 선고를 받더라도 무덤덤할 사람처럼요."

미는 새 기획안을 설명하듯 평가를 늘어놓았다. 필은 그녀가 일할 때 어떤 모습일지 짐작할 수 있었다.

"특히 절 보실 때의 눈이 그래요."

"뭐가 말입니까?"

"같은 사람이 아니라 무정물을 보는 눈 같거든요. 사랑도 애정도 믿지 않고, 어떤 교감도 기대하지 않고, 세상 모두에게 메말라버린."

미는 몇 초간 틈을 두었다가, 한마디를 덧붙였다.

"마치 저처럼요."

순간, 필은 자신이 미를 똑바로 바라보고 있다는 사실을 발견했다. 녹슨 닻이 옛 유령을 바닥 모를 호수에서 끌어올렸다. 어린 시절, 그를 한 번이라도 본 학부모들은 약속이라도 한 것처럼 수군거리곤 했다. 그 애요? 도통 사람 같지가 않아요. 앞에서는 잘 웃고 싹싹한데, 눈을 보면 어딘가 나사가 하나 빠져 있다니까요.

그는 주위를 둘러보았다. 어쩐지 조용하다 싶더니, 또다시 그들의 자리 근처만 텅 비어 있었다. 미가 앉는 주변은 본능적인 한기가 사람들을 몰아내는 모양이었다. 필은 화제를 바꿨다.

"그림은 아직도 그리고 있습니까?"

"저도 잊고 있던 제 전공을 아시네요."

"설문지에 적혀 있었으니까요. 학교를 졸업한 뒤, 한동안 촉망받는 젊은 작가로 활동하셨다고요."

미는 자연스레 시선을 피했다. 무의식이 그녀의 뉴런에 거짓된 정언명령을 보내고 있다는 신호였다.

"이젠 다 옛날 얘기죠. 탈출구라고 여겼던 그림은 저를 더 깊은 외로움에 빠뜨렸어요. 날 찾기 위해 안쪽으로 파고든 순간, 그때부터 삶을 이루는 쪽의 내가 착실히 망가졌으니까. 그래서 그만둔 거예요. 도저히 제정신을 유지한 채 살아갈 자신이 없어서."

필은 고개를 끄덕였다.

"전 비록 예술을 잘 모르지만, 평온한 정신으로는 좋은 작품이 나오지 않는다는 이야기는 들었습니다. 스스로의 감정 중 가장 어두운 곳을 쥐어뜯어야 한다더군요."

"네. 대학에서 가장 진절머리가 났던 부분도 그거였어요. 모두가 19세기 화가 같은 미치광이가 되고 싶어 발버둥을 친다는 점이요. 정말로 예술에 삶이 잡아먹힌 사람은 어떻게 되는 줄 알아요? 자기 자신에게 차츰 잠식당하다, 삶에 대한 공허를 못 버티고 미쳐버려요. 참 아이러니한 일이죠. 이 세상을 따뜻하게 보려던 시인과 화가는 정신병원에, 병자가 되고픈 일반인들은 캠퍼스 풀밭에 누워 있다는 게."

그 역시 미의 말뜻을 잘 알았다. 소위 '예술인'들은 여자친구로도,

고객으로도 골치와 고생을 보장했으므로. 그들의 문제 대부분이 작품과 연관된 것이었기에 외로움 살해도 난항을 겪었다. 외로워서 예술에 빠진 것인지, 예술을 하기에 외로운 것인지, 필은 목구멍까지 치민 질문을 늘 참곤 했다. 아마 본인들도 모를 것이었다.

"어쨌거나 잠정적 활동 중단 상태란 거군요."

"일단은요. 간혹 한두 장씩 끄적거리기도 하지만…… 정말 가끔인 데다, 말 그대로 낙서 수준에 불과해요."

필은 등받이에 몸을 기대면서 물었다.

"그럼 나중에 보여줄 수 있겠습니까? 그려둔 그림들이요."

미는 의외로 선선히 승낙했다. 심지어 그녀는 파격적인 제안으로 필을 되묻게 했다.

"미 씨 집에 가지 않겠냐고요? 오늘 말입니까?"

백을 챙긴 미는 무슨 문제가 있느냐는 태도였다.

"그림을 보고 싶으시다면서요? 가지고 있는 그림은 20호나 25호짜리 캔버스가 많아서요. 그것보다 더 큰 사이즈도 몇 개 있고. 제가 가지고 나올 수는 없으니 직접 와서 보시는 편이 나을 거예요."

"지금은 밤인데요. 우린 이제 두 번째 만났고요."

"상관없어요. 보통 인터넷 기사나 가스 검침원을 경계하지는 않잖아요? 제가 외살자의 뜻을 잘못 알고 있지 않다면요."

이 아가씨는 당연히 지녀야 할 경계심마저 오랜 외로움에 산화된 게 분명했다. 필은 물을 마시며 미의 표정을 살폈다. 그러나 흔히 고객들이 시험 삼아 던지는, 살해자를 '떠보려는' 기색은 없었다. 미는 정말로 그를 자신의 집에 초대할 생각이었다.

'기회가 넝쿨째 굴러들어온 셈인데. 잘만 하면 그림 이외의 단서

를 찾을 수 있을지도 몰라.'

외로움살해자의 직감이 그를 인도했다. 필은 더 고민하지 않고 결정 내렸다. 호랑이를 잡으려면 호랑이 굴로, 고래를 치료하려면 고래 배 속으로 들어가야 하는 법이었다.

"그럼 사양하지 않겠습니다. 전시회는 오랜만이네요."

출발하기 전, 조 과장에게서 전화가 왔다. 미는 화장을 고치러 갔고, 그도 마침 화장실에 들른 참이었기에 받을 수 있었다. 필은 허울뿐인 상사에게 진척 상황을 보고했다. 1, 고객과 연락이 닿았다. 2, 만나서 저녁 식사를 했다. 3, 지금부터 고객의 집에 갈 것이다.

– 그 다음은? 가서 어떻게 할지는 정했나?

"도움이 될 정보를 찾아내야죠. 흔치 않은 기회입니다."

조 과장은 경계의 의미가 담긴 기침을 몇 번 했다.

– 조심해. 집에 들인 외로움살해자가 서랍이나 뒤지는 꼴을 보였다간 특수절도로 고소당할걸. 난 네 이름을 뉴스에서 보고 싶지 않다.

"그녀에게는 들키지 않을 겁니다. 염려 마십시오."

– 그것 말고도 말이야. 이번 고객이 아주 강적이라면서? 소굴로 따라 들어가는 게 퇴사의 첫 단추가 될 수도 있어.

"과장님도 아시지 않습니까? 제가 전염될 일은 없습니다."

전화는 그것으로 끊어졌다. 필은 휴대폰을 주머니에 넣고 거울 앞에 섰다. 물을 튼 다음 앞을 보자 익숙한 비즈니스맨이 비쳤다. 그는 신속하게 외모를 점검했다. 오른쪽 셔츠 칼라, 수트의 어깨 부분, 앞머리 일부가 미묘하게 구김이 갔거나 말려 올라가 있었다. 필은 매무새를 고치고는 머리카락을 매만졌다. 째깍대는 그의 생체시계에 미루어, 잠시 후면 미가 나올 시간이었다. 일반적으로 여성들은 식사 직후 4분 남짓을 화장실에서 머물렀다.

3분 33초, 36초, 39초……. 필이 나온 후, 딱 20초 뒤에 미가 유리문을 열고 나타났다.

차 안에서는 두 사람 다 말이 별로 없었다. 어디 불편한 곳은 없습니까? 네, 괜찮아요. 짧은 문답이 오간 다음에는 침묵이 쏟아졌다. 이따금씩 맞은편에서 오는 차들만 앞좌석을 하얗게 밝혔다.

필은 눈동자를 거의 움직이지 않고 미를 보았다. 차를 같이 타리라고는 생각지 못했기에 자가용 안은 폭탄 창고였다. 그녀의 손이 닿는 선 바이저엔 미의 자료 몇 장이, 글로브박스와 콘솔박스 안에도 고객 관련 문서가 꽂혀 있었다. 그러나 동승객은 필의 사생활에는 아무 관심도 없어 보였다. 미는 도어포켓에 팔을 걸친 채, 감았는지 떴는지 모를 눈으로 도로만 응시하고 있었다.

그녀의 집은 깔끔해 보이는 주택형 오피스텔이었다. 들어가는 입구에는 경비실이 딸려 있었는데, 늙수그레한 경비가 꾸벅꾸벅 졸다 발소리를 듣고 깨어나 그들을 쳐다보았다. 필은 엘리베이터를 탈 때까지 따라붙는 시선을 느꼈다.

엘리베이터 안에서 13층을 누른 미가 말했다.

"원래 외부인을 싫어하셔요. 하도 근처에서 사고가 많이 나서, 혹시 무슨 일이라도 생길까 걱정이 되시나 봐요."

그래서라기엔 미를 보는 시선도 썩 곱진 않았다. 이 야밤에 여자 혼자 사는 집에 방문한 남자니, 늙은 경비가 둘을 보며 어떤 상상을 했을지는 알 만했다. 1305호 앞에 서서, 미는 비밀번호를 입력하고 문을 열었다. 필은 그녀를 따라 불 꺼진 집 안으로 들어갔다.

한 걸음 들어서자마자 밖과 다른 공기가 훅 끼쳤다. 필은 주의 깊게 숨을 들이마셨다. 우수한 외살자의 후각은 사립탐정만큼 예민했다. 방향제 냄새, 거의 사라진 담배 냄새, 젖은 빨래 향과 각종 화장품의 잔향. 음식 냄새가 안 밴 것으로 보아 집에서 요리를 하는 스타일은 아니다. 냄새 끝에는 양키캔들 특유의 라벤더향이 풍겼다. 외로울 때 기분 전환을 위해 향초를 태우고 있다는 소리였다.

그의 머릿속을 알 리 없는 미는 걸어가서 스탠드를 켰다. 딸깍, 소리와 함께 천장으로 토성의 고리가 뻗어나갔다.

"들어오세요. 거기서 뭐하고 계세요?"

"아, 신발 좀 벗느라고요."

얼버무린 필은 재빠르게 좌우를 살폈다. 그림 이외에도 찾아야 할 단서는 많았다. 자질구레한 습관부터 그에게 한 거짓말의 유무까지, 모든 것을 파악할 수 있는 곳이 고객의 아지트였다. 전 애인의 편지, 유리가 깨진 가족사진 액자, 그 밖의 무엇이라도.

오피스텔은 넓은 거실에 방 하나, 반대편 공간에 주방과 화장실이 따로 딸려 있는 구조였다. 미가 켠 스탠드 불빛 덕에 대략적인 식별은 가능했다. 필의 눈이 어두컴컴한 신발장을 쭉 훑었다. 입구부터 거실로 이어지는 벽은 깨끗했다. 여자 혼자 사는 집에 흔히 붙어 있을 법한 스티커나 포스트잇, '네 젊음을 응원해!' 따위의 글귀도 없었다. 그저 채도 낮은 브라운 톤의 벽지뿐이었다.

거실이 실질적인 주거 공간인 듯, 침대니 소파니 하는 것들이 여기저기 보였다. 어둠의 녹이 떨어져나가자 실체가 드러났다. 붉은 디시 소파, 매트리스를 두 개 겹친 흰색 침구, 얼룩말무늬 베개와 쿠션. 그 소품들은 어딘지 모르게 어수선한 인상을 주었다. 필은 잠시 후 깨달았다. '꼭 외로움에 잡아먹히다 만 것 같은 분위기로군.'

소파로 간 미는 가방을 내려놓았다.

"아무 데나 앉으세요. 마실 걸 좀 드릴까요?"

필은 잠깐 궁리했다. 뭘 시키면 가장 시간을 많이 빼앗을 수 있을까.

"유자차나 코코아, 자몽티 같은 게 있나요?"

"단 건 없어요. 사놨던 코코아를 다 마셨거든요."

이 카페의 서버는 불친절하기가 함바집 이모님이었다. 필은 군말 없이 메뉴를 선회했다. 어차피 목적은 다른 곳에 있었다.

"그럼 아무거나 주십시오. 뜨거운 걸로."

외투를 벗은 미는 주방으로 걸어갔다. 필은 그녀가 찬장을 여는 것을 확인하자마자 움직였다. 이불을 뒤집고, 매트리스 밑을 확인하고, 창틀까지 쓸어보는데 커피포트에 물을 따르는 소리가 났다. 다음 순서는 아까부터 눈여겨봤던 선반이었다. 쭉 붙여둔 필름 사진들은 여행을 다녀온 기록 같았다. 석양으로 불타는 에펠탑, 빅 벤과 함께 담긴 템스 강, 그 외에도 몇 장이 더 있었지만 정작 주인공은 빠져 있었다. 세계 각국의 명물 어디에도 미는 보이지 않았다.

"집이 깨끗하진 않죠? 이사하고 난 뒤로는 친구나 지인을 초대할 일이 없어서, 얼마나 더러워 보일지 모르겠네요."

바로 등 뒤에 작업용으로 보이는 책상이 있었다. 필은 책꽂이를 뒤지면서 대답했다.

"충분히 깔끔한걸요. 제 방에 비하면 양반입니다."

여유가 더 있었더라면 책을 하나하나 꺼내 끼워진 사진이 있는지 확인했겠으나, 시간이 촉박했다. 그가 찾는 물건—비밀 일기장이라든가 옛 연인의 편지라든가—도 얼른 나타나지 않았다. 필은 스탠드 옆에 놓인 도라에몽 인형을 흘끗 보았다. 그 철 지난 캐릭터 상품이 이 방에서 가장 여성스러운 물건이었다.

포트의 물이 다 끓었는지 삑삑대는 소리가 났다. 필은 뽑았던 책을 서둘러 다시 꽂았다. 미가 홍차 두 잔을 들고 돌아왔을 때, 그는 모범적인 방문객처럼 소파에 앉아 있었다.

"밖에서 보았을 때보다 실내가 꽤 넓군요."

미는 다리가 굽은 테이블에 찻잔을 내려놓았다.

"예전에는 쭉 원룸에 살았었어요. 집이 넓으면 넓을수록 더 외로워지는 느낌이라서요. 외로움과 공간의 크기는 무관함을 깨달은 뒤 여기로 이사했죠."

필은 미의 방 안을 둘러보고, 이곳보다 두 배는 더 넓은 그의 아파트를 떠올렸다. 맞는 말이었다. 그렇지 않다면 어떻게 그가 28평짜리 외로움의 바다 속에서 살아남을 수 있었겠는가?

그가 마시는 것을 지켜보던 미가 불쑥 물었다.

"이 일은 어쩌다 하시게 된 거예요?"

필은 당황하지 않았다. 본인의 살해자에게 관심을 가졌던 고객은 그녀가 처음도 아니었다.

"사생활은 비공개가 원칙입니다. 그건 왜 묻죠?"

"이유는 없어요. 궁금한 데 까닭이 있나요?"

"전 당신의 외로움을 살해하기 위해 파견된 직원입니다. 제 직업적 배경은 우리 관계에서 중요치 않아요."

"어째서요? 전 당신에 대해 아는 것이 하나도 없는데요. 상호 교환 없이 누군가의 외로움을 덜어낼 순 없어요. 만약 필 씨가 회사의 사주를 받은 인신매매업자라면 제 장기가 위험해질 테고요."

미는 눈도 안 깜빡이고 깜찍한 소리를 했다. 필은 머릿속의 장부에 두 문장을 추가했다. 농담을 하는지 진담을 하는지 구분할 수 없음, 대중적인 유머 감각은 썩 떨어지는 바.

"외로움살해자가 되려면 신원보증부터 거쳐야 합니다. 혹시 제 범죄 기록을 보고 싶으시다면……."

"아뇨, 그냥 농담이었어요."

무덤덤한 침묵이 흘렀다. 미는 필의 얼굴을 빤히 보더니 말했다.

"저기, 어떻게 그 와중에도 표정 하나 안 바뀔 수 있어요? 살면서 저보다 더 심한 돌부처는 처음 보는 것 같아요."

이렇게 복장이 터지는 고객도 그녀가 처음이었다. 필은 서비스용 미소를 필요한 만큼만 잘라 띠웠다.

"추리소설은 이쯤 씁시다. 슬슬 작품을 보러 갈까요?"

예상대로, 문이 닫혀 있던 방이 작업실 겸 보관 창고였다. 문을 연 미는 모델하우스를 소개하듯 설명했다.

"거실은 물감도 튀고 냄새도 나서, 이 방을 작업실로 쓰고 있어요. 작업이라고 말할 만큼 대단한 것을 하지도 않지만."

방 안은 크고 작은 그림들로 빼곡했다. 한쪽 구석에 목조 책상과 알루미늄 이젤이 있었고, 나머지 공간은 모조리 작품들 차지였다. 미는 익숙한 손놀림으로 벽의 스위치를 켰다. 할로겐등 세 개에서 주황빛 부나방들이 날아와 그림들을 비췄다. 미가 말했듯, 여자 혼자 운반하기에는 어려울 사이즈도 많았다. 그런 것들은 수줍은 여인처럼 얇은 종이로 얼굴을 가리고 벽에 기대 있었다.

필은 걸음을 조심스레 옮겼다. 쓰다 만 팔레트와 붓통, 판넬이며 캔버스가 마구잡이로 널려 있어 주의해야 했다. 공기 중에도 기름 냄새가 짙게 배어 있었다. 그는 한 점 한 점 살피며 이메일로 봤던 미의 작품과 대조했다. 출품한 그림은 모두 풍경화였으나, 이곳에는 유독 인물을 그린 그림이 많았다. 곳곳에서 미와 비슷한 여자의 얼굴이, 혹은 그녀 자신일 얼굴들이 검은 눈동자를 깜빡이고 있었다.

"괜찮은 건 보이는 족족 처분해서 거의 없어요. 조금이라도 잘된 그림을 지붕 아래 두면, 그 그림을 그릴 때 쏟았던 감정들이 밤사이 다시 흘러나오는 것 같았거든요. 그래서 전부 팔아버렸어요."

자신의 자식들을 둘러보던 미가 말했다. 필은 조금 작은 캔버스에 그려진 파란 방을 들여다보았다. 방금까지 그들이 있던 곳이었다.

"이건 바깥의 거실을 그린 겁니까?"

"네. 졸업하고 오랫동안 붓을 놓으면서 화풍이 많이 바뀌었어요. 창의적인 사고를 하기에는 지쳐 있기도 했고."

필은 주의 깊게 단어를 골랐다.

"그래도 인상적인 그림들이 많군요. 전시회에 온 것 같네요."

그녀는 꽤 작업량이 많은 아티스트였다. 크기가 큰 순에서 작은 순, 화실의 오른쪽에서 왼쪽으로 갈수록 최근 그린 그림들로 보였다. 스타일은 간략해졌고 주제는 형이상학적으로 변화했다. 새까만 밤을 배경으로, 목이 잘린 나체의 여인들이 달무리 내린 호수 위에 떠 있었다. 그 옆에서는 꿈꾸는 고양이가 생쥐에게 뇌를 파 먹히는 중이었다. 필은 문득 흥미로운 작품을 발견했다. 예수처럼 비쩍 마른 남자가 유방들에 둘러싸인 그림이었는데, 자세히 보니 그 유방 하나하나가 여자의 얼굴이었다. 젖과 꿀에 목까지 잠긴 남자는 행복한 얼굴로 잠들어 있었다.

필은 눈길을 끄는 작품마다 질문을 던졌다.

"그런데 저 여자들은 누군가요? 미 씨와 닮은 얼굴인데요."

미는 고개를 끄덕였다.

"네, 맞아요. 그건 엄마이자 저예요."

"미 씨가 어머니를 많이 닮았나 봅니다."

"아뇨, 외모는 전혀 닮지 않았어요."

필은 미 쪽을 돌아보았다.

"그럼 어머니를 모델로 택한 이유가 있습니까? 사이가 각별하다거나, 늘 그리워하는 대상이라거나 하는."

미의 얼굴에 새로운 표정이 떠올랐다. 도저히 감정 파악이 어려운 상대였으나, 필은 곧 알아차렸다. 그것은 얼굴 근육에서 모든 감정이 소실됐을 때 나타나는 표정이었다.

"우리 모녀는 일 년에 세 번을 채 안 만나요. 제가 엄마를 그리워할 때도 엄마가 절 보고파하는 일은 거의 없고요."

메일로 봤던 자료가 머릿속에서 다시 펼쳐졌다. 필은 그녀가 부모와 함께 살지 않았다는 것을 기억해냈다. 미는 스무 살 때부터 자취방과 본가를 전전했다고 했다. 두 곳 어디에도 아버지는 없었다. 이혼이었을까, 별거였을까. 아니면 가정폭력을 견디다 못한 합리적 가출이었을까. 가능성과 추측의 가짓수는 같은 변곡점 위에서 상승했다.

이럴 때는 외살자보다 정신과 의사 쪽이 나았다. 의사나 심리치료사라면 유년기의 고백쯤은 실컷 요구해도 됐을 테니. 대신 센터에는 더 무자비한 흥신소가 딸려 있었다. 필은 내일 날이 밝자마자 미에 대한 심화 자료를 요청해야겠다고 마음먹었다.

미는 본인이 그린 그림을 만지작거리고 있었다. 캔버스에서 색색의 가루가 묻어나는데도 개의치 않는 것 같았다.

"필 씨는 어떤가요?"

"뭐가 말입니까?"

"가족들과 사이가 좋은 편인지요. 형제가 있나요?"

필은 어깨를 으쓱했다.

"지금은 없습니다. 그리고 살인자를 좋아하는 인간은 없죠, 그게 아무리 가족이라도."

일부러 모호하게 둘러댄 것이 주효했는지, 미는 그가 파놓은 허방에 허리까지 빠져 들어갔다.

"외로움살해자를 싫어하는 사람들인가요? 하긴, 그 직업을 반대하는 가족들도 있다곤 들었어요. 이름이 영 섬뜩해서 그런가."

필은 흥미로운 기분으로 미의 입에서 재해석되는 가정사를 들었다. 외로움을 죽인다는 것만이 원죄에 포함됐더라면 좋았으리라. 그가 그로테스크한 이름의 새 서비스직에 취직할 때, 어머니는 별말을 하지 않았다. 대학을 중퇴하고 몇 달간 공사판을 전전할 때도 간섭은 없었다. 그전에도 잔소리를 들어본 기억은 뜸했으나, 의식불명으로 대장에 호스가 꽂히는 신세가 되면 자식의 진로야 상관없어지기 마련이었다. 아버지 쪽은 더 화끈했다. 그는 필이 외살자가 되던 해에 이미 세상에 없었다. 아들에게 평생 지켜온 침묵을 지키려 이승까지 하직한 것이다.

"그럴지도요, 잘 봤습니다. 슬슬 가봐야겠네요."

미는 현관까지만 배웅을 나왔다. 건물 앞에서, 필은 차 문을 열며 오피스텔을 올려다보았다. 아래부터 열세 번째, 오른쪽에서 다섯 번째. 미가 있는 창문은 여전히 어두웠다.

윤 필 핸드폰 발췌록.

단체 메신저: 외로운 몽상가들.

〈웨딩유 허예슬플래너♥〉: 이모티콘(굿모닝)

〈웨딩유 허예슬플래너♥〉: 이번 주는 언제 모여?

〈힘내라 신현일! 힘내자 신작가!〉: 맞아, 날짜랑
시간 좀 얘기해줘. 영준이한테 전화했는데 안 받더라.

〈윤 필〉: 난 못 가.
아마 당분간은 참석이 힘들 것 같다.

〈웨딩유 허예슬플래너♥〉: 왜? 지난번에는
일을 시작하고도 종종 나올 수 있다고 하지 않았어?

〈윤 필〉: 그때랑 지금은 상황이 달라.
이번에 좀 골치 아픈 고객을 맡게 돼서,
거기 집중하느라 통 짬이 안 나네.

〈썬더모터스 지영준〉: 저놈은 그냥 내버려둬.
쟤가 저러는 게 한두 번이냐? 저러다 우리 모임
명예의 전당에 헌액되시겠지.

〈웨딩유 허예슬플래너♥〉: 넌 현일이 전화나 신경 써.
연락 온 걸 확인하고서도 귀찮다고 내버려두지 말고.

〈썬더모터스 지영준〉: 이모티콘(안들림)   .

〈썬더모터스 지영준〉: 그래도 내가 매번 연락을 돌리잖아.
시간 잘 맞추지, 장소 섭외 끝내주지,
얼마나 모범적인 모임장이냐?

〈썬더모터스 지영준〉: 야, 윤 필. 안 그래?

                              〈윤 필〉: 따뜻하게들 입고 다녀.
                              요즘 봄철 늦감기가 유행이라네.

〈힘내라 신현일! 힘내자 신작가!〉: 필아, 그래도
이번 주까지만 나오지 그래. 앞으로
더 보기 힘들어진다면서.

〈힘내자 신현일! 힘내자 신작가!〉: 그리고 너희한테
보여줄 글도 있단 말이야. 팀장 몰래 쉬는 시간마다
써서 모은 신작인데, 다른 회사 편집자 몇 명한테
보여주니까 반응이 좋았어.

〈썬더모터스 지영준〉: 뭐, 소설? 그건 내가 봐줄게.

〈힘내자 신현일! 힘내자 신작가!〉: 넌 너무 취향이 확고해서
문제야. 대중적인 글은 호, 그게 아니라면 전부 불호잖아.
너뿐만 아니라 필이랑 예슬이 의견도 들어봐야 해.

〈썬더모터스 지영준〉: 그럼 외로움살해자 얘기를 써.
윤 필 스토릴 쓰면 딱 되겠네, 고객 때문에
우정을 기만한 치사스러운 놈이라고.
아마 전국의 외살자 팬들이 벌떼처럼 구매할걸.

〈웨딩유 허예슬플래너♥〉: 현일아, 쟤 말은 귀담아듣지 마.
영준이가 하라는 대로 했다간 책은 고사하고
네 인생까지 망칠지도 몰라.

〈썬더모터스 지영준〉: 내가 뭐 어쨌다고 그래?
지난달에는 쟤한테 프로토로 20만 원이나 따게 해줬는데.
나만 믿으면 자다가도 양주가 병째 굴러 떨어진다, 이거야.

　　　　　　〈윤 필〉: 어쨌거나 이제부터는 자주 못 볼 거야.
　　　　　　　　급한 일 있는 사람은 전화하고,
　　　　　　　　　지 딜러께선 나 대신
　　　　　　　　우리 모임 술 많이 축내고.
　　　　　　　현일이 소설은 조만간 읽어볼게.

〈웨딩유 허예슬플래너♥〉: 밥은 챙기면서 일해.
그러다 쓰러질라.

〈썬더모터스 지영준〉: 이모티콘(힘내요)

〈썬더모터스 지영준〉: 근데 걔, 많이 예쁘냐?

3단계

—

적을 알고
나를 알 것

1

필은 눈을 떴다. 시아가 트이자마사 그의 방 천장이 눈앞으로 뛰쳐들었다. 코에는 어젯밤 뿌려둔 새 방향제 냄새가 맴돌았다. 귀에서는 알람이 천둥 같은 불호령을 뿜고 있었다. 시각, 후각, 청각이 합세해 현실감을 되찾기까지 딱 3초가 걸렸다. 분열됐던 외로움살해자는 맞춰진 이성과 재조립된 육체로 긴 밤에서 깨어났다.

그는 왼손에 찬 손목시계를 들여다보았고, 뒤늦게 알람이 시간을 알려주고 있음을 깨달았다. 머릿속이 개운치 않게 텁텁했다. 사고도, 의식도, 되돌아오는 것이 평소의 반 박짝씩 늦었다. 눈을 뜨자마자 숙련된 킬러처럼 제정신을 되찾던 그로선 흔치 않은 일이었다.

어젠 뭘 했더라. 몇 시에 들어왔던 거지? 멍한 눈이 서류들로 어지러운 탁자에 가서 꽂혔다. 걸출한 기억력은 어제의 일과를 머릿속 영사기에서 재생했다. 24시간 전에도 눈코 뜰 새 없이 바빴다. 출근한 뒤 회사로 전화를 건 게 첫 일과였다. 그는 미가 다녔던 병원을 수소문했고, 그녀의 동창들과 만날 계획을 짰고, 일이 끝난 그녀와 만나

식사를 함께했다. 집에 돌아오고 나서도 잔업이 산더미였다. 여태 확보해둔 자료와 직접 정리한 분석표를 읽다가…….

벌써 2주가 흘렀다. 외로움을 확보하려는 수사망은 용의자의 근처만 빙글빙글 돌았다. 윤 필 형사에게 김 미란, 살해 도구와 트럭이 모조리 밝혀졌는데도 범인을 찾지 못한 미제 사건이었다. 필은 딱 일주일째 되던 날부터 수렁에 빠져들었다. 공략이 불가능한 철옹성이 있다면 그녀가 아닐까 싶었다. 여기저기를 찔러봐도 반응이 오는 곳이 없었고, 호전될 기미 역시 보이지 않았다. 더 큰 문제는 고객 본인의 개선 욕구가 허랑방탕 한량이란 점이었다. 그녀는 그저 '죽은 듯 살고 있었다'. 다른 말로는 '산 것처럼 죽어가고 있었다'.

물론 시도해본 것은 많았다. 필은 그가 아는 살해 매뉴얼을 총동원해 미를 폭격했다. 첫째로는 퇴근 시간에 맞춰 운전기사며 데이트 상대, 저녁 식사 파트너를 도맡았다. 둘째로는 30분에 하나씩 메시지를 보냈고 쉬는 시간마다 전화를 걸어 안부를 확인했다. 마지막으로는 폭음과 늦은 수면을 제한함으로써 외로움이 들어올 구멍을 차단했다. 똑같은 방법이 세부적인 디테일만 바뀌며 14일간 이어졌다. 이쯤 되면 대부분의 환자들은 눈에 띄게 나아지거나, 최소한 호전 양상 정도는 보이곤 했다. 그러나 미의 반응은 언제나 똑같았다. 그녀는 본인의 결여를 충족시키려는 모든 노력을 소 닭 보듯 쳐다보았다. 그러고 나서는 자동응답기처럼 무덤덤한 목소리로 대답했다. 네, 오늘도 즐거웠지만 달라진 건 없네요. 시간이 늦었으니 조심히 들어가세요.

그러니 필로서도 어쩔 도리가 없었다. 살기 싫다며 주사기 바늘을 부러뜨리는 환자가 있다면 저런 모습이리라.

홀로 분투하는 에이스와 달리, 6팀은 여전히 잘 돌아가고 있었다. 그 사이 팀에 막내도 들어왔다. 말투가 싹싹하고 생김새도 곱상한, 직업적 사명감에 불타는 스물셋 청년이었다. 그는 출근할 때마다 칸막이가 쩌렁쩌렁 울리도록 인사했다. "존경하는 선배님들! 오늘도 잘 부탁드리겠습니다!" 필이 보기에 신입들의 고비인 세 달은 무리 없이 넘길 듯했다. 젊은 신참은 사무실 내 방임주의에도 금방 적응했다. 자율적인 인간에게 이만큼 달콤한 직장생활도 또 없었다.

신입이 온 뒤, 사흘 만에 필도 승부수를 던졌다.

"내일부터는 바로 고객에게 가야겠다고?"

"네, 당분간 정시 출근은 어려울 것 같습니다. 노력은 해보겠지만…… 아무래도 시간을 아껴야 하지 않을까 싶어서요."

조 과장은 별말을 하지 않았다. 필의 근무태도가 여태 비정상적으로 훌륭했을 뿐, 우수 사원들은 제멋대로 결근하는 일이 부지기수였다. 회사도 묵인했다. 능력만 되면 출퇴근쯤이야 마음대로 하란 배포였다. 그 기준에 부합하지 못한 외살자들은 꼬박꼬박 나오면서 지정된 고객을 상대했다. 서 대리는 아직도 필을 사람 모양 고기 장벽쯤으로 대하고 있었다. 필로서는 그 편이 차라리 고마웠다. 로맨스에 실패한 동료 직원 말고도 고민거리는 수두룩했다.

그는 회사 로비에 앉아 휴대폰을 꺼냈다. 분석팀의 직원은 수화음이 두 번 떨어지자마자 전화를 받았다.

— 네. 분석팀 김솔희입니다.

"실무 6팀 소속 윤 필입니다. 부탁드렸던 고객 심화 자료는 아직입니까? 며칠 전에도 전화를 드렸었는데요."

— 그러셨군요. 죄송하지만 현재 6팀, 윤 필 대리님이 요청하신 건은

아직 자료가 올라오지 않았습니다. 작업을 맡은 부서에서 최종 정리가 끝나야 전달해드릴 수 있을 것 같아요.

"알겠습니다. 수고하십시오."

전화를 끊은 필은 노트북을 켰다. 접속해본 메일함에도 새 편지가 없었다. 그가 부탁한 미의 자료는 2주일째 나오지 않고 있었다. 그녀가 어떤 병원에서 심리-미술치료를 받았는지, 정기적으로 다닌 정신과는 어디인지, 미의 과거에 어떤 일이 있었고 아버지와 어머니는 지금 뭘 하고 있는지. 실마리 하나가 아쉬운 그로서는 속이 탔다. 몇 주 사이 운영 방침이 바뀌었나, 싶기도 했지만 그럴 가능성은 적었다. 그의 회사는 외로움을 죽이기 위해서라면 살인마저 불사할 미치광이 소굴이었다.

여기저기 전화를 돌려 들쑤신 소득은 제로였다. 한 지붕 아래 직원들에게서는 똑같은 답만 돌아왔다. '정말 죄송합니다. 찾고 있습니다. 도착하는 대로 연락드리겠습니다.'의 삼중 변주곡.

'더 이상 분석팀 운영이 불가능해진 건가? 직원 중 누군가가 내부 고발에 착수했을 가능성도 있어.'

앙심을 품은 전직 외살자라면 충분히 가능한 일이었다. 필은 포털 뉴스와 증권가 지라시를 살펴보았다. 뉴스 특종이나 내부 고발 등의 기사는 보이지 않았다. 굳이 찾자면 외살자 출범 이래 꾸준히 이어지는 각종 지식인층의 성토 정도였다. 그런 윤리적 질책이야 이젠 없으면 섭섭할 지경이었고, 그는 뉴스 몇 개를 더 클릭해본 뒤 노트북을 닫았다. 답변이 늦어지는 가능성은 둘로 나눠졌다. 모종의 이유때문에 분석팀의 업무가 잠시 마비됐다, 또는 회사 내에 그를 시기하는 세력이 생겨났다.

"그럴 리가. 다 같은 동료들인데, 뭐하러 그런 어깃장을 둬? 우리 일이 누굴 밟아야 올라갈 수 있는 종류도 아니고."

필은 물을 많이 탄 커피를 한 모금 마셨다.

"제가 너무 오랫동안 살아남아 있었나 보죠. 시기와 질투야말로 회사생활의 꽃이 아니겠습니까?"

조 과장의 커피는 진한 인스턴트로 넉 잔째였다. 저러다 일정에 차질이라도 생기면 어쩌려는지 몰랐다.

"말도 안 되는 소리야. 익명의 제보자가 협박 전화를 넣었을 확률이 차라리 높겠군. 난 네놈들이 얼마나 파렴치한 족속인지 알고 있다, 그러니 당장 흥신소 뒷공작을 중단해라. 그러지 않으면 모은 자료를 언론과 경찰에 공개하겠다……."

말을 끌던 조 과장은 후배가 불쌍했는지 한마디 더 던졌다.

"아니면 네가 강 대표를 찾아가봐. 대표이사 직속 오더면 분석팀이고 나발이고 넙죽 받들어 모실 거다."

"그 사람이 절 만나주긴 하겠습니까?"

"그거야 모르지. 해외로 나간다면서 매스컴과 두절된 게 꽤 오래 전이거든."

조 과장과의 좌담이 끝나면, 종종 회사 식구들과 아래층 카페에서 이야기를 나누기도 했다. 이번 상대는 최대철 대리였다. 동갑내기 동기는 미에 대해 몇 마디 듣더니 분기탱천해 일어섰다.

"그거, 딱 봐도 사기꾼이네. 속은 멀쩡한데 겉으론 환자인 척, 죽고 싶다고 징징대며 윤 대리를 속이는 거야. 아프지도 않은 애한테 약을 먹이니 병세에 차도가 있겠어? 그 3단계 딱지도 상담팀을 들들 볶아서 받아냈을 게 뻔해."

"글쎄. 정말 그렇게 생각해?"

"당연하지. 못 믿겠으면 커피를 뒤집어씌워봐. 내가 고안한 확인 방법인데, 상대가 진짜 감염자라면 말없이 일어서서 나갈 거야. 가짜라면 화를 내며 무슨 짓이냐고 소리치겠지. 요즘 본 만화책에서 영감을 얻은 구별법이거든."

필은 더 이상 이야기를 나눌 필요성을 느끼지 못했다. 그와 최대철의 생일이 석 달 차이라면, 외로움살해자로서의 지적 소양은 미취학 아동과 학부생만큼이나 간극이 넓었다. 우수 사원은 평직원이 열을 내도록 내버려두고 휴게실에서 나왔다.

– 직접 물어봐. 그럼 간단하잖아?

간신히 짬을 내서 온 피트니스 센터 안이었다. 필은 센터 복도의 유리창에 기대서서 반문했다.

"말도 안 되는 소리. 그게 가능할 것 같아?"

– 안 될 건 또 뭐야? 평생 상처 입은 공주님마냥 네, 네, 하면서 모시면 걔가 자기 얘길 잘도 털어놓겠다. 거기다 정해진 기간도 있다며?

영준은 그의 새 고객에 부쩍 관심을 보였다. 요즘 걸려오는 전화에서 하는 얘기도 거의 미, 아니면 '그 단발머리'였다. 단짝 친구가 일 때문에 모임까지 전폐했으니 궁금할 만도 했다.

– 아니면 어디 바에 데려가서 술을 진탕 먹여. 진실을 말하고 다음 날 싹 잊어버릴 수 있도록. 위스키만큼 뒤탈 없는 자백제도 없지.

"난 그녀의 주량도 몰라. 그리고 뭘 캐내려 술을 먹인다는 생각이 들면 즉각 저항할걸."

– 그럼 답이 나왔네. 못 도망가게 가둬놓은 다음, 그 여자애 면전에 대고 심문해. 지금 부모님은 어디에 있냐, 네 외로움을 죽일 건데 협조

137

를 할 거냐 말 거냐, 말하기 싫다면 널 여기서 버리겠다. 그럼 제깟 게 실토하지 않고 배기겠냐?

필은 친구의 야만적인 해결책에 할 말을 잃었다. 그는 겨우 전화기를 어깨와 목 사이에 끼우고 물었다.

"이건 인질극이 아냐. 협박이나 공갈이 통할 것 같아?"

ㅡ 그건 알 바 아니지. 난 그냥 가장 실용적인 방법을 말해주는 거야. 그러기 싫으면 뭐, 깔끔하게 이쯤에서 접던가. 그 여자 말고도 네 고객이 될 여자는 많아.

상담팀의 자동응답만 아니다뿐이지, 별 영양가가 없기론 이놈도 마찬가지였다. 친구는 간혹 보편적인 상식과 동떨어진 의견을 내놓곤 했다. 아니, 일부러 이런 문제에서만 무관심과 몰상식, 질 낮은 인간 흉내를 고수하는지도 몰랐다. 대학 시절 영준은 입버릇처럼 말했다. 난 세상의 모든 감정을 이해하고 싶지 않아. 괴로운 현자보다야 행복한 소시오패스가 백번 낫지.

필은 목에 두르고 있던 수건으로 땀을 훔쳤다. 어디선가 목 졸린 강아지 소리가 나서 돌아보니, 입구 옆 벤치에서 깡마른 사내가 바벨을 들고 있었다. 1킬로그램짜리 철판을 끼운 바벨이 오르내릴 때마다 끄-웅, 끄-웅, 하는 신음이 흘렀다. 그는 조만간 바벨에 깔리거나 팔이 빠지거나, 아니면 그 두 상황을 동시에 경험할 듯 보였다.

ㅡ 보스가 불러서 가봐야겠다. 어쨌거나 그 고객이란 여자, 썩기 전에 껍질을 까든가 내다 버려. 우리는 언제나 목적만을 위해 전진하는 동물이니까. 어떤 보험설계사나 부동산 중개인도, 심지어 지하철의 예수쟁이조차 안 될 놈은 따라다니지 않거든.

영준의 조언은 그것이 다였다. 전화는 끊겼고, 벤치 위의 *끄웅*맨은 기묘한 기합을 재개했다. 필은 헬스장으로 돌아가 꼬박 세 시간 동안 트레이닝에 매진했다. 그리고 그날도 미와의 만남에서 허탕을 치고 돌아왔다.

"그래서, 이제부터 어떻게 할지는 정했고?"

다음 날 아침, 그는 탕비실에서 조 과장과 마주했다. 서두른다고 나왔는데도 사무실에는 필을 제외한 전원이 도착해 있었다. 막내가 들어온 뒤부터 6팀의 투사들은 가벼운 의욕 과잉에 빠진 것 같았다.

필은 고개를 끄덕였다.

"생각이 있습니다. 이대로 시간만 흘려보낼 수도 없고요."

"벌써 며칠을 안 나왔잖아. 사전 작업은 잘 돼가나?"

"아래층 직원들이 영 비협조적이더군요. 저는 분석팀이 태업에 들어간 걸 회사 생활 3년 동안 처음 봤습니다."

조 과장은 반들거리는 머리칼을 양손으로 쓸어넘겼다.

"상황이 나쁘면 포기하는 것도 방법이야. 이쯤에서 손을 떼라는 신호인지도 모르지, 하늘 위 누군가가 보내는."

필은 회색 바탕에 까만 점이 박힌 천장을 올려다봤다. 그 합판은 뇌우를 머금고 강하한 구름처럼 보였다.

"외부의 악재는 상관없습니다. 그들이 할 수 없다면 제가 직접 움직여야죠. 언제까지 회사에만 기댈 수 없다고 생각하던 참이었습니다."

"뭐가 됐든 잘 해봐라. 에이스가 휘청거리니 사무실 분위기까지 함께 늘어지잖아."

격려가 무색하게도, 조 과장의 말이 끝나자마자 숨넘어가는 웃음 소리가 들려왔다. 필은 탕비실 바깥을 바라보았다. 사무실에서는 신 참이 비둘기를 꺼내 날려 보내고 있었다. 두 여직원뿐만 아니라 최 대리까지 막내의 마술 쇼에 손뼉을 치며 낄낄거렸다. 새로 온 분위기메이커는 마술, 개인기, 성대모사 및 모든 잡기에 능통했다.

필은 봤냐는 듯 문가 쪽을 곁눈질했다.

"농담도 잘하시네요. 여기 사람들은 제가 내일 영구차에 실려 화장터로 들어간대도 별 관심을 안 둘 겁니다."

"자기 일이 바쁜데 장례식에 참석할 겨를이 있겠어? 대신 조의금은 넉넉히 보내줄 거다. 십시일반 모으면 오륙백은 족히 나올걸."

위로가 되기에는 시체값이 턱없이 적었다. 조 과장은 그의 표정을 보더니 두 손을 들었다.

"가장 큰 문제를 말해봐. 네가 하지 못하는 걸 내가 할 수 있을 것 같진 않다만, 얘길 듣다 보면 묘안이 떠오를지도 모르지."

필은 갈색 합성재로 마감된 창틀을 짚었다.

"우선은 시간이 촉박합니다. 분석팀만 믿고 너무 안일하게 시일을 흘려보냈어요. 자료 확보에도 힘을 썼어야 하는데, 상대를 일반적인 3단계 환자로 보다가 2주일이 날아갔습니다."

"그럼 서두르지 말고 천천히 접근해. 어차피 고객 쪽에서도 서비스를 연장할 생각이라면서?"

"그럴 수가 없습니다. 그녀는 이미 한계에 달해 있어요, 바싹 말라 언제 터져나갈지 모를 화약고처럼. 더 큰 문제는 본인에게 이 상황을 극복하려는 의지가 없다는 거고요."

오랫동안 외로움에 시달려온 고객들이 어떻게 변화하는지, 입사 초기 설명해준 장본인이 눈앞의 상사였다. 욕망 없는 인간만큼 구원하기 힘든 존재가 없다는 사실도. 조 과장은 납득했다는 얼굴로 팔짱을 꼈다. 필은 상사의 넥타이를 바라보며 설명했다.

"희망이 완전히 없는 건 아닙니다. 6세부터 18세 사이, 유년부터 청소년기에 얻은 어떤 트라우마가 원인일 겁니다. 아마도 가족이나 첫 남자친구와 관련이 있는. 몇 가지만 더 알면 외로움의 형질을 파악할 수 있을 것 같은데, 그 과정까지가 어렵습니다. 게다가……."

조 과장은 둥근 안경을 중지로 추켜올렸다. 메탈 소재의 쇠바퀴 너머에서, 쌍꺼풀 없는 눈이 가늘어졌다.

"과정이 어렵고, 게다가?"

필은 별것 아니라는 듯 고개를 저었다.

"아닙니다. 다 드셨으면 그만 나갈까요?"

조 과장은 더 캐묻지 않았다. 다만 천장 합판과 비슷한 색의 하늘을 보곤 덧붙였다. "나갈 때 우산 챙겨 가라. 봄비인지 뭔지, 오전부터 소나기가 퍼붓는다더라." 필은 사무실의 장우산 하나를 챙겨 지하 주차장으로 내려갔다. 대중교통을 선호한다고는 하나, 요 몇 주는 기동성 때문이라도 자가용을 끌고 다닐 수밖에 없었다.

빗방울은 신호에 걸린 횡단보도 앞에서부터 떨어졌다.

앞 유리에 한둘씩 찍히던 점이 무수한 방울무늬로 변했다. 필은 와이퍼를 작동시켰다. 조 과장에게 꺼내려다 만 말은 다음과 같았다. 고객이 제 과거에 관심을 가집니다. 그것도 다 죽어가는 말기 환자가.

예약한 레스토랑에서, 나란히 앉은 차 안에서, 카페에 앉아 함께 커피를 마시다가도, 미는 이따금씩 개인적인 질문을 던져 왔다. 구질과 코스는 특급 투수마냥 다양했다. 대학 때는 뭘 전공했느냐, 운동 이외의 취미가 무엇이냐, 이 일을 하면서 가장 힘들었던 적은 언제였느냐. 미의 전의식이 말하는 바는 분명했다. 이봐, 날 알고 싶거든 대가를 지불해. 그러지 않으면 내 호수 밑은 평생 보지 못할 거야.

본인의 결락을 메우는 데 급급해야 할 고객이 외살자에게 관심을 갖는다면, 그 이유는 한 가지였다. 사랑, 또는 일체감. 물론 그는 상대가 원하는 것을 알았다. 픽션과 팩트를 섞은 과거사를 털어놓고, 어설픈 동질감을 연애 감정으로 착각하도록 만들면 그만이었다. 그가 직속 선배를 교보재로 맨 처음 배운 살해 방법이기도 했다.

그러나…… 끝이 뻔한 임시방편에 불과했다. 서로의 상처를 공유하고 보듬으며 운명적 연애에 골인한다? 한물간 프랑스 소설에나 나올 소리였다. 필은 그녀와 사랑에 빠질 생각이 추호도 없었다. 외로움살해자는 그 자체로 완성된 살해 도구이자 유일무이의 구원이어야 했다.

흘러내리던 물결이 와이퍼에 쓸려나갔다. 필은 회죽처럼 문드러지는 빗줄기를 바라보며 생각했다. 연애를 가장하고, 사랑을 흉내 내고, 그 다음은? 한 인간의 기나긴 고독 속에서, 그들은 찰나의 순간 머물렀다 떠나는 백일몽이었다. 그랬기에 필은 이별 뒤의 외로움 재발 방지에 총력을 기울였다. 그가 인간을 동정해서도, 그녀들에게 호감을 느껴서도 아니었다. 그것은 단지 투철한 직업의식의 발로였다.

'그런 직원들은 있었지. 매 순간 정말로 고객을 사랑하고, 재의뢰 요청을 흔쾌히 받아들이고, 그러다가 어느 순간 세상에서 사라지는.'

이곳은 시가전이 일어난 도심이었다. 피와 살점 대신 미련과 부단함이 튀었고, 납이 아니라 외로움을 채운 탄환이 핑핑 날았다. 그 총탄은 심지어 살상능력까지 있었다. 필은 셔츠 소매에 가려진 미의 손목을 주의 깊게 보았다. 그의 경험으로 보아, 상습적인 자학광일수록 흔적을 남기지 않았다. 그들은 손발이 묶여 폐쇄병동에 감금

되지 않을 정도의 행동 양식은 유지했다. 그리고 단 한 번의 시도로 죽음에 가 닿았다.

미의 나체를 볼 방법은 없을까, 벗은 몸을 샅샅이 훑으면 뭐라도 나올 텐데. 골몰한 와중에도 그는 좌측에서 튀어나오는 소나타를 제때 보았다. 필이 급브레이크를 밟자 멍청이는 아슬아슬하게 충돌을 면해 물안개 너머로 사라졌다.

그때 휴대폰이 울렸다. 그는 차를 갓길에 세우고 전화를 받았다. 미끼를 먹여 던져뒀던 낚싯대에서 입질이 온 것이다. 필은 날짜, 방문 목적, 상담 가능 시간까지 확인하고는 메모지에 옮겨 적었다. 회사가 이유 모를 태업을 감행한 이상, 직접 발로 뛰는 수밖에 없었다.

목적지에 도착할 때까지도 비는 그치지 않았다. 빗속의 건물들은 온통 부유스름했다. 대리석 기둥에 새겨진 뇌 모양 조각도 젖어 있었다. 필은 우산을 약간 젖혀 오늘의 목적지를 올려다보았다.

〈12F 성완태 마음치유연구소〉

그를 태운 엘리베이터는 수직으로 상승했다. 필은 12층에서 내려 여직원 두 명이 앉아 있는 데스크로 걸어갔다.

"어서 오세요. 원래 다니시던 분이신가요?"

"아뇨, 처음입니다. 소장님 앞으로 아홉 시 반 예약을 잡았고요."

필은 상담을 요청했던 시간과 이름을 댔다. 차트를 확인하던 여직원은 매우 미안하다는 얼굴로 설명했다.

"정말 죄송합니다. 저희 예약에 착오가 있었나 봐요. 지금 상담 중이신데, 앞 고객분이 나오시는 대로 불러드릴게요. 잠시만 기다려주실 수 있을까요?"

"얼마나 걸립니까?"

다른 여직원이 제꺽 대답했다.

"그렇게 오래 걸리진 않아요. 30분이면 될 거예요."

"알겠습니다. 여기서 기다리죠."

기다림이란 우수 외살자에게 익숙했다. 필은 가죽 소파에 다리를 꼬고 앉아 시간을 흘려보냈다. 그 와중에도 좌뇌와 오른손은 쉬지 않아, 그는 비치되어 있던 잡지책 두 권을 게걸스레 읽어치웠다.

아일랜드 식탁을 이용한 부엌 인테리어법을 막 다 읽었을 때, 그의 이름이 불렸다.

들어선 상담실은 문을 제외한 두 면이 통유리창이었는데, 블라인드가 달려 빛을 조절할 수 있는 구조로 되어 있었다. 벤치처럼 긴 책상과 몇몇 가구는 척 봐도 값비싼 원목이었다. 필은 공간의 쓰임새와 방 주인의 취향을 동시에 알아차렸다. 이곳은 각종 오브제와 소장의 허영이 함께 버무려진 공간이었다.

"아, 오셨군요. 거기 앉으세요."

필은 바퀴 달린 의자를 끌어냈다. 책상 건너편에서 남색 셔츠와 풀빛 니트를 입은 남자가 그를 쳐다보고 있었다. 혈색 나쁜 얼굴을 뿔테안경으로 가린 중년이었는데, 턱에 붙은 살이나 머리털 변두리의 흰머리를 보니 막 50대로 접어들었지 싶었다.

그가 앉자 성 소장은 차트를 몇 장 넘겼다.

"마음치유연구소 소장 성완태입니다. 방문이 처음이시니, 우선 어떤 문제로 오셨는지 말씀해주세요. 그럼 거기 맞춰서 적합한 심리검사를 시작하겠습니다."

"아, 설명이 늦었군요. 제가 상담을 받으러 온 게 아닙니다."

상담사의 얼굴에 가벼운 의혹이 떠올랐다.

"저와 개인적으로 약속을 잡으셨던 적이 있나요?"

"아뇨, 전 김 미의 외로움살해자입니다. 미 씨가 과거 소장님께 치료를 받았었다는 이야기를 들어서요. 당시 그녀의 상담 내용이 어땠는지 여쭙고 싶어 방문했습니다."

뿔테안경 뒤편 눈동자가 그를 유심히 살폈다. 몇 년 전의 고객이라 생소할 법한데도 기억을 더듬는 기색이 아니었다.

"선생이 미 씨의 외로움살해자라고요?"

"그렇습니다. 저희에 대해서는 알고 계시리라 생각합니다. 김 미 씨의 의뢰를 접수한 건 2주 전쯤, 살해 작업을 시작한 것도 비슷한 시기였죠."

성 소장의 눈이 가늘어졌다.

"대범하시군요. 그런 직업을 가진 분이 여길 오셔서, 심지어 고객의 정보까지 당당하게 요구하시고."

"우리는 동종업계 종사자가 아닙니까. 게다가 같은 사람을 고객으로 둔 적도 있고요. 그러니 말이 통할 거라고 여겼습니다."

당신이 진짜 의사라면 몰라도. 필은 뒷말을 삼켰다. 미를 진료했던 수많은 정신과 의사와 상담사들 중, 그가 굳이 눈앞의 남자를 택한 이유는 간단했다. 첫째, 의사가 아니라서. 둘째, 2회의 이혼 경력 및 5회의 민사소송, 조사 과정에서 나온 각종 소문과 구설수 때문에. 아무리 애원한들 고객 정보를 안 넘길 의사보다야 뒤 구린 장사꾼이 나은 법이었다.

다만 외로움살해자와 업계 라이벌들의 사이는 좋지 못했다. 꼭 복덕방 주인처럼 보이는 중년 상담사는 친절하게 지적했다.

"그건 선생의 생각이지요. 나는 당신들이 어떤 식으로 일을 하는지 알아요. 외로움 살해라는 명목으로 온갖 반사회적 행위를 일삼고, 사람들의 감정을 우롱하며 모독하고. 자격증은커녕 기본적인 상담 교육조차 받지 못한 초보자들이 말이에요. 그건 당신들의 고객 전부를 기만하는 일입니다."

"그리고 그 정신과 의사들, 임상심리 전문가들, 각종 상담소의 상담사들 모두가 미 씨를 치료하지 못했죠. 그것도 몇 년 동안."

대답은 없었다. 필은 상대가 그의 말을 곱씹을 시간을 충분히 준 뒤, 어조를 바꿔 말했다.

"소장님, 그녀는 지금 죽어가고 있습니다."

성 소장의 입가가 혐오스러운 음식을 맛본 듯 움찔댔다.

"당신네들의 그 신종 개념을 들이대려는 건가요?"

"아뇨. 말 그대로입니다. 제가 본 미 씨는 매우 위험한 상태였습니다. 아마 몇 년 전, 소장님의 연구소에서 치료를 받을 때보다도 훨씬 악화됐을 겁니다. 저희를 싫어하시는 것도, 절 믿지 않으시는 것도 알지만…… 이건 거짓이 아닙니다. 소장님도 미 씨를 아시니 어떻게 된 일인지는 짐작하실 수 있겠죠."

성 소장은 약간 상체를 숙였다.

"그녀의 신변에 무슨 일이 생겼습니까?"

예상대로의 반응이었다. 필은 본격적인 2단계 계획에 착수했다. 난입 다음 단계는 대상을 흔들 핀포인트를 찾는 것이었다. 인간적인 동정, 옛 환자에 대한 책임감, 그 밖의 무엇이 됐든.

"최근 연달아 자살 시도를 했습니다. 한번은 모아뒀던 수면제를 한꺼번에 복용했고 다른 한번은 손목을 그었는데, 발견하는 게 조금만 늦었으면 큰일이 날 뻔했다더군요. 예전에도 이런 일이 몇 번이나 있었다고 합니다."

새빨간 거짓말이었으나, 오래전 연락이 끊긴 상담사가 미의 상태를 알 리 없었다. 성 소장은 한쪽 관자놀이를 짚었다.

"당시에도 그녀는 정신과에서 약을 처방받고 있었어요. 복용량을 줄일 때면 이상 증세를 보였고. 지금 다니는 병원은 있다고 하나요?"

필은 팔짱을 꼈다. 이제 그들의 자세는 5분 전과 반대였다.

"그건 저도 잘 모르겠습니다. 다만 빠르게 가까워지고 있으니, 조만간 필요한 정보들을 알아낼 수 있을 겁니다."

소장은 두툼한 턱을 괴고 생각에 잠겼다. 두 사람이 침묵에 수몰된 사이, 한층 거세진 빗줄기가 창을 두드렸다. 필은 끈기 있게 기다렸다. 무언(無言)은 이따금씩 어떤 말보다 강력한 설득제로 작용했다.

잠시 후 성 소장은 턱을 들었다.

"이봐요, 미 씨의 상담 내용이 궁금하다고 했죠?"

필이 고개를 끄덕이자 그는 말을 이었다.

"선생에게 제안할 게 있습니다. 그녀의 병변과 징후는 어떤지, 지금은 어떻게 살고 있는지를 제게 말해주세요. 그럼 한번 고려는 해보겠습니다. 아, 미안하지만 문서 형태로는 안 돼요. 우리 연구소에서는 상담 기록을 4년마다 파기해서."

필은 짐짓 궁금한 체 물었다.

"왜 갑자기 생각이 바뀌신 겁니까? 저희를 교육도 못 받은 얼뜨기로 여기시는 줄 알았는데요."

"지금도 그렇게 생각해요. 당신들은 초보자고, 그녀를 맡아온 다른 전문가들 또한 무능력자니까요. 미 씨가 지금껏 버틸 수 있었던건 우리 연구소 덕분이었을 거예요."

성 소장은 살찐 턱을 으스대듯 쓸었다. 살에 파묻힌 턱선 때문에 그 동작은 더욱 우스꽝스럽게 보였다.

"하지만 지금도 자살을 시도한다는 얘기에 마음이 바뀌었어요. 어쨌거나 그녀에게 당장 도움을 줄 수 있는 사람은 선생뿐이니. 내가 그 정도는 도와줘도 괜찮지 않을까 생각했답니다."

말을 맺은 성 소장은 두 손을 펼쳐 보였다. 필은 납득했다는 표정으로 거짓을 확신했다. 물론 그는 자살 시도보다 더한 것을 꾸며내서라도 원하는 바를 얻어낼 생각이었다. 여의치 않을 경우에는 성 소장이 두 달 전부터 만나왔던 내연녀의 폭로와 협박이 기다리고 있었고. 그러나 그것은 적어도 한 시간쯤 지루한 신경전이 오간 뒤였다. 고객의 뒤를 캐는 외살자와 냉큼 협조를 승낙한 상담사. 필은 둘 중 누가 더 수상한지 알 수 없었다.

'이렇게 쉬울 줄은 몰랐는데, 뭔가 다른 꿍꿍이가 있군.'

생각은 머릿속에만 머물렀다. 필은 진실이 뭐냐며 윽박지르는 대신, 배짱을 튕기는 양아치를 연기했다.

"그럼 먼저 말씀해주십시오. 저도 그녀에 대해 뭔가 알아야 증상이고 뭐고 파악할 것 아닙니까?"

성 소장은 의외로 선선히 협상에 응했다.

"워낙 예전 일이라 정확하지는 않지만, 미 씨의 방문 이유는 우울증 치료가 주목적이었습니다. 비전형 우울증과 멜랑콜리형 우울증, 그 두 가지가 여러 증상들과 겹쳐 나타나고 있었죠. 이제 보니 왜 하필 선생이 온 건지 알겠어요. 외로움살해자라니, 당시 미 씨의 상태를 생각하면 이해는 가는군요."

소장은 빗방울 포화가 쏟아지는 밖을 응시했다. 작고 둥근 동공이 전쟁통의 사상자를 예상하듯 가늘어졌다.

"이 바닥에서 20년쯤 일하다 보면 온갖 광경을 다 봐요. 커터칼을 꺼내 실시간 자살쇼를 벌이는 사람, 들어오자마자 날 붙잡고 오열하는 사람, 같이 마포대교에서 뛰어내리자는 사람. 그중에서도 미 씨는 독특한 고객이었죠. 처음 들은 말이 아직까지 기억나니까."

"그녀가 뭐라고 했습니까?"

"자기는 외로운데 선생님은 외롭지 않냐고, 그렇게 묻더군요. 자기 얘기가 아닌 남 얘기부터 꺼낸 내담자는 처음이었을 거예요. 꼭 아까 선생이 그랬던 것처럼."

필은 불현듯 무언가를 깨달았다. 바로 며칠 전, 그가 미의 집에서 들었던 이야기와 비슷했던 것이다. 5년 전이나 지금이나 미는 똑같았다. 상담사의 외로움에 관심을 갖는 내담자, 외로움살해자의 가족력을 궁금해하는 고객. 스물셋과 스물여덟의 3단계 환자.

"그래서 소장님께서는요? 어떻게 대답하셨습니까?"

성 소장은 대수롭지 않게 흘려넘겼다.

"대화를 이어가지는 않았어요. 하필 끝날 시간이라, 상담을 위한 심리검사부터 서둘러야 했거든요."

필은 머릿속의 장부에 한 줄 더 적었다. 11시 18분, 두 번째로 거짓말을 하고 있음. 많은 상담자들은 피상담자의 입장에서 본인이 관찰당할 수 있다는 사실을 간과하곤 했다.

"다음 방문부터 본격적인 상담이 시작됐죠. 나는 치료 프로그램에 앞서, 으레 그렇듯 그녀의 이야기를 쭉 들었어요. 혹시 미 씨가 아버지나 어머니에 대해 말한 적이 있나요?"

"그녀에게 직접 들은 이야기는 거의 없습니다. 기껏해야 부부간의 사이가 썩 좋지 못했다는 정도?"

성 소장은 고개를 가로저었다.

"직접 말하지 않은 정보는 무의미해요. 내담하는 고객들은 대부분 단단한 껍질 안에 틀어박혀 있는데, 스스로 마음을 열 때까지는 무슨 말로도 나오게 할 수 없어요. 미 씨도 얘기를 끌어내는 데만 몇 달이 걸렸고요."

필은 꼈던 팔짱을 풀었다. 목표를 위해 물불 안 가리는 외로움살해자 연기야말로 그의 특기였다.

"거짓말을 하는 건 어떻겠습니까? 왜, 그녀가 동질감을 느낄 만한 성장 스토리를 지어내서요."

성 소장의 눈에 경멸스러운 빛이 언뜻 스쳤다.

"내담자들은 바보가 아니에요. 어설픈 눈속임이나 포장된 거짓, 의도적으로 누락시킨 진실에는 아무도 속지 않을 거예요. 오히려 역효과나 불러오지 않으면 다행이죠."

대화는 차단기를 내리듯 뚝 끊겼다. 필은 소장의 벗겨진 머리를 바라보며 생각에 잠겼다. 업종, 수익, 고객관계, 성완태는 저 세 가지 모두에 소문이 많은 인간이었다. 연구소만 으리으리하게 차려두고 터무니없이 높은 금액을 받아먹는다는 험담도 잦았다. 그러나 실력만큼은 탁월했고, 그것은 20년간 이 바닥에서 살아남았다는 사실로 증명되었다. 당시 성 소장은 미를 1년 반쯤 상담했다. 그 시점에서 의문으로 부상한 명제는 어떻게, 가 아닌 왜, 였다. 그는 어째서 미의 병인을 알아내고도 치료하지 못했는가. 눈앞에 앉은 상담사라는 사람은 왜 5년 전 환자의 발자취에 이리도 열정적인가.

"윤 필 씨, 듣고 계신가요?"

성 소장의 목소리가 끊겼던 회로를 이었다. 필은 자세를 고쳐 앉았다.

"네. 말씀하십시오."

"노파심에 하는 말이지만…… 나는 어디까지나 선생이 부작용을 초래할까 봐, 예전 고객에 대한 최소한의 예의로 이 일을 돕는 겁니다. 인간의 외로움은 선생과 선생 동료들의 방식으로는 없앨 수 없어요. 전문적인 교육을 받지 않은 아마추어라면 더더욱."

필은 무심히 응대했다.

"하지만 미 씨는 일 년 반 만에 소장님의 연구소에도 방문을 그만뒀습니다. 당시 다녔던 병원도 서울 시내에만 네 곳이었고요."

중년의 상담사는 한동안 필을 뚫어져라 쳐다보았다. 머리숱이 없는 정수리 부근, 붉어진 두피에서 땀방울 몇 개가 스며나와 있었다. 그는 십 년은 늙은 것 같은 목소리로 말했다.

"오늘은 이쯤 합시다. 돌아가주세요."

"하지만 소장님, 아직 미 씨의……."

"오늘 모든 걸 말해줄 수는 없어요. 내게도 기억을 되짚을 시간이 필요하니까요."

필은 치미는 반론을 식도 밑으로 밀어넣었다. 여기서 더 밀어붙이는 것은 위험했다. 어쩌다 같은 차에 탔다고 일행이 아니듯, 저자는 언제 조수석에서 뛰어내릴지 모를 히치하이커였다.

그가 일어서려는데 성 소장의 말이 이어졌다.

"원래라면 무슨 일이 있건, 고객의 정보를 허락 없이 제삼자에게 유출해서는 안 돼요. 그게 외로움살해자라는 불량배들이라면 더더욱. 그래도 선생만은 다르리라 믿고 이야기하는 겁니다. 미 씨의 외로움에 기대 그녀를 망쳐서는 안 돼요."

필은 벗어뒀던 외투를 집어 들었다.

"염려 마십시오. 조만간 또 찾아뵙겠습니다."

성 소장은 조심히 가시라는 인사를 건넸다. 막 상담실 문을 열었을 때, 잊고 있던 질문이 떠올랐다. 필은 뒤를 돌아보았다.

"아, 실례지만 결혼을 하셨습니까? 반지를 끼셔서요."

성 소장은 당연한 것을 묻는다는 듯 대꾸했다. 그도 자리에서 일어나던 참이었다.

"물론이죠. 오는 6월에 13주년이 되는데, 그건 갑자기 왜……."

이유는 따로 있었다. 외로움살해자의 시선이 두둑한 턱살과 벗겨진 정수리, 혁대 위로 무너져내린 배를 훑었다. 40대가 50대로 흐르는 과정은 잔혹하리만치 신속했다. 세월의 폭격은 중년 남성의 육체와 정신, 자존심과 자긍심, 얼마 안 남은 남성성마저 휘몰아 초토화시키곤 했다. 필은 미를 처음 만났을 때의 그가 어떤 모습이었을지 짐작할 수 있었다. 더불어 숱한 염문들의 까닭 역시.

"아닙니다. 그럼 다시 연락드리겠습니다."

필은 목례하고 진료실을 뒤돌아 나왔다. 문을 닫기 전, 성 소장이 전화를 받는 소리가 들렸다. "네, 마음치유연구소 성완태입니다."

2

혜주는 가맣게 뜬 하늘을 올려다봤다.

서울 상공에 떠 있던 비구름은 게으른 구렁이마냥 똬리를 틀었다. 오늘은 비가 안 온댔으니 걱정 말라던 동료들은 가져온 우산을 저희끼리 쓰고 퇴근했다. 그녀는 잔업 폭탄이 떨어졌을 때도 냉정을 유지했다. 어차피 우산도 없겠다, 비가 그칠 때까지 시간이나 때우자는 요량이었다. 일은 꼬박 여덟 시 반이 지나서 끝났다. 사무실은 텅 비었고, 밖에서는 여전히 빗방울이 땅거죽을 두들기고 있었다.

축축한 한기가 등줄기로 스며들었다. 혜주는 코트 옷깃을 여미다가 오늘이 금요일 밤임을 깨달았다. 일이 매일같이 쏟아지니, SNS고 단체 메신저고 들여다볼 겨를이 없었다. 동창들은 인생살이가 바빴고 동기들은 서로를 자랑하기에(혹은 헐뜯기에) 바빴다. 소개팅, 결혼, 육아와 연봉 협상과 지긋지긋한 해시태그 찌꺼기들. 꼴도 보기 싫은 얘기였건만 확인만이라도 할걸 싶었다. 그 수다쟁이들 중 두서넛은 오늘 날씨에 대한 얘기를 했을 것이었다.

아침에 그걸 봤다면 우산은 챙겼을 텐데. 그녀는 헤픈 상상을 애써 떨쳐냈다. 누굴 탓하랴. 애인도 단짝도 없는 내 업보인 것을. 건물에서 나온 다른 여자들은 우산을 함께 쓰고 깔깔대며 멀어져갔다. 그 모습을 지켜보고 있자 상실감은 더욱 심해졌다. 그녀들은 꼭 외로움의 물감옥에서 빠져나가는 탈출자처럼 보였다.

그때, 또 한 명의 여자가 건물 로비에서 나왔다. 머리끝부터 발끝까지 딱 떨어지는 오피스룩의 단발머리였다. 혜주는 여자가 하늘을 올려다보는 것을 보며, 그녀 역시 마중 나올 사람이 없음을 직감했다. 당연히 저 백 속에도 우산이 있을 리 없었고. 택시라도 잡으려면 옷을 죄다 버릴 각오로 뛰어가야 할 터였다.

가까이서 보니 그녀는 여자가 봐도 매력적인 미인이었다. 이목구비가 얼음 동상 뺨치게 차가웠으나 성격이 나빠 보이지는 않았다. 혜주는 묘한 동질감 속에서 고민했다. 디자이너실에서 일하는 사람인가. 갈 곳도 없어 보이는데, 술이나 한잔하자고 하면 레즈비언으로 오해받을까?

오래 고민할 필요는 없었다. 새까만 중형차 한 대가 빛나는 물길을 파헤치며 달려왔던 것이다. 운전석에서는 훤칠한 블랙 수트가 내렸다. 동시에 검은 우산이 방탄막처럼 팍, 펴졌다. 누가 올 거라곤 예상치 못했는지, 차를 본 여자도 놀란 기색이었다. 이윽고 성큼성큼 다가간 남자는 단발머리를 에스코트해 본인의 차에 태웠다. 우산 밑으로 얼핏 보인 얼굴은 사설경호원과 대학교수를 섞어놓은 듯 이지적이었다.

'역시 남자가 있었네. 하긴, 저 얼굴에 만나는 사람이 없으면 대한민국 남자들 절반은 눈이 삔 거겠지.'

그녀가 생각하는 동안 승용차는 자취를 감췄다. 혜주는 들고 있던 가방을 옆구리에 꼭 꼈다. 그리고 방금 본 두 명이 남매일지 연인일지를 고민하기 시작했다. 그들은 어딘지 모르게 서로를 닮아 있었다.

"고마워요. 마침 우산이 없어 곤란하던 참인데."

안전벨트를 맨 미가 말했다. 필은 핸들을 돌리면서 대답했다.

"그럴 것 같아서 데리러 왔습니다. 늦지 않아 다행이에요."

"그런데 우산이 없는 건 어떻게 아셨어요? 시간까지 딱 맞춰 오셨길래 전 제가 전화를 했나, 싶었어요."

필은 대수롭지 않게 백미러를 살폈다.

"오늘은 금요일이잖습니까. 지난주도, 그전 주도 일이 많았으니까요. 동료들은 전부 퇴근했을 거고, 보나마나 비 때문에 회사에 갇혀 있겠다 싶었습니다. 외로운 사람들은 대체로 날씨에 둔감하죠."

미의 긴 눈이 위아래로 동그래졌다. 변화에 인색한 하관 대신, 그녀의 눈은 대부분의 감정 표현을 권장했다.

"그런 추리력도 외로움살해자의 소양인가요?"

"네. 그리고 전 외로움을 느끼지 못합니다."

미는 이 미친놈이 무슨 소린가, 하는 눈빛으로 그를 돌아봤다. 필은 아랑곳 않고 하던 말을 계속했다.

"정확히는 외로움을 비롯한 고독이나 허무, 우울함 등에서 자유롭다는 편이 맞겠군요. 그 감정들은 제게 별 영향을 끼치지 못하니까요. 저는 현대의 전쟁터에서 놈들에게 면역된 유일한 인간입니다."

기막힌 커밍아웃에도 미는 웃지 않았다. 그녀는 잡티 하나 없이 새하얀 이마를 찌푸렸다.

"갑자기 왜 이런 얘길 하시는 거예요?"

"글쎄요. 아침에 일어나서 문득 그 생각이 들었어요. 제 무기를 숨기는 경호원이 과연 어떤 요인에게 신뢰를 줄까 하는."

미는 고개를 약간 기울였다.

"잘 모르겠네요. 경호를 받아본 적이 없어서요."

"그럴 만도 합니다. 지금껏 외로움을 없애기는커녕 별 차도도 가져다드리지 못했잖습니까?"

"저도 그래서 실망하던 참이었어요. 아, 물론 필 씨의 능력을 깎아내리려는 건 아니에요. 당신은 뛰어난 외로움살해자가 맞아요. 외로움이 어디서 시작되는지 정확히 알고 계셨고, 그것들이 커지는 시간마다 저를 지키려 애써주셨다는 것도 알아요. 아마 평범한 사람이었다면 진작 호전되고도 남았을 거예요."

실망할 것까지는 없지. 듣고 싶은 말을 하고, 필요한 처방을 주고, 놈들의 포탄에 무너진 벽을 성심성의껏 보수해주는데. 필은 충고를 차곡차곡 접어 혀 밑으로 밀어넣었다. 외로운 자에게 넌 왜 외롭냐며 욕을 할 순 없는 일이었다.

"그랬겠죠. 하지만 이제부터는 방법을 바꿀 계획입니다."

"무슨 뜻인가요?"

"말 그대로입니다. 보통 고객들은 외로움을 달래기 위해 우리를 이용해요. 그러니 요는 그 필요성에 얼마나 부응하느냐죠. 한밤중 전화를 걸 상대가 있는 것, 화창해서 비참한 주말 오후에 핸드폰이 울리는 것, 군중 속의 고독에서 나를 발견해주는 것. 다시 말해 외로움살해자로 존재하는 것이 최우선의 목표였습니다. 하지만 미 씨의 경우에는 그렇게 해선 나아질 수 없어요. 장기적인 집중 치료를 통해, 스스로의 외로움과 마주하고 적응하며 극복해가야 합니다."

미는 어깨를 으쓱했다. 그녀 역시 학계에서 둘째가라면 서러울 외로움 개론의 권위자였다.

"하지만 제 외로움은 쉽게 떠오르지 않아요. 그 집중 치료라는 건 어떻게 하는 건데요?"

이 물음이 나오리란 것도 예상한 바였다. 필은 빗물이 흘러내리는 앞을 보며 이야기했다.

"우린 외로움을 찾아낼 겁니다."

"외로움을…… 찾는다고요?"

"네. 사람들의 외로움이 모이는 곳, 외로운 사람들이 흩어지는 곳, 텅 빈 대합실과 불 꺼진 공원과 쓰레기투성이 거리를 돌면서. 도시에서 가장 어두운 곳을 헤매다 보면 미 씨의 외로움도 나타나겠죠."

미는 가벼운 혼란 상태에 빠진 듯했다.

"왜 그렇게 열심이신 거죠? 우린 그저 비즈니스 관계잖아요. 무엇 때문에 제게 이런 정성을 쏟으시는지 모르겠어요."

그 질문의 답은 어째서 사는가, 또는 왜 세상을 등지지 않는가와 상통했다. 필은 고개를 20도쯤 옆으로 틀었다. 새까만 동공과 다갈색 눈동자가 지근거리에서 맞닿았다.

"전 외로움살해자니까요. 미 씨를 구하는 것이 제 일입니다."

"그러다 제 외로움이 당신에게 옮겨 가면요? 외살자들은 고객 전염인지 뭔지를 가장 두려워한다던데요."

"그럼 회사에 제 외로움살해자를 부탁하죠. 아마 저 같은 경우에는 직원 특별 할인가로 붙여줄 겁니다. 가능성은 조금 적지만, 팀의 동료 중 한 명이 올지도 모르겠군요."

필은 웃었지만 미는 코웃음도 치지 않았다. 갈색 섬모 같은 눈썹 사이에 주름 두 줄이 잡혔다.

"농담을 하자는 게 아니에요. 전 완쾌할 가능성이 희박한 고객이 고, 필 씨는 앞으로도 할 일이 많을 외로움살해자예요. 그래서 처음 정했던 3개월이 지나면 서비스를 끝낼 생각이었고요. 역시 괜한 짓 을 했다는 생각이 요 며칠간 들어서요."

"아까도 말씀드렸잖습니까? 전 외로움을 느끼지 못해요. 당연히 미 씨에게서 전염되는 불상사도 없을 겁니다."

실랑이가 벌어졌으나 승지가 정해진 다툼이었다. 필은 난 외로움 을 느끼지 못한다, 지금까지 그랬고 앞으로도 그럴 것이다, 그러니 전염이란 불가능하다는 삼단논법으로 그녀의 방어벽을 무자비하게 무너뜨렸다. 미는 자포자기한 어조로 말했다.

"저 때문에 누군가 불행해지는 건 이제 싫어요. 제 외로움은 절 갉아먹는 것만으로도 충분해요."

"저도 마찬가지입니다. 미 씨 때문에 불행해진다면…… 글쎄요. 그건 제가 당신을 제때 구하지 못해서일 거예요. 전 제 고객이 세상 의 외로움에 잡아먹히는 것을 내버려둘 수 없습니다."

미의 대답 대신, 눈앞으로 택시 한 대가 끼어들었다. 필은 핸들을 획획 꺾어 그를 추월한 택시를 도로 제쳤다.

"그래서 말인데, 최근 클럽에 간 건 언제입니까?"

미는 눈을 깜빡거렸다.

"일 년 전인가, 예전 동료의 생일파티에 참석했던 게 마지막이네요. 갑자기 왜요?"

"오늘 우리가 갈 코스 중 하나니까요. 외로움 수색작업은 번화가 밤거리부터 시작할 예정입니다."

미는 한쪽 머리카락을 귀 뒤로 넘겼다. 그녀의 두뇌도 기억력으로만 따지자면 필에 뒤지지 않았다.

"클럽이나 술집, 시끄러운 곳은 외로움이 모여드는 온상이라고 하지 않으셨나요? 주신 노트에도 적혀 있던 것 같은데요."

"맞아요. 다만 뒤에 내용이 더 있습니다. 밤새 술을 마시고 곯아떨어진다는 가정 하에, 폭음과 만취는 '외로울 만한' 시간을 날리기에 가장 좋은 수단이에요."

미는 고개를 저었다.

"전 그럴 수 없어요. 혼자 술을 마시면 끝없이 우울해지는걸요."

"그것 때문에 제가 함께 있는 겁니다. 어떤 병이든 드러나기 전까지는 뿌리를 뽑을 수가 없으니까요. 그러니 클럽이든 술집이든 놈들이 나타나는 순간, 그때 우리가 힘을 합쳐 싸우면 돼요. 자신의 외로움과 끊임없이 맞닥뜨려야 면역력도 길러집니다. 다른 사람들은 어떻게 놈들과 맞서는지도 볼 수 있겠고."

윤 대리표 대(對) 외로움법 설파는 때와 장소를 가리지 않았다. 듣고 있던 미가 한숨을 작게 내쉬었다.

"오늘 잠은 다 잤네요."

"어차피 누워 있어도 못 자잖습니까, 수면제 없이는."

그들은 첫 번째로 어느 포장마차에 들어갔다. 김치찌개가 나오고 안줏거리 몇 점도 깔렸다. 외로움의 소굴에 들어가려면 백신이 필요하다는 필의 지론답게, 두 사람은 소주를 연거푸 들이켰다. 필은 두 잔에 한 번씩을 미리 빼뒀던 그릇에 버렸다. 오늘의 모험을 위해서는 최대한 맨정신을 유지해둘 필요가 있었다.

시간이 지나자 미의 얼굴이 상기되기 시작했다. 필은 빗줄기가 듬성듬성한 창밖을 흘끗 보고 일어섰다. 지금이 바로 적기였다.

"짐 이리 줘요. 배도 채웠으니, 이제 슬슬 가봅시다."

그들은 가파른 계단을 내려갔다. 불 꺼진 층계들이 거대한 심해 생물의 배 속으로 이어지는 식도 같았다. 아래로 걸어갈수록 푹 젖은 땀냄새며 향수 섞인 체취가 스멀스멀 풍겼다. 필은 외로움이 지글대며 타들어가는 악취를 맡을 수 있었다. 미도 그것을 느꼈는지 코끝을 찡그렸다. 그녀에게 이곳은 알코올중독 치료를 위해 찾은 아편굴이었다.

등 뒤에서 여자들 한 무리가 플라밍고 떼마냥 밀려들어왔다. 필은 번갯불이 번득이는 내부로 미와 함께 들어갔다.

술집은 술과 바텐더로, 정신과는 의사와 양약으로 밀려드는 고독을 상대했다. 이 지하 방공호 또한 외로움을 불사르기 위한 최신 병기를 갖추고 있었다. 거대한 스피커 두 대는 지대지미사일, 터지는 미러볼은 섬광탄의 역할을 수행했다. 천장의 LED가 어지러이 명멸하며 불빛으로 된 화염을 방사했다. 음악의 하이라이트가 찾아오자 1층 스테이지 전체에서 환호성이 솟아올랐다. 질척거리는 젊음이, 다 못 떨친 외로움이, 방황하던 꿈들이 뒤엉켜 삶을 불사르고 있었다.

필은 300평쯤 되는 실내를 둘러보았다. 접목숲처럼 추켜올려진 팔목들에서 야광 밴드 수백 개가 빛났다. 2층 난간에서는 여자, 남자, 또 다른 여자들이 다닥다닥 붙어 아래층을 내려다보고 있었다. 취기는 걱정을 녹였고 조명은 고독을 벗겼다. 남은 것은 입맛대로 골라잡은 먹잇감과 속옷을 벗는 일뿐이었다.

그때, 입구 쪽에서 작은 소란이 벌어졌다. 두 사람을 집어삼킨 인간 군체도 포화 상태의 지하철마냥 우르르 쏠렸다. 무방비하게 서 있던 미는 금세 인파에 휩쓸렸다. 사람들 속으로 검은 단발이 사라지기 전, 필은 그녀의 손을 낚아채는 데 성공했다.

짧은 사이, 폭죽 같은 화학반응이 일었다. 마찰된 피부에서 체온이 섞이고 혈액이 맥동했다. 필은 일순간 현저히 느려진 초침을 느꼈다. 미에게서 전달된 외로움의 세포는 교감신경계를 터뜨리고 헤모글로빈을 들끓이며, 환각 같은 시간감각 속으로 그를 몰아넣었다. 어떤 고객에게서도 경험한 바 없던 격렬한 전이였다.

충격에서 빠져나온 외살자는 잡은 손을 끌어당겼다.

"갑시다. 놓치지 말고 따라와요."

미는 그를 빤히 쳐다보다가 귀를 톡톡 쳤다. 필은 그제야 자신이 무엇을 놓쳤는지 깨달았다. 함성과 음악 때문에 이야기를 전하려면 바로 옆에서 소리쳐야 했다.

"이쪽으로 와요! 바에서 한 잔만 마시고 가게!"

미는 애플 마티니를, 필은 진 토닉을 골랐다. 한 모금 마신 미가 자신의 옷차림을 내려다보더니 손짓했다. 그가 고개를 숙이자 미는 입술을 귀 가까이 대고 목소리를 높였다.

"우리 옷차림이 좀 웃긴 거 알아요? 꼭 방금 퇴근해서 헐레벌떡 온 오피스 커플 같은데."

필은 주위를 둘러보고, 다시 미를 바라보았다. 과연 미의 옷차림은 다소 불편해 보였다. 남자들 중에는 수트 차림이 제법 있었으나, 무릎길이 펜슬스커트가 춤을 추기 좋은 복장은 아니었다. 그는 미가 잔을 비우길 기다려 그녀를 일으켜 세웠다.

미는 영문도 모르고 그를 뒤따라 끌려왔다. 화장실 앞에는 그나마 북적임이 덜한 공간이 있었다. 벽에 기대 담배를 피우던 여자 몇 명이 마뜩찮은 눈초리로 그들을 훑어보았다. 필은 개의치 않고 물었다.

"지금 입은 치마, 아끼는 겁니까?"

"아뇨. 같은 게 집에 열 벌은 있을 거예요."

필은 미가 대답하자마자 한쪽 무릎을 꿇고 앉았다. 그런 다음 꺼낸 주머니칼로 치마 솔기를 허벅지까지 뜯어냈다. 반대쪽도 같은 식으로 찢자 스커트는 차이나드레스로 탈바꿈했다. 미는 별로 놀란 기색도 없이 그가 하는 양을 지켜보았다. 일어선 필은 주머니칼을 도로 집어넣었다.

"이러면 움직이긴 편할 겁니다. 옷값은 나중에 배상하죠."

폭발하는 불빛 아래, 스모그와 종이 조각들이 쏟아져 내렸다. 그들은 인파를 헤치며 걸음을 옮겼다. 스테이지에는 목도 가능한 모든 군상이 존재했다. 호루라기를 부는 남자, 봉 위에 올라간 여자, 만두피처럼 착 달라붙은 남녀, 모두가 뛰거나 소리치거나 팔을 흔들고 있었다. 미는 죽 늘어선 봉을 올려다보더니 말했다.

"예전 생각이 나네요. 저도 처음 왔을 땐 저기 올라갔었는데, 살면서 받아본 고백보다 훨씬 많은 대시를 받았던 것 같아요."

필은 그 말을 의심하지 않았다. 외로움에게 물어뜯겨 온 환자는 클럽에서도 절정의 인기를 구가했다. 그가 함께 있었음에도 미에게는 끊임없이 하이에나가 붙었다. 첫 번째 남자는 포마드를 바른 키다리였는데, 미의 어깨에 손을 얹자마자 거절당해 밀려났다. 두 번째와 세 번째 남자도 앞의 동족과 비슷한 운명을 맞았다. 미는 인상을 찌푸리지도 불쾌한 기색을 표하지도 않고, 예의 바르게 한쪽 손을 들어 거절했다. 필은 누군가 미를 붙잡고 키스한대도 그녀가 뭐라고 할지 예상할 수 있었다. 죄송한데 오늘은 타액을 섞을 마음이 없어서요. 제 살해자에게 가야 하니 비켜주시겠어요?

더 고역을 치르게 할 순 없었기에 필은 2층의 테이블을 잡았다. 소파에 파묻힌 미는 날뛰는 조명 아래 더욱 작아 보였다. 필은 술을 한 잔 섞어 내밀었다.

"오랜만에 왔다고 했는데, 여긴 어떻습니까?"

미는 잔을 들고는 천장을 올려다보았다.

"전과 다름없죠. 덥고 퀘퀘하고 끈적거리고. 다른 사람들의 외로움을 해체하는 도구가 된 기분을 느끼게 해요."

"오면서 보니 그들에게 인기가 많더군요."

"제가 아니라 저와의 섹스가 인기 있는 거겠죠. 여기든 다른 어디든 똑같아요. 어차피 딱 하룻밤짜리인걸요."

예쁜 입술에서 직설적인 어휘들이 불을 뿜었다. 축 늘어진 멜론 시체를 내려다보던 미는 이어 말했다.

"필 씨를 쳐다보는 여자들도 많던데요. 저와 함께 온 걸 보고 실망하는 눈치였어요."

"글쎄요, 아마 제 고객들이 절 알아본 게 아닌가 싶습니다만."

미는 픽 웃고는 본인도 놀란 듯 입을 가렸다.

"가끔 느끼지만, 전혀 안 웃긴 유머로 허를 찌르시네요. 올해 들었던 농담 중 가장 형편없었어요."

그런 지적에 부끄러워하면 프로 외살자라 할 수 없었다. 필은 얼굴색 하나 안 바뀌고 물었다.

"여긴 왜 오지 않게 됐습니까? 술도 있겠다 조명도 있겠다, 밤새 놀 사람까지 수두룩한데요."

"그것도 하루짜리니까요. 실컷 취한다고 외로움이 사라지는 것도 아닌 데다, 다음 날 깨어나면 기분만 더 비참해져요. 속이 메슥거리고 관자놀이가 당기는데 남은 건 다리의 멍과 두통뿐이니까."

필은 고개를 끄덕였다.

"그렇긴 합니다. 다른 이유는요?"

미는 갈색 구슬 같은 눈동자로 그를 보았다.

"뭘 하든 재미가 없어졌어요. 그런 기분을 느껴본 적 있어요? 매일 듣던 음악이 지겨워지는 순간, 취미가 더 이상 즐겁지 않을 때, 지인들과의 모임마저 의무적인 방어전으로 느껴지는 단계까지. 제게는 그 모든 것이 한꺼번에 찾아왔어요."

"알고 있습니다. 3단계 환자들에게 흔한 증상이에요."

미는 흘러내린 옆머리를 쓸어넘겨 귀에 걸었다.

"그래서 아무것도 하지 않게 됐어요. 즐거움과 행복이 사라지는 순간 삶은 고통의 연속이 된다고, 절 치료하셨던 소장님께서는 말씀하셨어요. 흥미를 느끼는 것을 찾지 못하면 나날이 더 무감각한 인간으로 변해갈 거라고요. 하지만 한번 망가진 신경은 회복되지 않았죠."

그 소장이란 자가 성완태였을지, 아니면 또 다른 사람이었는지는 모를 일이었다. 필은 미와 자신의 잔에 번갈아 술을 따랐다. 이곳에 온 진짜 목적을 꺼내놓을 차례였다.

"좋아요. 그럼 다른 사람들의 이야기를 들어볼까요."

미의 귀걸이가 기울어졌다.

"네? 누구에게요?"

"설문조사 대상은 저 밑에 많은데요. 우리 둘이 각자 한 명씩만 데리고 오면 충분하겠어요. 주제는 외로움, 왜 오늘 밤 클럽에 왔는지에 대한 4자 회담으로."

미는 눈앞의 인간이 드디어 미쳐버렸다는 표정이었다.

"혹시 아까 제 술에도 약을 타셨어요?"

"아뇨, 전 제정신입니다. 왜 미친 짓이라고 생각하죠?"

"이런 얘기를 아무렇지 않게 한다는 게요. 가끔 보면 나사 몇 개가 잘못 조여진 사람 같아요."

소름끼치도록 정확한 추측이었다. 필은 의연하게 받아넘겼다.

"그럼 5분 안에 돌아오는 걸로 합시다. 남자는 미 씨가 맡으세요. 다른 여자 한 명은 제가 데려오겠습니다."

그가 일어서자 미도 뒤따라 일어섰다. 그녀는 어쩐지 웃음을 참는 듯한 목소리로 제안했다.

"아, 누가 먼저 데려오나 시합할래요?"

내기의 승리는 미에게 돌아갔다. 계단 근처에서 어슬렁대던 남자한 명을 곧장 낚아챘던 것이다. 그가 돌아왔을 때, 미는 이미 자리에앉아 잔을 채우고 있었다. 새로 온 남자는 별안간 나타난 필과 여자를 의심스레 훑어보았다. 필은 여자를 일단 앉히고 본인도 앉았다. 그의 새 파트너도 이 기묘한 테이블 구성에 설명을 요하는 눈치였다.

"반갑습니다. 초면일 테니 인사들 해요."

미심쩍은 눈초리를 이리저리 돌리던 남자가 물었다.

"뭐하는 뎁니까, 여긴?"

미는 능청스럽게 대꾸했다.

"뭐겠어요? 클럽 2층 테이블이죠."

"그건 나도 알아요. 여기서 뭘 하냐는 겁니다."

"같이 술이나 마시려고요. 제가 귀에다 속삭였을 때 고개를 끄덕이셨잖아요, 일행이 없으니 마음껏 놀 수 있다고. 아닌가요?"

"그렇긴 한데……."

남자는 영 못 미더운 태도로 말을 흐렸다. 필은 옆의 여자에게 고갯짓 한 번으로 설명을 갈음했다.

"들으셨죠? 일단 한 잔씩들 해요. 독은 안 탔으니 걱정 말고."

가벼운 웃음이 퍼져나갔다. 예기밤을 한 잔씩 마신 뒤, 필이 데려온 여자가 물었다.

"그런데 두 분은 원래 알던 사이예요?"

필이 나서려 했으나, 그의 고객이 한발 빨랐다.

"설마요. 우린 저 밑에서 처음 만났어요. 알고 보니 혼자 테이블을 잡으셨더라고요. 잠깐 앉아 얘길 하다가, 둘이서는 영 재미가 없어서 한 명씩 더 데려오기로 한 거예요."

필은 쏟아지는 시선 속에서 어깨를 으쓱했다.

"저 여자분 말대롭니다. 저녁 약속이 다 취소되고 나니, 왠지 집에 가기가 싫더군요. 종일 비가 쏟아져 기분도 울적했고. 그쪽 남자분은 어떤 일로 왔어요?"

얼결에 다음 차례가 된 남자는 눈을 깜빡거렸다. 그의 유흥 역사상, 이런 기괴한 오리엔테이션은 생전 처음일 것이었다.

"야근이 생각보다 일찍 마쳐서요. 회사가 이 근처라 혼자 한잔하다가 온 겁니다. 금요일인데 그냥 들어가긴 아쉬워서요."

"좋아요. 제 옆에 계신 분은요?"

하얀 시스루를 입은 여자는 다리를 꼬았다.

"왜 왔겠어요, 놀러 왔지. 실습이 끝난 날에는 달려줘야죠. 지금 다른 애들은 한창 아래층에서 놀고 있거든요."

그녀의 말을 뒷받침하듯, 테이블의 휴대폰이 진동했다. 필은 그녀가 자판을 두드리는 것을 보면서 물었다.

"여긴 어때요. 가끔 오면 외로움이나 무료함이 사라집니까?"

"뭐, 일단 심심하지는 않잖아요. 밤새 놀다 보면 살아 있다는 기분도 들고, 이 테이블에서 저 테이블로 끌려 다니는 것도 싫진 않고. 그런데 담배 있어요?"

미는 필의 호주머니에서 나오는 말보로를 보고 그건 또 언제? 하는 표정을 지었다. 필은 불을 붙여주며 다른 질문을 던졌다.

"귀찮지는 않나요? 아는 동생들은 제발 자기들끼리 놀고 싶다고 하소연하던데, 클럽에 남자가 없었으면 좋겠다면서요."

시스루는 코웃음 섞인 담배 연기를 내뿜었다.

"그럴 것 같죠? 천만에요. 말은 그렇게 하면서도 잔뜩 힘줘 입고 남자들 관심을 즐기러 오는 거예요. 제 친구들만 해도 그런걸요. 미팅에서 만나는 것보다 훨씬 잘생긴 남자랑 놀 수 있으니까."

미가 거들었다.

"거기다 파티 때마다 문자도 오죠. 공짜로 입장시켜주지, 술도 주지, 놀고 싶을 때 스트레스 풀긴 딱이에요."

"언니 말이 맞아요. 만취한 진상들이 가끔 들러붙긴 해도."

"그렇지 않은 사람도 있어요. 아까도 얘기했지만, 난 그냥 이 분위기를 즐기러 온 거라고요."

여태 잠자코 있던 남자가 끼어들었다. 팔목을 걷어붙인 청남방과 덥수룩한 머리로 보아, 퇴근길에 들렀다는 말은 사실인 듯했다. 담배를 눌러 끈 시스루가 가소롭다는 듯 말했다.

"근데 왜 저 언니가 꼬신다고 따라왔어요?"

분위기를 즐기러 온 남자는 꿀 먹은 벙어리로 변했다. 그 사이 불꽃이 한 번 더 터지고 페이퍼샤워가 쏟아졌다. 귀를 막고 누군가와 통화하던 시스루가 필을 돌아보았다.

"이제 가봐도 되죠? 애들이 어디 있냐고 난리예요."

필은 고개를 끄덕였다.

"즐거웠습니다. 나중에 밑에서 보면 인사나 해요."

시스루는 필에게만 생긋 웃어 보이곤 자리를 떴다. 그러자 나머지 한 명의 손님도 헐레벌떡 일어섰다. "저도 볼일이 있어서요. 이만 실례하겠습니다." 미가 붙잡으려 했으나 소용없었다. 청남방의 뒷모습은 금세 2층 난간 아래로 사라졌다.

필은 턱을 괸 채 중얼거렸다.

"결국 별 성과는 없었군요. 다른 이들이 외로운 이유를 들을 수 있는 기회였는데."

미는 다소 부정적인 입장이었다.

"글쎄요. 더 오래 얘기했더라도 듣기는 힘들었을걸요?"

"그건 모르는 일이죠. 저 둘 중 한 명이 전직 외살자일지, 그래서 미 씨에게 도움을 주려 했을지도 모르잖습니까."

"설마요. 제가 보기에는 두 사람 모두……."

미가 무언가를 더 얘기했지만, 목소리는 들리지 않았다. 아래층과 스테이지, 2층 난간 모두에서 광란에 찬 환호성이 터져 나온 탓이었다. 좋은 생각은 멍멍한 고막을 뚫고 떠올랐다. 필은 테이블 위의 핸드폰을 들고 미에게 손짓해 보였다. 곧 미도 메신저로 들어왔다.

그 순간, 불꽃이 터지며 그들을 새하얗게 물들였다. 폭발하는 소

어떻습니까. 이게 훨씬 낫죠?

네, 좋네요. 소리를 지를 필요가 없어서.

오늘은 어땠습니까?

나쁘지 않았어요. 옛날 생각도 났고.

좋은 기억이었나요?

굳이 말하자면요. 저를 위해
빗속을 뚫고 온 사람은 당신이 여섯 번째였어요.
제겐 과분한 친절들이었죠.

사귀던 사이였나 봅니다.
당시에는 덜 외로웠겠어요.

아뇨, 연인이 곁에 있고 없고는
제 외로움과 아무 상관도 없어요.
세상은 아빠와 같은 남자들을
너무 많이 만들어냈으니까.

저는 미 씨의 아버지도, 연인도 아닙니다.

알아요, 당신은 외로움살해자죠.
그래서 더욱 무의미해요.

무엇이 말입니까?

음 속에서 침묵이 흘러갔다. 미는 필의 오른쪽 얼굴을 바라보았고, 필은 미의 왼쪽 얼굴을 바라보았다. 불빛에 절반씩 집어삼켜진 얼굴은 핵폭발 후폭풍을 기다리는 난민들 같았다. 몇 초 뒤면 서로의 외로움을 안고 이 세상에서 쓸려 내려갈.

가장 시끄러운 곳에서 나눈, 가장 조용한 대화는 돌연 끝났다. 미는 한참 동안 시간을 들여 무언가를 적었다. 필은 20초나 걸려서 날아온 마지막 답장을 읽었다.

저, 취l 했나 봐요. 손가락ㅑ이 저려요.

밖은 여전히 비가 내렸고 으슬으슬했다. 클럽 입구에 선 미는 어깨를 움츠렸다.

"너무 많이 마신 것 같아요. 요즘 술에는 입도 안 댔었는데."

필은 브리프케이스에서 목도리를 꺼내 그녀에게 둘러주었다. 미의 뺨은 산수유열매 색으로 발그레했다.

"아마 술을 안 마셨다면 더 추울 겁니다. 그럼 감기에 걸렸겠죠."

"이제 졸려요. 가지고 오신 차는 어떻게 하죠?"

"아까 대리기사를 불렀습니다. 이제 곧 도착할 거예요."

미는 눈을 느리게 깜빡였다.

"제가 본 사람 중 제일가는 완벽주의자 같아요. 어떻게 하면 그럴 수 있죠?"

"현재를 보면서 끝을 생각하세요. 그게 외로움을 이기는 방법입니다."

돌아오는 차 안에서, 미는 유리창에 머리를 기댔다. 차창 너머로 흘러든 불빛이 어두컴컴한 뒷좌석을 연방 훑고 갔다. 그녀가 입은 흰 블라우스도 거기 맞춰 하얗게 발열했다. 빛은 그녀가 데워질 즈음 다시 식고, 따뜻해질 즈음 또다시 식어버리길 반복했다. 찢긴 치마 틈새로 보이는 허벅지는 깨진 도자기처럼 희었다.

"아까 한 말 있잖아요. 현재를 보면서 끝을 생각하라는."

얼굴을 돌린 미에게서, 졸린 듯한 목소리가 들려왔다. 필은 여전히 앞을 보며 대답했다.

"네. 그랬었죠."

"저는 그럴 수 없어요. 지금을 버티기도 힘드니까. 끝을 떠올린 순간 연애나 사랑, 삶의 모든 의미는 허무하게 퇴색돼버려요. 그래서 저는 매일같이 생각을 지워서 현실을 살아갔어요. 그러다 보면 언젠가 내가 나의 존재마저 지워버릴 걸 알면서도."

미는 잠깐 말을 멈췄다. 필은 앞자리의 대리기사가 귀를 기울이고 있음을 알아차렸다. 안경 낀 눈이 룸미러에 비치는 중이었다.

"가끔은 그런 생각도 해요. 사랑의 유한성만큼 가혹한 게 또 있을까 하는. 그건 하루를 살기 위해 일 년 치 독약을 삼키는 짓이에요."

필은 외로움살해자로서 답했다.

"인간은 태어난 순간부터 죽어가는 생물입니다. 우리가 사는 땅 위에 영원한 것은 없어요."

"하지만 외로움은 영원해요. 죽음이란 완성에 이르기 전에는."

대화는 시작했던 것처럼 급작스레 끝났다. 몇 분을 더 기다렸지만, 미에게서는 다른 말이 없었다. 그녀는 외로움과 죽음이 공존하는 자신의 내면으로 침잠해 들어간 것 같았다.

필은 수많은 외로움이 묻었을 시트에 기댔다. 창 너머 뜬 달이 도시의 야광에 녹아 문드러졌다.

3

알람이 울지 않았다. 폭발하는 조명과 불꽃도, 그를 깨우기 위해 눈꺼풀에 들이대는 손전등 빛도 없었다. 사위는 고요했고 어디선가 새소리가 들렸다. 쩍, 쩍쩍, 쩍.

필은 눈을 뜨자마자 품속에 손을 넣었다. 항상 지니고 다니는 필수 무장은 모두 들어 있었다. 휴대폰, 시계, 지갑과 라이터와 위장약. 그는 카펫 깔린 바닥에서 일어나 뻐근한 허리를 폈다. 어깨에 걸쳐 있던 담요가 소리 없이 흘러내렸다.

'우리 집에 있는 담요는 아닌데. 내가 어딜 온 거지?'

필은 방 안을 둘러보곤 확신했다. 그는 간밤 사이 납치당한 것이 분명했다. 붉은 소파와 줄무늬 카펫, 갈색 벽지 중 어느 하나 낯익은 구석이 없었던 것이다. 빛이 흘러드는 창문 방향도 생소했다. 외로움 살해자는 탈출 방법을 고심하다가 실소했다. 이곳은 그가 어젯밤 미를 데려온 그녀의 집이었다.

창가 앞 침대에서는 이 방의 주인이 곤히 잠들어 있었다. 필은 잠시 미가 잠든 모습을 내려다보았다.

그녀는 잠들었을 때마저 단정했다. 베개 위로 흩어진 단발머리 속, 화장을 지운 얼굴은 눈을 털어낸 새순 같았다. 항상 뒤집어쓰던 얼음 가면도 벗겨져 있었다. 필이 고개를 숙였을 때, 감긴 속눈썹이 움찔거렸다. 머리맡의 스탠드 때문에 눈이 부신 모양이었다.

불을 죄다 끄면 잠을 못 자요, 미의 목소리가 떠올랐다. 어둠이 방을 삼키는 순간 외로움이 밀어닥친다는 말이었다. 필은 스탠드 버튼을 눌러 끄고 침대 앞에서 떠났다.

아직 여유는 충분했다. 어젯밤 그렇게 양주와 보드카를 먹여놨으니, 아마 두 시간은 더 죽은 듯 잠들어 있을 것이었다. 필은 거실을 거닐며 가구들을 살폈다. 지난번에 비하면 탐사 환경은 훨씬 나았다. 그는 붉은 소파의 쿠션도 들춰보고 선반에 꽂힌 책들도 꺼내 뒤집어보았다. 햇살이 들어오는 창가에는 못 보던 화분이 놓여 있었다. 필은 녹색 풀을 바라보다가 침대 옆 책상으로 시선을 옮겼다.

'저 서랍, 안에 뭐가 들어 있을지 궁금한데. 일기장을 숨기기에 딱 적합한 장소야.'

그러나 꺼내볼 수는 없었다. 스파이의 행동원칙 첫째, 같은 방에 사람이 있을 때는 섣불리 움직이지 말아야 했다. 그의 고객이 잠든 척 이쪽을 감시하는 중일지도 몰랐으므로.

필은 주방으로 걸어가 냉장고 안을 살폈다. 냉장실에는 달걀 몇 알과 다 무른 파프리카가, 냉동실에는 인스턴트 만두가 들어 있었다. 빈약한 식자재와 달리 조리 환경은 괜찮았다. 식기, 조미료통, 각종 조리 도구까지 줄을 맞춰 서 있었던 것이다. 필은 자루가 빨간 뒤집개를 보면서 미의 생필품 취향을 짐작했다.

달걀, 만두, 야채, 저것들만으로는 영 빈약했다. 필은 소파에 내던 져둔 양복 재킷을 걸치고 집을 나섰다. 멀지 않은 번화가에 대형마 트도 있었고 꽤 큰 슈퍼도 있었다. 필은 가까운 슈퍼로 가서 필요한 재료들을 샀다. 신선한 채소와 구이용 등심, 우유와 치즈, 느타리버 섯 약간과 미가 혼자서도 먹을 수 있는 식료품 위주였다. 양손에 봉 투를 들고 로비로 들어오자 경비가 그를 쳐다봤지만, 필은 신경 쓰 지 않고 엘리베이터에 탔다.

미는 그가 야채를 다듬기 시작할 때 일어났다. 그녀는 잠이 덜 깬 얼굴로 부엌을 쳐다봤다.

"지금 뭘 하시는 거예요?"

필은 뒤도 안 돌아보고 대답했다.

"버섯이랑 양상추를 썰고 있는데요. 느타리는 팬에 볶고, 양상추 는 샐러드를 만들 겁니다. 입맛이 없어서 아침을 못 먹진 않죠?"

"네. 보통 바빠서 거르는 편인데……."

미는 멍하니 대답하다가 지금 무슨 소릴 하는지 모르겠다는 표정 이 됐다. 필은 그녀를 내버려두고 셔츠 소매를 걷어붙였다. 생각해둔 메뉴는 서너 가지였는데, 최근 요리를 한 적이 드물다는 게 위험 요 소였다.

장을 봐 온 재료는 밭에서 방금 캔 듯 신선했다. 그는 손질한 양 상추와 채를 썬 양파, 방울토마토와 올리브를 얼음물에 담갔다. 질 좋은 등심은 소금과 후추를 앞뒤로 뿌려두었다. 다음에는 브로콜리 와 아스파라거스를 반씩 썰어 데쳤다. 소금을 넣은 물에 익힌 뒤, 스 테이크에 곁들일 생각이었다. 필은 칼 옆면으로 마늘을 다져 소스에 던져 넣었다. 물이 끓기 시작했을 때 미가 주섬주섬 일어나 다가왔다. 필은 팬을 뒤적이며 고객을 응대했다.

"불이 좀 약하군요. 아무래도 가정집이라."

그러거나 말거나, 미는 그의 솜씨에 감명을 받은 것 같았다. 그녀는 요리 쇼처럼 늘어선 양념 그릇들을 쭉 훑어보았다.

"꼭 셰프 같네요, 대체 뭘 하시는 분이에요?"

"취미생활입니다. 혼자 살다 보니 늘던데요."

요리는 한참 전 영준에게 배워뒀던 취미 겸 특기였다. 요리를 가르쳐줄 수 있느냐고 묻자 영준은 시큰둥하게 대꾸했다.

"해줄 수야 있는데 왜? 요즘 만나는 여자 이상형이 셰프라냐?"

"아니, 고객이 필요로 하는 경우가 있을지 모르잖아. 학원보다는 네가 해주는 밀착 과외가 나을 것 같아서."

영준은 입을 떡 벌리곤 말을 잇지 못했다. 그는 고개를 가로젓더니 항상 해왔던 레퍼토리대로 충고했다.

"넌 정말 정신 나간 놈이야. 그깟 게 뭐라고 인생을 낭비해?"

"뭐긴, 내 직업이지."

필도 언제나처럼 대답했다. 그런 다음 시간이 날 때마다 영준의 오피스텔로 가서 요리를 배웠다. 두 달이 지나자 어지간한 조리 학원 수료생만큼의 실력은 갖출 수 있었다.

필은 팬의 온도를 확인하고 고기를 불에 올렸다. 얼음물에 담가뒀던 야채들은 싱싱하게 물이 올라 있었다. 그는 드레싱을 만들려고 사 온 재료들을 꺼내며 미를 돌아보았다.

"이건 몇 번 더 해 먹어도 괜찮을 겁니다. 외로움 중화에 특효가 있는 배합법이거든요. 잘 기억해뒀다가 나중에 혼자 만들어 먹어요."

샐러드드레싱 특제 레시피는 다음과 같았다. 올리브유, 레몬즙, 간장, 설탕에 다진 마늘과 청양고추 약간. 거기다 미의 냉장고에서 찾아낸 아몬드를 부숴 뿌리자 식감마저 완벽해졌다.

스테이크는 정확히 1분 뒤에 완성됐다. 필은 불을 끄고, 접시를 준비하고, 익은 고기를 휴지시켰다. 야채들을 담고 나서는 화룡점정의 차례였다. 그는 소스를 퍼서 접시 양 귀퉁이에 덜곤 스푼 아랫면으로 쭉 문질렀다. 그러자 레스토랑의 플레이팅처럼 유려한 붓질 자국이 남았다. 필은 주방보조 같은 자세로 서 있는 고객에게 말했다.

"만드는 법은 기억했죠? 제목은 외로움 타파 스테이크와 고독 박멸 샐러드입니다. 어렵지 않으니 따라할 수 있을 거예요."

제지의 답변은 시원찮았다.

"벌써 다 까먹었는데요. 전 기억력이 안 좋아요."

곧 레스토랑 부럽잖은 2인용 식탁이 마련되었다. 브로콜리와 아스파라거스를 곁들인 등심 스테이크, 오리엔탈 레몬 드레싱을 뿌린 올리브 샐러드가 테이블에 올랐다. 미는 고기의 시어링에부터 감탄한 눈치였다. 나이프로 한 점을 썰자 선홍빛 속살에서 육즙이 흘러나왔다. 그녀는 주의 깊게 맛을 보더니 고개를 끄덕였다.

"맛있네요. 웬만한 식당보다 더 잘 구운 것 같아요."

필은 이 자리엔 없는 친구에게로 영광을 돌렸다. 영준이 알았으면 내 덕이라며 거만을 떨었을 터였다.

"입맛에 맞다니 다행입니다. 어제 따라다니느라 힘들었을 텐데, 북엇국은 아니지만 많이 먹어요."

"생소하긴 하네요. 평소에도 고기로 해장을 해요?"

"순대국, 내장탕, 햄버거랑 치킨까지 다 먹어봤는데 스테이크가 제

일 낫더군요. 미 씨도 이 기회에 요리를 배워봐요. 두 달쯤 외로움을 잊게 하는 취미 활동으로는 괜찮습니다."

미는 두껍게 썬 올리브를 포크로 찍었다.

"왜 두 달밖에 안 돼요?"

"요리에 재미를 붙인 다음, 그럭저럭 먹을 만한 음식들을 만들게 되면 더 쓸쓸해지거든요. 같이 먹어줄 사람이 없으니까. 기껏 차려놓고 절반쯤 먹다 버리기 일쑤입니다."

"그건 더 비참하네요. 필 씨도 그러셨어요?"

"천만에요. 전 제가 만든 요릴 버려본 적이 없습니다."

한동안 말없이 식사가 이어졌다. 나이프와 포크가 접시에 부딪쳐 달그락거리는 소리, 물을 따르는 소리 말곤 아무 말도 들리지 않았다. 접시가 비어갈 때쯤 미가 질문했다.

"언제쯤 가실 거예요? 어제는 본의 아니게 신세를 졌어요."

필은 말끔해진 접시에 포크를 내려놓았다.

"오늘은 가지 않습니다. 주말 내내 머무를 생각이거든요."

미는 불청객의 당당함에 어처구니를 잃은 표정이었다.

"주말 내내 여기 계신다고요? 갈아입을 옷은 어떻게……."

"차에 청바지와 티셔츠가 있습니다. 캠핑용 침낭이랑 담요도 트렁크에 있고요. 잠은 현관에서 자도 됩니다."

미는 진지한 눈동자로 그를 쳐다보았다.

"가끔 보면 치료가 필요한 사람은 제가 아닌 당신 같아요. 병명은 고객 집착 강박증, 뭐 이런 이름이면 적당하겠네요."

"외로움을 느끼지 못하는 것이 21세기의 정신병이라면, 전 당장 입원하고도 남을 중환자입니다. 하지만 외로움이 부족해서 정신과 상담을 받는 사람은 없죠."

미는 그가 만든 정찬을 모두 비웠다. 필은 마지막 고깃덩이가 사라지는 것을 보며 말했다.

"어쨌거나, 미 씨가 불편하지만 않다면 이번 주말은 여기서 자고 갈까 합니다. 함께 있는 시간을 늘려볼 생각이에요."

그 무단 투숙 신청에 대해, 미는 무덤덤한 반응을 보였다.

"전 살아 있는 것 자체가 불편한 사람이라서요. 하고 싶은 대로 하세요."

두 사람은 서로 도와 그릇을 식기세척기에 넣었다. 설거지는 미가 맡겠노라고 했다. 필은 사 온 오렌지주스를 유리컵에 따랐다. 새소리가 들렸고, 열어둔 창문에서 봄처녀의 치맛바람이 살랑살랑 들어왔다. 바야흐로 봄은 가까워져 있었다.

턱을 괴고 창밖을 바라보던 미가 혼잣말처럼 말했다.

"날이 많이 풀렸네요. 몇 주 뒤면 곡우가 지나고, 눈 깜짝할 사이 여름이 올 거예요."

"봄과 여름은 사랑이 움트기 좋은 계절이죠. 날은 더워지겠지만 도시의 외로움 수치는 낮아질 겁니다."

미는 고개를 저었다.

"그런 것들로 따뜻한 세상이 만들어지지는 않아요. 사랑은 외로움이 더욱 잘 느껴지도록 우리를 발가벗기니까."

또다시 외로움 중독자의 고집이 시작될 차례였다. 관련된 화제만 나올라치면 그들은 사사건건 부딪쳤다. 사랑으로 외로움을 중화시킬 수 있다, 그럴 수 없다, 연애가 고독을 죽이는 것이 가능하다, 절대로 불가능하다. 각자가 견지하는 주장은 기독교인과 성소수자 단체의 대립만큼 팽팽했다.

필은 한발 물러나 화제를 돌렸다.

"마지막 연애는 언제였습니까?"

"기준을 잘 모르겠어요. 고백 이후 애매하게 이어지다 끝나버린 관계도 연애에 속하나요?"

"무엇이든 상관없습니다. 미 씨가 마지막으로 연애를 했다고 생각하는 때를 말하면 돼요."

"그럼 꽤 오래됐어요. 작년 2월이 마지막이었으니까…… 벌써 1년도 더 지났네요."

필은 잔에 담긴 주스를 내려다보았다.

"유쾌한 기억은 아닌 말투인데요."

"그때도 누군가와 만날 생각이 없었으니까요. 네 번째인가, 다섯 번째로 고백을 받고 거절도 골치가 아파 사귀기 시작했어요. 어쩌면 그 사람은 자길 제 외로움살해자라고 생각했는지도 몰라요. 연인이자 사랑하는 사람으로서 외로움을 몰아내고 절 구원하겠다고. 사랑의 유통기한이 오기까진 딱 네 달이 걸렸어요. 더 아플 데가 없을 줄 알았는데도 진심이니 희망이니 하는 것들은 어떻게든 심장을 할퀴고 가더군요."

필은 무의식 중 귀를 기울였다. 미의 음성은 평범한 말을 할 때도 노래 같았다. 음악적인 목소리가 계속되었다.

"사랑은 헬륨풍선과 닮았어요. 빗장뼈 밑에서 점점 부풀다가, 예고도 없이 혼자서 터져버리니까. 처음부터 커지지 않았더라면 그런 상실은 안 느껴도 됐을 텐데."

미의 눈동자가 먼 곳을 보듯 흐려졌다.

"한때는…… 그런 나날도 있었어요."

"어떤 날들 말입니까?"

"사랑을 하고, 매일같이 행복한 꿈을 꾸고, 오직 사람만이 사람으로 인한 상처를 낫게 해줄 수 있을 거라 믿었던 시절이요. 하지만 모두 덧없는 희망이었어요. 봄이 지나고 여름이 돌아오더라도, 제가 사는 세상은 영원한 겨울이에요."

열어둔 창에서 따스한 바람이 흘러들었다. 겨우내 얼어붙었던 마음을 녹이는, 그래서 상처를 드러내고 통증을 되살리는 동풍이었다. 필은 창가로 걸어가 열린 문을 닫았다.

"하지만 사람들은 사랑이 모든 것의 해답이라고 믿죠. 외로움이란 어머니의 배 속에서 추방됐을 때부터 우리에게 주어진 천형인데도. 그것들은 결코 완벽히 사라지지 않습니다."

미는 웃는 건지 찡그린 건지 모를 표정을 지었다.

"외로움살해자가 할 말은 아닌 것 같은데요. 놈들을 죽이는 당사자가 이야기하기에는 이율배반적이지 않나요?"

"하지만 그게 사실입니다. 전 외로움을 물리칠 수 없다고 말한 적도 없지만, 놈들이 영원불멸이 아니라고 말한 적도 없어요. 전화를 거는 고객들이야 그렇게 믿기 싫겠지만."

"그다음은, 알면서도 속아주는 거고요?"

"어쨌든 급한 불은 꺼야 하니까요. 연애와 급전 대출, 새벽 두 시에 거는 외살자 센터로의 전화는 놀랄 만큼 닮은꼴입니다. 끝을 뻔히 알면서도 몇 번이고 되풀이하게 되죠."

미는 잔 끄트머리에만 입술을 대고 주스를 빨아들였다.

"하긴, 그래서 모두가 외로움살해자를 찾는 것 같아요. 사랑보다 덜 위험한 방법으로 자신들의 상실을 달래려고."

화제가 마무리될 무렵, 미가 잠깐 나갔다 오자고 제안했다. 그들은 미의 집 근처 카페로 자리를 옮겼다. 떡갈나무 간판에, 암갈색 테이블이 그루터기마냥 옹기종기 모여 있는 작은 카페였다.

대화 주제도 옮겨 갔다. 미는 퇴근 이후 왜 약속이 없냐는 질문에 무덤덤하게 답했다.

"만날 만한 친구가 몇 명 없으니까요."

몇 테이블 떨어진 곳에서, 20대 여자 두 명이 마주 앉아 떠들고 있었다. 필은 그녀들의 우정 어린 대화(어머, 걔가 네 뒤통수를 치고 전 여친이랑 잤단 말야?)를 경청했다. 미도 들려오는 목소리를 알아차린 것 같았다. 그녀는 눈으로 등 뒤를 가리키며 말했다.

"제가 저런 얘길 안 좋아하는 이유도 있겠지만요. 남자는 친구가 아닌 연인이나 섹스파트너를 원하고, 여자는 공통분모가 한정적이에요. 일이랑 연애랑 결혼, 상사 뒷담화나 한풀이 정도가 다니까. 결국 스트레스 배수구로 서로를 이용하는 건 똑같은걸요."

그뿐만이 아니었다. 여성들의 세계에서 벌어지는 알력과 견제, 외로움 살해에 버금가는 암투는 필도 익히 알았다. 그곳은 중심부에서 한 발만 멀어지면 집중포화가 쏟아지는 전쟁터였다.

"그래도 동창이나 동기들이 있잖습니까? 업무상 만난 사람들이야 어쩔 수 없다고 하더라도요."

"어릴 때 친구농사를 잘 짓지 못해서요. 필 씨는 어때요? 일을 하다 보면 인맥이 저절로 넓어질 것 같은데."

쏟아지던 질문 포탄이 방향을 바꿨다. 필은 유려하게 받아쳤다.

"저는 제 고객들과 사적인 연락을 하지 않습니다. 그나마 자주 보는 단짝은 세 명이 전부고요."

미는 놀란 눈초리였다.

"당신 같은 괴짜한테도 단짝들이 있다고요? 하긴, 유유상종이란 말이 왜 나왔겠어요."

"말이 심하시군요. 제 친구들은 저와 달리……."

필은 잠시 말을 멈췄다. 영준의 얼굴을 생각하니 차마 입이 떨어지질 않았던 것이다. 미는 그것 보라는 듯 으쓱였다.

"생각해봐요. 다들 이상한 사람들이죠?"

"그래도 정상인은 있어요. 소설을 쓰는 친구인데, 우리 네 명 중 가장 평범하거든요."

"글을 쓴다는 것부터가 제정신은 아니시네요. 아직 굶어죽지는 않으셨기를 바랄게요."

"다행히 출판사 말단으로 입에 풀칠은 합니다. 그러고 보니 읽어달라던 소설을 아직까지 못 보고 있네요."

필은 다른 친구들에 대해서도 설명해줬다. 미는 한 명 한 명 잠자코 듣더니 놀랍도록 예리한 평을 내놓았다. 영준은 어쩐지 직업을 자주 바꿀 것 같다는 코멘트를 덧붙였고, 예슬에 대해서는 유행에 민감하지 않냐고 물었다. 필은 고객의 분석력에 감탄했다. 작년 초부터, 예슬은 옷장에 안 입던 바지들이 늘었다며 불평을 늘어놓곤 했었다. 그녀는 슬랙스와 와이드팬츠 붐의 선두 주자였다.

미는 시럽을 잔뜩 넣은 아메리카노를 한 모금 마셨다.

"그래서 다른 약속이 없었어요. 바쁘기도 하거니와 편하게 만나기엔 다들 멀리 살아서. 동네 친구를 구해주는 앱이 있는 걸 알아요?"

물론 그는 출시된 초기부터 알고 있었다. 미는 당연한 현상이라는 것처럼 이야기를 이어갔다.

"외로움살해자를 신호탄으로, 이제 사람이 사람을 사는 세상이 올 거예요. 사실 사랑도 다를 바가 없죠. 연애는 인간이 할 수 있는 가장 로맨틱한 비즈니스니까. 감정의 대부분은 필요에 의해 만들어져요."

맞아요, 당신이 날 산 것처럼. 필은 신랄한 직언을 뱉는 대신 호두가 올라간 조각케이크를 잘랐다.

"다들 그렇게 살고 있잖습니까. 어린 시절 동창들도 똑같아요. 아직 미성숙한 시기에 많은 시간을 함께 지내니 친밀해질 뿐, 알고 보면 그 그룹에서 살아남기 위한 몸부림이죠."

"맞아요. 하지만 매사에 가식을 떨진 않아도 되잖아요. 새로 알아가는 불편함을 감수할 필요도 없고."

"그래서 새로운 사람을 사귀지 않는 겁니까?"

"네, 오히려 혼자가 더 편해요. 친구 없이는 밥을 못 먹는 대학생도 아니고, 전시회나 연극도 혼자 보러 다닐 수 있는걸요."

"그러다 보면 어느 순간 외로워질 텐데요. 저와 똑같은 감정부적응자가 아닌 이상, 아무리 홀로서기에 익숙해도 그 시기는 옵니다."

미는 필을 물끄러미 쳐다보았다.

"피상적인 교류는 절 더욱 공허하게 만들어요. 떠날 거라면 애초부터 없는 편이 낫고. 무의미한 관계들은 이미 많은걸요."

거기서 그 화제는 힘을 잃고 분해됐다. 필은 커피잔을 들었고 미는 울리기 시작한 휴대폰을 꺼냈다.

미가 통화하는 동안 필은 주변을 둘러보았다. 가십에 몰두하던 여자 두 명은 사라져 있었고, 대신 대학생 정도로 보이는 커플이 그

자리를 차지했다. 키 큰 남학생과 동그란 안경을 쓴 여학생은 한 쌍의 민달팽이마냥 애정행각을 벌이기 시작했다. 필이 보기에, 저 둘은 헤어지는 순간 센터에 전화할 잠정적 고객이었다.

"잠깐 나갔다 올게요. 전화가 길어질 것 같아서."

필이 고개를 끄덕이자 미는 클러치를 챙겨 일어났다. 그녀는 출입구로 가기 전, 무릎베개를 시도하던 뒷자리 커플을 흘끗 보았다. 평범한 시선이었음에도 인간 민달팽이들은 화들짝 놀라 떨어졌다. 그리고 그들이 카페를 떠날 때까지 얌전히 앉아 커피만 마셨다.

필은 왜 웃음이 터질 것 같은 기분이 됐는지 알지 못했다.

4단계

—

요인을
보호할 것 (1)

1

미기 힌 예언대로 날은 빠르게 풀렸다. 필의 수트는 두께가 확 얇아졌고, 미의 코트는 가벼운 재킷으로 바뀌었다. 그녀를 만나는 날 아침이면 알람시계가 30분 일찍 울었다. 평소보다 옷차림과 몸단장, 양말 색까지 몇 배나 신경 써야 하니 당연한 일이었다.

샤워를 마친 필은 머리의 물기를 닦으며 걸어 나왔다. 그날도 준비하는 데만 한 시간이 훌쩍 넘어갔다. 그는 옷들이 총기처럼 도열한 옷장을 활짝 열었다. 입고 나갈 방탄복의 종류는 수백 가지였다. 브룩스 브라더스의 정장 셔츠, 제냐의 트라우저와 스니커즈, 다음 칸에는 구두, 로퍼, 갈색 타이, 굵은 꼬임이 들어간 쇠가죽 벨트. 필은 그 무기고에서 요일과 날씨에 어울리는 병기를 골라냈다. 코디가 끝나면 카디건도 한 벌 챙겼다. 아직 추웠으므로 간단한 겉옷은 늘 지참해야 했다. 필의 브리프케이스에는 사시사철 해열제와 진통제, 신경안정제와 콘돔 세트가 들어 있었다. 그것들은 비상시를 대비한 예비 탄창이었다.

카페, 레스토랑, 술집, 미의 집. 가는 곳은 비슷했으나 대화의 밀도는 달라졌다. 필은 살날을 얼마 안 남긴 연인처럼 미를 대했다. 음악 취향, 좋아하는 영화, 온갖 토픽에 대한 이야기를 가리지 않고 쏟아냈던 것이다. 처음엔 이 사람이 약을 했나, 하는 눈빛이던 미도 조금씩 말문을 트기 시작했다. 그는 어느 순간부턴가 미가 웃음을 보이기 시작했다는 사실을 알아차렸다. 지금까지의 노력이 완전히 쓸모없지는 않았던 모양이었다.

이번 달은 상담 예약이 많아 바쁘군요. 2주 뒤, 화요일 낮은 어떤가요?

짧은 문자가 그날 오전 날아들었다. 필은 그렇게 하겠다는 답신을 남기고 외투를 입었다.

그가 미의 살해에 임한 사이, 세상은 잘도 굴러갔다. 중동에서 치명적인 전염병이 발생해 120명이 넘는 사람들이 죽었다. 홍콩에서는 급성 독감으로 7명이 죽었고 53명이 중태였다. IS는 특유의 다차원적 게릴라로 이스라엘과 하마스, 미국의 골치를 끔찍하게 썩이고 있었다. 대통령은 외교를 위해 비행기를 탔고 국회의원 한 다스는 중동을 경유한 교육 여행을 떠났다. 높으신 분들이 아는지 모르는지는 미지수였으나, 한국에도 무색무취의 질병이 떠돌고 있었다.

그의 좁은 인간관계 안에서도 변화는 생산됐다. '외로운 몽상가들' 전체가 다사다난한 상태였다. 예슬은 곧 있을 웨딩박람회 때문에 조 과장만큼 바빴다. 현일은 격무와 박봉에 시달리며 소설을 썼고, 영준은 꾸준히 새로운 여자로 갈아탔다. 그의 환승 기간은 갈수록 짧아져 이제 2주가 아슬아슬했다. 가장 최근 갱신된 뉴스는 현일과 영준이 어느 모던바에서 300만 원을 날렸다는 것이었다.

회사 팀원들 역시 아직껏 잘 버티고 있었다. 서 대리도, 그 밖의 팀원들도, 흉터는 늘었지만 치명적인 부상은 없는 것 같았다. 필은 출근할 때마다 자리를 둘러보고 사상자가 나오지 않았음을 확인했다. 조 과장도 여전히 정정했다. 그는 무슨 연유에서인지 고객 한 명을 줄여, 이젠 두 명의 고객만 관리 중이었다. 필은 최대철에게서 관련 정보를 뜯어냈다. 그들의 상사가 사원복지 개선을 위해 남몰래 팀장급들과 접선 중이라는 소문이었다.

함께 내려간 카페에서, 조 과장은 앉기가 무섭게 물었다.

"서 대리 얘기 들었나?"

"아뇨. 요즘 말을 섞은 적이 없어서요."

상사는 혀를 끌끌 찼다.

"젊은 애들이 뭐 그리 싸울 일들이 많은지. 사이좋게 좀 지내, 같은 식구끼리 얼굴 붉혀서 어디다 쓰겠냐."

"더 붉어지지 않으려는 겁니다. 서 대리 얘기란 게 뭡니까?"

"어젯밤 서 대리가 경찰서에 다녀온 건 알지? 얼마 전 의뢰 하나가 끝났는데, 전형적인 진상이었던 모양이야. 그 친구 집까지 알아내서 며칠간 찾아왔다더군. 자길 좀 만나달라고."

여성 외살자에게 추근대는 남성 고객들은 예로부터 허다했다. 그들은 진짜 거절과 가짜 거절, 그릇된 집착과 진실한 애정, 성욕과 외로움을 구별하지 못했다. 그런 고객은 회사가 나서서 처리했고…… 불미스러운 상황이 이어지면 보다 폭력적인 방법도 동원됐다. 그나마 서 대리가 회사가 아닌 경찰에 신고한 것이 다행이었다.

"그건 늘 있는 일이고, 나는 다른 게 걱정스럽다. 요즘 막내랑 서 대리가 유독 자주 어울리는 걸 알고 있나?"

"직장 동료니까요. 그녀가 알아서 잘 처신할 겁니다."

필은 본인의 말 속에 든 거짓을 느꼈다. 서 대리의 남성 편력은 고객과 동료를 가리지 않았다. 그녀는 너덧 명의 남자와 잠깐씩 만나다가, 지겨워진다 싶으면 깔끔하게 잘라내고 수많은 후보들 중 하나를 끌어올렸다. 6팀의 신입사원도 그 물망에 오른 모양이었다.

조 과장은 고개를 저었다.

"그 친구가? 차라리 고양이가 생선을 썩히길 기대하겠다."

"썩히지 않으면 또 어떻습니까. 외살자끼리의 교류는 회사에서도 권장하는데요. 둘 다 잠깐 저러다 말겠죠."

"하여튼, 너도 시간 날 때마다 좀 지켜봐라. 요즘은 그 반송품하고도 나쁘지 않다면서."

우리 전부가 식구 아니겠냐, 고객은 잠깐이지만 가족은 평생이다, 이 팀이 없어지면 얼마나 쓸쓸하겠는가…… 끝없이 이어지던 훈화가 잠시 멈췄다. 필은 때를 놓치지 않고 반격에 나섰다.

"전 요즘 과장님이 뭘 하시는지가 더 궁금한데요. 사람들을 모아 회사 전복이라도 노리고 계십니까?"

조 과장은 비스듬히 웃었다.

"누가 그래? 난 쿠데타 생각 없다. 내가 원하는 건 사원의 안전이지, 이 빌딩 사람들 전부를 실직자로 만드는 게 아냐."

"그럼 팀장급들과 몰래 접선한다는 얘기는 뭡니까?"

"너도 아는지 모르겠다만, 요즘 분위기가 영 뒤숭숭해. 회사와 관련된 구설수가 근래 들어 최고점을 찍고 있어. 외살자로 인한 사건 사고, 직원과 고객들의 사후 감염, 언론사 잔챙이들이 휘갈긴 칼럼까지 포함하면 전년 대비 1.3배가 늘었고, 우리 선에서도 대안은 생각해둬야지."

"그래서 다른 팀의 과장들을 모으셨던 거군요."

조 과장은 고개를 끄덕였다.

"손 놓고 기다릴 순 없으니까. 태풍의 전조는 비 한 방울부터야."

필은 수백 건씩 올라오던 관련 기사들을 떠올렸다. 외로움살해자, 저 마법의 단어가 홈페이지 방문자 수와 커뮤니티 화제글을 보장하던 시대는 이미 지났다. 그럼에도 그들의 직업은 여전히 뜨거웠다. 몇 달에 한 번씩은 굵직한 사건이 터졌고, 웹에서는 사이버 논객들과 현실의 칼럼니스트들이 찬반으로 나뉘어 팽팽하게 맞섰다. 그중 부정론만 늘었다면 회사의 방어 레이더에 문제가 생겼다는 소리였다.

'또는 세상의 종말이 다가왔거나. 이제 우리의 존재로도 현대인들의 외로움을 틀어막지 못할 만큼.'

그 추측을 조 과장에게 이야기하자 일리가 있다는 반응이 돌아왔다.

"말이 되는 얘기야. 온라인 마케팅 인력에 구멍이 났다는 소리니까. 분석팀에서도 아직 별 대답이 없다면서?"

"네. 정말 무슨 일이 생기긴 생겼나 봅니다."

"아직은 괜찮다. 이 바닥에서 벌써 몇 년을 버텨온 회사야. 우리가 그들의 주장처럼 사회 속 발암물질인지는 모르겠다만, 인력 충원이 조금 더뎌지는 정도로 휘청댈 일은 없어. 이러다 언제 그랬냐는 듯 원래대로 돌아오겠지. 다만……."

조 과장은 무슨 말을 더 덧붙이려던 눈치였으나, 카페 입구 쪽을 보고 입을 다물었다. 나머지 팀원들이 우르르 들어왔던 것이다. 필은 한 손을 들어 같은 배에 탄 선원들을 맞이했다. 회사와 시장과 외로움이란 거대 자본 아래, 그들은 한데 묶인 운명공동체였다.

조 과장이 호탕하게 오늘의 브런치를 샀다. 필은 미지근한 환호 속에서 6팀의 면면을 살폈다. 서 대리는 여전히 화장이 짙었고 어딘가 화가 난 것처럼 보였다. 언니의 수족처럼 달라붙은 한 대리는 지친 기색이 역력했다. 최대철은 변함없이 수다스러웠고, 선배와 염문이 불거진 막내는 필에게 1등 직원의 비결을 물었다. 가져보려 애썼던 관심은 딱 5분 만에 사라졌다. 그가 인간에게 흥미를 가지는 경우는 두 가지, 상대가 고객이거나 예비 고객일 때뿐이었다.

– 이상한 여자야. 그런 소릴 하면서도 외롭다는 게 말이 되니?

불빛 푸른 거실에 예슬의 목소리가 울렸다. 간밤, 외로운 몽상가들은 오랜만에 노트북 앞으로 집결했다. 영준이 해외로 나갔거나 현일이 본가에 있을 때마다 자주 연결하던 음성통화였다. 요즘 일들이 바빠지자 영준이 옛 유물을 꺼내자고 제안한 것이다.

– 그것 봐, 내가 말했지? 그 여자앤 미쳤다고. 허 플래너한테 저런 말을 들을 정도면…… 꽤 심각한 수준이라고 봐야지.

영준은 웃음을 꾹 참는 목소리였다. 예슬은 친구의 헛소리를 들은 척도 않고 말했다.

– 하여간 마음에 안 들어. 남자 때문이다, 사람을 못 믿겠다, 내 외로움은 없앨 수 없다. 그런데도 너랑 꼬박꼬박 연락하면서 만나는 이유는 뭔데? 그 여잔 딱 자살병 환자야. 본인의 우울에 자기 스스로 만

족해서, 그 우울 속으로 더욱 빠져드는 부류 말야.

필은 노트북 건너편에서 영준이 웃는 소리를 들었다. 그는 친구가 무슨 말을 삼켰는지 듣지 않고도 알 수 있었다. '야, 예슬이 네 특성이 마음에 안 들면 어떻게 해? 그게 다 동족혐오라니까.'

현일의 목소리가 광섬유를 타고 들려왔다.

— 그래도 그 사람은 필이 고객이잖아. 누군가한테 필요하다는 점이 좋은 거야. 날 봐. 올해만 세 번 여자를 만났는데 전부 다 차였어. 직장은 영세 출판사에서 문단의 대세로 뛰어오르겠답시고 말단들 피만 쪽쪽 빨아먹고. 같은 일이라지만 얼마나 인간미 없어?

— 그럼 네가 쟤네 회사에 이력서를 넣든가. 벤츠 보고 발발거린다고 누가 태워준다냐?

거침없는 촌철살인은 친구고 뭐고 가리지 않았다. 현일이 침묵하자 영준은 살살 당근을 던졌다.

— 그러니까, 저마다 고충이 있단 얘기야. 넌 거기서 어설픈 작가들 밑이나 닦아주면서도 네 소설을 쓰긴 하잖아? 그게 중요한 거지. 뭔가 만든다는 것, 내가 네 글을 좋아한다는 거 말야.

— 놀고들 있다. 지영준, 넌 글 잘 쓰고 있는 애 꼬드기지나 마. 신현일, 너도 쫄래쫄래 따라가지 말고. 언제까지 애들마냥 술집에서 뒹굴래? 몸이 열 개라도 모자랄 애가.

필은 남자들을 대표해 잔소리를 잘랐다.

"예슬이 넌 남자친구가 생겼다면서. 일이랑 사랑은 병행할 만해?"

— 그럭저럭. 연애 초기라 그런지 백마 탄 기사가 따로 없어. 출근할 때 데려다주고 퇴근할 때마다 데리러 오거든.

— 야, 지금 허 플래너 연애사나 들을 때가 아냐. 미인가 파인가, 그

여자에 대해서는 얼마나 알아냈는데?

"나중에 말해줄게. 지금은 또 할 일이 생겨서. 조만간 보자, 우리 단골 바에서 한턱씩 낼 테니까."

— 지키지 않을 말 고맙다. 얼굴이나 비추고 얘기해, 자식아.

영준이 살가운 작별 인사를 건넸다. 예슬도 곧 따로 연락하겠다는 전언을 남겼다. 그가 접속을 끊기 전, 가장 외로운 몽상가가 남은 모임원들에게 제안하는 것이 들렸다.

— 우리 오랜만에 영화나 같이 볼까? 학교 다닐 때 그런 것도 가끔 했잖아. 너희 둘은 집에서, 나랑 필이는 기숙사에서, 하나 둘 셋 하면 다운받은 영화를 함께 트는 거 말야. 아니, 심심해서가 아니라…….

필은 이어폰을 귀에서 빼고 음성통화를 종료했다. 영화는 고객과 함께 보기에도 지겨운 취미였다.

회상에서 깨어났을 때는 카페에 그 혼자뿐이었다. 조 과장과 나머지 팀원들이 전부 일어섰던 것이다. 다만 손님은 여전히 많았다. 수트, 오피스룩, 세미 정장 차림의 남녀 외살자들이 테이블에 앉아 이야기를 나누거나 커피를 테이크아웃해 나갔다. 옷차림 대부분이 흑백이라 카페 내부는 체스판을 방불케 했다. 필은 지나치는 사람들을 물끄러미 바라보았다. 방금 지나간 남자는 폰, 음료를 주문한 두 명은 비숍과 룩, 팬츠를 화끈하게 끌어올린 맬상의 여자는 나이트.

필은 빈 컵을 버리고 카페에서 걸어 나왔다. 그리고 전장으로 가는 다른 체스말들에 휩쓸려 로비를 벗어났다. 회사 앞은 평일 대낮인데도 사람들로 북적였다. 함께 나왔던 폰과 비숍과 룩들은 어느새 인파에 섞여 보이지 않게 되었다.

필은 걷고, 숨쉬고, 생각했다.

두 번째로 정신이 들었을 때는 사거리 한복판이었다. 그는 세상의 중심부이자 도시의 구심점에 서 있었다. 신호가 바뀌자 맞은편의 사람들이 밀려왔고 함께 서 있던 사람들도 밀려갔다. 필은 만조와 간조 사이에서 불현듯 멈춰 섰다. 이렇게 많은 인파 속에 있건만, 사거리 어디에도 쓰러져 신음하는 사람은 없었다. 그러나 그는 볼 수 있었다. 이 거리를 지나는 인간의 과반수가 간밤 입은 상처에서 피를 흘리고 있었다. 콘크리트 바닥은 사혈과 피고름으로 질척거렸다. 유난히 오감이 날카로운 외로움살해사라면 그가 본 것-들은 것-맡은 것을 느낄 수 있었으리라.

흘러넘쳐 구두를 적시던 환영이 걷혔다. 그가 서 있는 사이, 횡단보도의 녹색 숫자는 10 아래로 떨어지는 중이었다. 이미 건널목을 건넌 사람들 몇몇이 흥미로운 시선으로 그를 바라보고 있었다. 마치 보도 가운데의 양복쟁이가 무언가 재미난 행위예술을 보여줄 것처럼. 혹은 그들이 보는 앞에서 붕괴하기라도 한다는 양.

좌우로 몰려든 승용차들이 클랙슨을 울릴 태세를 갖추고 씨근거렸다. 그는 긴 다리를 움직여 위험에서 벗어났다. 이 병자들의 도시에서는 어떤 친절도 기대할 수 없었다.

필은 걸었고, 휴대폰을 확인했고, 미를 생각했다.

대로변에 대형 서점이 있었다. 그는 요즘 신간 중 무엇을 보았는지 생각하면서 회전문을 통과했다. 주기적인 독서는 고객과의 대화, 화제 창출, 지적 허영 모두에 발맞추기 위해 필요했다. 매대 사이로 들어서자 새 펄프 냄새와 풀지 않은 띠지 향기가 풍겼다. 산처럼 쌓인 나무들의 사체는 엄숙하면서도 황폐한 호흡을 느릿느릿 내뿜었다.

필은 베스트셀러 코너에서 잠시 머물렀다. 국내외 작가들의 신간이 사각틀 속 초콜릿마냥 진열돼 있었다. 띠지마다 극적인 소개 멘트도 곁들여졌다. 온갖 미사여구 중에서 어떤 사진이 눈길을 끌었는데, 한껏 가슴이 강조된 티를 입은 여류작가였다. 〈대한민국을 훔친 스릴러의 여왕, 곽니건의 충격 신작! 산부인과와 ICU를 넘나드는 압도적인 서사! 15인의 심사위원이 극찬한 올해의 소설!〉

그는 한 권을 집어 앞뒤를 살펴보았다. 한국에서 잘 팔리는 책이란, 모름지기 출판사와 평론가와 줄을 잘 탄 작가들의 합작품이었다. 물론 필은 소설 자체에는 흥미가 없었다. 재미있는 이야기를 왜 읽어야 하겠는가, 당장 오늘의 생존조차 위태로운 참에. 그는 오로지 필요를 위해 문학적 소양을 집어삼켰다. 작품 해석 또한 철저히 독자 위주였다. 보들레르와 기형도는 허무주의자들의 단골손님이었고, 페렉은 무식하진 않지만 교만한 20대 여성들이 좋아했다. 블라디미르는 도스토옙스키와 투르게네프로 만족할 수 없는, 작가의 취향으로 특별해지고픈 족속에게 인기가 있었다. 문인들의 아름다운 송시와 장엄한 서사, 씨줄과 날줄로 겹겹이 엮인 세계의 재현은 그에게 어떤 감동도 주지 못했다.

그는 가장 표지가 예쁜 책을 한 권 집어 이동했다. 소설 코너를 벗어나자 자기계발서와 에세이가 강물처럼 범람했다. 어차피 도움이 못 되긴 똑같았으나, 그 냄비받침들은 제목을 읽는 맛이라도 있었다. 젊음은 외로운 것, 사랑한다면 내일 죽을 수형자처럼, 두 다리를 지닌 당신, 무엇을 위해 살아가고 있는가?

필은 뒤표지를 들여다보며 저자에게 답했다. 그가 살 수 있었던 이유는 세 가지였다. 부모가 둘째를 갖자고 마음먹었기에, 아비와 어미 중 누군가가 영유아 살해를 실행에 옮기지 않았기에, 내가 나를 살해하지 않고 있기 때문에, 적어도 아직까지는.

"찾는 책이 있으신가요? 말씀해주시면 도와드리겠습니다."

발랄한 목소리가 어깨 밑에서 들렸다. 그는 자신의 손에 들려 있는 책들을 멍하니 내려다보았다. 과연 직업병은 어딜 가지 않았다. 외로움을 죽이는 63가지 방법, 고독의 공천장, 그 밖 온갖 외로움 관련 서적이 열 권도 넘게 품에 안겨 있었다.

필은 서점 직원과 똑같은 미소로 화답했다.

"아뇨, 괜찮습니다. 벌써 다 찾았기든요."

❦

서점 한쪽에는 긴 의자가 마련되어 있었다. 필은 반백의 노신사와 여고생 사이에 쪼그리고 앉아 꼬박 네 시간 동안 책을 읽었다. 다 읽은 책은 조 과장의 가르침대로 호쾌하게 기부했다. 상사는 항상 더불어 사는 삶의 중요성을 강조하곤 했다.

해가 저물어가는 쇼윈도 앞에서, 그는 쇼핑 품목을 점검했다. 산문집 몇 권은 현일을 위한 것이었다. 소설책은 예슬과 영준 중 먼저 만나는 사람에게 줄 생각이었다. 미의 몫은 없었다. 나중에 따로 몇 권을 고르면 모를까, 그녀에게 아무 책이나 주는 것은 면역력 급감 환자에게 항암제를 주사하는 짓과 같았다.

오늘 하루는 미가 준 휴가라고 봐도 좋았다. 미의 전시 프로젝트가 막바지에 다다르며, 자연히 업무량도 많아졌다. 야근이 잦아졌고 밤을 새우기도 일쑤였다. 필은 박카스라도 사서 방문하려다 생각을 바꿨다. 동료들의 짓궂은 질문공세 속에서, 그녀가 뭐라고 대답할지 눈에 선했던 것이다. 남자친구냐고요? 아뇨, 제가 얼마 전 서비스를 신청한 외로움살해자인데요.

그 꼴을 보지 않기 위해서라도 섣부른 행동은 금물이었다. 그는 돌아서다가 누군가의 통화 내용을 들었다.

"아니, 관둘 거야. 퇴직금이고 경력이고, 선배 얼굴을 봐서 참는 것도 한두 번이지. 이게 어디 사람이 할 일이야? 뭐라고, 내가 그렇게 말한 게 몇 번째냐고?"

전화를 하는 사람은 막 카페에서 나오던 여자였다. 필의 눈이 선글라스 뒤쪽 눈동자와 딱 마주쳤다. 그녀는 소피 장면이라도 들킨 사람마냥 흠칫하더니 바삐 걸어가버렸다. 그 몇 가지 단서로 외로움살해자의 머릿속에는 상황이 그려졌다.

'일과 행복 사이에서 갈등하는 직장인이군. 재취업에 대한 걱정 때문에 회사를 그만두지 못하는 거야.'

저 여자에게 필요한 것은 외로움살해자도 연인도 아닌, 당장 방아쇠를 당겨줄 손가락이었다. 필은 그 심정을 이해할 수 있었다. 그가 본 바에 따르면, 퇴사를 고려 중인 직장이란 폭력을 일삼는 남편 같은 것이었다. 꾸준히 나를 망가뜨리지만 혼자서는 벗어날 수 없는 것. 안정된 생활을 핑계로 끝없이 영혼을 깎아먹는 것.

그의 고객들 중에서도 비슷한 사례가 더러 있었다. 성희롱을 일삼는 상사 때문에, 꿈과 현실 사이의 괴리로 인해, 부당한 업무량 탓에. 이유만큼 스트레스도 제각각이었다. 필은 모든 기회비용과 현실적인

재취업 여부를 꼼꼼히 따졌다. 그리고 정말 답이 없다고 느낀 몇 명에게 사표를 강권했다. 실로 무책임한 짓처럼 보였으나, 그의 의견을 받아들인 고객들은 전부 행복해졌다. 개중에는 드디어 인생을 되찾았다며 사무실로 과자 세트를 보낸 고객도 있었다. 쿠키를 동료들과 나눠 먹으면서, 필은 그저 모든 것을 끝장내줄 사람이 필요했던 게 아닌지 생각했다. 그게 아니라면 저 자기파괴적 행위에 정말 행복해질 리가 있었겠는가?

오랜만에 타는 지하철은 줄이 길었다. 필은 앞에 서 있던 야구 모자를 따라 열차에 올라탔다. 어쨌거나 그녀들은 인생을 되찾았고 그는 의뢰를 완수했다. 그 고객들의 삶에서 어떠어떠한 기회가 사라졌는지는 필이 알 바가 아니었다. 외로움 살해에는 필연적으로 희생이 수반되기 마련이었으므로.

아파트 앞에 도착했을 즈음, 맹렬한 허기가 엄습했다. 그는 편의점으로 들어가 음식과 스낵을 닥치는 대로 쓸어 담았다. 묵직한 봉투가 양손에 들리고 나서야 편의점 도시락을 먹지 말자고 미와 약속했던 것이 떠올랐다. 뭘 먹든 그녀가 알 리는 없었으나, 필은 다시 마트에 갔다. 식재료를 장바구니에 차곡차곡 쌓자 장을 보던 주부들이 놀란 토끼눈을 떴다. 반만 떼어도 노숙자 한 부대를 먹일 양이었다.

곧 어마어마한 식료품들이 계산대에 쌓였다. 그는 배달해준다는 것도 마다하고 박스를 짊어졌다. 엘리베이터를 타면서는 옆집 여자와 마주쳤는데, 그녀는 필이 집 안으로 들어갈 때까지 눈을 떼지 못했다.

현관에 들어서자 센서등이 켜졌다. 필은 문을 차서 닫고 짊어졌던 짐을 부엌에 풀었다. 그런데 고장이 났는지, 한참이 지나도 현관의 전등이 꺼지지 않았다. 센서에 몇 번 손을 대봤지만 마찬가지였다. 새까만 철사 속 전구는 누군가를 기다리듯 켜져 있었다.

수리공을 불러야겠군, 시공할 때는 5년 내에 망가질 일이 없다고 했었는데. 필은 미간을 찌푸리며 주방으로 돌아왔다. 내일 출근하는 길에 잊지 않고 전화를 해볼 생각이었다.

진짜 문제는 오븐의 고기가 익어갈 때쯤 생겨났다. 들끓던 식욕이 거짓말처럼 사라진 것이다. 필은 당황하지 않고 보리차를 반 잔가량 마셨다. 주방을 한 바퀴 돌았으나 허기는 돌아오지 않았다. 그는 조리용 장갑을 벗어 내려놓았다. 예기치 못한 돌발작용, 그중에서도 급격한 신체적 상승-하락이야말로 외로움 감염의 첫 징후였다. 주머니를 뒤지자 신경안정제와 해열제가 나왔다. 필은 물도 없이 털어 넣은 뒤 씹어 삼켰다. 끔찍하게 썼지만 퇴사한 동료들 꼴이 되는 것보다는 나았다.

그는 스스로에게 최면을 걸듯 중얼거렸다.

'남의 외로움을 죽이다 보니 내 식욕까지 제거됐나 보군. 슬슬 다른 처방이 필요해진 건가?'

일전에도 이런 적이 아예 없었던 것은 아니었다. 튼튼하던 사람이 감기에 걸리고 몸살을 앓듯, 외로움을 느끼지 못하는 괴물에게도 한두 번의 자연재해는 닥쳤다. 그때마다 그는 자가 치료에 힘썼다. 수면제를 삼키고, 담배를 피우고, 증류식 소주를 보드카와 섞어 들이켜다 보면 증상은 완화됐다. 살아남기 위해서는 공격보다 방어에 힘써야 했다. 육체가 예리한 검이라면 정신은 놈들에게서 그를 지키는 최후의 갑옷이었고. 외로움살해자의 가장 큰 미덕이란 '살아남는' 것이 아니었던가?

게다가, 하고 필은 생각했다. 미의 살해가 본격적인 궤도에 오르고 있었다. 지금 하는 행동에 따라 성공적으로 의뢰를 마칠지, 아니면 첫 실패 이력을 받아들지가 정해질 참이었다. 그는 무심하게 신경안정제 한 알을 더 까서 씹었다.

식탁을 꽉꽉 채운 요리는 애물단지로 전락했다. 필은 잠시 고민하다 음식을 잘 포장해 냉장고에 쌓았다. 내일 오전쯤 회사로 가져가면 팀원들이 좋아할 것이고…… 골목 어귀나 서울역 근방에 버린다면 노숙자들이 기뻐하리라. 어차피 이 도시에는 남는 식자재도, 식욕도, 그것을 소모할 인간들도 넘치도록 많았다.

그는 스테이크를 오븐 속에 둔 채 침대로 들어갔다. 그러고는 맞춰둔 알람을 확인하자마자 곯아떨어졌다.

2

다음 날, 잠에서 깼을 때는 거짓말처럼 멀쩡했다. 필은 전장에 나서는 총잡이처럼 신체와 정신을 구석구석 점검했다. 다행히 밤사이 녹이 슨 곳은 없었다. 오감을 포함한 행복지수는 정상이었고, 딱 전날 저녁을 굶은 만큼 배도 고팠다.

그는 단추 풀린 셔츠 차림으로 도시락을 쌌다. 어제 한 음식들 중, 차가워도 먹을 만한 것들이 있었다. 준비가 끝나갈 즈음 오븐에 방치된 고깃덩이가 기억났다. 필은 다 굳은 스테이크를 큼지막하게 잘라서 씹어 삼켰다. 어제 먹나 지금 먹나, 어차피 열량 보충 면에서는 같았다.

필은 점심시간에 맞춰 집에서 출발했다. 일찍 나왔는데도 그날따라 유독 차가 막혔다. 게다가 앞 차도에서 접촉 사고까지 두 건이 터져, 미의 회사에 도착했을 때는 15분쯤 늦고 말았다. 아마 미는 늘가던 카페에서 그를 기다리고 있을 것이었다.

아래쪽에 차를 대고 걸어 올라가던 필은 고개를 갸웃거렸다. 미가 회사 벤치 앞에 서 있었던 것이다. 웬 처음 보는 중년 사내도 함께였다. 분위기가 제법 심각해 보였으나, 미는 원래 누구와 이야기할 때도 표정변화가 없었다. 더 가까워지자 사내의 목소리가 들렸다.

"엄마한테 얘기 들었다. 요즘 이 회사에서 일한다면서? 이리로 가면 만날 수 있다기에 기다리고 있었단다."

"그건 또 어떻게 아셨어요?"

미는 냉담하게 응대했다. 사내가 되물었다.

"어떻게 알았냐니? 방금 엄마한테 들었다고 했잖니."

"아뇨, 엄마 번호요. 다신 엄마랑 연락하지 말라고 그렇게 말씀드렸는데, 기어이 엄마 전화를 받으신 거예요?"

사내는 짐짓 상처받은 표정을 지었지만, 누가 봐도 진심과는 거리가 멀었다. 딸에게 받는 박대쯤이야 익숙한 것 같았다.

"그런 섭섭한 말이 어디 있니. 얘야, 이 아빠 한순간도 너와 엄마를 잊어본 적이 없단다. 지난 몇 년간 내가 얼마나……."

미는 말을 잘랐다.

"용건이 뭔지만 말씀하세요. 저 시간 없어요."

사내의 눈이 금세 애처로운 빛으로 물들었다.

"한 번만 더 네 엄마와 만나게 해다오. 딱 15분, 아니, 5분만이라도 좋아. 정 못 믿겠거든 네가 함께 있어도 된단다. 그래, 우리 세 가족이 옛날처럼 모이는 거야. 같이 맛있는 것도 먹고, 좋은 데도 가고, 이제 그런 행복을 허락할 때도 됐잖니?"

뭔가 말하려던 미가 이쪽을 보았다. 인간을 대한다고 믿을 수 없을 만큼 무감각하던 표정이 잠깐 흔들렸다. 새로 온 불청객을 알아차렸는지 사내도 돌아보았다. 필은 뚜벅뚜벅 걸어가 그녀의 옆에 섰다.

"조금 늦었죠, 미안합니다. 차가 막혀서."

가까이서 보니 아버지라는 남자는 제법 준수한 외모였다. 다만 의류수거함을 뒤져 입은 듯 후줄근한 옷차림과 깎다 만 수염이 중년 한량 같은 인상을 주었다. 연방 데굴대는 눈동자도 신뢰를 떨어뜨리는 요소였다. 그는 개장수가 투견을 판독하듯 필을 아래위로 훑어보았다.

"댁은 누구시오? 처음 보는 얼굴인데."

"제가 기다린다던 친구예요. 그럼 저흰 가볼게요. 제 대답은 전과 똑같으니 괜한 시간 낭비 마시고요."

말을 끝내자마자 미가 등을 돌렸지만 소용없었다. 사내는 희극적인 동작으로 그들을 막아섰다.

"잠깐, 조금만 더 애비 얘길 들어주면 안 되겠니? 널 설득하지 않고선 그이를 볼 면목이 없어서 이러는 거야."

필은 그쯤에서 나설 필요성을 느꼈다.

"실례하겠습니다. 무슨 일이시죠?"

사내의 눈에 경계심이 스쳐 지나갔다.

"들었는지 모르겠지만, 난 저 아이 애비요. 가족끼리 할 얘기가 있어서 그래요. 잠깐만 기다려주면 안 되겠소?"

"미 씨 본인은 나중에 이야기하고 싶은 것 같습니다만. 제가 결정할 사항은 아니라고 봅니다."

사내는 필의 외양에 다소 위압감을 느낀 모양이었다. 그보다 머리 하나가 큰 키나 떡 벌어진 어깨로 볼 때, 더 시간을 끌다간 호되게 얻어맞으리라 여겼는지도 몰랐다.

곧 그는 말 못해 죽은 귀신이 붙은 것마냥 떠들어댔다.

"그래, 네가 날 어떻게 생각하는지 알아. 법원에 접근금지가처분을 신청한 것도 안단다. 그런데 잊을 수가 없었어. 용서를 빌고 싶었다. 네 엄마를 딱 한 번만 더 보고 싶었어. 마지막으로 한 번만 만나면 뭐든 할 수 있을 것 같아서…… 그래서 걸려 온 전화를 받은 거야. 너와 한 약속은 어기지 않았잖니? 난 그 사람 연락처도 몰라."

미는 눈을 감았다가 떴다. 필은 그녀의 눈가가 미세하게 진동하는 것을 보았다.

"엄마가 뭐라고 하던가요?"

"자길 만나고 싶냐고 묻더구나. 그럴 수만 있다면 영혼이라도 팔겠다고 했지. 그랬더니 네게 허락을 받으라더라구나. 한 번만 날 몰래 만났다간 네가 자기랑 함께 죽어버린다고 맹세했다면서, 미에게 가서 빌라고, 싹싹 빌어서 허락을 받아 오면 만나주겠다고 했어."

줄줄 주워섬기던 사내의 눈이 필을 향했다. 그는 마침 잘됐다는 양 방해꾼을 가리켰다.

"그래, 저 친구가 증인 역할을 해주면 되겠군. 두 사람 앞에서 빌라면 빌고, 무릎을 꿇으라면 꿇으마. 어떻게 하면 아빠를 믿겠니? 지금 당장이라도 백번 절해 너와 엄마에게 사죄할 수 있단다."

그 말에서는 묘하게 진정성이 느껴졌다. 필은 사내가 입고 있는 청바지의 구멍 난 무르팍을 쳐다보았다. 그는 정말로 어디서든 무릎을 꿇는 것이 상용화된 사람처럼 보였다.

"그러실 필요 없어요. 엄마한테 아직 고모 연락처가 있었던 거죠? 그래서 절 팔든 다른 핑계를 댔든, 기어이 아빠 번호를 알아낸 거고요."

미는 표정 변화 없이 물었다. 사내는 금방 비굴한 얼굴이 되더니 애원에 돌입했다.

"네 엄마를 탓하지 말아다오. 다 내 부덕함 탓이다. 그이는 그저 요즘 부쩍 외로워서…… 그래서 연락한 거라더구나. 혼자 지내는 게 얼마나 힘들었으면……."

"엄마를 탓할 생각 없어요. 두 분을 만나게 할 생각도 없고요."

"잔인한 말 말거라, 네 부모를 정말 죽이려는 거냐?"

"아뇨, 그 반대예요. 서로를 해치지 못하게 하려는 거죠. 다시 만나게 된다면 틀림없이 아빠 엄마를 죽이고 말 테니까."

사내는 잠시 말문이 막혀 입만 벙긋거렸다. 그 틈에 미는 필의 손을 잡아끌고 내리막길을 걸어 내려갔다. 그녀의 아버지(라고 주장하는 남자)는 차마 따라오진 못하고 뭐라 뭐라 외쳐댔다. 불어오는 바람에 실려, 다채로운 부탁과 회유가 그들을 뒤따라왔다. "정말 네 엄마가 원하는 게 뭔 줄 생각해보려무나! 우릴 떨어뜨려 놓는다고 마음까지 멀어지진 않아, 네가 잘못 판단한 거야!"

소리는 금세 들리지 않게 되었다. 불청객이 뒤를 밟지 않는다는 것을 확인한 뒤, 미는 그를 돌아보았다.

"고마워요. 저 혼자였으면 한참 더 시달렸을 거예요."

필은 어깨를 으쓱했다.

"고마워할 필요 없습니다. 점심이나 먹으러 갈까요?"

미는 드물게도 고개를 가로저었다.

"아뇨. 잠깐 앉아서 쉬고 싶어요. 뭘 먹을 엄두가 안 나네요."

"그럼 차로 갑시다. 저 밑에 대놨어요."

이윽고 정적은 차 안으로 옮겨졌다. 두 사람은 나란히 앉아 한동안 아무 말도 하지 않았다. 라디오에서 잔잔한 음악이 흘러나왔지만 집중이 될 리 없었다. 결국 그녀는 몇 곡을 듣다 노래를 꺼달라고 부탁했다. 스위치를 돌려버린 필이 말했다.

"아버지와는 무슨 관계입니까? 부녀간의 대화치곤 삭막하던데요."

의외로 답은 즉각 나왔다.

"제 외로움의 원흉이죠. 절 이렇게 만든."

필은 미간을 찌푸렸다. 그녀가 새삼 측은하다거나, 아비란 작자에 대한 분노가 치솟아서는 아니었다. 외로움살해자의 머릿속에는 두 종류의 태엽만이 맞물려 돌아갔다. 어떻게 이 원석을 손상 없이 캐낼 것인가. 무슨 말을 해야 뒤를 캐는 것처럼 보이지 않을까.

"무슨 일이 있었던 겁니까?"

미는 대수롭지 않게 클러치를 뒤졌다.

"별 거 아니에요. 대단한 사연도 아니고, 내 얘기를 털어놓아서 동정을 받고 싶진 않아요."

"동정할 생각 없어요. 게다가 나는 당신에게 고용된 외로움살해자고요. 다른 이였다면 애초에 이런 걸 묻지도 않았을 겁니다."

필은 단호히 종언했다. 그가 말을 마쳤는데도 미는 계속해서 클러치 안을 헤집었다. 그러나 찾고 또 찾아도 넣어둔 물건은 나오지 않는 것 같았다. 그녀는 결국 결심한 듯 지퍼를 닫았다.

"아빠는 많은 여자를 사랑했어요. 그중 우리 엄마도 있었죠. 아마 위에서 두 번째, 아니면 첫 번째였을 거라고 생각해요. 혹시 맨 처음 제게 했던 질문을 기억해요?"

"어떤 질문 말입니까?"

"왜 외로움을 죽일 수 없냐고, 그렇게 물어보셨죠."

그가 고개를 끄덕이자 미는 계속했다.

"제 외로움의 원인은 하나가 아니에요. 저는 남자를, 정확히는 인간을 믿지 못해요. 어느 누구로부터도 인간의 외로움은 채워질 수 없고, 남자를 통해서는 더더욱 그럴 수 없다고 믿으며, 그렇기에 타인에게 마음을 열지 못해요. 제게 최초로 남성불신의 씨앗을 심은 게 바로 아버지였어요. 희생자는 당연히 엄마였고."

이미 짐작하고 있던 사연들이 꼬리를 물었다. 필은 더 말하지 않고 기다렸다. 구멍 뚫린 댐은 내버려둬도 물이 흘러나왔다.

"제 첫 기억은 아빠와 엄마가 싸우는 거예요. 전 네 살인가 다섯 살의 어린아이고, 거실에 앉아 문 닫힌 안방을 쳐다보고 있어요. 방 안에선 다투는 소리와 무언가 깨지는 소리가 들려요. 문이 열리면 아버지가 나오는데, 제게 하는 말은 언제나 같죠. '우리 공주님, 많이 놀랐지? 아빤 잠깐 나갔다 올 테니 엄마를 잘 위로해줘야 한다.' 달려간 방에서는 엄마가 침대에 앉아 울고 있어요. 저는 영문도 모르고 엄마를 끌어안지만, 엄만 절 밀어내더니 아빠를 따라 나가버려요. 혼자 남은 전 난장판이 된 방에 오도카니 앉아 생각하죠. 난 엄마가 좋은데, 그래서 슬퍼하지 않았으면 좋겠는데. 엄마는 왜 내가 아니라 아빠에게로 가서 자꾸만 상처를 입는 걸까, 하고."

미는 한쪽 무릎을 세워 끌어안았다. 치마가 말려 올라갔지만 신경도 안 쓰는 눈치였다.

"엄마는 늘 내게 한탄하곤 했어요. 사랑이 뭔지도 잘 모르는 꼬마 아이한테요. 미야, 너만 있으면 돼. 정말로 엄마가 미쳤어. 이제 저런 놈에게는 어떤 기대도 안 할 거란다……. 그 결심은 번번이 수포로 돌아갔던 모양이에요. 아빠와 엄마가 싸우는 빈도는 점점 더 늘어났고, 집에서 두 명만 잠드는 때가 많아졌죠. 그래서 전 힘껏 노력했어요. 하지만 술을 먹고 우는 엄마를 아무리 위로해도, 온갖 경시대회에서 상을 받고 전교 1등을 놓치지 않아도, 가뭄에 콩 나듯 오는 아빠의 전화 한 통만큼 엄마를 기쁘게 할 순 없었어요. 아마 그때부터였을 거예요. 엄마가 물려준 외로움의 씨앗이 제 안 깊숙이 뿌리를 내린 건."

필은 미에게로 고개를 돌렸다.

"그 다음은 어떻게 됐습니까?"

"지금 보시는 그대로예요. 아빠가 증거를 흘리면 엄마가 화를 내고, 아빠의 사정에 못 이긴 체 넘어가는 용서의 연속. 제가 고등학교에 입학했을 때, 아빠는 결국 숨겨둔 여자를 발각당했어요. 예전부터 만나왔던 이혼녀였죠. 엄마는 쓰러졌고 전 학교에도 못 나가면서 엄말 간호했어요. 엄마가 깨어나서 한 첫마디는 아직도 기억나요. 쑥 들어간 눈을 깜빡이더니 제 손을 잡고 묻더군요. 애, 그이가 이혼 얘긴 꺼내지 않았지?"

저 정도면 남편을 향한 강박증도 말기 수준이었다. 습관적인 폭력, 바람기와 거짓말, 그 밖의 수많은 단점에도 불구하고 그녀들은 불우한 결혼 생활을 포기하지 못했다. 첫째는 아이, 둘째는 불안, 셋째는 사랑이 이유였다. 필은 미의 어머니가 세 번째 유형이었으리라 짐작했다.

지잉, 클러치 속 핸드폰이 슬피 울었다. 미는 보지도 않고 진동을 꺼버렸다. 필은 조심스레 위로를 꺼냈다.

"어머니 입장에서도 쉽진 않으셨을 겁니다. 남편을 이해해야만 미 씨와 가정을 지킬 수 있었을 테니까요."

미는 단호히 고개를 흔들었다.

"아뇨, 그건 그저 엄마 자신 때문이었어요. 전 늘 엄마를 아빠에게서 떨어뜨려놓으려고 애썼어요. 우리 가정은 어떻게 되든 상관없으니, 육체적으로나 정신적으로나 엄마가 자유로워질 수 있도록요. 다 소용없는 일이더군요. 그렇게 모진 꼴을 당하면서도 엄마는 아빠를 포기하지 않았으니까. 난봉꾼 도련님을 평생 사모해온 하녀처럼요."

"아마 어쩔 수 없었겠죠. 그 악순환을 벗어나는 방법은 본인의 의지뿐인데, 이미 스스로 종속된 상태라면 다른 도리가 없어요. 뭐가 옳고 그른지는 자기 자신이 가장 잘 알고 있을 테니."

"네, 그 꼴이 보기 싫어서 대학에 들어가자마자 자취를 시작했어요. 그때껏 아빠와 엄마는 별거도 합의이혼도 아닌 모호한 관계였죠. 엄마가 혼자 있으면 정신을 차릴까 하는 마음 반, 이젠 다 지긋지긋하다는 마음 반이었지만…… 그건 잘못된 생각이었어요. 혼자가 된 엄마는 다른 남자들을 집에 끌어들이기 시작했어요. 그런 다음 손목을 긋고 아빠한테 전화를 걸었다고 해요. 지금 당장 안 오면 나는 죽을 거라고, 피가 철철 흐르는 사진을 찍어 보내면서. 저는 일이 벌어지고 반나절이 지나서야 둘째 삼촌에게 연락을 받았고요."

필은 두 가지 감정을 동시에 느꼈다. 첫째로는 제가 낳은 딸을 어찌 저렇게 대할 수 있냐는 노여움이었고, 두 번째로는 저 맹목적 애정에 대한 감탄이었다. 외로움살해자가 미의 어머니 세대에 없던 것이 다행이었다. 만일 그랬다면 그녀는 진즉 가산을 탕진하고 딸과 함께 대부업체에 신체를 저당잡혔으리라.

그것을 마지막으로, 미는 잠시 침묵을 지켰다. 핸드폰이 또다시 울자 그녀는 액정을 켜더니 문자를 잔뜩 찍어 날렸다. 지켜보던 필이 물었다.

"들어가봐야 하지 않습니까? 찾는 사람이 있는 것 같은데요."

미는 여전히 메시지를 적으며 대답했다.

"괜찮아요. 다른 일 때문에 나왔다고 하면 돼요."

"전시가 2주도 안 남았다면서요. 정말로 괜찮겠어요?"

"제 스타일 아시잖아요. 제가 며칠간 납치당해 못 나가더라도 일은 굴러가도록 손써뒀죠."

그녀가 독한 것은 외로움을 대하는 방식만이 아니었다. 필은 그쯤에서 우회로를 택했다.

"아버지가 왜 다시 나타난 건가요?"

미의 속눈썹이 아래로 내려갔다.

"이마 엄마가 보고 싶어서겠죠. 돈이 필요해졌거나. 아빠를 먹여 살릴 여자들은 우리 말고도 많겠지만."

"아까 들으니 꽤 오래 만나지 않았던 것 같은데요. 미 씨가 두 분을 떼어놓은 겁니까?"

"네. 엄마가 아빠에게 연락할 수 없도록 만드는 데 십 년도 넘게 걸렸어요. 그것도 양가 친척들까지 동원해 가면서. 지난 3년간 잘 막아내고 있다고 생각했는데, 기어이 엄마 쪽에서 알아냈나 봐요."

필은 문득 가장 친한 친구를 생각했다. 영준이 이 자리에 있었다면 뭐라고 했을지, 거들먹거리는 음성이 선명하게 지원됐다. 그런 아줌마들은 신천지에 빠진 불쌍한 중생이야. 목줄을 채워서 가둬두는 것밖에 치료 방법이 없지, 아니면 천국행 열차를 타도록 내버려두거나. 사랑이 눈과 귀를 틀어막았는데 뭐가 보이고 들리겠어?

"왜 어머니께서 미련을 못 버리시는지 모르겠군요. 그만큼 모진 꼴을 당했는데도 잊지 못하는 이유가 뭡니까?"

미는 가느다란 한숨을 내쉬었다.

"아빠는 엄마를 사랑해요. 정말 말도 안 되지만 진심으로요. 가장 큰 이유는 그것 때문인 것 같아요. 엄마의 인생에서 처음으로 진짜 애정을 받아본 상대였기 때문에."

필은 조수석을 뒤져 옥수수차 병을 건넸다. 그가 내민 음료를 받아 든 채, 미는 기나긴 이야기 한 폭을 풀어놓았다. 그녀의 엄마는 택시기사와 식모의 사남매 중 둘째로 태어났다. 아버지는 고향인 서산에서 밤새 택시를 몰았고, 어머니는 남의 집 일이 바빠 집안을 돌볼 틈이 없었다. 미의 어머니는 형제자매 중 유일하게 서울 소재 대학에 진학했다. 늘 돈에 쪼들렸고 장학금을 못 받으면 기숙사에서 쫓겨날 형편이었지만, 그래도 촌구석을 벗어났다는 해방감이 좋았다고 했다. 손에 물 마를 일 없던 식모의 딸에게 학업과 일을 병행하기는 식은 죽 먹기였다.

반면, 미의 아버지는 뼈대 있는 집안의 늦둥이였다. 손위로는 형이 둘 있었고 둘 모두 엘리트였다. 그는 머리로도 얼굴로도, 부모에게 받는 사랑으로도 형들을 따라갈 수 없었다. 그래도 주머니는 두둑했기에 그 팔삭둥이는 일찌감치 다른 취미를 찾았다. 바로 여자였다. 그녀들은 반반한 낯짝과 우수에 찬 눈빛, 형들의 책에서 베껴 외운 명대사 몇 마디에 홀떡홀떡 넘어왔다. 게다가 집에서와는 다르게 찬밥 신세도 면할 수 있었다. 그는 사랑을 받는 것이 얼마나 중독적인 일인지 깨달았고, 늘 모자랐던 집안 대신 바깥으로만 나돌았다. 앞의 두 우수 표본에게 유전자를 빼앗긴 분풀이라도 하듯이.

그가 서산댁 둘째딸과 만난 것은 바로 그 즈음이었다.

"처음 만난 곳은 대학가 술집이었다고 들었어요. 아빠는 친구들과 놀고 있었고, 엄마도 시험이 끝나 동기들에게 끌려나온 참이었죠. 왜, 그 시절에도 헌팅은 많이들 했잖아요. 우연찮게 인원이 맞았고, 합석해서 함께 놀다가, 자연스레 번호를 교환하게 되는."

잠자코 듣던 필이 물었다.

"그런데 그런 집안 얘기는 누구에게서 들은 겁니까? 어머니가 직접 말씀해주셨나요?"

"엄마가 말해준 얘기도 있고, 어렸을 때는 외가랑 친가에 심심찮게 맡겨졌거든요. 오며 가며 들은 이야기들이에요."

필은 자기 몫의 옥수수차 뚜껑을 돌려 땄다.

"전 그런 말을 들려주실 분이 없었습니다. 양가의 조부모님이 제가 태어나기 전 모두 돌아가셨거든요."

미는 그를 이상한 눈으로 본 뒤 이야기를 계속했다. 당시 술자리에서 스물둘 시골 처녀는 큰 인기가 없었다고 했다. 다만 미의 아버지만은 달랐다. 그는 조금만 꾸미면 확 달라질 미모, 펑퍼짐한 티셔츠와 통치마 아래 가려진 몸매, 무엇보다 자신에게 사랑을 줄 사람인지를 알아보는 데 천부적인 자질이 있었다. 아마 그것은 자라온 환경이 만든 재능이었을 것이다, 라고 미는 말했다. 내가 사랑할 사람이 아니라 나를 사랑해줄 상대를 먼저 알아본다는 면에서.

어쨌거나, 그 합석 이후 둘은 사귀기 시작했다. 교제란 것이 요즘 말하는 연애와 비슷했을지는 미도 몰랐다. 왜냐하면 두 사람이 만난 지 석 달 만에 사건이 터졌으므로. 생리가 멈춰 산부인과에 가보니 임신 3개월째였다. 그날의 첫 만남, 첫 데이트, 첫 잠자리가 그야말로 두 남녀의 허니문이었던 셈이다. 난리가 났고 두 집안이 발칵 뒤집어졌다. 양가 모두가 우왕좌왕하는 가운데, 김 씨 집안 막내아들 김용일은 남자다운 선택을 했다. 온갖 반대에도 불구하고 한 여자에게 정착하기로 한 것이다. 길고 긴 설득과 애원과 교섭 끝에, 서산의 딸과 애물단지 막내아들은 축복 속에서 결혼식을 올렸다. 그러나 그것은 본인의 몹쓸 기질을 속단한 처사였다. 본성은 짐승처럼 강했지만 자제력은 짐승보다 약했던 그는, 미가 아홉 달이 됐을 때부터 바깥으로 나돌기 시작했다. 그리고 세 가족 앞에는 기나긴 불행의 여로가 짜 맞춰졌다.

이야기가 끝났을 때는 시침이 꾸벅꾸벅 졸고 있었다. 미는 눈이 아픈지 중지와 약지로 눈 밑을 문질렀다. 필은 차의 환기구 틈새로 빠져나가는 현실성을 간신히 낚아챘다.

"아버지께서 뭔가 큰 실수를 저지르신 건 아닙니까? 그래서 가족의 힘이 필요해진 상황이라면요."

"아뇨, 만약 그랬으면 먼저 털어놓고 도움을 청했겠죠. 그리고 그런 일들에 휘말렸을 리도 없어요. 저 남자는 누굴 해치기는커녕 닭 목도 못 비틀 위인이니까."

미의 눈빛에 날카로운 혐오가 비쳤다. 평소의 그녀라곤 믿을 수 없는 감정의 발산이었다.

"이젠 어떻게 할 생각입니까?"

미는 손에 쥔 휴대폰을 가만히 내려다봤다.

"엄마한테 전화를 걸어 설득해봐야죠. 아마 벌써 아빠한테 전해 들은 뒤겠지만."

"미 씨의 외로움은요? 이 일을 계기로 더 악화되지 않겠습니까?"

미는 그를 돌아보았다. 감정 없는 눈동자 위, 속눈썹 몇 가닥만이 미모사처럼 흔들리고 있었다. 이윽고 서글픈 미소가 떠올랐다.

"늘 이렇게 버텨왔는걸요. 이젠 익숙해요."

"하지만……."

"엄마는 본인의 삶을 전부 포기하고 저를 낳았어요. 대학도, 졸업도, 손에 넣은 지 몇 년 안 된 자유까지도요. 날 위해서가 아니라 아빠를 위해서, 배 속에 딸이 있으니 버림받지 않을 거라 생각했을 테니까요. 아마 남편을 놓지 못하는 이유도 그것 때문일 거예요. 엄마의 시간은 아직도 28년 전에 멈춰 있어요. 소녀처럼 말하고 사랑에 울고 웃는, 첫 연인이 세상의 전부였던 처녀 시절에."

필은 눈을 깜빡였다. 어떤 생각이 별똥별처럼 뇌를 스쳤다. 그의 시간도 어딘가에 멎어 있지 않던가? 녹슨 닻줄에, 길 잃은 부표에, 생성과 파괴가 끝없이 반복되는 옛 결락의 틈바구니에. 어디선가 카랑카랑한 목소리가 들려왔다. 너는 네 형을 죽였어. 우리의 둘도 없는 보물을 앗아간 살인자, 지옥에나 떨어져버려!

관자놀이를 보이지 않게 꽉 누르자 외침은 멈췄다. 필은 아무 일 없는 어조로 말했다.

"어머니가 변하지 않으리란 건 미 씨가 더 잘 알 겁니다. 죽을 때까지 남편을 믿다가 상처받을 거라는 사실도요. 그런 엄마를 이렇게까지 돌보는 이유가 뭡니까?"

미는 의외로 선뜻 대답하지 않았다. 한참 만에 나온 목소리는 자조하듯 낮았다.

"저는…… 어쩔 수 없이 엄마를 닮아 있으니까요."

필은 설명이 이어지지 않을 것을 직감했다. 과연 반문이 돌아왔다.

"필 씨는 어떻게 생각해요?"

"무엇을 말입니까?"

"지금까지 들은 제 이야기를요. 만약 당신이었다면 어떻게 했을지 궁금해서요. 이럴 때는 뭘 해야 하나요?"

필은 머릿속에 떠오른 답안을 조각조각 찢어 날렸다. 그가 답이 없자 미는 이유를 알겠다는 듯 웃었다.

"왜 듣고만 계셨는지 알아요. 외로움살해자라도 어쩌지 못할 만큼 상황이 좋지 않기 때문이겠죠. 아니면 제가 잔인한 답을 받아들일 수 없다고 여기셨거나."

필은 고객의 갈색 눈을 똑바로 응시했다.

"방법이 없는 건 아닙니다. 단지 삶의 많은 부분들이 그렇듯, 꼭 어떤 해답이 우릴 행복하게 해주진 않을 뿐이에요. 원하던 답을 찾아도 내 영혼이 병든다면 무슨 의미가 있겠습니까."

"그렇겠죠. 저와 당신의 관계처럼요."

미의 말이 끝나고, 수면에 돌을 던지다 만 침묵이 내려앉았다. 필이 도시락을 먹자고 제안했지만 미는 거절했다. 잠깐 들어가서 업무도 볼 겸, 전화를 걸 곳이 있다는 것이었다. 어디에 연락할지는 묻지 않아도 알 수 있었다. 그녀는 차에서 내려 회사 쪽으로 올라갔다. 필은 아까 껐던 라디오를 다시 틀고 싸 온 음식을 꺼냈다.

혼자 먹는 도시락도 변함없이 맛은 좋았다. 필이 무표정하게 사과를 씹는 사이, 미는 오래지 않아 다시 나왔다. 양손에는 옷가지들로 불룩한 에코백을 들고 있었다.

"통화는 잘 끝났습니까?"

차 문을 열어준 필이 짐을 뒷좌석에 부려두며 물었다. 미는 차에 타지 않고 선 채 대답했다.

"아뇨, 엄마는 제 말을 안 들어요. 그럴 거라고 생각했지만."

필은 뒷좌석 문을 닫고 돌아섰다.

"유감입니다. 뭐라고 하시던가요?"

"아빠를 용서해줄 순 없냐고 하더군요. 3년간 절에 들어가서 우릴 위해 자숙했다면서, 그 정도면 나쁜 버릇도 많이 나았을 거라고. 저만 허락해준다면 아빠가 우리 둘에게 정말 잘할 것 같다고. 그 말을 어떻게 곧이곧대로 믿을 수 있는지 모르겠어요. 이번은 다를 거라느니, 한 번만 지켜봐달라느니, 저런 말에 수백 번을 속아놓고 또……."

예상한 일이었으므로 놀랍지도 않았다. 자진해 속는 자의 학습 능력은 왕두꺼비보다 뒤떨어졌다.

"아까 미 씨가 말한 대로군요. 어머니께서 또다시 속아 넘어가셨나 봅니다."

"네, 끊자마자 눈물이 나서 닦고 왔어요. 아무리 가족 일이라도 아는 사람 앞에서는 울 수 없어서요."

미는 눈물기 한 점 없는 얼굴로 그렇게 말했다. 그러나 필은 그녀의 눈화장이 아까와 달라졌음을 알아차렸다. 섀도가 진해졌고, 마스카라도 미세하게 고친 흔적이 있었다.

"그게 전부예요. 이제 정말로 아빠랑 연락하지 않겠다고 다짐을 받고, 우울증 약도 잘 챙겨 먹으라고 당부하고, 조만간 갈 테니 이상한 생각 말라고 잔소리를 엄청 하곤 끊었어요. 지금은 전시 준비 때문에 몸을 뺄 수 없다는 핑계도 댔네요."

필은 짧게 웃었다.

"그런 사람이 여기 있어도 되겠습니까? 몇 시간째 일은 하나도 안 하고 있는 것 같은데."

미도 미소 비슷한 것을 지었다. 그러나 가면의 입꼬리만 살짝 올라갔을 뿐이었다. 아버지란 작자는 호전되던 증세마저 예전으로 회귀시켰다.

"괜찮아요. 요 며칠간 제가 일을 제일 많이 한 것 같으니까. 게으름 좀 피웠다고 잘리면 때려치죠, 뭐."

"그럼 아까 얘길 조금 더 해줄 수 있겠습니까?"

미는 고개를 저었다.

"미안하지만 말하고 싶지 않아요. 나중에 이야기해요."

첫 만남 이래, 그녀가 처음 보인 강경한 거부였다. 미는 자기가 말해놓고도 미안해진 듯 덧붙였다.

"그리고 얼른 들어가봐야 해서요. 짐만 가져다 놓고 다시 들어온다고 말했거든요."

"아깐 며칠 납치되더라도 괜찮다고 하지 않았습니까?"

"일이 아니라 절 위해서예요. 맨 처음 말해주셨던 것처럼, 외로움에서 벗어나는 방법은 스스로를 바쁘게 만드는 거죠. 방식만 다를 뿐 저도 같아요. 엄마와 아빠가 번갈아 날 괴롭힐 때, 무너지지 않기 위해서는 필사적으로 어딘가의 구성원이 되어야 해요. 그럼 그 의무감 때문에라도 나를 붙잡게 되니까. 저는 지금까지 그런 식으로 살아남아왔어요."

필은 이해했다. 기체에 결함이 발견된 순간, 추락을 막는 유일한 방책은 조종을 멈추는 것이었다.

"어쩔 수 없군요. 전시만 끝나면 그림자처럼 따라다닐 겁니다."

미는 작별 인사를 하듯 차체를 통통, 두 번 두드렸다.

"지금도 충분히 잘 따라다니고 계신걸요. 곧 봐요."

"이런 때야말로 특히 더 조심해요. 되도록 혼자 있지 말고, 무슨 일이 생기거든 즉각 연락하십시오."

미는 고개를 끄덕이고는 등을 돌려 걸어갔다. 키 작은 여자치곤 걸음이 빠른 편이라, 까만 단발머리는 곧 시야에서 사라졌다. 필은 그녀가 보이지 않을 때까지 서 있다가 차에 올라탔다.

운전을 하면서 먹어치운 도시락은 아까보다 맛이 없었다.

5단계

—

비밀을
파헤칠 것

1

"그녀가 거기까지 이야기했다는 건가요?"

"네. 아버지란 자의 행패 때문에 우연히 얻은 행운이었습니다. 마침 마주치다니, 운이 좋았죠."

먹물 같은 어둠이 창문을 칠하며 미끄러졌다. 필은 두 번째 오는 상담실을 찬찬히 둘러보았다. 이유는 모르겠지만, 이미 어두워진 시간임에도 블라인드가 전부 내려가 있었다. 앞에 놓인 찻잔에서는 쌉싸름한 풀냄새가 풍겼다. 성완태가 직접 끓여 내온 차였다.

"그 일이 없었더라도 미 씨는 조만간 마음을 열었을 거예요. 얘기를 들으니 현명하게 진행해가시는 것 같군요."

필은 찻잔을 들어 향을 맡았다.

"그래서 소장님을 다시 찾았습니다. 그녀가 지금 어떻게 바뀌고 있는지, 그리고 앞으로 어떤 변화를 보일지를 알고 싶어서요. 그걸 알아야 앞으로의 전략 수립이 수월하지 않겠습니까. 미 씨가 소장님과 밟았던 진행 단계를 다시 밟으면서요."

"이봐요, 선생. 당신은 내가 주는 정보를 지나치게 맹신하려는 경향이 있어. 그녀의 머릿속을 들여다본다고 해답이 나오진 않아요."

필은 아무 반론도 하지 못했다. 한 모금 마신 찻물이 혀가 마비되도록 썼던 것이다. 성완태는 손수건을 꺼내 이마를 훔쳤다.

"다 과거의 일이에요. 게다가 나는 일 년 반을 들여서도 미 씨를 완치시키지 못했고요. 선생 같은 아마추어는 특히나 더 조심해야 합니다. 내담자들의 이전 병력에 기대려 들었다간……."

필은 마비가 풀리자마자 말을 잘랐다.

"물론 압니다. 다만 소장님, 저는 의사가 아니라 외로움살해자입니다. 고객의 고통을 없애려면 가장 빠른 답을 찾아야 해요."

성완태는 혀를 찼다.

"그냥 옆에 있는 것이 치료일 때도 있어요. 우울증을 앓는 환자 모두가 약을 처방받고 호전되는 건 아니거든. 정신과 약에만 기대는 것도, 당신들처럼 무작정 부딪치는 것도 능사가 아니란 소리예요."

저쪽이 전문가라면 이쪽도 전문가였다. 필은 팔짱을 꼈다.

"보통은 1개월에서 2개월, 많게는 3개월, 서비스를 연장한다면 반 년가량. 그 기간이 끝나면 우린 사라집니다. 고객의 옆에 있을 수 있는 시간은 두세 달에 불과해요. 우리가 필사적으로 고객을 파악하고, 원인을 찾아내고, 외로움을 없애려드는 이유도 그겁니다. 그들이 전화를 걸어 온 순간부터 모래시계는 흘러내리기 때문에."

성 소장이 뭔가 말하려 했으나 필은 한 손을 들었다. 이런 신경전에서 눌려봐야 좋을 것이 없었다.

"소장님, 사람들이 왜 외살자에 열광하는지 물으셨었죠? 답은 우리의 유한성에 있습니다. 한정된 시간이나마 변질되지 않는, 안전하고 안정적인 관계를 구축할 수 있다는 것에. 그것이 이 사기 행위가 돈을 갈퀴로 긁어모으는 이유입니다. 우리 모두가 영원하지 않다는 건 고객이 더 잘 알거든요."

소장의 눈빛이 묘하게 바뀌었다. 그는 이제 정신병동에서도 추방 당한 환자를 보는 표정이었다.

"선생은 그들이면서 그들이 아닌 것처럼 얘기하는군요."

필은 대답 대신 찻잔을 내려다보았다. 시커먼 물에 코와 턱이 비 쳤으나, 차마 더 마실 엄두는 나지 않았다.

"직업적 객관화란 누구에게나 필요하니까요. 소장님께서도 잘 알 고 계시지 않습니까?"

이어 상담자와 피상담자, 외로움실해자와 외로운 사람에 대한 2 인 토론회가 개최됐다. 필은 30분간 쓸모없는 논쟁을 벌이고 나서야 미에 대한 이야기로 접어들 수 있었다.

미의 부모님이 지닌 문제에 대해, 성 소장은 정신적 고취를 위해 서 반드시 넘어야 할 산이라고 표현했다. 그 트라우마에서 벗어나기 전에는 외로움의 살해 또한 불가능하리란 말도 덧붙였다. 문제는 '아 버지-어머니-미의 남자들'이 주연인 아침 드라마가 현재진행형이란 것이었다. 그 대목에서는 성 소장도 뾰족한 수를 내놓지 못했다. 나 머지 정보를 전부 줄 수 없겠느냐고 요청했지만, 그는 한사코 털어놓 지 않았다. 준다는 단서라곤 수수께끼 같은 조언뿐이었다. 그녀가 접 한 첫 남성은 아버지였다. 그러니 다른 이성에 대해 알아내라. 그 말 을 미의 입으로 들어야만 그녀의 외로움에 다가갈 수 있다.

필이 무슨 생각을 하는지 알 리 없는 성 소장이 말했다.

"당신들은 고객 만족을 위해서라면 뭐든 한다고 했죠? 그러니 선생이 할 수 있는 일을 해요. 머리가 벗겨진 상담사보다야 잘생긴 외로움살해자 쪽이 운신 폭도 넓을 거예요."

필은 예의상의 웃음을 머금었다.

"소장님께서 그런 말씀을 하실 줄은 몰랐는데요. 우리의 방식을 경멸하시던 게 아니었습니까?"

"그랬죠. 하지만 어쩔 수 없는 상황이니까요. 특히 지금처럼 내담자의 상태가 불안정한 경우⋯⋯."

성 소장은 뒷말을 삼키듯 얼버무렸다. 다음 순간, 번개처럼 이동한 필의 눈이 어떤 장면을 포착했다. 통통한 손가락이 꼭 빼내려는 듯 결혼반지를 매만지는 모습이었다. 그는 오늘의 장부에 한 줄을 더 써넣었다. 짐작대로, 저 심리상담사의 공조에는 다른 목적이 있었다.

떠날 때가 되자 성완태는 신기하리만큼 친절해졌다. 그는 찻잔이 빈 것을 보자 그 독약을 한 잔 더 따라주었다. 잠시 후에는 서랍을 뒤지더니 쿠키까지 내와 필을 놀라게 했다.

"소장님, 무슨 좋은 일이라도 있으십니까?"

성완태는 얼른 이해하기 어렵다는 표정이었다.

"아뇨. 왜 그러시죠?"

"처음 뵈었을 때랑은 많이 달라지셔서요. 저는 소장님이 저와 제 동료들을 혐오하시는 줄 알았습니다만."

성 소장은 고개를 끄덕였다.

"지금도 여전히 그렇게 생각해요. 나는 당신들을 동종업계의 일원으로 여기지 않고, 제대로 된 카운슬러라고도 생각하지 않아요. 그래도 이번 일이 끝날 때까지는 어쩔 수 없죠. 지금 미 씨의 옆에서 그녀를 도울 수 있는 사람은 선생이니까."

필은 다리를 꼬았다.

"제가 소장님의 수족인 셈이군요."

"그렇게 볼 수도 있겠고. 어쨌거나 우리 둘은 과거와 현재에 같은 내담자를 두고 있어요."

필은 그녀는 꼭 구원받아야 할 여자입니다, 따위의 주석을 기다렸다. 그러나 성 소장은 첨언 없이 말을 맺었다.

"오늘은 이만 일어날까요? 나도 슬슬 정리를 해야겠어요."

필은 고개를 끄덕이고 책상 위 서류들을 브리프케이스에 쓸어 담았다. 성완태가 인심 쓰듯 건넨 자료 몇 장이 있었던 것이다. 두 사람은 각자 일어나 외투를 걸치고 매무새를 다듬었다. 필은 그가 구취 제거제를 뿌리는 것을 기다려 기회를 잡았다. 이번 방문 일시가 정해졌을 때부터, 개인적으로 별러왔던 궁금증이 있었다.

"아, 그런데 한 가지 더."

파일을 정리해 꽂던 성 소장이 그를 돌아보았다. 필은 내쳐 말했다.

"소장님은 그녀가 소장님의 외로움에 대해 물었다고 하셨습니다. 혼자만 자신을 털어놓기를 꺼린다고도요. 그 때문이라도 소장님 역시 미 씨와 일정량의 교류를 나눠야 했을 겁니다. 그렇지 않습니까?"

표정의 변화는 없었으나, 숱 없는 정수리 부근이 살짝 붉어졌다. 그는 표정 관리에 앞서 중절모부터 사는 게 나을 사람이었다.

성 소장은 살에 눌려 가느다래진 동공을 찌푸렸다.

"무슨 말이 하고 싶은 거죠?"

"별 건 아닙니다. 다만 지금 저와 미 씨의 관계처럼, 소장님과 그녀 사이는 어땠는지 궁금해져서요. 혹시 참조할 게 있을까 해서."

성 소장은 한동안 그를 가만히 쳐다보았다. 그리고 아무렇지 않게 다시 책장으로 돌아섰다.

"지난번에도 말했을 텐데요. 그런 것들은 지금 미 씨를 파악하는데 아무 도움도 되지 않아요."

필은 어깨를 으쓱했다.

"그렇다면 어쩔 수 없죠. 오늘도 실례가 많았습니다."

성 소장은 짧은 목례로 배웅과 축객을 겸했다. 상담실 문을 밀면서, 필은 오늘 본 것들을 되짚었다. 줄곧 깔끔하던 성 소장의 셔츠 칼라는 꾸깃꾸깃했고, 눈동자에는 엷은 핏발이 비쳤다. 잠을 못 이룬 사람들이 안구세척액과 각성제로 증거를 인멸했을 때 나타나는 증세였다. 그 사이 신변의 변화가 있었던 것이 분명했다.

접수원들이 모두 퇴근한 데스크는 을씨년스러웠다. 필은 텅 빈 로비를 지나쳐 엘리베이터에 올랐다.

저 상담사도 어딘가에 난 종기의 고름이 터진 것이리라. 딱 잘라 말할 수는 없었으나…… 외살자의 직감은 명확했다. 변화는 곳곳에서 발발하고 있었다. 그가 몸담은 외로움살해자 강남 사옥 안에서, 외로운 몽상가들 안에서, 미와 그의 불확실하고 위태로운 관계에서, 세상의 변두리로 여겨졌던 중년 상담사의 개인사에서까지도. 필은 성원태의 손목에 나 있던 작은 손톱자국을 떠올렸다. 외로움살해자가 등장하기 전, 외로움의 '전염'에 노출됐던 이들은 수많은 정신과 의사와 카운슬러들이었다.

그렇다면 나는?

작은 의문이 솟았다. 필은 엘리베이터 뒷벽에 달려 있는 거울을 뚫어져라 응시했다. 외로움살해자가 보는 외로움살해자는 평소와 다를 바 없었다. 방금 월가의 전쟁터에서 탈출한 듯한, 몸에 착 붙는 수트 차림 사내가 그를 쳐다보고 있었다. 필은 자신의 옷매무새를 찬찬히 뜯어보았다. 셔츠 목깃과 소매 길이는 물론, 버클 위치까지 결벽증 말기의 펀드매니저마냥 완벽했다. 잘 면도된 턱도 칼날처럼 파르스름한 빛을 뿜었다. 필은 양복을 두어 번 털고 거울 속 전투요원으로부터 돌아섰다.

어제, 몇 주 전, 1년 전의 모습과도 달라진 것은 없었다. 성 소장은 그에게서 아무것도 알아내지 못할 것이었다.

차에 오자마자 핸드폰이 울리기 시작했다. 필은 무심코 누군지 확인하고 액정을 본 것을 후회했다. 꼬박 나흘간 연락이 없던 영준이었다.

— 야, 너 왜 목소리가 그 모양이야?

친구의 음성이 차 안을 쩌렁쩌렁 울렸다. 필은 블루투스 연결을 끊을까 하다가 좀 더 참기로 마음먹었다.

"차 안이라 그래. 왜 전화했다고?"

— 말했잖아, 예슬이가 너한테 연락 한 통 넣어보라고 했다니까. 요즘 하도 뜸해 죽은 줄 알았다면서.

필은 무표정하게 기어를 바꿨다.

"거짓말 마. 그 애 성격에 직접 찾아오면 찾아왔지, 이렇게 부탁할 리가 없어. 네가 시킨다고 고분고분 따를 위인도 아니고."

영준은 소리 내어 웃었다. 그도 차를 타고 어딘가로 가고 있는지, 스피커 저편에서 내비게이션 소리가 들려왔다.

— 하여간 눈치 하난 귀신이다. 걔가 네 얘길 꺼낸 건 맞는데, 말 나온 김에 나도 궁금해서. 그 단발머리랑은 어디까지 갔냐? 둘이 잤어?

226

저 두꺼운 낯가죽에는 약도 없었다. 필은 그간의 이야기를 요점만 추려 설명했다. 영준은 관심 깊은 태도로 경청했다. 무엇이든 쉽게 질리는 난봉꾼도 미의 사연은 궁금한 모양이었다.

이야기를 다 들은 외제차 딜러는 결론 내렸다.

— 그 애비란 작자, 관짝에 못이 박힐 때까지 여자 꽁무니만 따라다닐 거야. 우리 엄마 이름을 걸 수도 있어.

"나도 그렇게 생각해. 그녀의 어머니가 남편에게서 벗어날 수 있을 것 같지도 않고. 아마 평생 똑같은 패턴이 반복되겠지."

영준은 대수롭지 않게 말했다.

— 뭐, 그런 인간들은 똥밭을 뒹굴라고 내버려둬. 문제는 불쌍한 딸내미인데…… 가장 좋은 해결 방법을 알려줄까?

"말해봐. 뭐지?"

— 미라고 했나? 그 여자애랑 결혼해. 그런 다음 평생토록 와이프 수발만 들면서 살면 돼.

목소리 톤으로 봐선 진담이었다. 필은 헛웃음을 터뜨렸다.

"농담이 지나친데. 고객과 결혼을 하라고?"

— 아니, 왜? 어차피 그 여자 외로움은 폭주기관차야. 몇 개월 올라타 있는 정도로는 멈출 수 없다고. 엔진실 석탄도 좀 빼고 냉각제도 붓고, 탈선을 막으려면 20년은 더 걸릴 텐데. 그럼 결혼밖에 답이 없지.

필은 핸들을 꺾어 앞차를 추월했다.

"양가의 불행이 되겠군. 아버지가 꿈에 찾아오시겠는데."

영준은 지나가는 것처럼 물었다.

— 아, 너희 어머니는 잘 계시냐?

"잘 못 계시기도 힘든 분이니까. 벌써 찾아뵐 때가 됐네."

– 나도 갈까? 이번에는 애들이랑 같이. 현일이는 몰라도 예슬이랑은 같이 가볼 만하잖아.

필은 백미러를 흘끗 보았다. 방금 전 앞지른 구형 아반떼가 기세 좋게 그를 따라오고 있었다. 건방진 추월 쇼가 운전자의 자존심을 건드린 것 같았다.

"나중에 생각하자. 지금은 미의 전시회 전에 할 일이 많아."

– 뭐부터 할 생각인데?

"일단 미의 부모와 접촉할 루트를 찾아야 해. 다른 쪽으로는 그녀의 옛 동창과 동기들을 수소문하고, 학창 시절 무슨 일이 있었는지 알아볼 생각이야. 그중 마당발이 한둘쯤은 걸려들겠지."

블루투스 스피커에서 선명한 한숨 소리가 들렸다.

– 탐정놀이는 여전하구만. 꼭 그렇게 유난을 떨어야 되냐?

"이건 외로움을 대상으로 한 청부 살인이나 마찬가지야. 목표 설정, 무기 확보, 날짜 선정까지 완벽해야만 요인을 암살할 수 있는. 그중 하나라도 빠뜨렸다간 전부 헛수고로 돌아가고. 네가 요리할 때를 생각해보면 이해가 쉬울 텐데."

영준은 약간 사이를 두고 답했다.

– 그것 참, 네가 그런 말을 할 때마다 기분이 묘하단 말이지. 꼭 미친놈 아니면 영화배우랑 얘기하는 것 같아서.

필은 사이드미러를 다시 확인했다. 앞서거니 뒤서거니 하던 아반떼는 이제 없었다. 한 블록 전, 신호가 아슬아슬하게 떨어지던 횡단보도에서 따돌려버렸던 것이다. 그는 도로의 추격전에서도 무패를 자랑했다.

"볼일 끝났으면 이만 끊자. 운전 중이야."

– 알겠다, 알겠어. 누군 운전기사가 따로 있는 줄 알겠네.

영준은 구시렁거리면서도 통화를 끝냈다. 그날은 별 사건 없이 흘러갔다. 다음 날 아침, 필은 나갈 준비를 하다가 전화 한 통을 받았다. 그가 처음 보는 번호였다.

"네, 윤 필입니다."

전화기 저편에선 알 듯 말 듯한 목소리가 흘러나왔다.

– 대리님! 저예요, 저. 제 번호 아직 저장 안 해두셨구나. 서 대리님이 분명히 그럴 거라고 하시던데, 오늘 점심 내기를 했거든요. 덕분에 제가 팀원들 전부한테 밥을 사게 생겼어요.

말투를 보니 이번에 새로 들어온 막내였지만, 그 밖의 정보는 도통 기억이 나질 않았다. 그는 상대의 이름이 무엇인지도 몰랐다. 최근 그의 뇌하수체는 온통 미로 덮여, 푸른 풀포기를 찾기가 힘들었다. 필은 눈 몇 움큼을 헤치고 기억을 더듬었다. 찬기…… 찬수…… 가슴에 달고 다니던 사원증 속 글자가 차츰 떠올랐다.

"그래요, 찬민 씨. 무슨 일로 연락했습니까?"

– 아, 다름이 아니라 여쭤볼 얘기가 있어서요. 그런데 요즘 통 출근을 안 하셔서, 과장님께 말씀드렸더니 대리님 번호로 직접 연락해보라고 하시더라고요. 혹시 언제쯤 시간이 괜찮으실까요?

필은 잠시 생각에 잠겼다. 후배 직원, 그것도 신입이 그를 부를 때는 두 가지 경우였다. 밥이나 한 끼 하시자고, 혹은 살아남는 노하우를 가르쳐달라고. 전화기 저편의 신참에게는 하나가 더 있었다.

'딱히 전화할 필요는 없었을 텐데, 서 대리 일인가?'

필은 휴대폰을 다른 손으로 바꿔 들고 셔츠 단추를 채웠다.

"찬민 씨, 혹시 지금 혼자 있습니까?"

– 아뇨, 같이 사는 친구랑 있는데…….

맹한 목소리가 돌아왔다. 답변의 속도로 보아, 옆에 발가벗은 채 잠든 서 대리는 없는 것 같았다.

"그럼 됐습니다. 모레 아침쯤 출근할 테니 그때 보도록 해요. 찬민 씨 시간은 괜찮습니까?"

괜찮지 않을 리가 없었다. 필은 팀원들에게 안부를 부탁하고 전화를 끊었다. 5분 뒤 다시 전화벨이 울렸다. 받아보니 미의 동창 뒷조사를 부탁해둔 흥신소 사람이었다. 그는 메일 주소를 불러주고는 나머지 요금을 이체했다. 닷새 정도면 꽤 빠른 편이었으나, 분석팀의 일 처리에 익숙한 필로서는 거북이나 다름없는 속도였다. 그의 회사는 압도적으로 신속하고도 세련된 외로움 살해 공정을 지니고 있었다.

필은 노트북을 챙겨 집을 나왔다. 미와는 일어나자마자 메신저로 안부를 주고받은 뒤였다.

좋은 아침입니다. 잘 잤나요?

네, 당신은요?

전 푹 잤습니다.
어제 보니 많이 피곤해 보이던데요.

그게 뭐 하루 이틀인가요.
이미 적응해서 괜찮아요.

그 이후로 아버지가 또 온 적은 없습니까?

아직은요. 그렇게 얘기해놨으니
회사 앞까지는 더 찾아오지 않을 거예요.
걱정해줘서 고마워요.

오늘은 종일 그녀를 만날 수 없었다. 점심시간에도 나올 짬이 없다는 미의 말에, 그는 못내 아쉽다는 연기를 펼쳤다. 실은 본인의 스케줄이야말로 지금부터 빽빽했다. 미의 일정을 확인하자마자 기타 실무들을 죄다 오늘에 몰아넣었던 것이다.

지하철을 타고 시청 앞에 도착하니 빈속이 주려왔다. 역 앞에는 김밥과 샌드위치, 각종 주전부리를 파는 노점상이 쭉 늘어서 있었다. 그는 들고 있는 브리프케이스를 내려다보곤 맥도널드에 들어갔다. 유리문을 막 여는데 몇 년 전 이곳에 들렀던 기억이 떠올랐다. 때는 바야흐로 한여름이었고, 녹아 흐를 듯한 불볕더위가 강습해오고 있었다. 현일이 첫 장편소설을 완성한 시기, 예슬과 영준이 사귈락 말락 서로의 연애 기술을 겨루고 있던 시기이기도 했다.

내부는 그때와 달라진 것이 없었다. 세 갈래로 줄을 선 사람들이나 비좁은 1층, 붉고 노란 의자마저 기억 속과 똑같았다. 그는 빅맥 세트와 맥윙 두 조각을 주문했다.

음식이 나오기 전, 투덜대는 목소리가 들렸다. "먹고 싶단 말야, 하나만 사주면 안 돼? 내가 어제 게임도 이겼잖아." 옆을 내려다보니 형제로 보이는 꼬마 두 명이 있었다. 작은 놈이 아이스크림이 먹고 싶다고 징징대면, 형은 심부름할 돈밖에 없다고 달래는 식이었다. 차림새를 보니 잘 사는 집 아이들로 보이지도 않았다. 필은 캐셔를 불러 아이스크림을 두 개 추가했다. 그가 소프트콘을 들고 돌아섰을 때, 꼬마들은 사라지고 웬 남학생 두 명만 서 있었다.

여드름투성이 고교생들은 눈을 끔뻑거리며 그를 마주 봤다. 필은 양쪽 손을 번갈아 본 뒤 아이스크림을 학생들에게 내밀었다.

"먹어요. 몸에 나쁜 건 안 탔습니다."

2층은 넓고 쾌적했다. 그는 햄버거를 재빠르게 먹어치우며 길가의 사람들을 구경했다. 곧 감자튀김과 맥윙까지 1분도 안 돼 배 속으로 들어갔다. 물티슈로 손을 닦은 필은 노트북을 꺼내 켰다.

메일함 맨 위에는 파란 글씨들이 떠 있었다. 업자가 보낸 정보 묶음, 홈쇼핑에서 온 광고, 아직 읽지 않은 현일의 소설도 보였다.

첫 번째 메일은 이름과 휴대전화 번호였다. 이주영, 방아름, 손우리, 박신희…… 필은 전화번호는 읽지도 않고 다음으로 넘어갔다. 두 번째 메일에는 그녀들의 현 거주지와 직장명이 적혀 있었다. 그의 회사였다면 미와 몇 살 때 친했고 언제부터 연락이 끊겼는지까지 보내줬겠으나, 이제 퇴보한 지원 방식에도 적응할 때였다.

필은 114에 전화해 상대방의 회사 내선과 식통으로 연결했다. 발신자를 확인할 수 없도록 하는 습관이었다. 뚜, 뚜, 뚜, 전화는 물방울이 세 번 떨어진 뒤에 연결됐다.

전화는 그녀의 회사 동료가 받았다. 미의 동창은 지금 외근을 나간 모양이었다. 필은 지방에서 올라온 사촌동생인데 누나가 핸드폰을 받지 않는다며, 회사로 가는 교통편과 퇴근 시간까지 알아냈다.

두 번째로 건 전화는 마침 당사자가 받았다. 그는 유려한 솜씨로 둘러댔다. 나는 어느 디자인 잡지에서 일하는 기자다, 요즘 주가 높은 큐레이터인 김 미를 아느냐, 예술인의 학창시절을 주제로 한 기획에 인터뷰할 동창으로 그녀가 당신을 소개했다. 만약 시간이 괜찮다면 오늘 오후에 잠깐 인터뷰를 하고 싶다…….

연락한 친구는 총 다섯 명이었고, 그중 세 명이 긍정적인 반응을 보였다. 필은 우선 오늘 가능하다고 말한 두 명과 약속을 잡았다. 그는 미에게 간단한 문자를 남긴 뒤 자리에서 일어났다.

필은 에스컬레이터를 성큼성큼 걸어 내려가, 전염병이라도 돈 듯 휑한 대합실을 지났다. 오늘따라 지하철 환승로에도 오가는 사람이 드물었다. 필은 좀 더 걸어 1호선으로 환승했다. 새로 온 메시지가 빼꼼 고개를 내민 것은 그때였다.

야, 어디냐?

필은 충치 환자의 치열처럼 듬성듬성한 좌석을 둘러보았다. 그리고 그 이빨들 중간쯤에 앉아 영준에게 답장을 보냈다.

좀 멀리 가고 있어. 그럴 일이 생겨서.

답장의 답장은 즉각 들어왔다. 필은 확인하지 않고 눈을 감았다. 팽팽하던 긴장감이 풀어지자 졸음이 밀려왔다. 그가 이곳에 있는 것은 아무도 알지 못했다. 같은 칸에는 나이 지긋한 노인들과 중년 여성 몇 명만이 있을 뿐이었다. 그가 누구인지, 어딜 가는지, 다다른 목적지에서 무엇을 할지에는 전혀 관심을 가지지 않을. 여섯 시간 뒤면 전쟁터로 돌아가야 할 터였으나, 지금 이 냄새나는 열차 안에는 고객도 동료도 없었다. 무기를 놓은 외로움살해자는 격전지의 변두리에서 평온과 맞닿았다.

그를 태운 철차가 지상으로 뛰쳐나왔다. 시야가 환해지고, 뚫린 창 양쪽으로 총탄 같은 가시광선이 쏟아져 들어왔다. 해바라기 빛깔로 한껏 물든 오월의 햇살이었다.

이쪽 라인은 유난히 역과 역 사이의 구간이 길었다. 지상의 철로라 튀어나온 요철이 있는지, 열차가 이따금 덜컹댔다. 필은 고개를 돌려 등 뒤로 스쳐가는 풍경을 바라보았다. 빛이 들어와 그의 얼굴을 주변 색과 똑같이 물들였다. 자갈 깔린 철로 너머로 가로수와 전신주가 끝없이 스쳐 지나갔다. 한호철물, 금산물산 등등의 간판도 더러 보였다. 그런 건물들은 버려진 사채꾼 아지트 같은 몰골로 낡아가고 있었다.

이제 전철은 더욱 느려져, 거의 속도를 느끼지 못할 만큼 천천히 달렸다. 나뭇잎이 바람에 서걱대는 것이 보일 정도였다. 필은 스쳐 지나가는 나무들을 물끄러미 바라보았다. 빛을 받은 단면은 연녹색과 초록색, 진녹색으로 색이 달라지며 반짝였다. 그는 햇살을 반사하는 그 투명한 녹음에서 어떤 불가해한 연속성을, 그들이 싸우는 외로움에 대한 형이상학적 진리 비슷한 것을 엿볼 수 있었다.

'그녀도 함께 왔으면 좋았을 텐데. 나중에 지하철을 타고 서울 끝까지 여행해보자고 해야겠군.'

기차는 계속해서 달려갔다.

역이 일곱 번인가 여덟 번인가 바뀌었고, 그때마다 사람들 몇 명이 내리고 탔다. 거의 챙 넓은 모자를 늘어뜨린 등산객이었다. 1호선을 타면 서울 근교 어딘가의 산과 연결되던가? 외로움살해자의 두뇌도 그것까지는 알지 못했다. 등산은 현대인들에게 이미 낡은, 오래전 잊혀져버린 취미였다. 그 극기(克己)가 아니더라도 인간은 충분히 고독했으므로.

필은 브리프케이스를 들고 일어섰다. 같은 칸의 사람들은 저마다 하던 일에만 집중할 뿐, 아무도 이쪽에 관심을 주지 않았다. 그는 덜컹대는 통로를 걸어 다음 칸으로 이동했다.

7708호 지하철 내부는 림보가 되풀이되듯 비슷했다. 필은 안내방송을 들으며 열차 끝에서 끝까지를 두 번 왕복했다. 오가는 동안 수레를 미는 잡상인과 세 번, 노래를 튼 장님과 두 번, 사이비 교단에 사로잡힌 중년 여성과도 한 번 마주쳤다. 그녀는 종아리를 덮는 흰 양말과 검은 에나멜 구두를 신고 있었는데, 어찌나 박박 닦았는지 그의 구두보다도 반들거렸다. 여자는 한쪽 팔에 든 양산을 보검처럼 세웠다. 그러더니 다 구겨진 선언문을 째랑째랑한 목소리로 낭독하기 시작했다.

"여러분 여러분은 지금 속고 있습니다 이 세상에 사탄에 유린당하고 있습니다 영원한 행복을 영위하고 싶지 않습니까 제 말 저의 말대로 하십시오 구원은 곁에 있습니다 악습과 인습을 떨쳐내야 합니다 놈들을 물리치려면 들으십시오 눈과 귀를 열고 받아들이십시오……."

흘러나온 내용은 속사포가 따로 없었다. 30초도 안 돼 종이 앞뒤가 모두 낭독됐고, 그녀는 전투적인 표정으로 주위를 둘러보았다. 여자가 옆을 지나칠 때 찌든 땀내가 훅 끼쳤다. 필은 그녀가 신앙만 가졌지, 본인의 외로움은 몇 달째 씻지도 않았음을 확신할 수 있었다.

지하철에서 내리자 세 시였다. 첫 번째 목표물의 회사 근처에 도착하고서도 시간이 남아, 그는 동네의 골목을 구경하며 보냈다. 놀이터에서 아이들이 물총을 가지고 놀고 있었다. 그중 형제로 보이는 꼬마가 있는지 살폈지만 다들 흙투성이라 구분이 힘들었다. 그는 혈연의 흔적을 찾길 포기하고 자리를 떴다.

20분 뒤, 몸집 큰 여자 한 명이 그가 있는 카페로 들어왔다. 그녀가 걸친 것은 하나같이 비대해 보였다. 크고 둥근 무테안경도, 어깨참이 터질 듯한 시폰 블라우스도 코끼리에 맞춤정장을 입힌 듯 빽빽했다. 팬츠의 통은 숫제 80년대 나팔바지 같았다. 그녀는 일어서서 인사하는 필을 몇 번이나 뜯어보며 자리에 앉았다.

커피를 한 모금 마시고 나온 말은 이러했다.

"정말 잡지사 기자 맞아요? 그렇게 안 생겼는데."

필은 친절한 웃음을 만면에 띠었다.

"네, 맞습니다. 방아름 씨 본인 되십니까?"

"여기 사원증 보이잖아요. 신분증도 확인시켜 드릴까요?"

여자는 무등산 중턱 같은 가슴 사이를 가리켰다. 과연 대조적으로 작아 보이는 사원증이 흔들리고 있었다. 필이 고개를 끄덕이자 그녀는 지갑을 열며 말했다.

"근데 정말 미남이시네요. 키도 훤칠하시고 비율도 좋고. 기자가 아니라 모델이라고 해도 믿겠어요."

그러고 보니 그녀의 직장은 어느 의류회사 디자인실이었다. 필은 능숙하게 칭찬을 되받았다.

"그렇게 봐주시니 감사합니다. 일단 여기, 이걸 좀 받으시고……."

그는 미리 넣어뒀던 가짜 명함을 건넸다. 이름, 전화번호, 직함은 같았으나 회사명을 포함한 나머지는 모두 허구였다.

여자는 돌려받은 신분증과 명함을 모두 챙겨 넣었다. 필은 통통한 손가락들이 움직이는 것을 지켜보다가 말했다.

"자세한 설명은 전화로 드렸었지요? 사례비는 7만 원, 대략 20분쯤 소요될 예정입니다. 시간은 괜찮으신지요?"

"20분이 아니라 한 시간이라도 상관없어요. 어차피 오늘 할 일을 다 끝내고 나온 거라서."

말을 잇던 여자는 문득 생각난 듯 물었다.

"아, 그런데 정확히 무슨 얘길 들려드리면 돼요?"

필은 즉각 본인이 여기 나온 명분 설파에 돌입했다. 나는 문화예술 관련 잡지사 소속이다, 그런데 이번 호 '이 달의 인물'로 김 미 큐레이터가 선정됐다, 그래서 그녀의 동창들 인터뷰를 따 오기 위해 당신에게 연락한 것이다……. 줄줄 흘러나온 거짓말은 막판에 가서 위기에 봉착했다. 그의 말을 듣고 있던 여자가 의심스러운 눈빛으로 물은 것이다.

"그런데 왜 김 미가 저를 소개한 거예요? 전 그 애랑 친하지도 않았어요."

"글쎄요, 그 이유까지는 저도 잘 모르겠네요. 김 미 씨가 고등학교 때 친한 동창이 몇 없었습니까? 이번 기획안 이야기를 듣고 좀 난처해하긴 하던데요."

여자는 팔짱을 꼈다.

"생각해보니 그럴 만도 하네요. 걔가 활발하거나 친구가 많은 타입은 아니었거든요. 저는 2년간 같은 반이었고요."

"아마 그래서였나 봅니다. 그동안 몇 번이나 확답이 미뤄져서, 저도 속이 바짝바짝 탔었어요. 혹시라도 미 씨가 거절하거든 인터뷰 대상부터 취재 요청까지 다시 잡아야 하니까요."

"그런데 왜 하필 김 미예요? 그 애가 그렇게 유명해요?"

필은 짐짓 애매한 태도를 취했다.

"요즘 업계에서 떠오르는 인재긴 합니다만, 구설수가 좀 있어요. 몇 주 전에는 재벌가의 막내아들과 얽혔다는 염문도 돌았고, 그 덕에 경력을 늘렸다는 추측까지 난무해서요."

그녀는 모조리 듣고 말겠다는 기세로 다가앉았다. 필은 내친김에 고객에게 몇 번 더 흠집을 냈다. 그의 이야기 속에서 미는 교수와 스

캔들이 돌았던 미대생으로, 재벌가 막내아들과 사귄 큐레이터로, 남
자를 바꿔 가며 유명 작가들을 포섭한 악녀 디렉터로 변신했다. 여
자는 이야기를 들으면서 연신 어머, 어쩜, 하는 추임새를 넣다 박수
까지 딱 쳤다. 신나는 뒷담화 쇼에 완전히 빠져든 눈치였다.

"그래서 말인데, 혹시 은강여고 재학 시절 김 미 씨와 관련된 일
화가 있습니까? 생각나는 거라면 무엇이든 좋습니다."

여자는 곰곰이 생각하는 표정이 됐다. 필은 그녀에게 남아 있던
의심이 전부 사라졌음을 알아차렸다. 험담은 누군가를 아군으로 느
끼도록 유도하는 데에 늘 적합했다.

"사실 전 그 애를 잘 알진 못해요. 그게 언제야, 제가 고등학교 2
학년 때니까⋯⋯ 벌써 햇수로 10년이 다 된 얘기지만요. 그런데 더
웃긴 게 뭔 줄 알아요? 아마 김 미랑 친한 애는 전교를 통틀어도 한
명을 찾기 힘들었을 거예요."

그랬겠죠, 대충 짐작이 갑니다. 필은 속으로나마 동의했다. 여자는
커피를 한 모금 마신 뒤 문득 생각난 듯 물었다.

"아, 그런데 이걸 제가 말했다는 게 걔 귀에 들어갈 일은 없죠? 기
자님이 알아서 필터링을 해주셔야 해요."

"물론입니다. 안심하고 말씀하세요."

"그럼 기자님만 믿을게요. 어디까지 했더라, 맞아. 미는 약간 괴짜
계집애였어요. 왜, 반마다 한두 명씩 있잖아요? 얼굴도 예쁘고 공부
도 곧잘 하는데 뭔가 좀 이상한 애요."

"그 괴짜라는 부분이 어떻게 나타났습니까? 행동거지가 이상했다
던가, 말투가 독특했다던가요."

그녀의 검은자위가 고민하듯 올라갔다.

"음…… 예를 들면 이런 거죠. 여자애들은 어릴 때부터 몰려다니길 좋아하거든요. 밥도 같이 먹어야 하고, 하교도 같이 해야 하고, 학원이 있으면 같은 버스를 타고 가고. 그런데 걔는 그런 게 하나도 없었어요. 공주처럼 혼자 앉아서 밥을 먹는데, 주변에 누가 있든 밥만 먹고 교실로 가는 거예요. 심지어 다들 들르는 매점도 안 갔어요. 점심을 먹곤 교실로, 수업이 끝나면 집으로. 그러면서 발표 같은 건 곧잘 해서 선생님들한테 예쁨은 다 받았어요. 그럴 때마다 살살 웃는데 뭐랄까, 지금 생각해보면 딱 직업여성 느낌이었던 것 같아요. 고등학생한테 가짜 웃음이 벌써부터 배어 있으면 이상하잖아요."

필은 미약한 불쾌감을 느꼈다. 그로선 세상의 이치를 일찍 깨달은 여고생이 왜 고급 창녀로 매도당해야 하는지 알 수 없었다. 그렇게 따지자면 모든 서비스업 종사자는 감정을 파는 매춘부였다.

"주변의 평가는 어땠습니까? 다른 학생들이 그녀를 어떻게 대했는지도 궁금한데요."

"뭐, 예쁘니까 다들 잘해줬죠. 옆 학교랑 다른 학교 남학생들, 심지어 대학생까지 더러 와서 선물을 줬던 걸로 기억해요. 그런데 단 한 명도 미와 사귀지는 못했죠, 걔가 다 차버려서."

"그들 모두를 거절했다는 이야기인가요?"

"네, 전부 다. 그러다 3학년 때 일이 터졌어요."

여자의 목소리가 비밀스럽게 낮아졌다. 엄청난 스캔들을 털어놓으려는 제보자 같은 태도였다. 필도 장단 맞춰 소릴 죽였다.

"흥미진진하군요. 그 일이란 게 뭐였습니까?"

"수학을 가르치던 총각 선생님이 계셨거든요. 우리끼린 박쌤이라고 불렀는데, 수업도 재밌게 하고 얼굴도 훈훈해서 인기가 많았어요. 그런데 학교 홈페이지에 미가 그 선생님 차에서 내리는 걸 봤다는 글이 올라온 거예요. 그것도 밤 열 시쯤, 인적 드문 공원에서요."

필은 고개를 끄덕였다. 깔린 판으로 봤을 때, 다음 상황이 어떻게 흘러갔을지도 눈에 선했다.

"당연히 학교는 난리가 났어요. 그 선생님은 교장실로 불려가고, 전화통에는 불이 나고, 학부모들은 찾아와서 난리를 치고…… 그러다 결국 선생님은 전근을 가셨죠. 이미 글은 지워져서 소문이 진짜인지는 아무도 확인할 수 없게 됐는데도요."

"여기서 제가 하나 맞춰보겠습니다. 아마 김 미 씨는 전학을 가지도, 휴학을 하지도 않았을 거예요."

여자는 솥뚜껑만 한 손으로 입을 가렸다.

"역시 기자라 그런지 눈치가 빠르시네요. 맞아요, 미는 정말 아무렇지 않게 학교를 계속 나왔어요. 걸레니 여우니, 박쌤한테 먼저 꼬리를 쳤다는 소문이 여기저기서 도는 와중에도요. 그 애가 평소에도 감정 표현이 거의 없었다는 걸 얘기했던가요?"

"그런 것 같군요. 계속해주십시오."

"하여튼 그렇게 1년이 갔어요. 나중에 누가 말해준 건데, 박쌤 얘길 묻는 친구한테 미가 이렇게 말했대요. 그것들 전부 사실이 아니니 자기랑은 상관없는 얘기라고. 세상에, 아무리 그래도 그렇지…… 너무 섬뜩하지 않아요? 그 소문과 눈총 속에서 졸업식까지 마쳤다는 게."

긴 이야기가 잠시 소강상태로 접어들었다. 필은 수첩을 꺼내 방금 들은 이야기 전문을 속기했다. 오늘의 정보 제공자는 진열대 속 조각케이크를 탐욕스레 흘끔대고 있었다.

"좋습니다. 고등학교 졸업 이후로는요? 대학에 가고 나서 미 씨를 본 적이 있나요?"

응답자는 고개를 저었다.

"아뇨, 걔는 동창회도 한 번을 안 나왔어요. 우리 학교가 동문 모임 같은 걸 자주 하는데, 초대장을 보내도 대답이 없다더라고요."

필은 미의 집 쓰레기통에 그득하던 종이뭉치를 떠올렸다. 아마 그 초대장이란 놈도 거기 박혀 있을 것이었다.

"걔는 요즘 어때요? 기자님은 그쪽 사람들을 인터뷰하니까 만나봤을 거 아니에요. 그림은 계속 그리고 있으려나?"

김 미 말입니까? 본인의 외로움 때문에 그림은 포기했어요. 지금은 큐레이터를 하는데 바람둥이 아빠랑 사랑에 미친 엄마가 수명을 깎아먹고 있죠. 전 그녀가 끝장나기 전 놈들을 처리하러 온 외로움 살해자고요. 사실에 기인한 답변이 줄줄 떠올랐지만 말해줄 수야 없었다. 필은 아무것도 모른다는 얼굴로 대답했다.

"저도 아직 만나본 적이 없습니다. 지금까지는 전화상으로만 이야기를 나눴거든요."

그녀가 고개를 끄덕이자 늘어진 볼살이 흔들렸다.

"그럼 뭐, 잘 살고 있나 보죠. 얼굴 예쁜 애들은 뭘 해도 굶어죽진 않으니까. 아마 우리보다 훨씬 행복할 거예요."

필은 슬슬 끝마칠 때가 됐음을 느꼈다. 시계를 보자 벌써 30분이 지나고 있었던 것이다. 다음 목표물의 회사는 몇 킬로미터 떨어진 거리였는데, 서둘러 택시를 타야 할 것 같았다.

일어나기 전, 필은 마지막 질문을 던졌다.

"정말 그녀가 학창 시절 내내 아무도 만나지 않았습니까? 혹시 뭐, 남들 몰래 비밀 연애를 했다든가요."

여자는 완강하게 도리질을 반복했다.

"아뇨, 그럴 리가 없어요. 그 애는 1학년 때부터 미대 입시를 준비했거든요. 늘 미술학원에서 살다시피 했으니 학교가 끝나고 누굴 만날 틈도 없었을 거예요."

"그럼 더더욱 애인이 필요했을 법도 한데요. 그 또래면 한창 남자 친구를 처음 사귈 때 아닙니까."

"그러니까요. 그런데…… 아, 모르겠어요. 하여튼 걔가 남자랑 있는 건 한 번도 못 봤어요."

필은 고개를 끄덕이곤 미리 챙겨둔 사례비를 건넸다. 나오면서는 회사 사람들과 먹으려고 카페의 케이크를 싹쓸이해 주었다. 그녀는 봉투 속 돈보다 그 군것질 선물이 더 고마운 것 같았다. 필은 돌아서자마자 대로변에 서 있는 택시를 잡았다.

"김 미요? 걔는 꼬리 백 개 달린 불여우였죠. 그게 달린 남자면 죄다 걔한테 홀딱 반해 헤롱댔으니까."

필은 진지한 얼굴로 대화에 집중했다. 또다시 카페 2층이었고, 아까 갔던 카페와 똑같은 프랜차이즈였다. 두 번째로 접선한 여자는 지독하게 말라 있었다. 치마 틈새로 본 허벅지는 종아리와 굵기가 비슷했다. 손목은 필의 손가락 세 개를 합친 것보다 가늘었다. 골격도 비루먹은 개처럼 앙상해, 일조량이 부족한 삼나무 묘목을 연상시켰다. 아까 본 여자와 지방 교환을 해주면 어떨까 싶을 정도였다.

"헤롱댔다는 게 무슨 뜻입니까?"

"무슨 뜻이긴요, 말 그대로죠. 커피나 도시락을 사다 바치는 건 일상에, 차가 있는 선배들은 야작이 있는 날마다 집까지 태워다주려고 눈에 불을 켰어요. 걔 자취방이 학교에서 30분쯤 걸리는 원룸촌이었거든요. 엠티나 종강 파티, 학교 축제라도 열렸다 하면 걔가 있는 주점은 사람이 바글바글했어요."

"그럼 그중 가장 괜찮은 남자랑 사귀었나요?"

"아, 그게 또 웃겨요. 걔도 자기 예쁜 건 알았던 모양인지, 아니면 여왕벌 노릇이 좋았던 건지, 누구 한 명이랑 쭉 만나지를 않았으니까. 대신 모두한테 상냥하게 굴면서 친절이란 친절은 다 받아먹었죠. 아마 걔 집에는 재료랑 도구가 떨어질 날이 없었을 거예요."

필은 한 시간 전에 헤어진 인터뷰이를 떠올렸다. 두 여자의 공통점은 세 가지였다. 과거의 미를 안다는 것, 끔찍한 수다쟁이라는 것, 미에 대한 뜻 모를 적의가 존재한다는 것. 필은 입 싼 이들의 해악성에 비교적 관대한 편이었다. 그러나 이 적대감만큼은 이해할 수가 없었다. 기껏해야 학창 시절을 같이 보낸 게 전부일 텐데, 미가 그녀들의 남자친구를 빼앗은 것도 아니지 않은가?

여자는 혈색 나쁜 입술을 부지런히 놀렸다.

"하여튼, 걔만큼 소문 무성한 애도 없었어요. 아실지 모르겠지만 이 바닥이 좀 좁거든요. 집이 찢어지게 못산다, 아니다, 부잣집 딸내미인데 부모랑 싸워서 나가 사는 거다, 쟤 표정을 보면 다 나오지 않냐…… 사실 전 걔 집안이 좋다는 생각은 안 했어요. 입고 다니는 옷만 봐도 있는 집 애들은 태가 나거든요."

그녀는 바로 저처럼요, 하듯 코를 치켜들었다. 필은 그제야 알아차렸다. 아틀리에, 화방, 소규모 갤러리 운영. 눈앞의 여자는 척 봐도 예술가 부모를 업은 말괄량이 막내딸이었다. 그러다 은근슬쩍 개인 전도 열고, 유명 작가들의 전시회에 본인 그림도 한두 점씩 끼워 내면서 작가 반열에 입성하는 것이리라. 이 타락한 예술의 소돔에서는 흔한 일이었다.

'학창 시절, 미를 질투했군. 그러니 5년 만에 듣는 동기의 소식이 반가울 리 없지.'

필은 끈질기게 캐물었고, 화가 겸 갤러리 운영자 박신희 양은 묻지 않은 말까지 대답했다. 그가 아는 미는 사랑을 저버린 상실자였다. 그녀의 이야기에 따르면, 대학 시절의 미는 가십을 몰고 다니는 불여우였다. 선배의 차를 얻어 타기 일쑤였고 술자리도 빼지 않았다. 좋은 건수가 들어오면 미팅에도 나갔다. 누구에게도 정을 주지 않았다던 여고생은 대학에 들어와 심경의 변화를 맞은 모양이었다.

필은 다리를 바꿔 꼬았다. 몇몇 정황을 유추할 때, 좀처럼 상상이 가지 않는 일화였다. 미는 캠퍼스에서도 변함없이 악바리가 어울렸다. 선배들의 술을 꼬박꼬박 받아 마신 뒤 화장실로 가서 토하고, 혼자 작업실에 남아 밤을 새곤 쓰러져 잠드는.

"성적은 어땠습니까? 그림은 잘 그렸던가요?"

그녀는 깡마른 어깨를 으쓱였다.

"나쁘지 않았죠. 꽤 잘하는 쪽이었어요. 다만 과하게 음침한 데다 폭력적인 화풍만 고집해서, 교수님들이 매번 지적하곤 했어요. 그래도 걔는 끝까지 자기 스타일을 안 바꿨고요. 아집과 오만으로 똘똘 뭉친 애였죠."

필은 틀린 말을 바로잡고픈 충동을 느꼈다. 그것은 아집이 아닌 어떤 절박함이었다. 고독지로 추방된 스무 살 여자아이에게, 그림은 외로움을 쏟아낼 유일무이한 수단이었으리라.

잠시 뭔가 생각하던 박신희는 손가락을 딱 튕겼다.

"아, 걔가 휴학을 두 번 했을 때가 있었어요. 두 번 다 남자 때문이었는데, 그때는 성적도 바닥을 쳤죠."

"혹시 신희 씨도 아는 사람입니까?"

"당연히 알죠. 같은 학교 CC였거든요."

"그렇군요. 그 남자친구들과 연락할 방도는 없나요?"

필은 물으면서 다음 루트를 고심했다. 상대가 남자라면 실전 조사에도 난관이 따랐다. 상대를 파악하고, 작전을 수립하고, 자주 가는 행선지로 따라가 조심스레 접촉해야 했다. 그 절반을 하기에도 여유 기간은 턱없이 부족했다. 내일부터는 다시 미와 그녀의 외로움, 날건달 아버지가 파묻힌 지뢰밭 위에서 동분서주해야 할 터였다.

"……갔고 다른 한 명은 죽었어요."

문득 이상한 말이 들렸다. 필은 예의 바르게 다시 물었다.

"다시 한 번만 말씀해주시겠습니까? 잘 못 들어서요."

이야기꾼들이 흔히 그렇듯이, 그녀는 의도된 사이를 뒀다. 덕분에 다음 말은 필요 이상으로 극적이었다.

"한 명은 미국으로 갔고, 다른 한 명은 자살했어요. 그게 벌써 6년 전이네요."

돌아오는 지하철은 퇴근길의 직장인들로 붐볐다. 바로 앞에 자리가 나, 그는 지쳐 보이는 남학생에게 양보했다. 두꺼운 안경을 쓴 그 대학생은 앉자마자 졸기 시작했다.

열차가 멈췄다 출발할 때마다 인간 갈대숲이 이리 기울어지고 저리 기울어졌다. 지쳐빠진 얼굴들 속에서 필은 생각했다.

오늘은 멀리까지 나온 성과가 충분했다. 학창 시절의 단서 몇 개는 큰 무기가 될 수 있었다. 미의 외로움에 대항하기가 갈수록 힘들어지는, 지금 같은 시기라면 더더욱 그랬다. 믿음직했던 회사는 진작 지원이 끊어졌고, 성완태에게서도 이 이상의 협조는 기대하기 힘들었다. 그는 힌트는 흘리되 결정적인 검거는 결코 돕지 않을 인간이었다. 용의자와 모종의 유대를 숨긴 조력자를 어찌 신뢰하겠는가?

필은 불안하게 깜빡이는 천장등을 올려다보았다. 마지막에 들은 이야기는 다소 놀라웠다. 첫 번째 남자친구는 이별 직후 바로 미국행 비행기를 탔다고 했다. 두 번째 남자친구는 졸업 전에 유명을 달리했다. 자살이었다. 자세한 사정까지는 박신희도 알지 못했다. 첫 번째는 유명한 바람둥이였고, 두 번째는 음침한 구석이 있던 대학원생이라는 것만 들었을 뿐이었다. 필은 두 남자와 미를 나란히 세워보았다. 미의 남성불신이 어느 역에서 가속화됐을지는 충분히 짐작이 갔다. 탈선마저 불가능하도록 레일이 어긋난 선로였다.

'그 얘긴 차차 끌어내면 돼. 배경을 알았으니, 무슨 일이 있었는지 말하도록 유도해봐야지.'

작가 지망생이 아니라도 시나리오는 죽죽 뽑혔다. 대학 신입생, 바람둥이의 대시에 홀딱 넘어가 사귀다가 버려진다. 1년 후, 정반대 스타일의 예술가 오빠에게 또다시 반한다. 어떤 이유 때문에 이별을 통보하자 그는 자살하고 남성불신은 더욱 커진다, 운운.

어떤 여자의 힐 뒤축이 구두 앞코를 꽉 밟았다. 잠시 후에는 누군가 그의 등을 핸드폰 거치대로 쓰는 감촉이 전해졌다. 필은 별 신경 쓰지 않고 손잡이를 잡았다. 주목할 점은 졸업 후 대학교에 입학한 1년 사이, 미에게 어떤 심경의 변화가 일었느냐였다. 더 이상은 외로움을 견딜 수 없다고 여겼을까. 모든 남성이 아버지와 같지 않다는 것을 증명하고 싶었을까. 아니면 지긋지긋한 집을 떠났음에도 누군가의 애정과 관심이 그리웠던 것이었을까.

당사자를 이해하려면 그 시절로 돌아가는 것이 가장 좋았다. 필은 고등학교 적 추억을 떠올려보려 애썼다. 그의 삶은 정확히 두 단위로 나눠졌다. 외로움살해자가 되기 전, 외로움살해자로 거듭난 후. 전자의 기억은 다른 태양계에서 보낸 나날처럼 흐릿했다. 분명 일어난 일들이었으나 어딘지 현실감이 결여되어 있었다. 고객의 얼굴과 이름, 나눴던 이야기까지 선명한 입사 이후의 삶과는 대조적이었다.

당신은 어떤 학생이었나요? 필은 미의 질문이라고 상정하고 대답을 골랐다. 그는 평범한 우등생이었다. 성적은 준수했고, 교실 내 발언권도 꽤나 있었다. 키도 크고 과묵한 데다 말을 붙이기 힘든 분위기 때문이었다. 일진 패거리들도 그를 몇 수 높이 쳐주었기에 문제가 생겼던 적은 없었다.

그는 기억 속에서 추억거리 하나를 끄집어냈다. 아마 고교 3학년 봄방학식 날이었을 것이다. 그날은 마라도 낀 듯 일진이 사나웠다. 좀 먼 동네까지 심부름을 갔다 돌아오는 도중, 웬 양아치 패거리와 딱 마주친 것이었다. 하필 신축이 중단된 변두리 공사판이라 오가는 행인도 없었다. 헤아려본 머릿수는 열 놈이 족히 넘었다.

대장으로 보이는 노랑머리가 맨 앞에 서 있었다. 귀에는 쇠뿔 모양 피어싱이 매달려 달랑거렸다. 놈은 필과 친구를 훑어보더니 침을 찍 뱉었다.

"야, 니들 학교가 어디냐?"

불안하게 주위를 살피던 친구가 필에게 속삭였다. "어떻게 하지? 튈 데가 없어." 필은 애초부터 도망칠 계획이 없었다. 그 시절에도 냉철하던 판단력으로 따져본 바, 오늘의 계산서는 간단했다. 첫째, 저 놈들한테 죽도록 얻어맞는다. 둘째, 교복 안주머니의 돈 봉투를 헌납하고 무사 귀환한다. 첫 번째 메뉴야 지불이 가능했으나 두 번째로 가자면 얘기가 달랐다. 그 20만 원은 어머니가 받아 오라며 심부름을 시켰던 돈이었다.

부모님의 얼굴이 떠오른 순간, 필은 움직였다.

그의 육신에는 놀라운 반사신경이 숨어 있었다. 힘을 쓰는 법, 주먹을 뻗는 법, 상대의 코뼈를 내려앉히는 법도 본능적으로 알았다.

더불어 이 위기에서 벗어나려면 어떤 놈부터 족쳐야 하는지도. 1순위 목표물은 눈앞의 양아치 리더였다. 그는 한 발을 내딛으며 우완의 강투수처럼 오른팔을 뿌렸다.

면상을 폭격당한 피어싱은 비명도 못 지르고 날아갔다. 필은 성난 호랑이마냥 다음 적에게 달려들었다. 그의 육체는 평범한 고교생 서넛은 능히 결딴낼 만큼 포악했다.

"뭐해? 죽여버려!"

누군가의 외침을 신호로, 불량배들이 사방에서 덤벼들었다. 필은 어깨를 붙잡은 놈을 내동댕이치고 다른 놈은 돌밭에 메다꽂았다. 턱을 한 방 얻어맞았으나 대단찮은 통증이었다. 필은 때린 놈의 턱주가리를 날려버리며 생각했다. 동네 건달들에게 몇 대 맞는 것보다, 진로 상담 차 부모님과 교무실에 붙잡혀 있던 30분이 훨씬 더 괴로웠다.

"뒤! 뒤 조심해!"

응원단장인지 아군인지 모를 친구가 빽빽거렸으나, 필은 이미 등 뒤를 보고 있었다. 태권도 사범 뺨치는 돌려차기에 직격당한 놈은 앞니를 튀기며 나가떨어졌다. 그러나 두 번째는 피할 수 없었다. 모래가 잔뜩 붙은 벽돌이 왼쪽 눈 위를 스쳐지나갔다. 그는 휘청거리면서도 벽돌맨의 코를 운동화 뒤축으로 까뭉갰다.

"씨발, 저 새끼 뭐야?"

"야, 잡아! 팔부터 잡아!"

필은 또 한 명을 마구 때려 쓰러뜨리곤 물러섰다. 두들겨 맞은 몸에서 아드레날린이 불길처럼 치솟았다. 전신은 위기상황이 자아낸 흥분으로 들끓고 있었으나, 머릿속은 얼음송곳마냥 냉정했다. 그가 바닥을 구르던 삽자루를 주워들자 포위망이 주춤주춤 넓어졌다.

필은 피투성이 얼굴들을 둘러보면서 생각했다.

'이대로는 끝이 없겠는데. 본보기가 한두 명쯤 필요하겠어.'

그때, 요란한 엔진 소리가 공사판을 뒤흔들었다. 동시에 시꺼먼 오토바이가 포위망 복판으로 뛰쳐들어왔다. 불량배들은 사고를 피해 이리저리 몸을 날렸다. 사라졌던 친구가 열쇠 꽂힌 바이크를 몰고 온 것이었다.

친구는 땀투성이 얼굴로 고함쳤다.

"뭐해, 빨리 타!"

필이 올라타자 혼다는 뿔난 소처럼 내달았다. 양아치들이 뭐라고 소릴 지르며 쫓아왔지만 개미가 황새를 잡을 순 없었다. 놈들은 조금 뒤따라오다가 추격을 포기했다. 필은 머리카락을 휘날리면서 뒤를 돌아보았다. 공사장이 작은 점으로 변해가고 있었다.

그날 오후, 두 명은 석양이 질 때쯤에야 동네로 돌아왔다. 강변 비탈길에 벌러덩 드러누운 친구가 중얼거렸다.

"지금이라도 체육관을 끊어. 넌 틀림없이 UFC 스타가 될 거야."

필은 틀린 점을 지적하지 않았다. 그가 벌인 싸움박질은 격투기 선수라기보다 연쇄살인마 쪽이었다. 싸우는 내내, 그는 자꾸만 치미는 실용적 욕망과 싸워야 했다. 거기 있는 모두를 때려눕히긴 어려웠으나…… 몇 명을 반병신으로 만들기는 쉬웠다. 공사판에는 그러기 좋은 재료들도 많았다. 벽돌, 파이프, 구부러진 철근, 끝이 뾰족한 나무토막. 필은 본인의 잔혹성을 무심히 인정했다. 친구가 바이크를 훔치지 않았더라면 무슨 사달이 나도 났을 터였다. 열 중 아홉은 그 불량배들 쪽에.

"난 싸움을 싫어해. 다친 데는 없어?"

"당연하지. 너는 좀 어때?"

물론 역전의 용사도 마냥 무사하지만은 못했다. 왼쪽 눈 위는 벌써 퉁퉁 부어오르고 있었다. 필은 한쪽 경사면이 찌부러진 하늘을 올려다보았다. 친구에겐 미안하지만, 그가 싸운 이유는 우정 때문이 아니었다. 초인적인 용맹의 근원은 품 안의 20만 원이었다. 돈을 빼앗겼다고 하면 어떤 눈초리가 돌아올지, 어머니의 낯을 보는 것은 죽기보다 싫었다. 범죄나 폭력 따위는 다음 문제였다.

현금 호송원은 그날 밤 늦게야 집에 들어갔다. 그의 가정에는 불문율이 존재했다. 아침은 오전 일곱 시 반, 저녁은 오후 여덟 시까지. 그 시간을 못 지키면 밥은 없었다. 초인종을 누르자 어머니가 나와 문을 열었다. 그녀는 아들의 한쪽 눈이 골프공으로 변해 있는데도 별말을 하지 않았다. 늦었구나, 돈은 잘 가져왔니? 그것이 그날 그에게 건넨 첫마디였다.

필이 봉투를 건네자 그녀는 받아서 거실로 들어갔다. 필은 피 묻은 운동화를 벗어놓고 제 방에 들어갔다. 그것이 그가 누군가에게 상해를 입힌 첫 경험이었다. 이유를 생각하자 더더욱 우스워졌다. 고작 20만 원 때문에 그 난리를 쳤다는 말인가?

이튿날, 얼굴은 더욱 심각해졌다. 10회전 복싱선수 같은 몰골로 거실에 나가자 부모님이 식사를 하고 있었다. 아버지가 눈살을 찌푸렸으나, 그게 다였다. 필은 아무렇지 않게 찢어진 입술로 밥을 퍼 넣고 등교했다.

두 번째 싸움은 훨씬 간결했다. 대학 때였고, 술집 안이었고, 별것 아닌 시비에 상대가 먼저 한 대 갈길 참이었다. 그는 반사적으로 오른팔을 뻗다가 달라진 신분을 인지했다. 폭행치사로 합의금을 물기에 장학생의 지갑은 자못 가벼웠다.

주먹은 상대의 코와 노가리 한 포의 거리를 남기고 멎었다. 드잡이질을 벌이던 서로의 일행도 조용해졌다. 술집 손님 전부가 그들을 쳐다보고 있었다. 필은 주먹을 물린 뒤 부드럽게 말했다.

"이쯤에서 끝내죠. 우리가 애들도 아니잖습니까."

상대는 군말 없이 받아들였다. 몇 분 뒤 그들 일행은 시킨 안주도 다 안 먹고 술집에서 나갔다. 하긴, 앞머리를 휘날리는 주먹이 왔다 갔는데 술맛이 여전할 강심장은 없었다.

필은 나중에 돌이켜보았다. 양아치 한 다스를 때려눕혔던 이래, 두 번째로 찾아온 폭력적 충동이었다. 만일 술집 안의 손님들이 모두 달려들었더라도 두렵지 않았다. 그는 술병을 깨 들고 거기 있는 전부를 찔러 죽이는, 극히 잔인하고도 실용적인 장면을 상상할 수 있었다.

그 와중에도 분노나 광기, 살의 따위의 감정은 완벽하게 배제됐다. 그것은 그저 위협을 만났을 때 대적하는 방식이었다. 기어가던 뱀이 제 몸을 밟는 어린아이의 맨발을 물어뜯듯이.

윤승배와 박영은의 아들, 윤 필은 그것이 가능한 인간이었다.

그는 그 까닭을 몇 년이 지나고서야 찾았다. 책도, 교본도, 자습서도 있었지만 정작 선생이 없었다. 인간됨을 일깨우고 도덕적인 규범을 가르쳐줄 최초의 교육자이자 감독관, 부모님은 그에게 가르침을 주려는 시도조차 하지 않았다. 엄마, 왜 난 다른 사람과 달라요? 질문의 답은 평생토록 돌아올 일이 없었다. 그 다름을 창조한 원흉이 바로 두 명 부모의 혐오 어린 무관심이었으므로.

필은 고교 시절 그의 옷장을 생각했다. 교복 이외의 옷은 청바지 두 벌, 티셔츠 세 장, 운동화 한 켤레와 패딩점퍼가 전부였다. 물론 돈을 달라고 말했다면 주었으리라. 그러나 필은 수학여행비, 급식비, 학교에 내는 회비 외에 일체 손을 벌리지 않았다. 그것은 부모와 그 간에 이어져온 고집스러운 쌍방폭행 같은 것이었다. 필은 집안의 부를 이용할 생각을 해본 적이 없었다. 어차피 그의 것이 아니었으므로, 정확히는 세상에 없는 형의 몫이었으므로. 친형을 죽인 살인자는 받을 수 없는 유산이요 애정이었다. 어미는 눈으로 말했다. 태아 살인을 조금만 일찍 떠올렸더라면 너도 이 세상에 없었을 거야, 널 낳았을 때 보는 눈이 많았음을 감사하렴.

그는 거부 없이 운명을 받아들였다. 윤 필은 그저 어미의 배 속에 있었고, 생일날 친형을 교통사고로 잃었으며, 아무것도 모른 채 세상으로 내쫓겼을 뿐이었다. 형을 죽인 트럭 운전사가 누구인지, 부주의의 책임을 물을 곳은 어디인지, 태어나지도 않은 갓난아기가 제 형을 어떻게 죽일 수 있는지. 인간의 객관성은 비탄 앞에서 무너졌다. 부모는 그의 이마에 형제살해자라는 낙인을 박았다.

인간은 미치지 않으려 증오할 대상을 찾는다. 그는 무관심과 체면치레, 대외용 애정 밑에 드리워진 미움을 통해 그 진리를 깨우쳤다. 필이 일곱 살 생일—형의 일곱 번째 기일—을 맞던 때였다.

– 다음 정거장은 시청역입니다. 내리실 문은……

묵상은 정확히 내릴 역 앞에서 끝났다. 실례합니다, 내리겠습니다를 반복하며 사람들을 헤치는데 휴대폰이 두 번 진동했다. 그는 보지 않고서도 누구인지 알았다. 하나는 미였고 다른 하나는 영준이었다. 개찰구로 올라가면서 확인한 문자 내용은 토씨 약간 빼고 똑같았다.

어디예요?

어디냐?

한나절의 휴가는 끝났고, 또다시 외로움과의 전쟁이 재개됐다. 필은 되돌아온 전장에서 살아 있음을 느꼈다. 청부업자가 갈 곳은 피가 튀고 살점이 터지는 격전지밖에 없었다. 외로움살해자는 자동 완성 답문을 두 명 모두에게 보냈다.

지금 복귀 중입니다.

미의 전시회가 당일로 다가왔다.

필은 전날 새벽, 뭘 입고 나갈 것이며 어떤 신발을 신을 예정인지 꼬치꼬치 캐물었다. 미는 다소 황당한 듯 이유를 되물었다. 그는 중요한 자리라 걱정이 돼서 그런다고 둘러댔다. 진짜 까닭은 그녀의 의상과 어울리는 옷을 고르기 위해서였다. 미는 지금껏 그가 본인의 출근 장면을 몇 번이나 훔쳐봤는지 꿈에도 모를 것이었다. 점심 약속에서, 저녁 약속에서, 오후의 커피 한 잔에서 드레스코드가 일치하던 우연은 업무적 스토킹의 산물이었다.

외로움살해자의 완벽주의는 어김없이 발휘됐다. 이번 의상은 이를테면 개막식 손님 겸, 디렉터의 남자친구 콘셉트였다. 최종 후보에는 네이비와 진한 블랙이 이름을 올렸다. 그는 잠시 고민하다 검은 정장을 옷걸이에 걸었다. 상의와 하의는 남색, 안의 셔츠는 연한 하늘색, 구두는 광택 도는 새까만 쇠가죽이 선별됐다.

조 과장과 나눌 얘기가 있어, 그는 느지막이 집을 나섰다. 출근 시간이 지난 터라 대로변엔 사람이 뜸했다. 문제라면 그가 찾는 사람도 자리에 없다는 것이었다. 필은 아래층으로 내려가다가 엘리베이터 앞에서 붙들렸다.

"선배님, 선배님! 잠깐만요!"

계단을 세 칸씩 뛰어내려온 막내였다. 필은 신입사원을 물끄러미 쳐다보았다. 볕에 말린 듯 버성버성한 노랑머리는 여전했다.

"무슨 일입니까?"

"아뇨, 일은 아닌데…… 그때 제가 전화로 말씀드렸었잖아요. 선배님께 개인적으로 드릴 말씀이 있다고. 기억 안 나세요?"

필은 그제야 걸려 왔던 전화를 떠올렸다.

"미안해요. 오늘 좀 바빠서, 저녁은 며칠 뒤에 사겠습니다. 다른 궁금증이 있거든 과장님께 먼저 물어봐요."

막내의 표정에 실망감이 내려앉았다. 필은 그가 다른 구속책을 꺼내기 전에 얼른 엘리베이터로 올라탔다.

"그럼 나중에 봐요. 조만간 이야기합시다."

철문이 닫히며 신입사원의 얼굴을 지웠다. 필은 타고 있던 외살자 두 명과 함께 로비로 내려갔다. 처음 보는 얼굴들이었고, 그들 역시 필을 처음 보는 것 같았다. 사내 게시판에 올라오는 '이 달의 우수 사원' 게시물은 조회해보는 사람이 거의 없었다.

필은 어제 세차를 마친 차에 올랐다. 목적지는 전시회가 열리는 아트센터였다. 물론 그에겐 미가 있는 첫날 외에는 개미 창자만큼도 의미가 없었다. 갤러리는 들었던 대로 규모가 썩 컸다. 거대한 벽돌색 컨테이너를 엎어놓은 듯한 외양도 인상적이었다. 차에서 내려 입구로 가자 경비가 앞을 막았다. 초대권이 없는 일반 관람객은 네 시부터 입장이 가능하다는 설명이었다. 필은 순순히 물러나서 근처를 걷기 시작했다. 그러다가 경비가 한눈을 파는 순간 야트막한 돌담을 뛰어넘었다.

갤러리의 후문은 다행히 잠겨 있지 않았다. 그는 주머니에서 꺼낸 가짜 사원증을 목에 걸었다. 이걸 걸고 있으면 아무도 신분을 묻거나 길을 막는 이가 없었다. 외로움살해자들은 거짓말, 사기, 절도 및 폭력 등 위법행위 전반에도 능숙해야 했다.

1층은 그대로 커다란 로비였다. 흰 식탁보가 깔린 테이블이 줄지어 있었고, 간단한 핑거푸드와 음료가 그 위에 깔렸다. 얼핏 보면 전시회가 아니라 브랜드 런칭 행사 현장 같았다. 그는 세련된 폰트로 적힌 일정표를 읽었다. 개막파티의 시작은 두 시, 일반 관람객들의 입장 시간은 네 시부터였다.

아직 파티 시작까지는 여유가 있었다. 필은 미에게 전화를 할까 하다가 그만두었다. 안 그래도 바쁠 사람, 불러봐야 신경만 긁지 싶었다. 그는 날치알 카나페와 아메리카노를 들고 발길을 옮겼다. 미가 살해자의 방문을 모르는 사이 할 일이 있었다.

2층 계단에는 임시 칸막이가 쳐져 있었다. 필은 사원증을 휘날리며 칸막이를 넘어갔다. 그가 찾는 곳은 복도 맨 끄트머리를 돌아서자 나왔다. 그는 'STAFF ONLY'라는 판넬이 붙은 문을 열고 들어갔다. 안의 사람들은 하나같이 뭔가 하느라 바빴다. 필도 탁자 위의 팸플릿을 하나 집어 들여다보았다. 통화하던 여자가 그를 힐끔 보더니 문으로 나갔다.

곧 대기실에는 그와 모자 쓴 남자 한 명만 남았다. 필은 옆에 앉은 남자에게 말을 걸었다.

"일은 다 끝나가십니까?"

불스 모자를 쓴 남자는 선선히 대화에 응했다.

"대충은요. 아직 음향 체크가 덜 돼서, 마지막으로 몇 가지만 확인하면 됩니다. 이제 얼마 안 남았죠?"

가슴에 걸린 사원증은 역시 효과가 좋았다. 필은 난처한 질문이 추가되기 전에 화제를 바꿨다.

"여기 총괄 디렉터는 뭐하는 사람입니까? 무척 미인이던데요."

남자는 의아한 표정이 되었다.

"네? 미인이라뇨. 디렉터님은 남자인데요?"

"아니, 그분 말고요. 왜, 여기까지 오는 단발에……."

필은 검지를 펴 목 뒤를 톡톡 쳤다. 그제야 남자는 알아들었다는 얼굴로 모자를 벗었다.

"김 팀장님 말씀이시군요. 그분이 인물이 좋긴 하죠. 아마 남자친구가 있을 텐데, 다른 사람 차에서 내리는 걸 봤어요."

필은 적당히 아쉬운 제스처를 취했다. 지금 그와 말하고 있는 가짜 스태프가 바로 미를 내려준 '다른 사람'이었다.

"어떻게 해보려는 건 아니고…… 그냥 궁금해서 묻는 겁니다. 전 아직 그분하고 한 번도 얘길 못 나눠봤거든요. 막바지 작업 때문에 급히 합류한 인원이라."

"그럼 모를 만도 하죠. 김 팀장님 그분, 젊고 미인에다 능력까지 출중해요. 생긴 거랑 다르게 사람들도 잘 챙기고요. 첫인상만 보고 고생길이 훤하다 싶었는데, 팀장님 덕에 이번 작업이 편했지 뭡니까."

대기실 문이 열리더니 누군가가 양 감독님, 하고 불렀다. 남자는 황급히 모자를 뒤집어쓰고 일어섰다. "이런, 말이 길어졌네요. 그럼 이만. 수고해요."

혼자 남겨진 필은 아까 보던 팸플릿을 홀홀 넘겼다. 그런 다음 동그랗게 말아서 쓰레기통으로 던져 넣었다.

파티는 명시된 시각보다 10분쯤 늦게 시작했다. 2층 중앙에 무대가 마련됐고 조명이 어두워졌다. VIP들을 위해 공을 들인 파티라더니, 독구름 같은 은색 연기까지 바닥으로 뿜어져 나왔다. 남자 하나가 단상에 올라가 고개를 꾸벅 숙였다. 주변 사람들이 다들 박수를 치기 시작했다. 필도 오른손만 움직여 박수 대열에 합류했다. 그 다음으로는 잘 차려 입은 남녀 열댓 명이 우르르 무대로 올라갔다. 첫날이니만큼 작업에 참여한 작가들을 죄다 섭외해 온 것 같았다. 전시회 콘셉트 설명, 작가 소개, 수고해주신 분들과 와주신 분들에 대한 감사치레가 이어졌다. 필은 이 자리를 빛내주셔서 감사하다는 인사를 귓등으로 넘겼다. 이 자리를 빛내는 것은 LED 램프와 투입된 자본과 작가들의 이름값이었다. 초대장도 없이 무단 잠입한 외로움 살해자가 아니라.

개회사가 끝내자 손님들은 제각기 흩어졌다. 거의 다 둘이나 셋씩 온 일행이었고, 그처럼 혼자 온 사람은 한 명도 없었다. 필은 사람들이 빠지고 나서야 느지막이 구경을 시작했다. 갤러리 벽면은 메마른 베이지 톤이었다. 거기다 작고 쨍한 조명까지 합쳐져, 작품들은 불볕더위에 혹사당하는 선인장처럼 보였다. 그는 미가 아이디어를 냈던 이번 전시회 제목을 떠올렸다. 오아시스에서 발견한, 붉은 사막.

그는 1층부터 걸어 올라가며 미의 그림을 찾았다. 그러나 익숙한 이름은 어디에도 없었다. 잘못 들었나, 싶어 기억을 되짚었지만 분명

이번 전시에 올라온다고 했었다. 쭉 돌아본 바로는 그녀의 그림이 여기 걸린 것들보다 뒤떨어지지도 않았다.

필은 3층으로 가는 계단참에서 미와 마주쳤다. 그녀는 양 옆의 중년 남성과 얘기하고 있었는데, 중요한 고객 아니면 스폰서로 보였다. 미는 눈이 약간 커지더니 옆의 남자들에게 뭔가를 말했다. 그러자 두 사람은 고개를 끄덕이고 계단 밑으로 사라졌다.

필은 거대한 모래 동굴 같은 천장을 올려다보았다.

"좋은 전시회로군요."

예고했던 대로, 그녀의 옷차림은 통 좁은 슬랙스에 남색이 도는 정장 재킷이었다. 미는 짧게 감사를 표했다.

"고마워요. 그런데 여긴 어떻게 들어왔어요? 아직 일반 관람객은 입장이 안 될 시간인데, 사원증까지 걸고."

그제야 가슴에서 달랑거리는 위장용 명패가 생각났다. 필은 아무렇지 않게 가짜 사원증을 호주머니에 쑤셔넣었다.

"별것 아닙니다. 혹시나 늦을까 급히 오느라 정신이 없었거든요. 미 씨 이름을 대니 통과시켜주던데요?"

미는 그런가 보다, 하는 얼굴로 더 묻지 않았다. 그들은 나란히 2층의 그림들 앞을 걸었다. 미의 솜씨답게, 갤러리에는 어느 하나 허투루 된 장식이 없었다. 작품 간 간격도 적절했고 높이의 밸런스도 훌륭했다. 무엇보다 중간 중간 배치된 이태리식 소파와 고무나무 화분, 사막에서 건조시킨 듯한 소품들이 썩 잘 어울렸다. 관람객들의 편의와 전시회 콘셉트 모두를 아우른 구성이었다.

아르누보 양식의 선화(線畫) 앞에서, 필은 궁금했던 점을 꺼냈다.

"그런데 전시하기로 했던 그림은 어디로 간 겁니까? 1층부터 쭉 돌아봤는데 찾을 수가 없더군요."

"어떤 그림이요?"

"본인이 그린 그림 말입니다. 여기 함께 걸린다기에 기대를 많이 했거든요."

미는 감흥 없이 자신이 꾸민 갤러리를 둘러보았다. 그녀에게 칭찬이란 죽은 식물에 주는 광천수나 마찬가지였다.

"이번에는 제 작품을 걸지 않기로 했어요. 우리 엄마의 딸에, 외로움 말기 환자에, 디렉터 겸 큐레이터로 모자라 작가님 호칭까지 떠맡기에는 여유가 없어서요."

필은 일리가 있는 말이라고 생각했다. 역할의 증식은 인간을 신속히 망가뜨렸다. 그만 하더라도 누군가의 남자친구, 친절한 선배, 부모님의 효자 노릇까지 겸했다면 무결점의 외살자로 거듭나지 못했을 터였다. 어떤 것이든 될 수 있기 위해서는 어떤 것도 아니라는 전제가 필요했다.

그들은 나란히 1층으로 내려갔다. 로비에는 관람객들이 쉴 수 있도록 소파가 마련되어 있었다. 미와 나란히 앉은 필이 탄산수 병을 건넸다.

"이걸로 또 프로젝트 하나가 끝났군요. 기분은 어떻습니까?"

미는 잔도 없이 병째 입을 대고 마셨다.

"그저 그래요. 별 탈 없이 완성돼 다행이죠."

"뿌듯할 만도 한데요. 본인이 만든 갤러리잖아요."

"제가 아닌 누구라도 가능했을 테니까요. 고생은 함께 일한 사람들이 했죠. 까다로운 팀장한테 시달리느라."

두 사람은 한동안 홀에 나오는 음악을 들었다. 미가 물었다.

"그러는 당신은요? 외로움을 살해하고 나면 어떤 기분이 들어요?"

필은 탄산수병을 약간 기울였다.

"일 하나가 끝났다는 생각이 듭니다."

미는 고개를 돌려 그를 보았다. 유려한 먹선 같은 두 눈썹이 한 점을 향해 집중했다.

"그게 다예요?"

"그들이 잘 살길 바라는 소망도 있죠. 살해된 외로움이 재발하면 먼젓번보다 일이 배는 귀찮아지거든요. 고객들 대부분은 처음 자신을 맡았던 외살자에게 재의뢰를 넣습니다."

언제부턴가, 두 사람의 사이에 도덕적 가식은 없었다. 필은 과거에 사람을 열 명쯤 죽였다며 고백해도 미가 놀랄지 의심스러웠다. 미는 손목을 감싼 시계 스트랩을 약간 늘였다.

"저 때문에 고민이 많으시겠어요. 호전되지도 않는 주제에 시간만 잡아먹잖아요. 벌써 석 달을 넘긴 것 같은데요."

"그건 염려 마십시오. 미 씨의 외로움이 사라지기 전까지는 당신을 떠나지 않을 겁니다."

"그럼 우리가 영원히 함께할 거란 말씀이군요."

터무니없이 낭만적인 대답은 그를 당황시켰다. 다시 말하려는데 손가락을 꼽던 미가 불쑥 물었다.

"저기요, 우리가 몇 번이나 같이 잤죠?"

대화를 엿듣던 옆자리 여자는 기어이 사레가 들렸다. 필은 골똘히 생각하다 답했다.

"일곱 번에서 여덟 번쯤. 아마 여덟 번이 정확할 겁니다."

시선이 세 방향에서 더 늘어났다. 물론 저 말뜻은 섹스가 아니라 함께 숙면만 취했다는 소리였다. 미는 의외라는 듯 눈을 깜빡였다.

"생각보단 횟수가 적네요. 난 매일 같이 잔 줄 알았는데."

"그럴 수 있을 겁니다. 미 씨가 일만 좀 줄인다면요."

"처음 얘기하셨던 것과는 다르네요. 외로움을 느끼지 않기 위해선 바쁘게 살아야 한다고 하지 않았나요?"

필은 고개를 저었다.

"그건 외로운 이를 자청하는 고독마케터들의 얘기죠. 그리고 이제 제가 있잖습니까."

"그렇게 말씀하시니 믿음직한데요. 꼭 개인경호원 같아요."

"그것도 맞는 말입니다. 전 기본적인 서비스 외에 신변의 안전도 책임져요. 외로움을 포함한 어떤 것도 미 씨를 위협하지 못합니다."

미는 신기한 듯 물었다.

"정말로요? 조직폭력배 무리가 우릴 덮쳐도요?"

"물론이죠. 들고 있는 무기나 지형지물에 따라 다르지만, 여섯 명만 넘지 않으면 물리칠 수 있어요."

미는 그 말을 농담으로 여기는 눈치였다. 필은 진실을 밝힐 방법을 찾다가 포기했다.

"그래서, 시간도 많아졌으니 하고 싶은 걸 말해봐요. 스파도 좋고 근사한 호텔에서의 저녁도 좋습니다. 제 차로 경주나 화성 정도까지 훌쩍 떠났다 와도 괜찮겠군요."

미의 대답은 일 초도 안 걸려서 되돌아왔다.

"저는 살고 싶다는 생각이 들고 싶은데요."

필은 머리카락을 잡아당기고 싶은 기분을 느꼈다. 시한부 환자에게 꿈을 묻는 것이 무슨 의미가 있겠는가?

소파 좌우에 앉아 있던 사람이 바뀌었다. 처음 엿듣던 여자만이 아직까지 그들을 흘끔대는 중이었다.

미는 자기 무릎을 내려다보며 말했다.

"가끔은 당신이 내 스토커 같아요."

"어째서입니까?"

"그냥, 필요할 때 항상 곁에 있었으니까요. 저에 관해서라면 무엇이든 아는 것 같았고요. 봐요, 지금도 우리가 입은 옷 색이 비슷하잖아요. 같은 옷장에서 골라 입은 것처럼."

미는 그의 정장과 자신의 바지를 번갈아 가리켰다. 필은 흡족한 기분으로 옷차림을 내려다보았다. 과연 오늘의 드레스코드는 썩 잘 어울렸다.

"처음 몇 번은 우연이었고 또 몇 번은 노력의 산물이었죠. 이제 와서야 말하는 거지만, 당신의 방에 카메라를 설치해볼까 하는 생각도 했습니다. 들킬 염려만 없었더라면 진작 몇 대 심어놨을 거예요."

미의 눈이 하현달 모양으로 누웠다.

"우리 관계는 참 상호보완적이네요. 전 당신에게, 당신은 제게, 다른 독을 주입하면서 서로를 망가뜨리는 거죠."

"그것이 외로움살해자와 고객이 하는 일입니다. 인간은 누구나 얼마쯤 망가져 있어요."

"아뇨, 그렇지 않아요. 다른 사람과는 할 수 없어요. 모든 외살자가 당신 같은 게 아니라면요."

필은 고개를 갸웃거렸다.

"저 같다는 말의 기준이 뭡니까?"

"당신은 제가 오늘 죽는대도 아무렇지 않게 다음 고객을 찾아갈 사람이니까요. 그래서 조금이나마 나를 주고받을 수 있는 거예요.”

그럼 당신은요? 연인이 죽은 뒤 바로 다른 사랑을 찾았습니까?
질문이 턱밑까지 올라왔으나 필은 꾹 참았다. 오래된 상처의 재연(再
演)에는 으레 피고름과 통증이 수반됐다. 그리고 대부분의 경우, 마
음에 생긴 상처의 지속기간은 육체에 난 것보다 길었다.

그는 주의 깊게 유도신문을 시도했다.

“죽는다는 뜻은 어떤 의미인지 궁금한데요.”

“말 그대로예요. 세상에서 사라지는 것, 더 이상 외로움을 느끼지
않는 것, 남겨질 누군가에게 잊지 못할 기억을 심는 것.”

미는 거기서 말을 잠시 멈췄다. 검은 동공은 허공에 멎었다. 그녀
는 필을 보면서 필 뒤의 어떤 것을 함께 보는 중이었다.

“우리는 왜, 살아남지 않으면 사랑조차 할 수 없는 존재들일까요.”

때마침 홀을 채우던 음악이 끊겼다. 필은 말의 내용보다 그 밑의
감정을 읽어내려 집중했다. 그러나…… 아무것도 없었다. 흔히 있을
법한 자조나 회한조차 묻어나오지 않았다. 느껴지는 것은 오로지 공
허뿐이었다. 모든 문물이 쓸려나간 도시의 잔해, 건축물들이 무너진
채 억겁을 견뎌온 폐허처럼. 문득 그는 어머니 이야기를 할 때 미가
어떤 표정이었는지 떠올려냈다. 그녀가 지금껏 살아남을 수 있었던
생존 방법은 지독히도 가혹한 소실이었다.

주변의 소음이 그들을 현실로 불러들였다. 미는 시계를 보고 휴대
폰을 확인한 뒤, 필을 돌아보았다. 그녀는 다시 외로움을 갈무리한
어느 여자로 돌아와 있었다.

“그만 일어날까요? 배가 고프네요.”

함께 로비를 나올 때, 그들은 양 감독과 마주쳤다. 예의 불스 모자를 쓰고 있어서 단번에 알아볼 수 있었다. 양 감독은 둘을 번갈아 보더니 미에게 인사를 건넸다. 필에게는 감탄스러운 눈빛을 보냈는데, 그가 느끼기에 '어떻게 꼬셨소……?' 정도의 의미 같았다.

곧 양 감독은 함께 있던 일행과 사라졌다. 헤어지고 난 뒤, 미는 이상하다는 듯 그가 간 쪽을 돌아보았다.

"왜 그래요? 저 사람에게 할 말이 있습니까?"

필이 물었다. 미는 다시 걷기 시작했다.

"아뇨. 필 씨를 유독 열심히 쳐다봐서요. 두 달이 넘게 같이 일했는데, 남자에 관심이 있는 줄은 미처 몰랐네요."

필은 고개를 돌렸다. 그리고 앞가슴에 꽂아뒀던 행커치프를 빼냈다.

"곧 계절이 바뀌니까요. 사람 취향이 어떻게 한결같겠습니까."

6단계

—

요인을
보호할 것 (2)

1

여름이 되었다. 볕은 연일 내리쬐었고 바람은 귀양을 떠났다. 더위의 사륜마차는 봄기운을 짓뭉개고 핍박하며 북해로 추방시켰다. 긴 겨울을 담은 꽃봉오리가 봄과 함께 터져버린 날씨였다. 5에서 6으로, 아파트에 걸린 달력 숫자도 바뀌었다. 필은 미가 사준 캐릭터 달력을 넘겼다. 6월을 등에 진 티라노는 우스꽝스럽게 혀를 빼물고 있었다.

거리에도 살색이 비치기 시작했다. 올해의 유행은 변함없는 크롭탑, 민소매와 핫팬츠와 와이드팬츠였다. 대중교통에 오르면 옷 반 살덩이 반의 공식이 이어졌다. 필은 직업적 견지에서 그녀들을 관찰했다. 그는 자신이 여자를 어떤 눈빛으로 보는지 몰랐으나, 아직까지 신고를 당하거나 불쾌한 일에 휘말린 적은 없었다. 그녀들은 필의 시선을 받으면 가짜 고미술품이 된 듯한 표정으로 급히 자리를 떴다. 그럴 때면 필은 다소 미안해졌다. 그가 원하지 않을 때 이성의 육체란, 공간 중 일부를 차지한 토르소에 지나지 않았다.

그를 움직이는 최대 동력, 미 또한 건재했다. 줄 없이 용맹한 번지를 하는 것, 수면제를 과식하는 것, 손목에 칼자국 레터링을 새기는 것, 지금까지는 저 세 가지 모두 잘 참고 있었다. 그녀는 출근을 그만두고 프리랜서로 돌아갔다. 아버지에게서 온 연락이 없었는지, 지나가듯 물어봤지만 미는 오지 않았다고 말했다. 필은 거짓이 아님을 확신했다. 그들 두 명은 본질적으로 서로를 숨길 수 없는 사이였다.

나무집만 수십 년을 지어온 토목장이처럼, 필은 미라는 수상가옥에 생긴 문제를 수시로 점검했다. 그녀는 안으로부터 침수되고 있었다. 동시에 바깥쪽 역시 진흙탕에 잠기고 있었다. 필은 그녀 앞에 버티고 서서, 외로움이 더 흘러들 만한 구멍을 원천봉쇄했다. 한번은 미의 집 앞에서 낯선 남자와 마주친 적이 있었다. 필은 친절하게 뭘하는 분이신지 물었고, 동거 중인 사촌오빠라고 소개한 뒤 그를 쫓아버렸다. 알고 보니 몇 달 전 미와 소개팅을 했던 회계사였다. 그런 놈팡이라도 삐걱대는 지지대를 갉아먹기에는 충분했다.

유일하게 제어할 수 없는 존재는 미의 아버지였다. 현재 살해 진척에 가장 큰 불안 요소이기도 했다. 어디 처박혔는지, 나이는 몇인지, 지금은 어느 년 궁둥짝을 두들기고 있는지. 사방팔방으로 알아봐도 도무지 덜미가 잡히지를 않았다. 방방곡곡을 떠도는 수배범과 같이, 김용일도 모종의 이유로 서울을 방랑하고 있었다.

또 하나는 그녀의 죽은 남자친구였다. 그에 관해서는 어떤 것도 확신할 수 없었다. 이미 세상을 뜬 사람이었기에 찾거나, 묻거나, 수소문하는 과정 모두가 난항이었다. 필은 고인에게 실례를 표한 뒤 그를 악질 방해꾼으로 명명했다. 죽은 뒤까지도 연인의 외로움살해자를 괴롭힌다는 점에서.

그리하여 용의자는 셋까지 좁혀졌다. 아버지의 영향인가, 남자친구의 영향인가, 이 시대가 낳은 고독 때문인가? 저들 모두를 모아 삼자대면을 시켜봤으면 좋으련만, 한 명은 행방불명에 한 명은 유령이었고 다른 하나는 입이 없었다.

전시회 다음 날, 필은 대형 문구센터로 갔다. 화이트보드와 네임펜을 사기 위해서였다. 그는 거기에 살해 도식을 그렸다. 중앙에는 커다랗게 '김 미'를 적고, 마인드맵 형태의 나뭇가지를 뻗어나가게 했다. 곧 열매들이 주렁주렁 열렸다. 미의 그림, 미의 과거, 미의 취미, 미의 인간관계, 미가 한 말 중 중요하다고 여겨지는 것들……. 보드를 벽에 걸자 거실은 미국 범죄드라마의 수사팀 세트처럼 변했다. 필은 펜을 꺼내 마지막으로 휘갈겨 썼다. to be continued.

그 열매들은 떨어지기도 하고 생겨나기도 했다. 차트 또한 며칠마다 업데이트됐다. 미가 조금씩 변화한다는 증거였다.

그러면서도 뚜렷한 진전은 없었다. 필은 그녀와의 이성(異性)적 접촉을 최소화하려 애썼다. 클럽에서 손만 한 차례 잡은 것이 처음이자 마지막 신체 접촉이었다. 여타 외살자들과 달리, 그는 외로움 제거에 위험천만한 사제폭탄을 쓸 마음이 없었다. 사랑은 달콤하지만 잔혹했고, 향기로운 열매를 맺었으나 빠르게 썩어 들어갔다. 외로움 전염의 80% 이상은 고객과 빠진 사랑에서 야기되곤 했다.

그들은 섹스 없는 잠자리를 열세 번째로 같이했다. 잠든 미의 얼굴을 보면서, 필은 그 방법이 근본적으로 불가능한 이유를 납득했다. 그는 누군가를 사랑할 수 없었다. 미 또한 속지 않으리라. 그가 타고난 거짓말쟁이라면 미는 거짓말탐지기를 단 심판관이었다.

그랬기에 필은 외로움의 용해에 더욱 집중했다. 필요한 패는 대부분 손에 쥐었다. 위험이 될 만한 요소도 씨를 말렸다. 나머지는 결정적인 첫 호전을 기다리는 일뿐이었다. 삶과 고독의 경계지에서, 이쪽 세상으로 넘어올 단 한 발자국만.

"맞아, 그러고 보니 친구분들은 잘 지내요?"

팝콘을 사는 줄에 서 있던 미가 말했다. 필은 기억을 더듬었다. 요즘 외로운 몽상가들의 단체방에는 접속이 뜸했었다.

"아마 그럴 겁니다. 아직까지 병원에서 연락이 안 오는 걸 보면, 그럭저럭 살아가고들 있는 모양이죠."

영준이 미에게 그러하듯, 미도 유독 그의 친구들에게 관심을 보였다. 이 괴물 같은 작자의 친구는 어떤 인간일까 궁금한 눈치였다. 특히 예슬의 이야기를 주로 물었다. 술을 좋아한다, 털털하고 직설적이다, 여우짓을 끔찍이도 싫어해서 인생이 고역인 웨딩플래너다. 대강 설명해준 그녀의 성격에 흥미가 생긴 것 같았다.

"어느 모임이든 각자 맡는 위치가 있잖아요. 다른 분들을 깎아내리려는 건 아닌데, 그분이 가장 정상인처럼 느껴져서요. 당신에 대해서는 뭐라고 말할지도 기대되고."

필로서는 그다지 기대가 되지 않았다. 친구들 중 가장 미를 소개시키기 싫은 사람이 있다면 바로 예슬이었으므로. 첫째로는 대차게 직선적인 성격이 문제였고, 둘째로는 미가 그의 고객이라는 점이 문제였다. 둘을 만나게 하는 짓은 암사자 두 마리에게 소개팅을 시키는 것이나 다름없었다.

"그건 좀 곤란한데요. 그녀는 미 씨를 싫어할지도 모릅니다."

미는 쿨하게 수긍했다.

"저라도 그렇겠네요. 그런데 왜요?"

"당신이 제 고객이니까요. 그녀는 처음부터 제가 이 일을 하는 걸

못마땅해했습니다. 외살자 센터 설립 이후 온갖 말들이 많았으니, 행여 친구가 정신과 신세를 질까 걱정하는 거죠."

"이해해요. 외로움살해자는 연봉 높은 소모품이란 말을 어디선가 들었던 것 같아요. 외로움이 전염될 위험, 고객과 사랑에 빠질 위험, 그 외에도 위험 요소가 수없이 많다고요."

맞는 말이었다. 필은 문득 눈썹을 찌푸렸다. 그러고 보니, 어느 시점부터인가 외살자 관련 고발 뉴스가 보이지 않았다. 미의 전시 직전까지만 해도 부글대던 여론은 잠잠했다. 회사가 압도적인 지배력을 행사했는가, 추측해보았지만 가능성 적은 얘기였다. 그는 다른 직원들이 분석팀의 태업에 불만을 터뜨리는 것을 최근 들은 바 있었다.

얘기를 들은 조 과장은 괜찮다, 아무 일 아닐 것이다, 내가 알아보겠다고 말했으나…… 필은 그 속에 해결 방안이 없음을 알았다. 그들이 할 수 있는 것은 목하 외로움의 살해뿐이었다. 거대한 공정 속 일부가 된 부속 장치들이 그렇듯이.

스낵 코너의 부속품이 팝콘과 콜라를 한 통씩 건넸다. 상영관으로 들어가기 직전, 자기 몫을 양손에 쥔 미가 말했다.

"아무튼, 그래서 그 허 플래너란 분은 저를 탐탁잖게 생각하실 거란 말이죠? 저는 고객 중에서도 질이 나쁜 축에 속하잖아요."

필은 친절하게 말의 오류를 수정했다.

"아뇨, 그냥 말을 섞기도 싫어할 겁니다. 보자마자 짐부터 챙겨 일어나지 않으면 다행이죠."

오늘 예매한 영화는 여름의 신호탄을 쏘는 호러물이었다. 악명 높은 제작진과 충격적인 예고편으로 기대가 자자했고, 상영이 끝나면 객석이 노래진다는 우스갯소리도 돌았다. 과연 영화는 기대를 저버리지 않았다. 120분 내내 관객들은 비명을 지르고, 의자를 파고들고, 귀와 눈을 가리고서 벌벌 떨었다. 필과 미는 정중앙석에서 영화를 관람했다. 크레딧이 올라가고 조명이 켜질 때까지, 앞좌석을 발로 차지 않은 사람은 그들 둘뿐이었다. 필은 통로를 걸어가면서 감탄 어린 소곤거림을 들었다. "자기야, 저 커플 봤어? 공포영화 제작자들인가 봐."

외로움 함락 작전은 거기서 멈추지 않았다. 불감증 환자에게 투여하는 자극제는 1단계짜리로는 안 됐다. 필은 온갖 무기를 총동원해 미라는 고독지(孤獨地)를 폭격했다. 영화, 책, 음악, 운동, 엄격하게 선별한 문화생활 리스트가 그녀의 삶에 접합됐다. 가브리엘 가르시아 마르케스의 『백 년 동안의 고독』, 이사벨 아옌데의 『영혼의 집』, 모레노 두란의 『맘브루』, 야로슬라프의 시집 전편 정도면 이 달의 독서 요법은 끝낸 셈이었다.

미는 대체 이런 작가들은 어디서 알아 오는지 궁금해했다. 필은 21세기식 젠체를 위한 필수 소양이라고 했다. 가령 첫 데이트에서 상대의 독서 취향을 물을 때, 스티븐 킹이나 알랭 드 보통, 무라카미 하루키를 예로 든다면 특별할 것 없는 이성이란 인상을 준다. 보들레르나 나보코프, 기형도며 나희덕 또한 요즘은 식상해진 추세다. 그때 저 작가들의 이름을 나열하면 되는 것이다. 진짜 읽었는지 읽지 않았는지는 큰 상관이 없다. 왜냐하면 저 발음도 힘든 이름들이 우리의 대뇌피질을 매력적으로 보이게 할 것이므로.

이야기를 다 들은 미는 기막힌 표정이 됐다.

"당신도 그래본 적이 있어요?"

"가끔은요. 고객 중에선 제 지적 소양을 외로움 살해 능력과 동일시하는 이들도 많았습니다."

"그런데 읽지 않고서는 책에 관한 얘길 할 수 없잖아요. 어차피 몇 마디면 들통이 날 거짓말을 왜 해요?"

"괜찮습니다. 어차피 저 책들을 정말 다 볼 만큼 변태적인 독서광은 몇 없거든요. 그래도 아는 사람이 있거든……."

필은 말꼬리를 늘였다. 미는 약간의 호기심을 협상하듯 표했다.

"있거든?"

"그런 사람과는 만나지 마세요. 그 지루한 내용들을 진짜 읽었다니, 사회부적응자가 분명합니다."

그리하여, 미는 그가 골라준 음악을 들으며 가져온 책을 봤고 추천한 영화를 감상했다. 독서와 사색의 날들이 이어졌다. 함께 다녀온 인사동 갤러리에는 반응이 썩 좋지 않았다. 반면 며칠 전의 모딜리아니 전시회는 재미있었다고 했다. 평범한 감상이었지만, 필은 그녀에게서 피드백을 끌어내는 것이 얼마나 어려운 일인지 잘 알았다. 좋다, 싫다, 재미있다를 듣기 위해 몇 달이 필요했던가?

필은 자정이 지나서야 미의 집에서 나왔다. 최근 들어, 그는 미의 외로움 살해를 온 세상이 방해하려 든다는 느낌을 받았다. 이를테면 뚱보 심리상담사가 그러했다. 성완태는 만날 때마다 미의 근황을 넌지시 캐물었는데, 날이 갈수록 방식이 직접적으로 바뀌어갔다. 필은 그의 살찐 눈에서 어떤 애타(愛他)함을 발견한 뒤부터 성 소장을 믿지 않았다. 그것은 몰락한 예술가가 오래전 떠난 뮤즈를 그리는 눈빛이었다.

며칠 전에는 현일이 오랜만에 문자를 남겼다. 300자가 넘는 장문의 내용은 퍽 안쓰러웠다. 나도 재미있게 살고 싶다. 더 이상 사회의 부속품처럼 살고 싶지 않다. 이래 죽나 저래 죽나 똑같이 비명횡사

할 거라면, 차라리 판타지 세계로 떠나 용과 싸우고 싶다. 필은 딱한 문장으로 답을 갈음했다.

네가 지금 살아가는 하루하루도 전쟁터잖아.

현대인의 삶은 실제로 그러했다. 굳이 해머와 방패를 들고 마법사의 동료가 될 필요도 없었다. 마주치는 여자, 지나치는 남자, 친구와 상사와 연인 모두가 혈투를 벌이는 중이었다. 누구는 직장과 싸웠고 누구는 인간관계와 싸웠다. 밤거리를 오가는 행인들 뒤로는 새까만 혈흔이 그림자처럼 늘어졌다. 필은 장을 봐 귀가하던 중, 아파트 앞에서 이웃과 마주쳤다. 옆집 여자는 운동을 했는지 짧은 팬츠에 탑 차림이었다. 엘리베이터는 그들을 위층으로 고속 배송했다. 3층, 7층, 10층. 그녀는 필을 흘끔거리더니 자기 가슴골에 반질거리는 땀방울을 얼른 닦았다.

'느낌이 좋지 않은데, 몇 주 뒤에는 말을 걸겠어.' 필은 옆집 문짝이 닫히는 소리를 들으며 생각했다. 그녀는 아마 미 다음 고객이 될 가능성이 농후했다. 고객 중에는 직접 연락을 취해 온 사람도 더러 있었다. 필은 거절의 의미로 두 배를 불렀고, 그녀들은 세 배를 지불했다. 돈 많은 집 자제들은 거절과 흥정을 잘 구별하지 못하는 모양이었다.

그러나 지금 그에게 미 이외의 존재란 무의미했다. 필은 눈이 한 번 깜빡이기도 전에 옆집 여자와 과거의 고객들을 싹 잊었다. 그가 샤워를 하고, 옷을 갈아입고, 시리얼에 우유를 부어 소파에 앉았을 때 현관 벨이 울렸다.

필은 인터폰 버튼을 눌렀다. 파란 화면에는 조 과장이 서 있었다.

"과장님? 여긴 어쩐 일이십니까?"

"할 얘기가 있어서 왔다. 문 좀 열어봐."

처음 이 아파트에 입주할 때, 조 과장이 샴페인을 사 온 이래 손님은 처음이었다. 필은 도어록을 해제했다. 그리고 열린 문에서 우르르 쏟아져 들어오는 6팀의 직원들을 보며 멍해졌다. 깜짝 방문, 서프라이즈! 어쩌고 하는 소리가 들렸는데 틀림없이 최대철의 목소리였다. 나머지 사람들도 한 마디씩 하면서 현관을 지나쳐 들어왔다.

"우와, 윤 대리님 집 진짜 좋네요?"

"저도 여긴 처음 와봐요. 그럼 선배님, 실례 좀 할게요."

"야, 이거 짐은 어디다 놔야 해? 아무 데나 둬도 괜찮지?"

불청객들의 손에서 반갑잖은 봉지가 늘어졌다. 필은 뒤따라 들어온 서 대리를 쳐다보았다. 그녀는 집 예쁘네요, 한 마디만 남기곤 도도하게 걸어 들어갔다. 마지막으로 들어온 조 과장이 문을 닫았다. 그는 필과 천연덕스레 눈을 마주치더니 말했다.

"네 고객 외에 신경 안 쓰는 건 여전하구먼. 집들이를 왔을 때랑 어떻게 달라진 게 없어, 그래."

필은 왼쪽 눈썹을 파격적으로 찡그렸다.

"이게 다 뭡니까?"

"뭐긴, 직장 동료의 가정방문이지. 이번 주부터 돌아가면서 하기로 했어. 외로움에 빠지기 쉬운 외로움살해자를 구제하는 모임. '외구모'라고 최 대리가 이름을 붙였다."

흉악한 작명 센스로 보건대 최대철의 작품이 맞았다. 그가 말을 잃은 사이 조 과장은 갈색 로퍼를 벗었다. 거실로 가는 상사를 뒤따라가면서, 필은 목소리를 죽여 속삭였다.

"절 죽이시려거든 내일 아침 커피에 독을 타시죠. 아니면 집에 폭탄을 설치하시거나. 정말 이런 식으로 나오실 겁니까?"

조 과장은 노련하게 발뺌했다.

"무슨 소리냐? 난 널 생각해서 기껏 애들을 모았는데. 쟤들 스케줄을 맞추는 게 보통 일인 줄 알아?"

"과장님, 안 그래도 전 고민거리가 많습니다. 모임을 빙자한 가택침입은 일에 방해만 될 뿐이라고요."

"그래서 온 거다. 넌 요즘 너무 빠졌어."

빠졌다니, 회사에 빠졌다는 말인가? 아니면 사원의 군기가 빠졌다는 말인가? 중의적인 문장을 해석하느라 필은 반박할 타이밍을 놓쳤다. 그 사이 조 과장은 산보 나온 노인마냥 털레털레 멀어졌다. 필은 상사의 뒷모습을 쳐다보다가 문득 해야 할 일을 깨달았다. 그는 근 3년을 통틀어 가장 빠른 걸음으로 거실에 돌아갔다.

아늑했던 아지트는 홈파티 현장으로 변질되었다. 땀이 많은 최대철은 어이고, 시원해를 연발하며 소파에 늘어졌다. 그곳이 에어컨 바람이 가장 잘 오는 명당자리였다. 한 대리와 막내는 주방에서 집들이 선물을 정리하고 있었다. 맥주, 소주, 보드카에 오렌지주스까지 나오는 것으로 보아 단단히 술판을 벌일 작정 같았다.

주스를 냉장고에 넣던 막내가 갑자기 비명을 질렀다.

"와, 어떻게 남자 혼자 사는 집 냉장고가 이래요? 무슨 마트 진열대처럼 정리가 쫙 돼 있는데요?"

서 대리는 놀랍지도 않다는 표정이었다. 필은 궁색한 변명을 짜냈다.

"정리하는 걸 좋아해서 그럽니다. 찾기도 쉽고요."

"에이, 윤 대리. 강박증은 부끄러운 게 아냐. 나도 내 속옷은 꼭 건

조대에 일렬로 거는걸. 앞의 세 줄은 죄다 호피무늬라고."

최대철은 묻지도 않은 소릴 늘어놓더니 씩 웃었다. 필은 속 터지는 동기에게 마주 웃어 보였다. 머릿속에서는 진도 8짜리 강진에 땅바닥이 쩍쩍 터져나가고 있었다. 조 과장은 일을 돕는다며 주방으로 가버렸고, 거실에는 옛 데이트 상대와 동기만 남았다. 그 와중에 최대철은 복장을 질렀다.

"윤 대리, 왜 표정이 그래? 안 좋은 일이라도 있어?"

"아니, 별 거 아냐. 깜짝 방문이라 좀 놀라서."

앉아 있던 서 대리가 얇은 카디건을 벗었다. 밖이 더웠는지 겨드랑이께가 온통 땀범벅이었다.

"뭐라도 마시겠습니까? 웬만한 건 다 됩니다."

그녀는 고개를 끄덕였다.

"고마워요. 혹시 디카페인 커피 있어요? 아이스로."

최대철의 주문은 꿀을 탄 유자차였다. 주문한 메뉴는 주방의 다섯 번째 찬장에 실제로 있었다. 필은 두 동료가 음료를 홀짝거리는 모습을 보면서 고심했다. 어떻게 하면 저 불청객들을 몽땅 쫓아낼 수 있을까, 이왕이면 오늘 밤이 깊기 전에.

획책하던 축객은 실패로 돌아갔다. 들고 온 선물이 죄다 술일 때부터 짐작했지만, 이 인간들은 아예 눌러앉을 생각으로 온 것 같았다. 한 대리와 조 과장이 간단한 요리를 만들었고, 막내는 집 근처 배달집을 모조리 수배했다. "대리님, 여기 음악 없어요? 아무 노트북이나 있으면 되는데!" 누군가의 한마디에 즉각 노래가 마련됐다. 남의 집에 오면서 개인용 스피커를 가져온 미친놈은 막내였다. 필은 그가 늘 업무를 처리하던 테이블에 치킨, 피자, 마른안주와 술병들이 깔리는 것을 지켜보았다. 골치 아픈 난쟁이들에게 집을 점거당한 기분이었다.

곧 눈 덮인 금광을 닮은 맥주잔들이 부딪쳤다.

술이 몇 잔 들어가자 시끄럽던 거실이 더 시끌벅적해졌다. 조 과장 회식 스타일은 딱 두 가지였다. 부어라, 마셔라. 필은 평소 그 자유분방함에 토를 단 적이 없었다. 그러나 회식 장소가 그의 집이 되자 끔찍스럽기 그지없었다. 외로움살해자들은 끝도 없이 웃고 이야기하고 빈 술잔에 보드카를 들이부었다. 최근의 근황들도 테이블 위로 날았다. 과장님이 또 첩을 세 명으로 늘렸다는 소릴 들었는데요. 바람기 치료가 끝난 게 아니셨습니까? 첩이라니, 그런 소리 들으면 고객들이 싫어해. 글쎄…… 지금은 윤 대리님이 과장님을 더 싫어하는 것 같은데요. 에이, 선배님, 표정 좀 풀어요. 제가 예거밤 한 잔 타드릴까요?

필은 어느새인가 말아진 소맥을 쭉 비웠다. 최대철은 조 과장과 이야기하느라 정신이 없었고, 막내와 한 대리도 흘린 양주를 닦느라 바빴다. 남은 사람은 옆에 앉은 서 대리뿐이었다.

"외구모인지 왜구인지, 이건 조 과장님 아이디어입니까?"

"초안은 과장님이 냈고 마무리는 오 대리가 했죠. 과장님 댁에서 하자는 걸 부득부득 대리님 집으로 옮겼으니까."

대답은 의외로 친절했다. 필은 고개를 갸웃거렸다.

"오 대리라고요?"

"네. 오찬민 대리, 막내 이름이잖아요. 아직 몰랐어요?"

"아뇨, 왜 제 집으로 오려 했는지 이해가 안 가서 물은 겁니다. 아직 얘기도 몇 번 못 해본 친구라."

서 대리는 이상하다는 표정을 지었다.

"그래요? 저한테는 대리님이 연락을 안 받는다면서 징징대던데요. 꼭 드릴 말씀이 있는데 자꾸 자길 피한다고."

필은 그쯤에서 화제를 돌렸다. 이 강제 점거가 신입사원의 뒷공작이라는 사실을 알아낸 것만으로 충분했다.

술자리는 한껏 무르익었다. 이제 대화 토픽은 윤 대리님의 집, 소파에 앉으면 바로 보이는 화이트보드, 거기 빼곡히 적힌 고객 정보로 넘어갔다. 한 번씩 읽고 온 동료들은 과연 최우수 사원이라며 감탄했다. 여직원 두 명은 바둑판 배색의 실내 인테리어를 칭찬했다. 그때 조 과장이 디자이너의 솜씨라고 밝혀 거실은 웃음바다가 됐다. "다들 알지도 모르겠지만, 윤 대리 저 친구는 취향이 아주 확고하거든. 바로 자기 취향이 없는 게 취향이야." 한 대리는 그의 스탠드에 관심을 보였다. 휘어진 모양새가 수줍은 패랭이꽃을 닮았다는 것이었는데, 필이 보기엔 영락없이 심해아귀의 초롱이었다.

"여기 여자는 자주 데려와? 고객밖에 안 오나?"

거실을 둘러보던 최대철이 물었다. 필은 사실을 전했다.

"지금까지 온 사람은 과장님밖에 없어. 아, TV 설치기사와 가스안전 점검공이 정기적으로 방문하긴 했군."

"말도 안 돼. 이렇게 집이 좋은데?"

"집이 좋다고 누굴 데려올 필요는 없죠. 모든 외살자가 최 대리님같이 자기 집을 호텔처럼 쓰진 않아요. 아니, 모텔처럼."

서 대리의 일침에 한바탕 웃음이 터졌다. 최대철은 얼굴 하나 안 붉어지고 받아쳤다.

"무슨 말을 그렇게 해? 나는 어디까지나 의뢰의 연장으로 그녀들을 부르는 거야. 와인 한잔하면서 이야기도 나누고, 내 31인치 홈시어터로 영화도 보고. 집이라는 공간이 고객의 마음을 여는 데 얼마나 도움이 되는지, 스위트룸바라기 서 대리는 모르겠지."

곧 서로의 취향을 헐뜯는 치사스러운 싸움이 시작됐다. 조 과장은 나머지 사람들을 부르더니, 20-30-40대의 외로움 수치 변화에 대해 연설을 시작했다. 필이 한 귀로 듣고 다른 귀로 흘릴 때 휴대폰이 울렸다. 주머니 속에서 나온 발신번호는 미였다.

"과장님, 잠깐 실례하겠습니다. 급한 일이라서요."

일어선 필은 전화기를 들고 건넌방으로 들어갔다. 방문을 닫자 거실에서 들려오던 소리 일부가 차단됐다.

"필입니다. 무슨 일이 있습니까?"

— 별일은 없어요. 영화를 세 편 연달아 봤는데 영 지루해서, 혹시 당신도 심심할까 싶어 전화해봤죠.

우와, 여기 초리조도 있어! 최대철의 감탄사가 주방 쪽에서 쩌렁댔다. 사다놓고 잊어버렸던 식료품 몇 종류를 찾은 모양이었다. 전화기 저편의 미가 의아한 목소리로 물었다.

— 누구랑 같이 있어요? 무슨 고함소리가 들리는데.

"집에 들어오자마자 회사 동료들한테 습격당했어요. 외로운 직장인 흉내를 내는 걸 보니, 조만간 이 사람들은 다 해고당할 겁니다. 아니면 단체로 병원에 실려 가든지."

미는 전자파가 섞인 웃음을 터뜨렸다. 그가 처한 재앙의 자초지종을 듣자 더 재미있어하는 것 같았다. 필은 예상치 못한 반응에 어리둥절해졌다. 그녀가 개그맨들이 학대당하는 슬랩스틱 코미디를 좋아했던가? 자신의 괴로움이 미의 즐거움으로 환원된다면 저 철면피들을 매일같이 불러들일 수도 있었다.

— 그래서 지금은요? 아직도 갈 기미가 없나요?

"가기는커녕 거실에서 술판이 벌어졌습니다. 아마 새벽까지 저러고 있을 것 같은데, 분위길 봐서 빠져나갈까요?"

— 아뇨, 괜찮아요. 오늘은 동료분들이랑 회포 좀 푸세요. 저도 오랜만에 친구나 만나야겠네요.

필은 당신에게 친구가 있었냐고 물으려다 가까스로 참았다. 사실을 말하지 않는 것도 외살자의 미덕이었다.

"알겠습니다. 그럼 또 연락하죠. 오늘 안에 저 인간들이 내 집에서 나가준다면."

— 좋아요. 즐거운 시간 보내길 바랄게요.

미는 이제 그의 말 하나하나가 웃긴 모양이었다. 웃음소리인지 숨넘어가는 소리인지 모를 뭔가가 들린 뒤, 통화가 뚝 끊어졌다. 아마 모처럼의 약속을 위해 몸단장을 시작했으리라.

필은 문에 기댄 채로 천장을 올려다보았다. 바깥에선 그를 뺀 6팀 전원이 와글거리는 소리가 한창 시끄러웠다. 그는 문고리를 틀어쥐었다가 놓고, 다시 쥐었다가 반쯤 비튼 채 멈췄다. 방 밖으로 나가야 했지만 그럴 수가 없었다. 외로움살해자는 자신이 혼란스러워하고 있다는 것을 깨달았다. 그리고 그 사실에 더욱 혼란스러워졌다.

아니, 그런데 윤 대리는 어디 간 거야? 전화를 받으러 가서 변기 구멍에 빠졌나? 최대철의 농지거리가 어렴풋하게 들려왔다. 뭐라고 말하는지 모를 조 과장의 목소리도 섞였다. 이해는 한순간 찾아왔다. 오늘 밤 그가 맞이한 가장 큰 문제는 바로 저들이었다. 같은 외살자들, 동료들, 그를 외로움살해자가 아닌 인간으로 존재하게 하는 사람들.

필은 앞머리를 모아 쥐었다. 그는 고객의 외로움을 파괴하는 인간 병기와 회사에 출근하는 가짜 직장인, 두 역할을 함께 수행할 수 없었다. 지금 그의 머릿속은 온통 미로 꽉 차 있었다. 온 감각의 총구는 미에게 맞춰졌다. 발사된 탄환 또한 그녀의 전신으로만 쏟아졌다. 결코 완벽히 웃지 않는 미, 시큰둥한 미, 책을 보는 미, 곤히 잠든 미, 그에게 자신의 외로움은 죽일 수 없을 거라고 말하는 미. 그는 미에 대해서는 일거수일투족까지 꿰고 있었다.

그에게는 미가 필요했다. 필요했다…… 필요하다? 필은 곱씹은 어휘에 께름칙한 의혹을 느꼈다. 고객은 외로움살해자의 소명을 유지하기 위해 필요했고, 외로움살해자라는 직업은 그가 인간으로 살아가기 위해 필요했다. 미 역시 우연히 맡은 비즈니스 상대일 뿐이었다. 타자의 외로움을 양분 삼아 인간성을 유지하는 괴물에게는.

너무 발을 깊이 들이는 거 아냐, 동생? 형제살해범의 무의식이 경고했다. 놈은 그가 곤경에 처할 때마다 도깨비불처럼 떠올랐다. 필은 대꾸했다. 그게 어쨌다는 거야? 여태 맡았던 고객이 한두 명도 아닌데. 따라 들어가지 않고서 그녀의 외로움을 결딴낼 순 없어.

무의식은 나직하게 웃었다. 목소리가 꼭 한 번도 못 본 형 같았다.

그런데 그 여자는 뱃속이 너무 깊단 말이지. 너는 물론 외로움을 느끼지 못하는 특급 전사야. 하지만 그녀가 있는 심연에서는? 현실의 윤 필을 감싸고 있던 갑옷이 거기서도 너를 보호해줄까?

필은 흰 셔츠 가슴팍을 내려다보았다. 목소리가 이어졌다.

천만에, 지금껏 싸워온 싸움터와는 세계가 달라. 너는 어떤 식으로든 무장이 해제된 채 그녀와 맞닥뜨리게 될 거야. 한 겹씩, 또는 두 겹씩, 마침내 밑바닥에 다다랐을 때는 외로움살해자가 아니라 나약한 인간의 영혼 그대로겠지. 내 말을 못 믿겠다면 주위를 확인해봐. 벌써 꽤 아래로 내려온 것 같은데.

같은데, 같은데, 같은데…… 마지막 말이 작게 메아리치며 사라졌다. 깜빡이던 경보등 불빛이 꺼진 것이다. 그러나 그것이 위험을 벗어났다는 뜻은 아니었다. 필은 그의 무의식이 언제 마운드로 올라왔는지 생각해보았다. 놈은 정말로 위태로운 상황에만 등판했다. 빗길을 달리다 25톤짜리 화물 트럭과 들이박을 위기를 넘겼을 때, 어떤 여자가 자기 몸에 기름을 붓고 분신자살을 시도하려 들었을 때, 그게 아버지를 따라가려던 엄마였을 때. 미의 살해가 저 특급 마무리를 불러들일 만한 위험 요소란 말인가?

노크 소리가 들리더니 문이 열렸다. 침대에 앉아 있던 필은 고개를 들었다. 샴페인 잔을 든 한 대리였다.

"대리님, 여기서 뭐하고 계세요? 다들 전화 끝났으면 얼른 불러오라고 난리예요. 주인공이 없으니 흥이 안 산다면서."

필은 수만 번이나 반복해온 미소를 지었다. 그는 다시 불세출의 외로움살해자로 돌아와 있었다.

"그래요. 금방 가겠습니다."

2

새벽이 깊었다. 줄기차게 이어지던 술판은 어느 순간 하락세로 접어들더니 급격히 막을 내렸다. 한 대리 명명, 수줍은 패랭이꽃 스탠드가 거실을 푸른 불빛으로 물들였다. 바다 밑에는 불법 세입자들이 아무렇게나 쓰러져 자고 있었다. 맨 처음은 술 약한 한 대리가, 두 번째는 간에 구멍을 낼 기세로 들이붓던 최대철이 아웃됐다. 나머지 사람들도 두 시간여를 버티다가 나가떨어졌다. 필이 주조한 막걸리 칵테일이 효력을 발휘한 것이다.

거실은 사람과 가구, 술병과 쓰레기가 뒤섞여 피서철 해수욕장을 방불케 했다. 필은 어질러진 바닥을 훌쩍훌쩍 뛰어넘었다. 이것이 타 팀의 워크숍이었다면 한창 신음소리가 낭자할 시간대였다. 외살자들을 모아두면 십중팔구는 올림픽 선수촌이 만들어졌다. 다른 말로는 콘돔이 꼭 필요한 젊음의 향락가였다. 얼굴도 반반하겠다, 말도 잘 통하겠다, 피차 똑같은 위험을 짊어진 투사들은 쿨하게 한 침대로 들어갔다. 무절제한 자유연애주의자라며 비난을 받으면 어떻단 말인가? 시한부의 계약직들끼리 하룻밤 좀 놀겠다는데.

고른 숨소리가 여기저기서 들렸다. 이를 톱날처럼 갈아대던 최대철은 필이 직접 둘러메고 안쪽 방에 처넣었다. 다른 방 하나는 신입과 한 대리가 차지했다. 서 대리는 소파 위에서 잠들어 있었고, 조 과장은 테이블에 코를 박고 곯아떨어져 있었다. 다른 사람이 다 뻗고 나서도 필과 헛된 대작을 벌인 결과였다.

뒤척이던 서 대리가 추운 듯 팔짱을 꼈다. 필은 거실 조가 감기에 걸리지 않도록 에어컨 바람을 조절했다. 최대철이 자는 방에서 꺼내온 담요도 한 장씩 덮어주었다. 테이블 위에는 먹을 만한 것들이 꽤 남아 있었다. 그는 맥주 한 캔과 안줏거리를 갖고 주방으로 갔다.

밤을 꼬박 샜지만 정신은 멀쩡했다. 필은 하이네켄을 따서 마시고 피스타치오 껍질을 벗겼다. 아일랜드 식탁에 딱딱한 껍질이 하나둘씩 나뒹굴 때였다.

건넌방 방문이 조용히 열렸다. 나온 사람이 누군지는 보지 않아도 알 수 있었다. 필은 식탁에 드리워진 그림자의 주인공을 쳐다보았다. 부스스한 노랑머리가 역광을 받아 파르스름했다.

"선배님, 잠깐 얘기 좀 할 수 있을까요?"

올 게 왔구나. 필은 정신적 한숨을 토했다. 깜짝 방문 어쩌고 하는 조 과장의 제안을 가장 반긴 것도 저 신입이었으리라. 이 시간까지 안 자고 버틴 걸 보면 대단한 목적성이었다.

"거기 앉아요. 한 대리는 잠들었습니까?"

"완전 꿀요. 선배님이 만드신 그거, 저도 바텐더로 일할 때 비슷한 걸 배워봐서 알아요. 먹다가 한번 가면 다음 날까지 못 일어나잖아요."

필은 막내가 술자리 내내 살살 빼던 장면을 떠올렸다. 정작 보내야 할 사람을 끝장내지 못한 것이 패착이었다. 그에게서 말이 없자 막내는 얼른 설득을 이어나갔다.

"오래 걸리지는 않을 거예요. 우리 때문에 피곤하셨을 텐데, 저도 내일 출근하려면 한두 시간 자둬야 하고……."

"그럼 단도직입적으로 묻죠. 무슨 일을 꾸미고 있는 겁니까?"

막내의 다람쥐 같은 눈이 더욱 둥그레졌다.

"일을 꾸미다뇨? 선배님, 전 그냥 우수 사원의 조언을 듣고 싶었을 뿐이에요. 입사 후 지금까지 얘기해볼 기회가 없어서요."

필은 미간부터 눈썹 끝까지를 검지로 쓸었다. 손가락 밑에서 새까만 눈이 번득였다.

"오 대리의 평가서를 읽었습니다. 첫 의뢰 이후 이렇다 할 실적이 없더군요. 1단계짜리 고객 한 명을 맡아놓고, 여기저기 돌아다니면서 다른 사원들과 친해지고 있는 것도 봤고요. 대체 정체가 뭡니까. 위장 취업한 기자입니까, 아니면 회사를 무너뜨리러 온 산업스파이입니까?"

막내는 정말로 놀란 듯 보였다. 동공이 갈수록 커지는 것으로 보아, 적어도 절반은 진실이었다.

"누가 들으면 오해하겠어요. 선배님, 전 기자나 스파이가 아니에요. 바에서 잘리고 할 일을 찾던 차에 이곳 면접을 봤던 거고요."

필은 맥주를 한 모금 마셨다.

"거기선 왜 잘렸습니까?"

막내의 눈동자가 옆으로 굴러갔다.

"사장님과…… 그냥, 안 좋은 일이 조금 있었어요. 돈을 빼돌렸다거나 사기를 쳤다거나 하는 건 절대 아니에요."

"뭐, 아무래도 상관없습니다. 날 보자고 한 이유가 뭐죠?"

"전 서 대리님을 좋아해요."

필은 표정 변화 없이 그 고백을 들었다. 막내는 그의 반응을 예상했다는 듯 고개를 끄덕였다.

"역시 놀라지 않으시네요. 선배님도 알고 계셨나 봐요."

"반쯤은요. 그보다 의외로군요. 난 오 대리가 회사를 붕괴시킬 방법을 찾고 있는 줄 알았습니다."

막내는 손사래를 쳤다.

"설마요. 저는 선배님과 우리 팀원들을 실직자로 만들기 싫어요. 단지 서 대리님을 그만두게 하고 싶을 뿐이에요."

필은 후배의 눈동자를 유심히 보았다.

"서 대리를요? 이유가 뭡니까?"

"그야 그녀가 망가지는 모습을 보고 있을 수가 없어서죠. 누나도…… 아니, 서 대리님도 저를 좋아해요. 하지만 앞으로 누구와도 사귀거나 결혼을 하지 않겠다는 거예요. 선배님은 그 말이 이해가 가세요? 외로움살해자로 살아가기 위해, 또는 살아왔기 때문에 더 이상 사랑할 수 없다는 얘기가요."

"사람에 따라서는 가능한 일입니다. 그녀도 여기서 일한 지가 일 년을 훌쩍 넘겼으니까요."

"말도 안 돼, 그럴 순 없어요. 이건 우리 부서의 업무 자체가 문제예요. 누나의 감정을 갉아먹고 마음을 얼게 하고, 사랑을 느끼지 못하는 괴물로 만들고 있다고요."

급기야 호칭마저 대리님에서 누나로 바뀌었다. 필은 크나큰 문화

충격을 실감했다. 그의 의식체계로는 사랑 때문에 직장을 빼앗는다는 사고를 도저히 납득할 수 없었다. 그것은 애정이란 미명으로 타자에게 행하는 가혹행위였다.

"선배님은 서 대리님을 어떻게 생각하세요? 함께 일한 지 일 년이 넘었으면 거의 가족이겠는데요."

필은 현실적인 답변을 돌려주기로 마음먹었다.

"나는 그녀를 잘 알지 못해요. 몇 달간 출근해봤으니 알겠지만, 외로움살해자 센터에 동료의식이란 없습니다. 회식이니 모임이니 챙기는 과장님이 별종인 거죠. 내가 서 대리에 대해 아는 거라곤…… 나보다 한 살 어리고, 자존심도 고집도 세고, 요 근래 내게 데이트를 신청했다가 거절당했다는 정도입니다. 그 다음부터는 아무것도 몰라요. 전부터 관심이 없었던 데다 나한테 단단히 토라져버려서."

막내는 그를 멍하니 쳐다보았다.

"정말 그게 다예요? 그래도 같이 일하는 동료인데……."

"엄밀히 말하자면 같이 일하지도 않잖습니까. 업무적 협력을 요하는 다른 회사도 똑같아요. 우린 그들의 부속품이고 그들은 우리의 본체입니다. 센터가 일반 대기업과 다른 것이 있다면, 보다 효율적으로 사원들을 소모시킨다는 점이죠. 어차피 대체재는 많으니."

막내의 눈동자에서 불똥이 튀었다.

"그럴 수는 없어요. 우리는 소모품이 아니라 인간이잖아요. 이건 외로움을 살해하는 게 아니라 우릴 죽이는 일이에요."

"인간은 살아가는 매 순간 소모되고 있습니다. 외로움을 죽이다 인간성을 잃든지, 사랑의 열병으로 망가지든지, 사실 큰 차이는 없죠. 어차피 언젠가는 감염됐을 사람들입니다."

"선배님!"

"그럼 무엇을 기대했습니까? 지금이 2116년이고, 외로움 살해자들이 최첨단 주사액과 미래형 권총으로 고독을 제거하는 줄 알았나요? 그런 것은 현실에 없습니다. 외로움 제거는 우물 청소나 다름없어요. 더 깊고 더 오래된 때일수록 밑바닥까지 내려가서, 오직 수작업으로만 이끼를 닦아내야 하는. 고여 있는 유독가스에 중독되지 않길 바라면서요."

냉엄한 질타는 막내의 혀를 썰어냈다. 한동안 스탠드의 불빛만이 주방에 어른댔다. 막내는 파랗게 물든 자기 손을 보면서 중얼거렸다.

"첫 번째 살해를 마칠 때부터 뭔가 이상하다고 생각했어요. 주어진 매뉴얼대로 고객을 상대했고, 그러자 그녀는 정말 외로움이 없어졌다며 기뻐하더군요. 하지만…… 모르겠어요. 이 모든 게 사기 행각이란 기분이 가시지를 않았어요. 어차피 시간이 지나면 또다시 외로워질 텐데, 그래서 결국은 더 큰 공허를 불러올 텐데, 그녀의 외로움을 이용해 몹쓸 짓을 하고 있다는 생각이요. 보통 사람이라면 이럴 때 죄책감이 드는 게 정상 아닌가요?"

정상은 정상이지. 필요할 때만 정상인이고 싶은 범죄자. 필은 그렇게 생각했지만 아무 말도 하지 않았다. 그가 신입에게 해야 하는 것은 훈화지 촌철살인이 아니었다.

"게다가, 머지않아 무슨 일이라도 터질 거예요. 선배님도 아시잖아요. 이런 장사를 영원히 할 수는 없어요."

"그건 무슨 뜻입니까?"

막내는 아직 모르고 있었냐는 표정이 됐다.

"조 과장님께서 말씀하시지 않았어요?"

"그분은 내일 우리 회사 상장이 폐지된대도 말을 아낄 위인입니다. 회사에 무슨 일이 있습니까?"

"감염이다 의원사직이다 해서, 계약 중인 외로움살해자 중 많은 수가 이탈했어요. 요즘 신입 채용이 엄청 늘어난 것도 그 때문이고요. 입사 지원자들이야 항상 넘치지만 채용 기준이 갈수록 낮아진 댔거든요. 아마 저도 그 수혜자 중 한 명이겠지만요."

외살자 센터 설립이 올해로 6년, 필이 고객 살해를 시작한 것은 4년째였다. 그간 외로움살해자의 주가가 떨어진 적은 셀 수 없었다. 투입 병력이 부족해지거나 부정 여론이 대두된 적도 많았다. 그러나 회사의 외벽은 요새처럼 굳건했다. 안에서 수소폭탄이라도 터지지 않는 한, 이 방공호가 무너질 일은 없었다.

필은 식탁에 팔꿈치를 올렸다.

"그래서, 내게 원하는 게 뭡니까?"

"서 대리님을 좀 설득해주세요. 아니면 적어도 며칠만 출근을 못 하게 막아주세요. 제가 보기에 누나는 지금 한계예요. 쉴 시간이 필요하다고요. 그런데도 계속 고객을 바꿔 가며 일을 맡는데…… 안 돼요. 이대로 가다간 얼마 못 가 마음 없는 여자가 되고 말 거예요."

외로움살해자가 새로운 의뢰를 맡는 것은 당연한 일이었다. 필은 협의안을 제시했다.

"말은 꺼내보겠지만, 큰 기대는 안 하는 게 좋을 겁니다. 그녀가 사표를 내는 것보다 회사가 붕괴되는 쪽이 더 빠를 테니."

막내는 그 정도만으로도 감지덕지하다는 표정이었다. 그는 마셔도 되냐고 묻더니 필이 마시다 만 맥주를 원샷했다. 직장에도 제법 적응했는지, 필에게 고객과는 어떻게 돼가냐고 묻기까지 했다.

"그럭저럭 진행되는 중입니다. 단계가 단계다 보니 처음 예상보다는 시일이 더 소요되는군요."

몇 마디가 더 오간 후, 막내는 자러 가겠다며 밤인사를 건넸다. "그럼 꼭 부탁드리겠습니다, 선배님. 누나를 구할 수 있는 사람은 선배님뿐이에요." 사랑에 빠진 후배는 몇 번을 거듭 당부하고서야 방으로 돌아갔다.

문이 닫히자 주방은 바다 밑의 고요에 휩싸였다. 필은 모래에 파묻힌 심해어가 된 기분으로 생각했다. 막내는 외로움살해자를 감정 없는 괴물이라 칭했다. 그들 중 가장 냉혹한 투사와 대담(對談)을 나누며, 신참은 바로 눈앞에 그 괴물의 최종 진화체가 있다는 것을 몰랐을까? 아니면 연인을 위해 어쩔 수 없이 혐오감을 참았을까? 필은 아마도 전자였으리라고 짐작했다. 연인이 너 같은 괴물이 될까 겁난다는 소리를 맨정신으로 꺼낼 사람은 드물었다. 인간의 예의도 도리도 모르는 천둥벌거숭이거나, 그 뭐라도 상관없을 만큼 사랑에 푹 빠졌거나.

필은 느리게 고개를 가로저었다. 그의 눈에는 앞으로 흘러갈 일들이 훤히 보였다. 서 대리가 다섯 살이나 어린 꼬맹이를 남자로 볼 리 없었다. 애당초 그 사랑이란 것도 두어 번 잠자리를 같이하고, 심심할 때 불러내 술을 마시고, 필에게 거절당해 상처 입은 자존심을 회복하는 정도가 전부였으리라. 그녀는 남자 따위에 인생을 휘둘리느니 마포대교에서 뛰어내리겠다고 입버릇처럼 말했었다. 필이 아는 그녀는 그러고도 남았다. 지금은 귀여운 맛에 봐주고야 있겠지만, 막내의 집착은 십중팔구 재앙만을 부를 뿐이었다.

그때가 되어, 사랑에 배신당한 청춘은 어떤 선택을 할까. 필로서는 알 수 없었다. 해줄 수 있는 일이라곤 네 꼬마 신랑과 그만 이별하라는 충고를 서 대리에게 건네는 것뿐이었다. 영준의 표현을 빌자면, 눈이 '회까닥' 돈 연하남들은 무슨 짓을 할지 몰랐다. 맹목적인 사랑이란 증오의 오역이나 마찬가지였다. 그는 상습 스토킹과 데이트 폭력, 그 밖의 불미스러운 뉴스로 팀원들의 이름을 접하고 싶지 않았다.

필은 다 마신 맥주캔을 찌그러뜨려 쓰레기통으로 던졌다. 아직 마시고 있습니까? 한 시경, 미에게 보냈던 문자는 여태 답이 없었다. 그녀는 일단 다른 일에 집중하면 잠든 고래처럼 무신경했다. 창가에서는 벌써 해끗한 물감덩이가 번져나가고 있었다. 거실을 돌아본 필은 스스로에게 기특함을 느꼈다. 긴 하루도, 그보다 더 길었던 불한당들과의 동침도 끝나가는 중이었다. 그는 내일 날이 밝자마자 전방위 감시가 가능한 CCTV를 달 생각이었다.

들어갈까, 여기 있을까. 잠시 고민해본 결과 후자 쪽에 더 무게가 실렸다. 집주인이 밖에 있어야 뭐 하나라도 덜 박살나겠지. 필은 그렇게 생각하며 식탁에 엎드려 잠들었다. 두 시간 뒤, 그를 깨운 것은 최대철이 오렌지주스 컵을 깨뜨리는 소리였다.

아침이 밝아서도 5인조 불법 세입자는 방을 빼지 않았다. 필은 그날 정오까지 라면을 끓여달라(안성탕면에 고춧가루를 풀어서), 해장술은 없냐(과일맛 소주로), 화장실은 어디냐는(대리님, 샴푸는 뭘 쓰면 돼요?) 질문 세례에 시달려야 했다. 그의 욕실은 여직원 두 명의 샤워부스로 탈바꿈했다. 조 과장과 막내는 부엌에서 면도를 했고, 최대철은 자기 와이셔츠에 살사소스가 튀었다며 필의 정장 상의 한 벌을 빌렸다. 필은 묵묵히 서서 그 모든 광경을 지켜보았다. 그리고 떡이 된 머리를 정돈하려 애쓰는 최 대리에게 한마디 건넸다.

"그건 포마드가 아니라 달팽이 크림인데."

준비를 마친 6팀의 일원들은 하나둘씩 현관을 나섰다. 아침 해결은 물론, 집구석 곳곳에 성난 소뗴가 뒹굴고 간 발자취를 남긴 후였다. 요즘은 주인의 울화통을 유발하는 것이 홈파티 유행인가, 싶었지만 필은 별말 없이 동료들을 배웅했다. 조 과장은 떠밀리다시피 나가면서도 홍보를 잊지 않았다.

"다음 주 모임은 우리 집이니까 꼭 와야 한다. 고객한테는 가족 행사가 있다고 둘러대도록 해."

이제 모임이라면 진절머리부터 났다. 필은 그 만악(萬惡)의 근원을 서둘러 내쫓았다. 잠시 후 초인종이 울렸을 때, 그는 절대 열어주지 않겠다는 결심으로 인터폰 화면을 보았다. 서 있는 사람은 머리가 긴 여자였다.

문이 열렸는데도 서 대리는 들어오지 않았다. 그녀는 현관에 서서 필을 빤히 보더니 물었다.

"무슨 얘기요?"

전날부터 시작된 수난은 끝날 기미가 없었다. 필은 가장 무난하다 싶은 답을 골랐다.

"무슨 얘기 말입니까?"

서 대리는 한숨을 내쉬었다.

"막내한테 들었어요, 절 부르셨다면서요. 대리님께서 할 말이 있다고 했다며 올라가보라던데요."

필은 상황을 파악했다. 신입이 머리를 굴린 것이었다.

"뭐가 됐든 빨리 좀 부탁드릴게요. 두 시까지 옷을 갈아입고 미팅

장소로 갔다가, 또 늦지 않게 다음 고객과 만나야 해서요. 지금부터 서둘러도 시간이 빠듯해요."

서 대리는 증거라도 내밀듯 왼손에 찬 시계를 들여다보았다. 필은 가느다란 손목을 보면서 말했다.

"오 대리와의 관계는 슬슬 청산하는 것이 어떻겠습니까? 더 끌어 봐야 두 사람 모두에게 악영향일 겁니다."

그녀의 갈색 눈썹이 살짝 올라갔다.

"무슨 뜻이죠?"

"어젯밤, 그가 내게 찾아와 말하더군요. 외로움살해자란 직업은 기어이 당신을 상실시킬 것이 분명하다면서, 더 늦기 전에 퇴사를 권고해달라는 이야기였습니다. 아마 의뢰가 거듭되며 서 대리의 인간성이 무뎌지는 것을 우려한 부탁이었겠죠."

"막내가 그런 소릴 했단 말인가요?"

"그렇습니다. 당신과 사랑하는 사이라고도 고백하던데요."

서 대리의 반응은 예상과 똑같았다. 일고의 가치도 없다는 듯 코웃음을 쳤던 것이다. 필은 어느 금요일 밤의 회식자리를 기억해냈다. 남자친구를 만날 계획은 없냐는 조 과장의 질문에, 그녀는 지금과 같은 표정으로 말했었다. 그런 걸 뭐하러 만들어요? 필요할 때 불러낼 남자들은 널렸는데. 바보들의 소유욕에 맞춰줘봐야 피곤해지기만 해요.

서 대리는 한심하다는 투로 말했다.

"몇 번 술을 먹고, 한두 번 자고, 그걸로 사랑에 빠졌다면 세상 남자들 절반이 제 애인이겠네요. 오 대리가 뭔가 착각한 모양이에요. 진짜 내 남자친구였어도 회사를 그만두라는 둥, 그런 헛소리는 듣지 않았겠지만."

필은 고개를 끄덕였다.

"게다가 그는 이 일에도 환멸을 느끼고 있습니다. 어찌어찌 수습 기간은 넘겼다지만 머지않아 사표를 낼 테죠. 더 늦기 전에, 오 대리는 이제 그만 멀리하십시오."

서 대리는 그를 뚫어져라 쳐다보았다. 현관등 아래, 샴고양이 같은 눈매가 좌우로 가늘어졌다.

"제가 입사한 지 얼마 안 됐을 때, 윤 대리님과 둘이서 술을 마셨던 적이 있어요. 그때랑은 다른 말씀을 하시네요."

필은 기억을 더듬었다. 서 대리 입사 초기라면 대략 일 년쯤 전이었으리라. 그는 당시에도 특급 외살자였고, 사내 동료와는 노 섹스-노 데이트의 원칙 또한 철저하게 지키고 있었다. 만약 둘만 있었다면 업무 상담을 위한 자리였을 터였다.

"기억이 잘 안 납니다. 내가 뭐라고 말했었죠?"

그녀는 그럴 줄 알았다는 표정이었다.

"고객과 교제할 바엔 차라리 외살자를 만나라고 하셨어요. 남자를 하룻밤에 한 명씩 갈아치울지언정, 고객과는 비즈니스 이상의 관계를 넘지 말라고. 그런데 지금은 팀 동료를 멀리하라고 명령하시네요."

"상황이 달라졌으니까요. 오 대리는 곧 그만둘 사람이고, 서 대리는 우리 팀에 없어선 안 될 인재입니다."

서 대리는 팔짱을 꼈다.

"그런데 왜 그때 바람을 맞힌 거예요?"

필은 잠시 이해하지 못하다가, 곧 무슨 소리인지 깨달았다. 늦잠을 핑계로 깼던 몇 주 전의 약속 이야기였다. 그녀는 처음부터 필이 일부러 나가지 않았음을 알고 있었던 게 분명했다.

서 대리가 만족할 몇 마디면 관계 회복은 간단하겠으나, 그는 남성이기 이전에 외로움살해자였다. 필은 무심하게 대답했다.

"우린 오랫동안 함께 일한 동료니까요. 혹시 모를 위험성은 배제하는 편이 옳다고 여겼습니다."

그 교과서적인 대답이 치명타였다. 그녀는 더 말도 섞기 싫다는 듯 고개를 가로저었다. 필은 그대로 대화가 끝나리라 예상했으나, 서 대리는 웬일인지 문을 박차고 나가지 않았다.

"대리님, 혹시 그거 아세요? 바로 이런 부분 때문에 대리님은 완벽한 외살자면서 구제불능의 쓰레기란 거예요."

필은 이미 알던 사실에 동조하는 취미가 없었다. 그가 대꾸 없이 서 있기만 하자 서 대리는 한숨을 내쉬었다.

"그때의 술 약속은 그냥 약속이었어요. 잘난 선배와 어떻게 한번 자볼까 수작을 부린 게 아니라. 이 여자가 내게 반하면 어쩌지, 사내 연애에 불이 붙으면 곤란한데, 이따위 걱정은 안 해도 됐었다고요."

"불쾌했다면 미안합니다. 나중에 정식으로 자리를 만들죠."

서 대리는 돌아서다 말고 뒤를 보았다.

"됐어요. 오 대리 일은 알아서 해결할 테니 더 간섭 마세요. 어차피 그럴 생각도 없으셨겠지만."

열렸던 문이 둔중한 소리와 함께 닫혔다. 문짝에 붙은 전자 장치는 곧장 조여들며 그와 바깥을 단절시켰다. 필은 멀어져가는 발소리를 듣다가 돌아섰다. 거실로 들어올 즈음에는 그 두 명의 생각이 거의 지워진 뒤였다. 서 대리는 현명하게 처신하리라. 설사 그러지 못한다 하더라도, 더 이상 그가 무엇을 해줄 수 있다는 말인가? 벌써 한

나절 가까이 저들을 위해 봉사한 판에.

'이만하면 그때의 약속을 깬 보상으로 충분할 거야. 그녀도 언젠가 이해하는 날이 오겠지.'

필은 로봇청소기를 꺼내 작동시키고 어제 쓴 담요를 모조리 세탁기에 던져 넣었다. 지금은 눈앞의 재해현장 복구가 중요했다.

"그래서, 그 두 사람은 어떻게 할 거라던가요?"

침대에 엎드려서 책장을 넘기던 미가 물었다. 세탁된 침구류를 건조대에 널고, 쓰레기와 술병들을 분리해서 버리고, 어질러진 거실을 복구하자마자 그녀의 집으로 날아온 참이었다.

뚜껑 열린 노트북에서 빌보드차트 신곡이 흘러나왔다. 필은 미가 차려준 된장찌개를 한 숟갈 떴다. 요리를 직접 해 먹으라며 잔소리를 하고 또 한 것이 효과가 있었는지, 사다놓고 버리던 식재료가 조금씩 줄어드는 추세였다.

"잘 모르겠습니다. 어떻게든 담판을 보겠죠."

"뭐, 들기로는 직장 내 파트너십이 무의미한 곳 같던데요. 일이 잘 풀리지 않더라도 몇 주 서먹한 정도로 끝나겠네요. 아니면 그 막내 사원이라는 사람이 그만두거나."

끝장이 난 것은 이 된장찌개였다. 필은 조심스레 두 숟가락째를 입으로 가져갔다. 맛은 끔찍하게도 없었다. 뭐 하나가 빠진 것 같았는데, 윤 셰프 추측으로는 끓이던 도중 된장에 홍수가 난 맛이었다. 그는 열심히 밥을 퍼먹으면서 이름을 붙였다. 된장을 상실한 찌개, 간을 잃은 국.

"하나 물어볼 게 있는데, 이 된장찌개는 먹어봤습니까?"

"네. 아침에 먹고 지금 다시 끓인 거예요."

"혹시 맛이 있던가요?"

"아뇨, 뭘 잘못 넣었는지 밍밍하기만 하던데요."

"그런데 왜 다시 끓이지 않았습니까?"

미는 읽던 책에서 눈도 안 떼고 대꾸했다.

"다시 끓여도 똑같아서요. 원래는 한 번 먹고 맛이 없으면 다 버렸거든요. 그런데 오늘은 일부러 남겨봤어요. 내 입맛이 이상한 건지, 아니면 손이 이상한 건지 알아보고 싶어서."

필은 한 숟갈 더 떠서 먹었다. 이제 고객은 그를 상대로 생체실험까지 시도하는 중이었다.

"꼭 된장종지를 씻은 쌀뜨물 같군요. 친구는 잘 만났습니까?"

"네. 못 본 지가 2년을 조금 넘었는데, 다음 달에 식을 올린다고 하더라고요."

"그건 친구라기보다 연락처만 있는 지인인데요. 좀 자주 만나는 사람은 없습니까?"

미는 가소롭다는 듯이 그가 앉은 테이블을 쳐다보았다.

"만나려고만 하면 불러낼 사람은 저도 많아요. 다들 얄팍한 관계들이라 무의미할 뿐이지."

필은 흥미로운 기분에 사로잡혔다. 그의 근변에 놓인 여성들은 비슷한 특성을 공유했다. 예슬과 서 대리와 미, 그녀들 모두 냉정하고 시큰둥했으며 이성을 믿지 못했다. 그중 미가 가장 냉소적이었다. 예슬은 까다로운 본성을 현실과 타협한 실용주의형, 서 대리는 자존심 세고 할 말은 꼭 하는 고집불통형에 가까웠다.

'그러고 보니 첫인상도 비슷한데. 세 명이 함께 다니면 마주 오던 사람들이 길에서 비켜나겠어.'

그 상상은 생각만으로도 오싹했다. 필은 설익은 토란대 무침과 간이 덜 된 나물, 귀퉁이가 탄 햄을 부지런히 먹어치웠다. 마지막으로 예의 된장물을 마시는데 미가 그를 불렀다.

"저기, 혹시 SNS 같은 걸 해요?"

"아뇨. 어릴 때부터 일기에는 관심이 없었습니다."

"그럼 한번 볼래요? 잠깐만 이리 와봐요."

얼룩말이 덮인 침대는 그가 눕기에 다소 짧았다. 필은 엉거주춤 다리를 오므리곤 미의 옆에 엎드렸다. 그녀는 능숙한 손놀림으로 앱을 이리 치우고 저리 치우더니 소셜네트워크 서비스를 한데 모았다.

필은 익히 아는 여러 어플리케이션을 보며 물었다.

"이런 걸 제게 보여줘도 됩니까?"

"뭐 어때요. 어차피 남들이 다 보는 사생활인데. SNS란 누가 더 자기 삶을 행복한 척 포장하는지 겨루는 전쟁터예요."

과연 미는 인기가 많았다. 인스타그램의 사진마다 댓글이 수십 개씩 달렸고, 확인 안 한 메시지만 200개가 넘었다. 마지막 활동이 6개월 전인데도 그랬다. 필은 그녀의 추종자가 수천 명인 것을 확인하고 다음 일기장으로 넘어갔다. 페이스북의 사진들에는 지인과 지인의 지인, 랜덤하게 방문한 사용자들이 뒤섞여 댓글을 달았다. 정말 예쁘다는 칭찬, 뇌가 섹시하다는 아부, 올린 작업물에 대한 찬사가 대부분이었다. 그 혼란의 도가니 속에도 어김없이 제 스타일이십니다, 알아가고 싶어요 등의 노골적인 멘트가 섞여 있었다.

필은 미의 카테고리에 두 줄을 추가했다. 온라인상의 관심으로 외로움을 몰아내려 한 적이 있다. 확신하건대, 그 시도는 실패했다.

"여기, 친구 목록은 모두 지인들입니까?"

미는 잠깐 생각하더니 곧 부정했다.

"아뇨. 거의가 처음 본 사람들이죠. 처음에는 실제 지인이든 모르는 사람이든 가리지 않고 요청을 수락했거든. 몇 달씩 하다 말다를 되풀이해서 지금은 많이 줄어든 거예요."

필은 스크롤을 내려보았다. 거기에는 외로움 말기 환자가 평범한 삶을 찾기 위해 몸부림친 흔적들이 선명했다. 음식, 카페, 여자들이 올릴 만한 화장품 사진이 연이어 나왔고, 심지어 스스로를 찍은 셀프카메라도 있었다. 그는 사진을 보고 옆의 미를 돌아봤다가 웃음을 터뜨릴 뻔했다. 미가 스스로를 찍었다는 것 자체가 놀라운 일이었지만, 자기 얼굴을 이렇게 못 찍는 여자도 처음이었다. 그녀는 셀카 속에서조차 무감정한 피사체 같았다.

필은 끝없이 이어진 친구신청을 쭉 내리며 말했다.

"이 중에서 누굴 만날 생각은 안 했습니까? 전부 미 씨의 외로움 살해자를 자청하려 혈안이 된 것 같은데요."

"그 사람들은 제 외로움이 아니라 본인의 성욕을 죽이려는 거겠죠. 그들 중 제게만 이러는 사람이 몇이나 될 거라고 생각해요?"

"내리면서 보니 여자도 많던데요. 언니랑 친해지고 싶다는 대학생도 있고. 그들 전부가 레즈비언은 아닐 것 아닙니까."

미는 진절머리가 다 난다는 투였다.

"그런 부류가 더 골치 아파요. 결국 서로가 서로를 추켜세워주는 품앗이나 다름없으니까. 연예인보다 예쁘다느니, 미모가 미쳤다느니, 마음에도 없는 소리만 하다가 어느 순간 뒤통수를 치죠. 학부생 때 저를 액세서리로 데리고 다니려던 애들이랑 똑같아요."

"액세서리라고요?"

"네, 프라다 백이나 샤넬 로고가 박힌 클러치처럼."

"그 시절엔 한 손으로 들릴 만큼 가벼웠나 보죠?"

미는 눈도 깜짝 않고 망측한 농담을 무시했다.

"여자들 사이에서 액세서리라는 건, 클럽 테이블에 둘러앉아 생일파티를 벌이는 절친을 의미해요. 또 다른 말로는 결혼식 당일 모델업체에 의뢰해 불러 온 하객이고요. 예쁜 동성과 함께 다님으로써 내 가치도 올라간다는 우월감을 얻는 거죠."

필은 잠시 고민했다. 외로움살해자란 기본적으로 진화한 실용주의자였다. 그랬기에 잘생긴 친구를 데리고 다닌다거나 우정을 자랑하는 일은 퍽 무의미해 보였다. 그렇게 한다고 내 일상이 바뀌겠는가? 남의 얼굴 가죽을 벗겨내 쓸 수 있는 것도 아닌데.

"그래도 무관심보다는 낫잖습니까. 꾸준히 사생활을 훔쳐볼 정도면 미 씨를 적잖이 좋아하나 본데요."

"그 안에 우정은 없어요. 당신은 가장 친한 친구들과 잘생겼다는 소리를 매일같이 주고받나요?"

예문은 시의 적절하게 이해를 도왔다. 영준과 그가 서로를 칭찬하는 것을 상상하자 등줄기 솜털이 곤두섰다.

"아뇨. 대부분은 그렇지 않죠."

"그럼 다행이고요. 전 지금껏 그 대부분이 전부였어요."

미는 핸드폰 화면을 껐다. 필은 자세를 몇 번 고쳤지만 쉽지 않았다. 이 침대 위에서 편히 누우려거든 미를 끌어안아야 했다.

"어쨌거나 마음이 좀 놓이는군요. 달려올 사람이 저렇게 많으니, 제가 잠들어 있을 때 위험해질 일은 없겠습니다."

미도 천장을 보고 똑바로 누웠다. 그녀의 머리카락이 시트 위에 기하학적인 패턴을 그리며 흩어졌다.

"그럴 바에는 그냥 죽겠네요. 당신이야말로 뭐라도 시작해보는 건 어때요? 외로움살해자 윤 필이라고 써놓고, 사진마다 외로움, 살해, 의뢰 접수 따위의 태그를 걸면 금방 스타가 될 거예요."

"저는 지인도 인기도 필요하지 않아서요. 집에 쳐들어오는 불청객은 회사 동료들로 족합니다."

두 사람은 천장을 보며 누워 있었다. 조그마한 선풍기가 돌아갔으나, 아직 에어컨을 켤 만한 불볕더위는 아니었다. 열린 창으로 데워진 공기 덩어리가 몽글몽글 넘어왔다. 필은 민들레 홀씨 같은 구체가 흘러가는 광경을 지켜보았다. 그 안에서는 곧 올 장마 냄새, 달궈진 아스팔트 냄새, 도시의 삭막한 먼지 냄새가 풍겼다.

미가 자세를 약간 고쳤다. 그녀의 팔이 얇은 셔츠 한 장을 두고 필의 어깨와 맞닿았다.

"그럼 예고 없이 침입하는 불청객들 말고, 또 뭘 무서워하나요?"

필은 20년 전쯤의 기억을 더듬었다.

"예전에는 성병과 교통사고, 다리가 여섯 개 이상 달린 괴물을 싫어했습니다. 무서워했던 건 없었네요."

"어떤 바둑 고수는 늘 자기 기억력이 감퇴하지 않을까 두려워한다던데요. 운동선수는 언제 노화가 시작될까 전전긍긍하고요. 당신도 외로움살해자니까 그런 불안이 있을지 모른다고 생각했어요. 어느 날 일어났을 때 감염자가 되면 어쩌나, 하는 두려움이요."

필은 어젯밤 들은 무의식의 경고를 떠올렸다. 붉게 명멸하던 머릿속의 비상등도 떠올랐다. 그 불빛은 세 가지를 의미했다. 긴급 상황, 비상탈출 요망, 언제 다시 켜질지 모름.

"준비는 항상 하고 있습니다. 가능한 안전장치를 총동원하고, 만일에 대비해 예방책도 세우죠. 그럼에도 항상 오늘이 마지막일지 모른다는 생각은 합니다. 감염은 곧 외로움살해자로서의 은퇴를, 은퇴란 인간성의 붕괴를 의미하지만…… 그것이 두렵지는 않아요. 신변을 걱정했더라면 이 일을 시작하지도 않았을 겁니다."

미는 누운 채 고개만 돌려 그를 쳐다보았다.

"그럼 지금은 뭐가 가장 걱정되는데요?"

"제 고객의 외로움이죠. 그것 이외에는 없습니다."

"만약 내일 지구에 종말이 닥친대도요?"

"물론입니다. 제가 아니라도 이 세상을 걱정할 사람들은 많으니까요. 얼마나 큰 혜성이 지구를 박살낼지, 종말의 원인은 핵전쟁일지 빙하기일지 예견하는 것들을요. 저 역시 제가 맡은 일을 할 뿐입니다."

미는 심플하게 감상평을 정리했다.

"역시 제정신이 아니시네요. 외로움 살해에 미친 광신도 같아요."

필도 굳이 해명하려 들지 않았다.

"그럴지도요. 어쨌든 저는 공포도 두려움도 느끼지 않습니다. 아니, 느끼지 못한다고 하는 편이 옳겠군요."

"언제부터 그랬는데요?"

"태어난 순간부터. 그때부터 저는 형을 죽인 살인마로 자라났죠.

외로움에 면역이 된 건 그래서가 아닌가 싶습니다."

미의 눈동자가 약간 커졌다. 필은 반응을 보며 확신했다. 그녀는 흥신소로 전화해 본인 전담 외로움살해자의 뒤를 캔 적이 없었다.

미는 잘 이해가 가지 않는다는 표정으로 말했다.

"납득이 안 돼요. 갓난아기가 어떻게 자기 형을 죽일 수 있어요?"

"타이밍이 나빴어요. 부모님은 형을 지나치게 사랑했고, 제가 꺼내질 때 형은 덤프트럭에 깔렸고, 저는 아픈 곳 하나 없이 태어났습니다. 때로는 존재 자체가 죄가 되기도 하는 법이니까요."

"그건 당신의 잘못이 아니잖아요."

필은 인생의 진리를 설파했다.

"타자를 향한 증오에 잘잘못은 중요치 않습니다. 생각해봐요. 누군가 날 싫어하는 이유가 꼭 어떤 죄를 지어서였던가요?"

미의 얼굴에 납득의 빛이 퍼졌다. 필은 계속해서 말했다.

"생각해보면, 날 때부터 가해진 폭력이 인간에게 반동적 영향을 미치는 것도 같습니다. 운동, 학습, 감정 조절과 자기제어, 그 밖의 모든 학습 행위에 걸쳐서요. 덕분에 저는 외로움살해자에 최적화된 용병으로 길러질 수 있었죠. 어쩌면 내 부모의 말대로, 정말 형이 죽던 날 그의 생명을 빨아들인 것일지도 모르겠고요."

미는 이제 몸을 반쯤 일으켜 앉아 있었다. 침대 상판에 기댄 그녀의 가슴이 녹색 반팔 속에서 오르내렸다.

"그런 일이 있는 줄 몰랐어요. 지금까지 왜 말하지 않았어요?"

"제 가정사를 공개하는 것이 의뢰 진척에 도움이 될 리 없으니까요. 동네방네 떠들고 다닐 자랑거리도 아닐 뿐더러."

미는 그를 빤히 응시했다.

"이제야 알겠어요. 그게 우리의 공통점이었군요."

"불우한 어린 시절을 보냈다는 것 말입니까?"

"아뇨. 당신과 나 모두 누군가를 죽였다는 점이요."

그 말은 불길한 농담처럼 방 안을 떠돌았다. 무슨 뜻인지 물으려 했을 때, 미는 침대 발치로 시선을 돌렸다.

"당신은 모든 것을 빼앗긴 채 자라났고…… 저는 자라나며 빼앗 겼죠. 그 점이 당신에게서 느꼈던 동질감의 정체 같아요. 사람을 믿 는 방법 자체를 모르기에 상처받지 않을 수 있느냐, 사람을 믿다가 상처받아왔기에 누구에게도 기대를 하지 않느냐 하는."

이만하면 오늘의 정보 수집은 충분했다. 필은 슬슬 화제를 전환시 킬 필요성을 느꼈다.

"그러니 제 염려는 않으셔도 된다는 겁니다. 미 씨야말로 더 악화 되지 않도록 외로움 조절에 힘쓰십시오."

미는 갑자기 침대에서 일어나더니 선풍기를 껐다. 그리고 누워 있 는 필에게 엉뚱한 질문을 던졌다.

"추위라곤 못 느껴본 열대지방의 원주민이 남극에 유배당하면 어 떻게 될까요?"

"글쎄요. 아마 끔찍한 공포 속에서 얼어 죽겠죠."

"맞았어요. 그럼 에스키모가 소금사막 한가운데로 내던져진다면?"

"똑같이 괴로워하다 죽어갈 겁니다. 있는 거라곤 소금과 모래, 온 세상을 불태우는 태양뿐일 테니."

미는 고개를 끄덕였다.

"당신도 똑같아요. 평생 외로움을 모르던 사람이 외롭다고 느끼 기 시작했을 때, 저들처럼 되지 않으리라는 보장이 있나요?"

그로부터 5분가량, 필은 그 말이 근래 들은 소리 중 가장 흉흉한 악담이라고 생각했다. 이 달의 괴담은 주방으로 간 미가 냄비를 뒤적일 때 갱신됐다. "그런데 찌개 좀 더 먹을래요? 제가 하도 많이 끓여서, 내일까지 먹을 수 있을 것 같은데요."

4

7월의 태양이 맹위를 떨치기 시작했다. 날은 급격히 더워져, 마침내 절절 끓음과 턱턱 막힘의 중간 단계에 이르렀다. 기승을 부리는 찜통더위 탓에 서울에서만 일곱 명이 일사병으로 쓰러졌다. 뉴스 앵커는 심각한 얼굴로 그중 한 명이 생명까지 위태롭다는 소식을 전했다. 필은 즉각 미에게 전화를 걸었다.

"더위 때문에 여기저기서 난리군요. 외출할 때는 선크림을 꼭 바르십시오. 한 시간에 한 번씩은 미지근한 물을 마셔주고요."

기껏 건 전화에도 미의 반응은 냉담했다.

─ 당신이야말로 조심해요. 한여름에도 머리부터 발끝까지 정장만 입고 다니잖아요. 그러다 쓰러지면 보험금이라도 나와요?

"전 괜찮습니다. 더위를 별로 안 타서요."

미는 그 다음 날, 필이 정말로 땀을 흘리지 않는 것을 보고 놀란 기색이었다. 실제로 필은 더위와 추위 모두에 강했다. 그러나 미가 모르는 것이 하나 있었다. 외로움살해자가 입는 정장은 외로움뿐 아니라 햇볕과 바람, 유해 자외선과 미세먼지를 차단하는 효능도 있었다. 그 얘기를 하자 미는 해열제 한 알을 꺼내 주었다.

바깥은 하루가 다르게 불타올랐고, 사람들의 체온도 용암기포처럼 끓어올랐다. 거듭되는 폭염에 사람들은 한둘씩 넋을 놓았다. 두 여직원과 최 대리, 막내에 이어 조 과장까지 더위 먹은 개 꼴로 사무실에 늘어졌다. 중년 외로움살해자는 또 나가야 한다며 앓는 소리를 했다. "고객을 한 명 줄였는데, 이 빌어먹을 더위는 도대체가 줄지를 않는군. 한 대리, 이제 여름이 얼마나 남았나? 몇 시간인지 계산해서 내 메일로 좀 보내줘." 영준은 교활하게도 일찌감치 휴가를 내 파타야로 떴다. 그리고 호텔 옥상의 수영장 사진을 잔뜩 전송해 친구들의 염장을 질렀다. 필은 현일이 아무 말도 없이 메신저를 나가는 것을 보고 감탄했다. 온순하던 소설가를 저렇게 만들 정도면, 더위든 영준이든 한 놈은 대단한 셈이었다.

들끓는 날씨에도 외로움살해자의 일상은 여전했다. 필은 전과 다름없이 식료품을 사다 날랐고 성 소장과 접선했고 미의 집을 방문했다. 고객의 회복 예후는 썩 긍정적이었다. 미가 샤워를 하러 들어갔을 때, 필은 그녀가 화장실 앞에 벗어놓은 속옷을 코에 댔다. 약간의 땀냄새와 체취, 그녀가 쓰는 향수의 냄새가 풍겼다. 그 뒤에는 오래 밴 향내 같은 외로움의 악취가 희미하게 났다. 처음 만났을 때에 비하면 대단한 호전이었다. 그때 미는 주삿바늘도 들어가지 않던 외로움의 화신이었으나, 지금의 그녀는…….

샤워기 물소리가 뚝 끊겼다. 유리문 안쪽에서 슬리퍼 소리가 가까워졌기에 그는 재빨리 자리를 떴다. 호칭이 필 씨에서 변태로 바뀌는 것은 사양이었다.

긍정적인 변화는 또 있었다. 한결 풍부해진—그래봐야 다른 사람의 반도 못 미쳤으나—감정 표현이 그 증거였다. 이제 미는 정말 우스운 일이 있을 때엔 소리 내 웃기까지 했다. 피부에 들러붙은 얼음 가면은 여전했지만, 전보다는 훨씬 얇아져 있었다. 필은 그런 모습을 보면서도 신중하게 계획을 수립했다. 노련한 외살자라면 놈들의 회광반조가 언제 들이닥칠지 알아야 했다. 외로움에서 벗어난 순간이야말로 인간이 가장 무방비해지는 때였으므로. 마침내 안전해졌다며 마음을 놓은 찰나, 호조를 보이던 고객들은 심장에 구멍이 뚫려 쓰러졌다. 그리고 다시 일어나지 못한 채 생을 마쳤다.

지열이 신발 밑창을 익히던 어느 날, 그들은 옷가게를 갔다. 가로수길에서는 블록 하나를 지날 때마다 사람들의 옷이 한 꺼풀씩 벗겨지는 마법이 퍼지고 있었다. 회전문을 통과하자 사막에서 설원으로 넘어온 기분이었다. 필은 걸린 옷들을 쭉 훑어보곤 꽃무늬 민소매와 끝이 너덜너덜한 청반바지를 골라주었다. 평소 좋아한다던 츠모리 치사토를 고려한 선택이었다. 미는 2층의 남성복 매대에서 반팔리넨 셔츠, 블루 하와이안 팬츠에 까만 샌들을 골랐다. 서로가 고른 옷으로 갈아입고 나온 뒤, 미는 필의 바지 밑단을 보면서 몇 번이나 웃었다. 그가 정장이 아닌 사복을 입은 모습이 영 어색한 듯했다.

"이게 외로움에게서 가장 안전한 옷인가요?"

거울을 쳐다보던 미가 물었다. 필이 고른 두 벌 모두, 여름의 욕구를 충실히 이행해 옷감이 다소 부족했다.

"설마요. 그냥 어울릴 만한 것들로 골랐습니다."

"전 외로움도 추위 같아서 무조건 감싸야 할 줄 알았는데요. 왜, 예전에 당신의 정장은 방탄이라고 말한 적이 있었잖아요."

필은 훤히 드러난 두 팔을 내려다보았다.

"그건 제 얘기죠. 남들이 이 더위에 그랬다간 병원에서 수액이나 맞는 신세가 될 겁니다."

밖으로 나오자 숨이 콱 막혔다. 선글라스와 산소호흡기 없이는 세 발짝도 걷기 힘든 날씨였다. 필은 길가의 디저트 가게로 미와 대피했다. 그런 다음 갓 나온 츄러스에 크림치즈를 듬뿍 바르고, 블루베리가 박힌 아이스크림 컵을 받아서 건넸다. 미는 양손에 자기 얼굴만한 먹거리를 들고 고민하는 표정이 됐다.

"왜 그래요? 둘 다 좋아하는 것들 아니었습니까?"

"그렇긴 한데, 요즘 허리가 좀 굵어진 것 같아서요. 이러다간 외로움이 아니라 당신 때문에 체중이 늘겠네요."

필은 맨 처음 미에게 설파했던 외로움:체중의 공식을 떠올렸다. 그녀는 간혹 놀랄 만큼 기억력이 비상했다.

"그때도 말했지만, 이젠 제가 있으니 괜찮습니다. 살이 찌면 헬스장에 가둬둘 테니 걱정 말아요."

미는 입가에 아이스크림을 묻히면서 먹었다. 필은 그녀가 입안의 음식을 삼키길 기다려 물었다.

"추천해준 영화는 모두 봤나요?"

"네. 생각보다 시간이 잘 가서 놀랐어요. 접속이었나, 중경삼림을 보다가는 그날 작업 진도를 못 뺄 뻔했고요. 하루에 예닐곱 편씩 몰아 보니 내용들이 헷갈리긴 하지만요."

"그건 중요치 않습니다. 어떤 느낌이 들던가요?"

미의 눈 속 초점이 영사기를 투사하듯 멀어졌다.

"거기 나오는 주인공들은…… 외로움살해자 없이도 참 많은 것을 하더군요. 홀로 표를 끊어 대공원을 가고, 슬픈 노래를 들으며 경복궁 앞길을 거닐고, 거기서 우연히 옛 연인과 마주치기도 하면서요. 그걸 보다 보니 저도 비슷한 걸 해보고 싶어졌어요. 미술관 옆에 있는 동물원을 찾아간다든가, 비 오는 수요일에 노란 장미를 산다거나. 그런 의미 없는 낭만들 있잖아요?"

"그 장면에 들어갔을 때의 감상이 궁금해진 겁니까?"

"맞아요. 예전에는 그런 것들을 해도 아무렇지 않았어요. 그래서 그 뒤로는 아예 무엇도 하지 않게 되었죠."

필은 명료한 해답을 내렸다.

"그럼 해보면 되겠군요. 그걸 다 먹고 미술관 옆 동물원에 갑시다."

미는 먹던 아이스크림에서 입술을 뗐다.

"지금 당장요?"

"그럼 언제겠습니까? 하고 싶은 게 있으면 해야죠. 얼마 만에 생긴 주체적 욕구인데요."

급생성된 귀찮음이 미의 눈빛에 섞여들었다. 필은 저 표정을 서울역의 노숙자들에게서 자주 본 적이 있었다. 그들은 행인이 다가오면 어차피 적선하지 않을 것을 아는 얼굴로 어기적어기적 손을 내밀곤 했다.

"글쎄, 욕구라고 말하기 민망할 만큼 적어서…… 아마 당신이 생각하는 성과는 없을 거예요."

"하지만 안 하는 것보다 해보는 편이 낫죠. 적어도 우리 둘의 공통분모가 몇 개 더 생길 테니까요."

"그게 생기면 뭐가 달라지는데요?"

미는 담백하게 물었다. 여느 때 그랬듯, 비아냥도 기대도 아닌 궁

313

금증만을 담은 질문이었다. 필은 고객의 의문에 충실히 답했다.

"미 씨의 외로움을 제가 빨아들이기 쉬워지겠죠."

그 말을 미가 어떻게 해석했는지는 알 수 없었다. 손님 한두 명이 나갔고, 새로 온 남녀가 이름이 긴 메뉴를 주문했다. 푸슈슉 소리가 들리며 액체질소 연기가 카운터 너머로 흘러넘쳤다. 미는 그를 똑바로 쳐다보면서 아랫입술을 핥았다. 묻어 있던 아이스크림이 하얀 연기와 함께 사라졌다. 필은 외로움이 그녀의 입술로 빨려드는 듯한 착각을 느꼈다.

"그럼 가요. 그 동물원이란 게 어디 있는데요?"

결과만 놓고 보자면, 첫 번째 낭만 사냥은 대실패였다. 미는 동물원에 가본 적이 고등학교 이후 없다고 했다. 필은 동물이라면 지나가던 푸들과 놀아준 것이 전부였다. 그래서 지금 같은 날씨에 동물원이 어떻게 변하는지 둘 모두 몰랐다. 입장권을 끊어주는 매표소 여직원만 심드렁하게 주의를 줬다. 오늘은 날이 너무 더워 볼 수 없는 동물들이 많을 텐데, 그래도 괜찮겠냐는 것이었다. 미는 무뚝뚝하게 응대했다.

"상관없어요. 쓰러진 나무라도 보면 되죠."

입구를 지나자마자 서슬 누런 뙤약볕이 내리쬐었다. 우리 안에서는 말라붙은 똥만 그들을 반겼다. 대부분의 동물들이 실내로 옮겨졌거나, 그도 아니면 바위 그늘에 축 뻗어 있었다. 사육사들은 체온 유지를 위해 호스로 찬물을 뿌렸다. 밖이 얼마나 더운지, 붉은 입을

쩍 벌리고 물대포를 맞는 호랑이가 부러울 지경이었다. 침팬지 우리
에서는 인간 대 유인원의 물놀이가 벌어지고 있었다.

"봐요, 저기 곰이 있어요."

미가 땀에 젖은 얼굴로 말했다. 과연 나무 그늘에 엎드린 곰이 우
울하게 혀를 빼물고 있었다. 작고 까만 눈은 털북숭이로 태어난 운명
을 원망하듯 뒤룩거렸다.

"그렇군요. 더워 보이네요."

필은 비교적 멀쩡한 발음을 내는 데 성공했다. 혀가 녹아 식도로
흘러들어가도 이상하지 않을 날씨였다.

"당신은 안 더워요?"

"괜찮습니다. 그보다 우리가 여기 온 본분을 지켜야죠."

미는 결심이 선 독립투사처럼 그를 올려다보았다. 그리하여 그들
은 오랑우탄, 사막여우, 미어캣 우리까지 기다시피 순회하고 녹초가
되어 뻗어버렸다. 필의 이마도 땀투성이였다. 미는 얼굴을 닦다 닦다
지쳤는지, 땀이 흘러내리는 대로 내버려두고 있었다. 동물원에서 워
터프루프 화장이 필요하리라곤 예상치 못했을 터였다.

"봐요, 저기 사람이 있어요."

그녀는 로랜드고릴라가 뛰쳐나왔다는 투로 말했다. 필은 익힌 육
포 같은 목을 움직였다. 이런 날씨에 무모한 도전을 벌인 멍청이는
그들뿐만이 아니었다. 20미터쯤 떨어진 맹수 우리 앞에, 커플로 보이
는 남녀가 서 있었다. 얼핏 봐도 조만간 무슨 일이 날 분위기였다.

"그렇군요. 더워 보이네요."

필이 똑같은 대답을 하자마자 여자 쪽이 폭발했다. "오빠, 나 더워
죽을 때까지 이러고 있을 거야? 뭐라도 좀 해보란 말야!" 히스테릭

한 목소리가 여기까지 들렸다. 둥근 안경을 낀 남자가 쩔쩔매며 물컵을 내밀었지만 여자가 뒤도 안 보고 쳐냈다. 일회용 컵이 떨어져 구르고 다 녹은 얼음물도 쏟아졌다. 필은 모래에 남은 얼룩을 보며 아깝다고 생각했다.

그 광경을 지켜보던 미가 다른 제안을 꺼냈다.

"있죠, 우리 물놀이 갈까요? 제가 예전에 자주 가던 데가 있어요."

"이왕 가려거든 시원한 곳이면 좋겠는데요. 전 동물원이란 곳이 이렇게 더운 줄 미처 몰랐습니다."

미는 고개를 끄덕였다.

"실내에 있는 거예요. 미술관 옆 동물원 말고, 우린 꽃가게 옆 수족관으로 해요. 영화를 따라하다 실려 갈 것 같으니까."

그녀가 이야기한 곳은 아쿠아리움이었다. 꽃가게 옆 수족관이 뭔가, 했던 필은 아이들에 둘러싸여 깨달았다. 아쿠아리움이 있는 건물 안에는 정말로 꽃집이 있었다. 물놀이란 것은 사방이 물인 유리통 안에서 즐기는 취미였고.

필은 고기 반 사람 반인 주변을 둘러보았다. 가족 단위로 놀러 온 사람들이 많긴 했으나, 일단 일사병의 걱정은 없어 보였다. 미는 오면서 문구점에 들러 산 스케치북과 펜을 들고 있었다. 그건 어디다 쓸 거냐고 묻자 예전 습관이라는 대답이 돌아왔다. 필은 예술가의 변덕 정도로 여기고 더 묻지 않았다. 젊은 여성, 외로움 말기 환자, 거기에 미술 전공자까지 합쳐지면 그녀가 스케치북을 박박 찢어 씹는대도 이상할 게 없었다.

수족관은 동물원보다 훨씬 나았다. 내부 온도도 미의 어깨에 소름이 돋을 만큼 시원했다. 노랑, 빨강, 파랑과 검정의 열대어들은 산호

섬 사이를 잘만 돌아다녔다. 필은 약한 아쉬움을 느꼈다. 하루만 시간이 있었더라면 물고기의 종부터 특성까지 전부 외워 설명해줬겠지만, 안타깝게도 윤 필 대백과사전 안에는 어패류 항목이 없었다. 고객들 중 물고기에 관심을 갖는 특이 취향은 극도로 희귀했다.

그럼에도 수족관 구경은 썩 할 만했다. 더듬이가 긴 닭새우나 왜 여기 있는지 모를 전갈을 보는 것도 재미있었다. 미는 몸 전체가 새파란 열대어 앞에서 한참을 머물렀다. 그녀는 물고기를 관찰했고 필은 미를 관찰했다. 티가 안 나는 감시법은 그가 창시한 매뉴얼 중 하나였다. 두 눈 중 한쪽으로만 누군가를 쳐다보면, 상대는 쉬이 시선을 느끼지 못했다. 그것을 배우던 조 과장은 참게가 따로 없다며 감탄했다.

코스 중반쯤 왔을 때, 미는 뭔가 찾는 듯 두리번거렸다. 필은 마실 것을 가져오겠다고 하고 매점을 찾아 떠났다. 그녀가 예슬과 닮은 점이자 서 대리와 다른 부분이기도 했다. 미는 남자뿐 아니라 그 누구에게도 결코 의지하려 들지 않았다.

콜라 두 잔을 들고 돌아오니 미는 사라진 뒤였다. 외로움살해자는 금방 어느 유리벽 앞에 앉은 까만 단발을 찾아냈다. 검푸른 채광창과 어둑한 조명이 맞물려, 그녀는 해저에서 길을 잃은 소녀처럼 보였다. 좀 더 가까이 가자 무릎 위에 올려놓은 스케치북이 보였다. 필은 그 광경을 멀찌감치서 지켜보았다. 미는 유리 저편의 매너티를 그리고 있었다.

펭귄 풍선을 든 여자아이 하나가 지나가다 멈췄다. 그 애는 미의 옆에 똑같이 쪼그리고 앉더니 엄마를 불렀다.

"엄마, 이 언니 그림 그려!"

미의 고개가 여자아이 쪽으로 돌아갔다. 어떤 표정인지는 알 수 없었으나, 엄마로 보이는 여자는 평소 딸의 사교성이 탐탁잖았던 눈치였다. 서둘러 다가오더니 아이를 일으킨 것이다.

"그래, 그럼 이제 가자. 얼른 아빠한테 가야 맛있는 거 먹지?"

모녀는 금세 사라졌다. 그 자리로 다른 가족이 밀려들었고, 그들이 떠나자 또 다른 가족이 생겨나 물고기를 구경했다. 미는 한참 동안 그녀들이 떠난 곳을 바라보고 있었다. 그러다가 방금까지 그리던 그림으로 시선을 내렸다. 필은 고객에게 다가갔다.

"뭘 그렇게 보고 있어요?"

파랗게 빛나는 미의 얼굴이 그를 올려다보았다.

"매너티요. 같이 볼래요?"

필은 그녀 옆에 한쪽 무릎을 꿇고 앉았다. 하마를 닮은 매너티들은 천천히 헤엄치며 물고기 사이를 헤치고 다녔다. 놈들 중 두어 마리는 입에 배추를 물고 있었다. 어디서 가져왔나 했더니, 수초 위쪽에 배추이파리 몇 점이 떠다니는 중이었다. 필은 물었다.

"왜 해양생물을 좋아하는 겁니까? 고양이나 강아지도 있는데요."

미는 다시 연필을 움직이기 시작했다.

"어렸을 때, 아빠랑 엄마랑 여길 왔다가 푹 빠져버렸어요. 물고기들은 한번 지나가면 다시 볼 수 없잖아요. 겉모습은 같지만 그건 내가 봤던 그 애가 아니니까. 그래서 다시 태어난다면 물고기가 되고 싶다는 생각이 들었어요. 정을 줄 필요도, 그러다 떠나서 아파할 필요도 없고. 그저 물살 속을 흘러갈 뿐인걸요."

필은 다시 고개를 들고 유리벽을 쳐다보았다. 여전히 매너티는 배추를 먹고 있었다. 그러나 미의 말대로, 방금 보았던 놈인지 새로운 놈인지는 알 수 없었다. 미는 그림에서 눈을 떼지 않고 말했다.

"그리고 매너티는 귀여워요. 보고 있으면 알 거예요."

그녀의 주장은 곧 입증되었다. 어떤 매너티 한 마리가 수면으로 헤엄쳐 올라가더니, 양 지느러미로 배추를 꼭 쥐었다. 그러고는 무거운 납관처럼 수직으로 떨어져 내렸다. 지켜보던 꼬마 몇 명이 눈이 휘둥그레져서 탄성을 올렸다. 마치 투명한 수중 엘리베이터를 탄 것 같았다.

"신기한 재주가 있는 친구들이군요."

"그렇죠? 저도 그래서 저 애들이 좋아요."

필은 그녀의 그림을 곁눈질했다. 매너티의 몸체와 지느러미는 거의 완성되어 있었다. 특이한 점은 머리 부분이 없었는데, 아마 일부러 비워둔 듯싶었다. 그녀는 스케치북을 접고 일어났다.

"그만 가요. 아까 보니까 신기한 게 많이 생겼던데, 해가 지기 전에 다 돌아보고 갈래요."

'신기한 것'의 정체는 해저 동굴에 뚫린 레일이었다. 발판 위로 올라서자 레일이 천천히 움직이며 그들의 관람을 도왔다. 저 멀리서부터 까만 띠 비슷한 것이 보인다 싶더니, 통로의 양쪽 유리벽으로 블랙 코리들이 밀려들었다. 그 뒤를 따라 정어리 떼가 빠르게 이동해 갔다. 필은 물살에 실려 떠내려가는 은빛 납탄들을 떠올렸다. 미에게 감상을 묻자 태양에 쫓겨 도망치는 여명 같다고 했다. 때때로 그녀의 표현은 시구(詩句)를 연상시키는 데가 있었다.

그들은 수족관의 끝을 향해 운반되어 갔다. 바다악어와 눈싸움을 벌이던 미가 불현듯 말했다.

"아까 뭘 그렇게 보냐고 했잖아요."

필은 고개를 낮췄다. 그래도 그들의 귀 높이는 잘 맞지 않았다.

"그랬죠. 그런데요?"

"생각해보니 매너티가 아니었어요. 저는 가족을 보고 있었어요."

"저도 본 것 같습니다. 어머니와 딸이었나 보군요."

"네. 예쁜 머리핀을 달고 엄마 손을 붙잡고 다니는 여자아이들. 본인이 특별한 줄 알고 자라날 테고, 커가며 별다를 것 없다는 사실에 슬퍼할 여자아이들. 아직 누군가와 사랑에 빠질 수 있는 소녀들. 가끔 그런 아이들에게 묻고 싶어요. 완벽한 가족을 가진 것은 어떤 기분인지."

필은 잠시 고민했다. 파괴된 가족의 구성원 중 한 사람으로서, 그는 저런 사고 자체를 해본 적이 없었다.

"아마 별 느낌 아닐 겁니다. 구성원들이 정상이라고 해서 달라질 게 있을까요? 좀 더 북적거리고, 조금 더 행복한 척할 수 있고, 슬플 때 전화할 사람이 늘어나는 정도가 끝이겠죠."

"맞아요. 그래서 저는 마포대교로 가고 싶어요."

필은 귀를 의심했다. 그녀는 필의 표정을 보더니 무슨 오해를 샀는지 깨달은 듯했다.

"이왕 나왔으니까 좀 걷고 싶어서요. 생명의 다리인가도 구경할 겸. 생각나는 건 모두 말해보라면서요?"

인사동, 하늘공원, 광화문에 경복궁까지 산책 코스가 지천인데 왜 하필이면 자살 방지 쇼케이스입니까? 오랜만에 직업적 의문이 꿀떡거렸으나, 필은 훌륭히 참아냈다. 그의 혀는 종종 옳은 말만 발음하려는 병에 걸려 있었다.

서녘에서는 해가 피를 흘리며 떨어지는 중이었다. 빌딩숲 사이로는 혈흔 같은 노을이 늘어졌다. 대로변에서 택시를 잡으려 할 때, 미가 버스를 타자고 했다. 지갑을 꺼냈지만 공교롭게도 두 명 다 교통카드가 없었다. 필은 버스 요금 투입구에 두 명분의 잔돈을 딸그랑거리며 떨어뜨렸다. 기사는 희한한 젊은이들을 다 본다는 듯 그를 흘끗 쳐다보았다.

창가에 앉아 가는 내내, 미는 유리창 밖을 바라보았다. 햇살 때문에 찡그려진 눈가에는 그림자가 생겼다. 하필 탑승한 버스의 에어컨도 고장이었다. 승객들은 불평을 토하고 우우대면서도 차에서 내리지는 않았다. 자리마다 활짝 열린 창문들로 후텁지근한 바람이 들어와 날았다. 공기는 한증막처럼 뜨겁고 건조했다.

필은 왼쪽 눈동자만 움직여 미를 살폈다. 그녀가 마지막으로 운 것도 버스 안이라고 했다. 맨 뒷자리, 자신을 모르는 사람들 사이, 아무런 이유도 없이. 그는 미의 뺨에 난 솜털이 흔들리는 것을 보았다. 저 위로 눈물이 흘러내렸다고는 믿기 힘들 만큼 메마른 볼이었다. 미의 눈물은 얼어붙은 것일까. 아니면 방류될 때만을 기다리며 갇혀 있는 것일까. 어느 쪽이든 댐은 위험 수위에 이른 뒤였다. 그녀에게는 눈물실을 뽑아내줄 방직공이 절실했다.

'쌓인 외로움은 혈관을 막지. 흘리지 못한 눈물은 썩어들어가고. 그녀의 감정들이 죄다 무뎌진 이유도 알 만해.'

버스에서 내렸을 때는 가로등이 켜지고 있었다. 필은 근처를 둘러보고 사람들이 많이 가는 방향으로 걸었다. 이런 곳에서는 인파가 쏠리는 쪽만 고르면 눈을 감고 다녀도 안전했다.

"힘들지는 않습니까? 이 뙤약볕에 온종일 돌아다녔잖아요."

횡단보도 신호등을 기다리며, 필이 물었다. 미는 대답하기 전 자기 손등을 유심히 내려다보았다.

"괜찮아요. 피부가 익는 느낌도 좋고. 당신은요?"

"저는 미 씨가 투신만 안 한다면 상관없습니다."

미는 너도 참 징하다는 눈빛이 됐다.

"뛰어내리지 않는다니까요. 그렇게 못 믿겠거든 수갑이라도 채우지 그래요? 요즘은 성인용품 숍에서도 많이들 팔던데요."

필은 경험자로서 후배에게 조언했다.

"그건 안 돼요. 제가 몇 번 써봤는데, 워낙 잘 끊어져서 장난감이나 다름없었습니다."

차도 두어 개를 건너자 불야성처럼 밝은 대교가 나왔다. 다리 양편에는 사람이 오가도록 만든 인도가 있었다. 외로움 탐색 차 돌아다녔던 서울의 명소 중, 마포대교는 빠져선 안 될 관광지였다. 다리 근방에 있으면 외로운 사람, 아픈 사람, 청춘이 힘겨운 사람들이 몰려들곤 했다. 평일 밤은 예비 고객이 많았고 주말 밤에는 커플들이 많았다. 후자는 주로 자살 명소에서 추억을 쌓으려는 남녀였다.

요즘은 통 시장조사를 못 나갔군. 언제부터였지? 필은 스스로에게 물었고, 미와 만난 지 한 달쯤부터라는 자답을 꺼냈다. 실전 감각 유지를 위해서는 꾸준히 돌아다니는 편이 좋았다. 다음 외로움 탐사에는 미를 동반해도 나쁘지 않을 터였고. 방금 한 상상에 어딘가 이상한 점이 있다는 생각이 들었으나…… 무엇이 잘못됐는지는 알 수 없었다. 그는 대수롭지 않게 여기고 대교 초입으로 입성했다.

죽음과 희망이 공존하는 관광지답게, 다리의 디자인은 감성을 자극하려 한 티가 역력했다. 필은 바깥쪽에서, 미는 안쪽에서 걸으며 대교를 구경했다. 감지 센서가 있는 난간은 '잘 지내지?', '밥은 먹었어?'

따위의 문구를 그들이 걸어가는 방향으로 하나씩 밝혔다. 필이 생각하기에는 영 고루한 위로 방식이었다. 약을 올리는 것도 아니고, 저것들이 '아프니까 청춘이다' 따위의 헛소리와 무엇이 다르단 말인가?

미의 의견도 대체로 비슷했다.

"여기는 사진으로만 봤는데, 직접 구경하는 건 처음이에요. 항상 차를 타고 지나갔거든요."

"굳이 시간을 내서 와볼 곳은 아니니까요. 미 씨 생각에는 이 난간이 자살자들에게 도움이 될 것 같습니까?"

미는 '많이 힘들었구나'의 많이를 손으로 잡았다.

"전기가 흐르는 것도 아니고, 죽으려는 사람들한테는 별 소용이 없겠네요. 오히려 이런 시설물조차 위로가 못 된다는 사실에 더욱 괴로워지면 모를까. 효과 좋은 자살방지턱은 아니라고 봐요."

외로움 말기 환자가 주장하는 바는 설득력이 있었다. 미는 끝마무리로 난간을 설치했을 인부의 노력을 추켜세웠다.

"그래도 좀 덜 힘든 사람들은 좋아할 것 같아요. LED 램프랑 짧은 글귀 몇 개로 감성을 충전할 수 있잖아요?"

그녀의 말마따나, 희망 레터링을 새긴 다리는 인기가 좋았다. 그들이 걷는 와중에도 몇 팀이 앞서거니 뒤서거니 지나갔다. 필은 난간 너머의 야경을 건너다보았다. 반대편의 다리는 주황빛으로 발열하는 자벌레를 연상시켰다. 조그마한 불빛들이 자벌레의 마디에서 마디로, 또 다음 마디로 쉬지 않고 오가고 있었다.

"그럼 미 씨라면요? 만약 당신이 정신과 의사라면, 투신 직전의 예비 자살자를 어떻게 살리겠습니까?"

미는 한동안 걷기만 할 뿐 대꾸하지 않았다. 그러다 필이 화제를 돌리려 했을 때 불쑥 대답했다.

"전공 탓인지는 몰라도, 제 주위엔 유독 그런 친구가 많았어요. 정신과 육체 모두 건강하지 못한 사람들이요. 혹시 제가 이 얘기를 했었나요?"

필은 고개를 저었다. 외로움살해자의 소견으로 말할 것 같으면, 정신과 육체가 모두 건강한 사람은 슈퍼맨뿐이었다.

"일단 이쪽 계열은 수입이 일정하지 않아요. 일은 힘들지만 페이는 적고, 고정적인 보수가 없다 보니 신용카드는 꿈도 못 꾸죠. 그날 벌어 그날 쓰는 노가다꾼이라고 봐도 무방할 정도로. 그래서 한 번은 이런 일도 있었어요. 다들 작품의 고뇌다 현실적인 문제다 해서 밥을 굶는 상황이었는데, 동기 여자애 한 명이 작업 도중 손가락이 잘린 거예요. 부랴부랴 손가락을 챙기고 잘린 부위를 싸매고…… 떠메다시피 응급실로 데려갔는데 의사랑 흥정을 하더라고요. 더 안 깎아주면 다른 병원으로 가겠다고. 이 병원비가 내 일주일치 담배랑 밥값이니까, 괴사하든 말든 싸게 해달라면서."

필은 내심 감탄했다. 장애를 건 배팅이라니, 탁월한 흥정 방안이었던 것이다. 미는 자기 왼손을 내려다보면서 계속했다.

"그 밖에도 꺼내자면 끝이 없어요. 학교 미술학도 대부분이 여자였고, 그래서인지 남자에 집착하는 애들도 많았죠. 우리 학과 타 학교 가리지 않고 릴레이로 사귀는 정도는 약과였어요. 연인에게 병적으로 의존하는 친구, 자길 찬 남자애 집 앞에서 배를 찌른 친구, 당장 방을 빼게 생겼는데 펌은 하러 미용실로 가는 친구. 가장 인상적이었던 건 신안에서 온 동기 남자애였어요. 예술가의 생활신조라면서 믹스커피랑 컵라면으로 버틴 게 1년째던가, 폐암 4기에 당첨돼 학교를 떠났어요. 아마 줄담배의 영향도 컸을 거예요."

"자기학대가 미대생의 소양인 줄은 몰랐군요. 그렇게 스스로를 방치하도록 주변에서 내버려뒀습니까?"

"물론 말렸죠. 하지만 어쩔 수 없었어요. 그런 식으로라도 스트레스를 풀지 않으면 어떤 것도 만들 수가 없으니까. 게다가 다들 같은 너구리굴에서 담배를 피워대며 십 분에 한 번씩 기침을 하고 있었죠. 우리 중 타자를 구원할 만큼 강한 인간은 없었어요."

'말 안 해도 알아'에 불이 들어왔다. 잠시 후 그들의 앞쪽에서 웬 플래시가 터졌다. 블로거로 보이는 두 여자가 자못 엄숙하게 아이폰을 들이대고 있었다.

"그때 저는 관계성의 무의미함을 깨달았어요. 대부분의 인간은 다른 인간을 구하지 못해요. 나도, 그 애들도, 자신을 파괴함으로써 내일을 살아갈 동력을 얻고 있었던 거예요."

"학부생 시절의 동력은 어디에서 나왔습니까?"

미는 잠시 고민하는 기색이다가, 내려다보던 왼손을 폈다.

"한창 우울증이 심해졌을 때, 손가락 사이를 커터칼로 그은 적이 있어요. 흉은 안 지되 고통이 느껴질 정도로만. 외로움에서 벗어나려는 몸부림의 일부였죠. 접근한 남자들 모두와 사귀기도 했고."

선배를 찼던 고교생이 캠퍼스 여왕벌로 재탄생한 비화가 밝혀지는 순간이었다. 이미 짐작했던 일이기에 필은 놀라지 않았다. 그보다는 뒷이야기에 감춰진 배경이 더 중요했다.

"하필 그곳을 그은 이유는 무엇이었습니까? 사람들 눈을 신경 썼을 것 같진 않은데요."

미는 용케 그가 생략한 문장을 알아들었다.

"엄마 때문이었죠. 손목을 그으면 엄마가 볼 테고, 그럼 또 울고불고 난리가 날 게 뻔하니까. 저까지 엄마의 고통이 되고 싶지는 않았어요."

"제가 미 씨의 아버지라면 좋았겠군요."

미는 걸음을 멈추더니 그를 말끄러미 올려다봤다.

"처음 듣는 희망사항이네요. 보통은 남자친구가 되고 싶다는 말을 하지 않나요?"

"애인이 된다고 해서 근본적인 문제를 해결할 수는 없으니까요. 그럴 바에는 차라리 대상 자체가 되는 게 낫습니다."

미는 약간 회의적인 태도를 취했다.

"필 씨가 제 아버지였다면 무엇이 달라졌을까요?"

"큰 차이는 없었을 겁니다. 대신 시멘트를 채운 드럼통에 제 발로 들어가서 황해까지 떠내려갔겠죠."

난간들 중간에는 글귀뿐 아니라 사진도 붙어 있었다. 주로 행복한 듯 웃고 있는 가족사진들에, 먹음직스러운 음식도 두어 장씩 섞였다. 미는 가만히 보다가 치킨이 먹고 싶다고 했다. 양념 반에 매운양념 반, 콜라는 사이다로 교환해서. 그것이 외로움이 조금 나아졌기에 생긴 식욕인지, 아니면 생명의 다리가 가져다준 효과인지는 알수 없었다. 단지 오래 걸어서 배가 고팠는지도 모를 일이었다.

녹색으로 된 자살방지 전화통을 지나, 작은 전망대로 들어오자다리가 끝났다. 이대로 쭉 가면 여의도역이 나왔다. 지하철을 탈 수있을까, 확인한 시각은 영 애매했다. 미의 집까지 가다가 환승하는 도중 열차가 끊길 시간이었다. 택시를 타겠냐고 물었지만 미는 혼자들어가고 싶다고 했다. 필은 더 권하지 않고 휴대폰을 꺼냈다. 그가 부른 콜택시를 기다리면서, 미는 지나가듯 물었다.

"우리가 지금 하고 있는 게 사랑인가요?"

더운 바람이 불어와 미의 단발을 헝클어뜨렸다. 필은 무심코 그녀의 뺨에 붙은 머리카락을 떼주려다 그만두었다.

"아마 아닐 겁니다. 저는 사랑을 할 줄 모르거든요."

"그럴 거라고 생각했어요. 그렇다면 여전히 저는 죽어가고 있겠군요. 우리는 서로를 사랑하고 있지 않잖아요."

지열을 담은 밤공기가 흘러갔다. 잠시간 아무 소리도 들리지 않았다. 주변의 소음은 땅 밑으로 빨려 들어간 듯 고요했다. 필은 지나가던 자동차, 행인, 풀벌레조차 입을 다물었다는 것에 가벼운 박탈감을 느꼈다.

"아뇨, 미 씨가 아니라 미 씨의 외로움을 살해하는 겁니다. 세상 모든 인간관계가 이성 간의 사랑으로 완성되지도 않고요. 그 시스템적인 이분법만큼 위험한 것도 없습니다."

"그러게요. 때론 저도 평범한 사람처럼 굴 수 있나 봐요."

"무슨 말입니까?"

필이 물었으나 미는 고개를 저었다.

"사랑이 필요한 여자 흉내를 내봤어요. 그럼 조금이라도 그들의 감정을 느낄 수 있을까 해서. 역시 큰 효과는 없네요."

짐짓 농담을 가장했으나, 외로움살해자의 감각은 말꼬리에 붙은 거스러미를 놓치지 않았다. 그는 미의 앞으로 걸어가 눈을 맞췄다.

"미 씨, 당신은 회복되고 있습니다. 아마 1년에서 2년 사이에 원래대로 돌아갈 수 있을 겁니다. 다른 사람들처럼 기쁨이나 슬픔을 느낄 수도, 누군가를 사랑하면서 살아갈 수도 있어요. 그리고 나면……."

"그러고 나면 무엇이 해결되나요?"

대화 도중, 그들 중 한 명이 말을 자른 것은 처음이었다. 미는 필의 눈동자 뒤를 바라보며 이야기했다.

"요즘은 그런 생각이 들어요. 외로움이 물러가고 고통이 덜해지고, 인간적인 감정을 되찾은 다음에는? 제가 정상으로 돌아온대도 절 외롭게 만든 현실은 바뀌지 않아요. 아빠는 나와 엄마 주위를 맴도는 그대로에, 엄마는 여전히 우울증에 시달리며 자살을 시도하겠죠. 외로움과 함께 내 외로움살해자가 사라져버린 세상에서, 과연 나는 얼마나 더 살 수 있을까요. 결국 지금보다 더 외로워지고 말 텐데."

목소리가 미세하게 흔들리며 잦아들었다. 완고하던 외로움의 빙벽에 실금이 내달리고 있었다. 혼란스러운 감정을 느낀다는 것은 3단계에서 2단계로, 얼음덩이에서 인간으로 거듭나는 첫 번째 징후였다. 그 순간 필은 잠시 가운을 입은 의사가 되었다.

"당신이 바뀌어 있겠죠. 그것만으로도 우린 살아갈 수 있습니다."

콜택시는 무리에서 떨어진 유성인 양 그들 앞에 당도했다. 차 문을 열기 전, 필은 미를 한 번 끌어안았다. 그리고 심장 소리가 겹치기도 전에 몸을 뗐다. 봄볕 밑 입맞춤처럼 짧은 포옹이었다.

오늘 즐거웠어요. 내일 봐요.

곧 끊길 지하철을 기다리는데 문자가 들어왔다. 그는 지하철, 버스, 다시 택시를 갈아타고 귀가할 때까지 자기가 무기를 꺼낸 타이밍에 스스로 만족했다. 그녀를 안은 순간, 외로움의 빙벽 일부가 갈라져 떨어지는 소리를 들은 것 같았다.

5

그날은 가뭄에 콩 나듯 있는 출근일이었다. 필이 사무실에 도착했을 때 막내는 없었다. 오 대리는 어딜 갔냐는 최대철의 질문, 약속이 있다며 나갔다는 한 대리의 대답이 번갈아 들렸다. 요즘은 출근후 아침마다 어딘가를 다녀온다는 것이었다. 핸드폰을 들여다보는서 대리는 표정 변화가 없었다. 필은 그녀가 시선을 알아차리기 전에자리로 가서 앉았다. 보아하니 며칠 전 연애놀음이 끝난 분위기였다.

평화롭던 오전 근무는 곧 산산이 조각났다. 전화를 받은 조 과장이 어깨를 툭툭 치더니 사무실 문간으로 나갔던 것이다. 필이 영문을 모르고 따라가자 이해가 어려운 질문이 들려왔다.

"일이 잘 풀린다더니, 요즘 남자 고객도 맡았나?"

"그게 무슨 말씀이십니까?"

조 과장은 한쪽 눈썹만 올리고 필을 보았다.

"누가 1층에 찾아와 있는 모양이야. 성완태 소장이라고. 그렇게 말하면 알 거라던데. 네가 오늘 나오는 것도 알고 왔다더군."

필은 잠시 후 상황을 파악했다. 일주일 중, 주로 화요일과 목요일에 출근한다고 말한 것을 기억해뒀던 모양이었다. 조 과장은 사무실을 나가는 그의 뒤통수에 대고 덧붙였다.

"새 취향에 눈뜨진 마라. 넌 여자만 상대하는 게 어울려."

성 소장은 카페의 에어컨 바로 앞자리에 앉아 있었다. 멀찍이서 봐도 저 벗겨진 머리는 시선을 끌었다. 그는 손수건으로 이마의 땀을 연신 닦아내며 외살자 카페를 신기한 듯 두리번거렸다. 양쪽 겨드랑이에는 긴 얼룩이 생겨 있었는데, 얼핏 보면 배낭이라도 멘 것 같았다.

필은 음료도 주문하지 않고 그의 테이블로 걸어갔다.

"오랜만입니다. 무슨 일이시죠?"

성 소장은 필을 보고 반가운 듯 일어섰다.

"오랜만이군요. 연구소에서 만났어야 하는데, 사정이 여의치 않아 부득이하게 찾아왔어요. 꼭 해야 할 이야기가 있어서."

"그럼 전화를 주시지 그랬습니까. 그 편이 더 빨랐을 텐데요."

번질번질한 중년 상담사의 얼굴에 망설임이 배어났다.

"요즘 미 씨의 상태는 어떤가요?"

"빠르게 회복되고 있습니다. 이젠 외로움 수치도 평범한 3단계 환자와 비슷한 정도로 떨어졌어요. 시간이야 좀 더 걸리겠지만, 곧 정상인의 범주까지 진입할 수 있을 겁니다."

"그건 다행이군요. 정말로 다행이에요."

성 소장은 자기가 한 말을 되풀이하며 끄덕거렸다. 그의 낯빛은 마지막으로 봤을 때보다 더 나빠져 있었다. 이마에는 못 보던 혈관이 섰고, 통통한 양 뺨은 납빛으로 파리했다. 필시 혈당제나 수면유도제를 과다 복용한 모양새였다. 필의 시선이 약지만 떨리는 왼손에 머물렀다. 그곳에는 결혼반지 대신 고무링이 끼워져 있었다.

성 소장은 필을 흘끗 보더니 오른손 속에 왼손을 숨겼다.

"요즘 연구소 형편이 썩 좋지 않아서요. 내부에 문제가 좀 생겨서, 일하던 직원 한 명은 그만뒀어요."

필은 팔짱을 꼈다.

"유감입니다. 그런데 제게 하실 말씀이 뭡니까?"

"아…… 다름이 아니라, 미 씨에게 내가 만나고 싶어 한다는 말을 전해줄 수 있을까요? 예전의 상담 내용 중 마음에 걸리는 부분이 있는데, 아무래도 직접 확인해야 할 것 같아요."

필은 첫머리부터 거짓말임을 파악했다. 저런 조악한 변명으로는 카운터를 보던 접수원도 못 속일 것이었다.

"우리의 관계를 그녀가 알아서는 안 된다고 하지 않으셨습니까?"

성 소장은 이번에는 오른손을 떨기 시작했다.

"물론 그랬죠. 하지만…… 그, 생각해보니 그렇게까지 할 필요는 없을 것 같았어요. 선생과 내가 미 씨를 해치려고 작당한 것도 아니고. 치료를 위한 자리잖아요?"

"그녀의 병세는 지금도 차도를 보이는 중입니다. 괜히 더 자극을 줘 봤자 좋을 게 없어요."

필은 냉담하게 말을 잘랐다. 물론 성완태의 이용 가치는 여전했다. 다만 그전처럼 절실하지는 않았다. 일전의 그가 미의 병세를 전해주는 유일한 소식지였다면, 지금은 본인에게서 직접 인터뷰를 따낼 단계까지 진전된 것이다.

"그리고 어차피 직접 연락하실 수 있잖습니까? 진료 기록에 번호와 주소지가 남는 걸로 압니다만."

성완태는 목의 주름살이 흔들리도록 고개를 저었다.

"안 돼요. 미 씨가 연구소 방문을 그만둔 뒤 번호를 몇 번이나 바꿔버려서. 연락할래야 할 수가 없었어요."

"그렇다면 별 수 없군요. 제가 지금은 바빠서, 나중에 다시 시간을 잡겠습니다. 그때는 회사 밖에서 뵙죠."

그의 입가에 서렸던 불안과 비굴, 전전긍긍이 한순간 일그러졌다.

"더 이상 미 씨의 과거 상담 기록이 필요없다는 건가요?"

필은 긍정과 부정의 중간에 머물렀다.

"말씀드렸다시피, 그녀는 호전되어가고 있습니다. 이 레일에 오르기까지 다섯 달이 걸렸어요. 저는 소장님의 요구보다 고객의 보호가 우선순위일 수밖에 없습니다."

성 소장은 허탈한 눈으로 필을 쳐다보았다. 마지막 남은 삶의 희망을 거절당한 듯한 표정이었다.

"하지만 나는 꼭 할 얘기가 있어요, 미 씨가 아니면 말할 수 없는. 이러다 내 연구소도 날아갈지 모릅니다. 그 전에, 그러기 전에……."

시계를 보자 딱 5분이 지나가고 있었다. 업무가 기다릴 때, 그가 타인을 위해 베풀 수 있는 친절의 최대한도였다. 필은 횡설수설하는 상담사를 내버려둔 채 일어섰다.

"그간 주신 도움은 감사하게 생각합니다. 하지만 소장님, 그녀는 지금 자신의 외로움에서 탈출하느냐 마느냐의 기로에 놓여 있습니다. 그러니 당분간은, 될 수 있으면 앞으로도 미 씨와는 마주치지 않으셨으면 좋겠습니다. 그녀뿐 아니라 소장님을 위해서도요."

대답은 없었다. 성 소장은 그를 붙잡을지, 아니면 이쪽에서 자존심을 그만 구길지 고민하는 눈치였다. 필은 미련 없이 그 자리를 뜸으로써 결정을 도왔다. 회사 로비가 아니라 집 앞까지 따라왔대도 그는 저 둘을 만나게 할 생각이 없었다.

카페를 나갈 때, 로비 저편에서 시선이 느껴졌다. 두 손에 비닐봉지를 든 막내가 우두커니 서서 그를 보고 있었다. 필은 고개만 까딱하곤 가던 길을 계속 갔다. 퇴사가 예정된 후배에게 해줄 조언은 없었다. 늘 말해온 바였으나, 그가 우수 사원이 된 것은 본인의 의사가 아니었다. 당연히 후학 양성도 그의 업무는 아니었다.

'사람 한 명을 바꾸느니, 차라리 내가 다시 태어나는 편이 빠르다고 하지. 백번 맞는 말이야.'

그 말의 증거는 지금 집에서 잠들어 있었다. 필은 휴대폰을 켜 새로 온 문자가 없는 것을 확인했다. 미는 요즘 부쩍 잠이 많아져, 열시가 넘어서야 슬슬 깨어났다. 일어난 뒤에는 필이 해놓은 음식을 먹고 들어온 일을 노트북으로 작업했다. 다음 전시회 준비 때까지는 비슷한 일상이 반복된다는 것 같았다.

필은 생각에 빠진 채로 엘리베이터 버튼을 눌렀다. 닫히려던 문이 열리자 여직원 하나가 종종걸음으로 뛰어 들어왔다.

"고마워요. 덕분에 안 늦겠네요."

숨을 몰아쉬던 여자가 말했다. 필은 별말 없이 감사를 받았다. 그녀가 미와 같은 단발만 아니었다면 베풀지 않았을 친절이었다.

동승객은 필이 내리기 한 층 전에 내렸다. 필은 사무실로 가지 않고 흡연 부스와 붙어 있는 수면실로 들어갔다. 그리고 침대에 누워 비치된 담요를 덮었다. 최근 미의 다사다난한 가정사에 시달리느라 못 잔 잠을 보충할 요량이었다. 까무룩 잠들기 전, 수면실 밖에서 서 대리의 목소리가 들려온 것도 같았다.

"이봐요, 정말 안 마실 거예요?"

필은 퍼뜩 눈을 떴다. 그의 의식은 불 맞은 개처럼 펄쩍 뛰며 일어났지만, 놀라운 자제력이 육체를 옭아맸다. 꺼져 있던 시각도 시야로 뛰쳐들었다. 눈앞의 술잔, 도넛 모양 일본식 바, 그 가운데 세워진 가짜 벚나무, 술을 권하는 옆의 여자, 둘러앉은 정장 차림 일행들.

왁자지껄한 말소리 사이, 스피커에서 나오는 재즈가 섞였다. 옆의 여자는 귀라도 먹었어요? 하는 표정으로 입술을 비죽댔다. 필은 일단 술잔부터 받아 입가로 가져갔다.

잔에 든 것은 소주였다. 눈과 입을 분할해 움직이며, 필은 그가 어째서 여기 있는지를 반추하기 시작했다.

기억은 몇 시간 전으로 거슬러 올라갔다. 퇴근하던 도중, 조 과장에게서 온 전화가 울렸다. 그가 받자 오늘 중요한 비즈니스 소모임이 있다는 이야기가 이어졌다. 센터 출범 전부터 알던 인맥이었는데, 시쳇말로 방귀깨나 뀌는 인간들도 다수 속한 클럽이란 것이었다.

— 거기 있는 클럽원 몇 명이 우수 사원을 꼭 보고 싶다고 해서, 이왕이면 우리 팀의 에이스이자 회사의 귀중한 인재인…….

필은 화려한 소개가 끝나기도 전에 거절했다.

"전 사양하겠습니다. 저 대신 최 대리를 데리고 가시죠. 물 만난 고기처럼 날뛸 겁니다."

최대철의 이름을 들은 조 과장은 진저리를 쳤다.

– 말도 마라. 그놈을 데려가느니 길 가던 똥개를 섭외하지.

"그 망나니를 지난번에 제 집으로 데려오셨잖습니까. 그것도 다른 망나니들 셋과 함께."

전화기 저편에서 침묵이 흘렀다. 다시 목소리가 들렸을 때는 아부가 회유로 바뀌어 있었다.

– 너 사람 찾는다면서? 이번만큼 좋은 기회도 없다. 흥신소로 안 될 때는 뒷세계 프로들을 고용해야지. 어차피 따로 부탁할 인맥도 없을 텐데, 이참에 보험 몇 개 들어두는 것도 나쁘지 않잖아.

그 제안은 약간 솔깃했다. 미의 쾌차와는 별개로, 그녀의 아버지는 언젠가 찾아야 할 악질 수배범이었다. 그만큼 추적도 쉽지 않았다. 필은 최근 그가 차를 렌트해 서울 근교나 경기권 일대를 돌아다니는 게 아닌가, 하는 추론에 힘을 싣고 있었다.

"알겠습니다. 어디로 몇 시까지 가면 됩니까?"

– 지금 있는 곳에서 기다려. 10분 안에 태우러 갈 테니까.

조 과장은 3분도 안 돼 그를 픽업해 출발했다. 그들은 차에 탄 채 혼잡한 압구정 뒷골목을 빙글빙글 돌았다. 내비게이션에 찍힌 주소는 두 술집 사이 교묘히 가려진 지하 입구였다. 아래로 내려가자 이미 두어 명이 와 있었다. 필은 조 과장의 소개 아래 악수를 나누며 착석했다. 오늘의 클럽 구성원들은 속속들이 도착했다. 양복을 입은 남자 몇 명이 더 왔고, 건축 계열사 회장처럼 보이는 배불뚝이가 들어왔다. 어느 클럽에서 막 옮겨놓은 것 같은 미인도 함께였다.

필은 오뎅탕 그릇을 앞에 두고 추이를 지켜보았다. 조 과장은 한 명 한 명과 악수하며 오랜만에 보네, 얼굴이 좋아졌네 따위의 인사를 주고받고 있었다. 젊은 사장은 안쪽으로 들어가더니 간판을 꺼버렸다. 입구에 걸린 OPEN 팻말도 돌려놓은 것을 볼 때, 아예 오늘 장사는 접는 분위기 같았다.

"이건 누가 계산하는 겁니까?"

필이 묻자 조 과장은 심드렁히 대답했다.

"아무나 하겠지. 누구 주머니에서 나가든 알 게 뭐냐? 어차피 여기 있는 사람들은 전부 우리보다 많이 버는데."

필은 고개를 끄덕였다. 그런 다음 죄책감 없이 가장 비싼 안주 세 개를 주문했다.

좀 더 지켜보고 있자, 힐 위에 탑승하다시피 한 젊은 여자 두 명이 명품백을 들고 내려왔다. 미리 들은 설명으로는 연령, 직종, 배경까지 가지각색이라고 했다. 필은 이름을 외우기도 귀찮아 이니셜로 사람들을 구분했다. 점잖은 뿔테안경은 S, 머리를 넘긴 페이즐리 셔츠는 K, 대기업 중역 느낌의 중년은 P, 방금 전 새로 들어온 여자들은……

기억이 현재를 따라잡았다. 필은 옆의 여자에게로 고개를 돌렸다. 그녀는 마지막에 들어온 2인조 중 한 명이었다.

"죄송한데, 우리가 무슨 얘기를 하고 있었습니까?"

여자는 황당한 표정이 되었다. 역시 미가 아닌 다른 사람들은 감정 표현이 풍부했다.

"제가 조금 전에 여기 앉았잖아요. 처음 보는 얼굴인데 누구랑 같이 왔냐고 물었고요. 그랬더니 당신은 배가 고프다면서 저 숙주볶음을 집어 먹었어요. 정말 기억 안 나요?"

필이 뭐라고 대답하기도 전에 그의 오른쪽에 여자 한 명이 더 앉았다. 그녀는 대뜸 외로움살해자의 정체부터 친구에게 까발렸다.

"당신이 아저씨가 데려온 특급 외살자로군요. 저쪽 테이블에서 들었어요. 누굴 찾고 있다면서요?"

여자란 언제나 시련을 안기는 존재였다. 필은 새빨갛게 칠한 입술을 보면서 미의 색연필통을 떠올렸다.

"네. 그런데 괜찮습니다. 이미 도와주시겠다는 분이 있어서요."

그 말은 사실이었다. 조 과장이 조력자로 점찍었던, 차 회장인가 하는 사람은 필이 꽤 마음에 든 것 같았다. 몇 마디 얘기하고 난 뒤에는 명함까지 한 장 건넸다. 그게 인간이든 장물이든, 대한민국 바닥이라면 반드시 찾을 테니 걱정 말란 말은 보너스였다.

처음 앉았던 여자가 실망한 듯 말했다.

"그런 거면 나한테 얘기하지. 우리 아빠도 사람 찾는 데는 도사인데, 내가 어딜 놀러 가면 귀신같이 알고 누굴 보내거든요."

무효용한 대화가 잠시 오갔다. 그녀들은 시시껄렁한 농담에 폭소하고, 저희끼리 장난치며 웃고, 소개받은 남자 얘기를 하면서 깔깔대길 반복했다. "어머, 정말? 너 걔랑 무슨 일이 있었던 거야?" 빨간 입술이 가까이 다가앉으며 호들갑을 떨었다. '그래. 오늘 무슨 일이 있었지?' 필은 머릿속으로 금일 스케줄표를 재생시켰다. 특별한 업무는 집히지 않았다. 미를 만나는 날도 아니었고, 몽상가들 쪽과의 약속도 없었다. 그는 서둘러 조 과장을 찾기 시작했다. 아무리 할 일이 없어도 여기서 시간이나 죽이긴 사양이었다.

조 과장은 벚나무 밑 테이블에서 발견됐는데, 그의 옆도 사람들로 북적거리고 있었다. 몇 년간 동고동락한 상사는 눈이 마주치자마자 상황을 알아차렸다. 곧 그는 입술만 움직여 전달했다.

'볼일 끝났으면 데리고 나가, 가까운 호텔로 가면 되잖아.'

저 인간에게 구원 요청을 보낸 것이 잘못이었다. 필은 양 옆의 목소리 볼륨을 약간 키웠다. 적당히 듣는 척을 해주다가 몸을 빼내면 될 것이리라. 10분…… 아니, 성의를 봐서 15분만 더.

두 시간 반 뒤, 그는 진절머리 나는 술집을 탈출해 지상으로 올라가고 있었다.

외제차 몇 대가 레이스라도 하듯 달려갔다. 필은 벤틀리 바로 뒤에 오던 택시를 잡아탔다. 지갑에는 차 회장의 명함이 들어 있었고, 김용일에 관련된 정보도 전부 넘긴 뒤였다. 차 회장은 늦어도 석 달이면 연락이 갈 테니 마음 편히 기다리라며 호언했다. 필은 그가 차고 있던 6천만 원짜리 까르띠에 시계에서 신뢰성을 찾았다. 도망 중인 바람둥이는 조만간 그 앞에 대령될 것이었다.

집에 도착하자 수리한 센서등이 들어왔다. 필은 늘 하던 것처럼 스탠드만 켜고 거실을 가로지르다가, 다시 돌아가 TV를 틀었다. 며칠 전 미에게서 들었던 가설이 떠오른 탓이었다. 그녀는 텔레비전을 켜둔 채 잠들면 전자파가 외로움을 쫓아준다고, 자기도 몇 번 써본 방법이라면서 진지하게 체험을 권유했다.

주방에서 온더록을 만들어 돌아왔을 때는 화면이 새하앴다. 미가 말한 의도가 이것이었는지는 모르겠으나, 의외로 저 눈 아픈 공백은 수면 유도에 도움이 되었다.

그는 끊긴 채널을 지켜보면서 위스키를 마셨다. 그리고 얼음만 남은 잔에 물이 차오를 무렵 잠들었다.

눈을 떴을 때는 온 집이 환했다. 몸은 소파에 구겨져 있었고 둔중한 두통이 정수리를 후벼팠다. 옷도 어젯밤 갈아입지 않은 그대로였다. 켜져 있는 TV에서는 무슨 화면인가가 계속해서 바뀌었다. 필은 거실을 둘러보다 머리를 감쌌다. 머릿속을 파고드는 숙취 드릴이 아니라, 술주정뱅이마냥 약해진 본인의 면역력 때문이었다.

'조만간 간 수치를 회복해야겠는데. 소주 네 병에 맥주 약간······ 거기다 위스키 한 잔을 더 마셨던가?'

알코올은 친우인 동시에 악우였고, 술에 대한 저항력은 취하는 법을 잊지 않는 것만큼이나 중요했다. 그러고 보니 위장약 세트를 안 먹은 지가 벌써 몇 주째였다. 미의 일 때문에 몸을 챙길 틈이 없었던 것이다.

필은 냉장고로 걸어가 차가운 물을 컵에 가득 따랐다. 술을 탄 독에 취한 듯 머릿속이 흐리멍덩했다. 그는 약을 찾아 삼키고는 물 한 잔을 더 마셨다. 투철한 직업의식은 이 와중에도 할 일을 뽑아냈다. 첫째, 미의 위치를 파악할 것. 둘째, 그녀의 안전을 확인할 것.

바지 주머니를 뒤졌지만 휴대폰은 나오지 않았다. 소파에 흘렸나, 싶어 돌아서는데 켜져 있던 TV가 시선을 낚아챘다. 화면에서는 동반 자살한 남녀의 뉴스가 나오는 중이었다. 필은 무의식 중 눈가를 몇 번 비볐다. 속보 아래를 띠지처럼 두른 헤드라인은 다음과 같았다.

〈긴급 기자회견, 전직 외살자의 비리 폭로〉

들러붙던 잠기운이 단번에 씻겨내려갔다. 누군가 얼음이 그득 든 양동이를 등줄기로 퍼부은 것 같았다. 필은 성큼성큼 다가가 TV 앞에 섰다. 음소거를 풀자 앵커의 목소리가 들려왔다. "올 2월경, 인천의 쓰레기 매립지에서 두 남녀의 시신이 발견되었던 것을 기억하십니까? 경찰은 연인들의 동반 자살로 추정하고 수사를 종결했었습니다. 그러나 제보에 따르면 김 씨는 전직 외로움살해자였고, 함께 숨진 여성은 과거 그가 맡았던 고객이었다고 합니다. 제보자는 또

한 김 씨가 퇴사 이후 우울증과 공황장애, 정신질환 수준의 불면증을 앓아온 사실을 밝히는 증거 자료도 제공했습니다. 놀랍게도 익명의 제보자는 현직 외살자인 오 씨였습니다. 이와 함께, 지난 몇 년간의 사회적 폐단들이 외로움살해자와 관련되었다는 의혹이 불거지며……"

필은 채널을 돌렸다. 다른 뉴스에서는 때마침 제보자의 인터뷰가 나오고 있었다. 기자회견이랍시고 음성변조까지 했지만 저 노랑머리는 모자이크 뒤에서도 여전했다.

"……로 인해, 저는 ㈜외로움살해자의 강길수 대표와 그의 회사가 벌여온 사기극을 고발하기 위해 이 자리에 나왔습니다. 외로움살해자란 존재해서는 안 될 직업입니다. 그것은 직원과 고객 모두의 감정을 좀먹고, 존엄을 훼손하며, 인간이 가져야 할 감정들을 하나씩 소거시킵니다. 이 동반자살은 빙산의 일각일 뿐입니다. 지금 이 순간에도 외로움살해자와 관련된 수많은 사건들이 벌어지지만, 회사는 거대자본의 대대적 세뇌 효과를 이용해 은폐하고 있습니다. 저는 그들이 어떤 수법을 써왔는지, 어떻게 국민을 기만해왔는지 압니다. 그렇기에 결코 물러서지 않을 것입니다. 끝까지 싸워 진실을 밝혀내겠습니다. 외로움을 없앤다는 미명 하에 끔찍한 인권유린을 저지른 강 대표에게, 어제까지 제가 몸담고 있던 회사에 그 책임을 묻고자 하는 바입니다."

필은 TV를 꺼버리고 창가로 걸어갔다. 센서에 반응한 커튼이 말려 올라가며, 8월의 햇살이 폭탄처럼 터져나갔다. 머릿속에서는 정신적 가시광선이 뉴런 마디마디를 지졌다. 언젠가는 일어나리라 여겼던 일이 터진 것이었다. 그것도 바로 그의 팀에 속한 신입사원의 손으로. 창사 이래, 국민은 물론 본인들의 주체성까지 속여왔다는 점에서 외살자의 존재란 폭발이 예정된 화약고였다. '우리 일은 종이 도미노 같은 거야. 카드 한 장만 쓰러지면 전부 다 끝장이거든.' 조 과장은 늘 그렇게 말하곤 했었다. 그러나 회사는 견고했고 방어선은 철저했다. 어느새 익숙해진 평온에 젖어, 다가온 전조조차 알아차리지 못했을 만큼.

무의미한 책임감이 손가락 사이로 흘러나갔다. 잠든 사이 아지트를 습격당한 킬러가 된 기분이었다. 어젯밤의 그녀들이 실은 헤라의 두 딸들이었고, 가장 큰 전력을 무력화시키기 위해 그를 유혹했던 것이 아닌가 하는 생각마저 들었다. 그 상상은 특급 외살자에게도 그럴싸하게 느껴졌다.

아니, 아니야. 필은 고개를 흔들었다. 모두 무의식이 집도한 변명이었다. 빨간 입술과 하얀 얼굴은 그저 어느 회사 중역의 딸들일 뿐이었다. 그가 센터에 있었다 한들 달라질 것도 없었다. 외로움을 살해해온 인간 따위가 어떻게 세계를 구해내겠는가?

혼란의 틈바구니에서, 문득 미가 떠올랐다. 같은 순간 침대 위에 있던 휴대폰이 부르르 떨었다. 필은 전화를 받으면서 지금이 미가 일어날 시간임을 알아차렸다.

– 어디 다친 곳은 없어요?

자해 유경험자다운 첫 질문이었다. 필은 손목 안쪽을 내려다보았다. "아직까지는요. 뉴스를 봤습니까?"

– 네. 온 채널에서 난리네요. 다른 매스컴들도 신이 나서 떠들고 있고. 꼭 이런 일이 벌어지기만 기다렸던 것 같아요.

"아마 그럴 겁니다. 오 대리가 일 처리를 야무지게 한 모양이죠."

미의 목소리에 의아함이 섞였다.

– 오 대리라고요? 저 제보자가 아는 사람인가요?

"그때 이야기했던 신입사원입니다. 서 대리에게 이별을 통보받고, 아예 그녀를 그만두도록 만들기 위해 이번 일을 벌인 것 같아요. 자세한 정황은 더 알아봐야겠지만…… 아마 짐작이 맞을 겁니다."

미는 딴에 최대한 노력한 듯 보이는 위로를 건넸다. 당장 그녀 쪽 상황이라도 호전된 것이 천만다행이었다. 필은 곧 연락하겠다는 말을 남기고 전화를 끊었다.

2만 원을 얹어주겠다고 하자 택시는 불꽃같이 내달렸다. 필은 뒷좌석에서 실시간 뉴스를 검색했다. 미의 말대로 모든 매스컴과 언론사, 인터넷 커뮤니티에서 그들의 이야기를 대서특필하는 중이었다. 사건의 발단은 몇 달 전 자살한 커플이었다. 그들의 소지품에서는 항우울제와 동물용 마취 주사기, 많은 양의 수면제가 발견됐다. 반항한 흔적이 없었으므로 경찰은 자살로 단정 짓고 수사를 종료했다. 막내가 터뜨린 것은 바로 그 사건의 진실이었다. 키워드는 짧지만 강렬했다. 죽은 남자는 전직 외로움살해자였고, 함께 사망한 여자는 그의 고객이었으며, 회사는 그들의 외로움살해자/의뢰 기록을 지웠다.

액정을 끄던 필은 문득 이상한 점을 느꼈다. 이 정도 상황이라면 진즉 전화기에 불이 났을 터였건만, 그의 연락망은 기이하리만치 고요했다. 문자도, 전화도, 긴급 호출 메시지조차 오지 않았다. 다른 사람들은 몰라도 조 과장에게서 연락이 안 오는 것은 의외였다. 어쩌면 회사의 모두가 이 재해를 입힌 배신자를 찾느라 바쁜지도 몰랐다. 최대철의 성격이라면 놈을 달아매자며 펄펄 뛰고도 남았다.

예상은 다소 다른 형태로 들어맞았다.

회사 로비에 들어서자마자 일대 혼란이 펼쳐졌다. 안은 그야말로 북새통이었다. 보이는 사람 모두가 걷거나 뛰거나 소리치는 중이었다. 한쪽 귀를 막고 전화를 받는 사람도 많았다. 정장 차림의 직원들은 메추라기 떼처럼 어딘가로 달려갔다. 그가 서 있는 동안에도 외로움살해자 몇 명이 들어왔고, 수트 자락을 휘날리며 로비를 가로질렀다. 그들 중 두엇은 필에게도 낯이 익었다. 그처럼 센터 밖에 나가 있다가 급히 복귀하는 우수 사원들이었다.

필은 그 세기말의 난리를 물끄러미 바라보았다. 여전히 그의 뒷주머니에 든 시한폭탄은 조용했다. 영준, 예슬, 현일, 모두가 다른 일을 하고 있을 시간이었다. 반면 다른 외살자들의 전화는 분화를 시작한 베수비오였다. 그들은 전화기에 대고 뭔가를 외치고, 분주하게 달려가고, 일견 무의미한 온갖 행동들을 반복했다. 그래야만 이 불붙은 수레바퀴에서 멀어질 수 있다는 듯이.

"아니, 괜찮아. 별문제 없을 거야. 이런 일은 원래 자주 있다니까. 걱정하지 말고 기다리면 금방 들어갈게."

어떤 중년 외살자가 바삐 이야기하며 그를 지나쳤다. 전화기 속의 부인인지 애인인지가 그 조악한 평계를 믿을 것 같진 않았지만, 필은 아무 말 없이 동료 직원을 뒤따라 걸어갔다.

1층 카페는 외살자들로 꽉 차 있었다. 인구 밀집의 이유는 카페에 딱 한 대 있는 대형 TV였다. 필은 영화관마냥 만석인 TV 앞에서 약간 떨어져 섰다. 수트 차림 남녀가 삼삼오오 모여 앉아, 수심 어린 얼굴로 화면을 쳐다보는 모습은 퍽 장관이었다. 난다 긴다 하는 현대의 투사들도 밥그릇을 빼앗길 위기에 나약해진 것이다.

스크린 속에서 그들의 숨통을 조이는 뉴스가 이어졌다. 기자가 나왔고, 경찰 관계자가 출두했으며, 제보자의 주장이 대부분 사실로 밝혀졌다는 소식이 돌쩌귀에 쐐기를 박았다. 또 다른 복병은 은닉된 외살자의 비리를 모아왔다는 인권단체였다. 몇 개의 여성단체와 대학교수들이 거기 동참했다. 이번 사건 이외에도 보유한 자료가 충분하니, 얼마든지 승소할 자신이 있다는 이야기로 인터뷰는 마무리됐다. 필은 아군을 끌어들인 막내의 치밀함에 감탄했다. 이미 승패의 여부는 중요치 않았다. 저 동반 자살건과 엮인 것만으로도 회사는 만천하에 치부를 드러낸 셈이었다.

그때, 앞쪽 어디선가 윤 필이란 이름이 들렸다. 누군가가 그의 얼굴을 알아본 모양이었다. 곧 모여 있던 외살자 대부분이 필이 서 있는 쪽을 바라보기 시작했다. 그 최우수 사원이야, 걱정돼서 왔나 봐, 하는 웅성거림도 돌았다. 필은 그쯤에서 자리를 떴다. 저들의 불안을 공유하는 새 매개가 될 마음은 없었다.

아직도 로비는 어수선했다. 필은 층별 직원들이 두루 섞인 엘리베이터에 따라 탔다. 올라온 사무실은 대조적으로 휑하게 비어 있었다. 막내는 당연히 없었고, 나머지 동료들의 모습도 보이지 않았다. 자기 책상에 홀로 앉아 있던 한 대리가 그를 보고 일어섰다.

"윤 대리님……."

"고생이 많습니다. 다들 어디 있습니까?"

"저도 잘 모르겠어요. 최 대리님은 아침부터 보이지 않고, 서 대리님은 계속 연락이 안 돼요. 과장님은 방금까지 여기 계시다가 알아볼 일이 있다면서 나가셨고요. 금방 오겠다고 했으니 곧 돌아오실 거예요."

인력 누수를 보고하는 한 대리의 낯빛이 파리했다. 보아하니 그녀도 회사를 덮친 불안감에 한껏 시달린 얼굴이었다. 필은 탕비실로 들어가 냉장고에서 캔커피 두 개를 꺼냈다. 두 캔 모두 건네자 한 대리는 의아한 표정으로 그를 올려다보았다.

"하난 지금 마시고, 다른 하나는 사람들이 돌아오면 마시도록 해요. 급히 나오느라 아침도 못 먹었을 텐데."

한 대리는 300ml 두 캔을 거푸 원샷했다. 카페인으로 위장을 샤워시킨 효과가 있었는지 얼굴색도 좀 나아졌다. 필은 얼마간 그녀와 앉아 시계 초침 속 불안을 흘려보냈다. 한 대리가 말한 대로, 몇 분 안 되어 조 과장이 사무실 문을 열고 들어왔다. 그가 오늘 본 외로움살해자 중 가장 멀쩡한 안색이었다.

노병은 돌아온 탕아를 반가이 맞이했다.

"안 오는 줄 알았다, 하도 연락이 없어서. 나는 네가 이참에 회사를 때려치우려나 싶었지."

"그러기엔 바깥이 오죽 시끄러워야죠. 어떻게 되어가고 있습니까?"

조 과장은 어깨를 움츠렸다.

"어떻게 되긴, 네가 본 대로지. 처음 뉴스가 뜬 순간부터 지금까지, 항의 전화가 쉬지 않고 폭주하는 중이야. 아래층뿐 아니라 중간층과 꼭대기층 직원들에게도. 부작용이 있던 것을 왜 숨겼냐, 정신적 피해배상을 해라, 이 모든 것이 집단 사기극이었느냐⋯⋯. 나도 그래서 업무용 핸드폰 하나는 꺼뒀어."

"오 대리는 어디까지 아는 겁니까? 그에게 지금 남은 무기가 무엇인지가 중요합니다."

막내의 이름이 나오자 한 대리의 표정이 변했다. 조 과장은 배신자의 언급에도 흥분할 것 없다는 투였다.

"거기까지는 나도 모르겠다. 분명 상부에서 접촉을 취하려 모든 수단을 동원 중일 텐데, 독을 품은 뱀에겐 아무 말도 안 먹히지. 서 대리가 결혼반지라도 사 들고 찾아가지 않으면 소용없을걸."

"상황은 더 나빠지겠군요. 그럴 일은 죽어도 없을 테니."

필의 단언을 끝으로, 사무실은 적막에 휩싸였다. 손목시계를 본 조 과장이 말했다.

"너무 걱정은 마라. 내가 팀장급들과 계속 만나왔던 걸 기억하지? 그건 이럴 때를 대비해 자료를 모으기 위해서이기도 했어. 고객 중 얼마나 위독한 환자들이 많았는지, 병원을 가길 거부하는 이들에게 회사가 어떻게 최후의 보루가 되어주었는지 하는 것들 말이야. 그것들을 터뜨리면 도움이 될 거다. 현대인의 정신병 방역소로서 쌓아온 이미지가 있으니까, 적어도 쌍둥이빌딩처럼 한 방에 붕괴하진 않을 거야."

"맞아요. 서 대리님도 그렇게 말했어요. 저런 폭로로는 아무것도 할 수 없다고, 결국 이 또한 지나갈 것이라고요."

필은 한 대리 쪽으로 고개를 돌렸다.

"그녀가 사무실로 나왔었습니까?"

"네. 대리님이 오시기 두 시간 전쯤에요. 함께 출근했던 최 대리님이랑 막내 얘기로 입씨름을 벌이시더니 말이 안 통한다며 나가셨어요."

필은 웃음이 나오는 것을 꾹 참았다. 이런 상황에조차 퍽이나 그녀답다는 생각이 들어서였다. 그를 쳐다보던 조 과장이 물었다.

"그 얘기가 그렇게 슬프냐? 왜 갑자기 울먹거려?"

"울려던 것이 아닙니다. 그럼 과장님, 이쪽 일은 맡기겠습니다. 방금 전 고객과 약속이 잡혀서요."

한 대리의 반응은 예상한 대로였다.

"고객에게 간다고요? 세상이 저렇게 난리인데요?"

필은 고개를 끄덕였다.

"그녀는 우리의 상황에 별 신경을 쓰지 않을 겁니다. 여기 오기 전에는 전화로 제 안부도 묻더군요."

"그래도 대비는 해둬. 오늘 일 때문에 다 된 밥을 망친 동료들도 많을 거다."

조 과장의 말도 일리는 있었다. 이번 일로 적어도 20%, 많게는 40% 이상 의뢰가 줄어들 공산이 컸다. 더 큰 문제라면 현 고객들의 진행 상황에도 잠재적 악영향이 미치리라는 사실이었다. 필은 둘에게 인사한 뒤 사무실을 떠났다. 엘리베이터에서 내렸을 때, 다른 승강기에 줄을 서 있던 최대철을 만났지만 아는 척은 하지 않았다. 그 역시 필을 알아보지 못한 듯 보였다. 그도 그럴 것이, 그는 휴대폰 두 개를 양쪽 귀에 대고 바락바락 악을 쓰는 중이었다.

7단계

—

심연으로
따라 들어갈 것

1

미는 회사 근처의 카페에 와 있었다. 말로는 강남역 부근에 볼일이 있었다고 했지만, 필은 대체 어떤 미팅이 10분도 못 가 끝나는지 알 수 없었다. 그녀가 앉은 곳은 2층 창가였다. 흰 테이블 저쪽에는 레몬 꽂힌 에이드가, 이쪽에는 아메리카노 잔이 놓여 있었다. 가까이 가자 민소매 블라우스를 입은 미가 손을 들었다.

"오래 기다렸습니까?"

"아뇨. 저도 도착한 지 얼마 안 됐어요."

마주 앉은 그를 찬찬히 살피던 미가 말했다.

"그래도 멀쩡해 보이네요. 다 죽어가는 얼굴일 줄 알았는데."

필은 예비 실직자에게는 무슨 표정이 어울릴지 잠시 고민했다.

"회사에 생긴 문제지, 제가 다친 것이 아니니까요. 전 그렇게 충성스러운 사원이 아닙니다."

미는 할 말을 찾으려 애쓰는 듯 보였다.

"그래도 파장이 워낙 크잖아요. 이를테면 내부고발인 셈이라."

"이 정도는 아직 버틸 만해요. 미 씨야말로 괜찮겠습니까? 외로움 살해자가 타인을 파괴할 수 있다는 사실이 밝혀졌는데요. 제 회사는 창립 이래 지금껏 부작용을 은닉해왔습니다."

미는 투명한 얼음막 같은 눈으로 그를 보았다.

"지난번에 말한 적이 있었죠. 어차피 삶은 죽음으로 가는 가장 정순한 파괴행위예요. 인간은 매일같이 다른 인간을 망가뜨리며 살아가고요. 아니면, 이제 와서 당신이 절 더 외롭게 만들었다며 고소라도 할까요?"

썩 유쾌한 제안은 아니었기에 필은 고사했다. 미는 자꾸만 내려오는 잔머리를 귀 뒤로 쓸어넘겼다.

"그러고 보니 제보자를 안다고 했죠. 팀원이었다고요?"

"네. 동료와 사랑에 빠졌다던 신입사원 이야기 기억납니까? 그 신입사원이 바로 오 대리였어요."

"그런데 무엇 때문에…… 부서 내 사람들과 사이가 안 좋았나요? 선후배 간 마찰이 있었다거나."

물론 그런 류의 불화는 없었다. 문제가 있다면 스물셋 청년의 마음에 핵폭탄급 불씨를 당겨버린 사내연애였다. 서 대리는 연상녀 취향의 아가들에게 특히 치명적인 구석이 있었다.

필은 어떤 일이 있었는지 간추려 설명했다. 미는 잠시 생각하더니 명쾌한 해답을 내놨다.

"그 막내란 사람, 처음부터 그러려고 했을 거예요. 그때 필 씨의 집에서 당신에게 부탁하기 전부터. 그건 마지막으로 항복을 권고하는 최후통첩이었을 테죠."

"당시에는 그럴 의도가 없어 보였는데요. 차라리 센터를 붕괴시키라고 말했을 때도 당치 않다는 반응이었습니다."

"거짓말은 여자만의 전유물이 아니에요. 듣기로는 서 대리란 분을 몇 달 전부터 좋아해왔던 것 같은데…… 그분에게 버림받았다고 느낀 순간 계획을 세우기 시작했겠죠. 뭐가 됐든, 참 외살자와 거리가 먼 사람이란 것만은 확실하네요."

그녀의 지적은 여성용 면도날처럼 예리한 데가 있었다. 잠시 후 미는 서 대리의 향방을 물었다. 필은 아는 대로 대답했다.

"저도 모릅니다. 아마 고객과 술이라도 마시고 있지 않을까요?"

미는 잊고 있던 사실을 떠올린 표정이 됐다.

"당신은 이전 고객들한테서 연락이 안 왔어요? 지금 외로움살해자 본사는 난리도 아니라면서요."

"전 의뢰를 마친 고객과 교류하지 않습니다. 따로 전화를 걸어올 만한 사람도 없고요."

"왜, 일전에 말했던 친구들이 있잖아요. 외로운 여행자인지 몽상가들인지 하는. 뉴스를 보면 걱정하지 않을까요?"

필은 여태 잠잠한 휴대폰을 꺼냈다. 액정 상단에는 아무것도 떠 있지 않았다. 센터에 있다 나오니 그와 미, 그의 휴대전화만이 다른 차원을 떠도는 미아가 된 기분이었다.

"바쁜가 보죠. 제게 별일이 없으리란 사실을 알고 있거나. 제 친구들이 생각보다 현명했었나 봅니다."

그것은 친구들을 과대평가한 처사였다. 필이 그 말을 꺼낸 뒤, 5분도 안 돼서 휴대폰이 울기 시작했다. 지금 어디 있냐는 예슬의 메시지가 포문을 열었다. 뒤이어 현일에게 전화가 왔고, 그가 받지 않자 부재중전화 두 통이 연달아 새겨졌다. 필은 자동응답으로 〈회의 중입니다〉를 설정해두고서 미 쪽을 돌아보았다.

"글을 쓴다던 친구인데, 오늘따라 출판사 일이 덜 바쁜가 봅니다. 전화할 짬을 어떻게 냈는지 모르겠네요."

미는 어깨를 으쓱했다.

"글쎄요. 제가 볼 때 이제 시작인 것 같은데요."

그녀의 예상은 들어맞았다. 진짜 미친놈이 참전한 것이다. 영준은 본인의 우선순위에 찍힌 일이라면 그게 가족이 모인 자리든, 주문이 잔뜩 밀린 주방이든 가리지 않고 뛰쳐나가곤 했다. 필은 전화벨이 열두 번째로 울렸을 때 양해를 구하고 받았다. 당장 수화기 저편에서 불벼락이 쏟아졌다. 영준이 전화를 안 받는 놈에 대한 욕을 얼마나 다채롭게 퍼부었던지, 달팽이관을 소낙비가 두들기는 기분이었다. 전화를 끊고 나자 미는 흥미로운 눈빛으로 말했다.

"당신보다 더한 사람도 있네요. 목소리가 여기까지 들렸어요."

필은 커피를 한 모금 마셨다. 영준과 통화하는 사이 예슬에게 온 문자는 실로 섬뜩했다. 〈야, 너 이거 보고 있지?〉〈보고 있는 거 알아.〉〈통화 중이라고 다 찍히거든? 10분 뒤에 전화할 테니 받아.〉

"예전에 말했던 자동차 딜러입니다. 이 친구는 아예 오늘 영업을 포기한 것 같군요."

"뭐라고 하던가요?"

"오늘 밤 보자는 거죠. 다른 애들하고도 이미 약속을 잡았다고요. 당신과 함께 있어야 한다고 거절했습니다."

미는 고개를 갸웃했다.

"그럴 필요 없는데. 가보지 그래요?"

"어차피 일이 있을 때는 모임에 거의 못 나갔는걸요. 가까운 이들이니 여러 말 안 해도 이해해줄 겁니다."

필의 말이 끝나자마자 휴대폰이 진동했다. 그가 배터리를 동강내고픈 충동에 휩싸였을 때, 미가 의외의 제안을 건넸다.

"그럼 나랑 같이 가면 되잖아요?"

필은 잘못 들었다는 양 되물었다.

"제 친구들과의 약속 장소에 말입니까?"

"네. 쭉 당신 친구들이 궁금했는데, 마침 잘됐네요. 그분들도 저를 궁금해한다면서요. 영준 씨라고 했던가요?"

바로 그 점 때문에 '주의 요망' 딱지가 필요한 것이었다. 필은 얼마 전 있었던 불유쾌한 기억을 떠올렸다. 아무리 봐도 이 술자리에서는 지난번 가택 침공의 새판이 펼쳐질 공산이 컸다.

"그 친구는 지금껏 제 고객들 모두를 궁금해했습니다. 아마 미 씨와 제 관계를 상업적 연인 정도로 오해하는 것 같아요."

미는 그를 빤히 보았다. 무슨 생각을 하는지는 표정에서 나타났다. 그래서 뭐가 어쨌다는 거예요? 필은 구구절절 둘러댔다.

"그러니까 제 말은, 막상 나가보니 불쾌한 자리가 될 수도 있다는 겁니다. 뇌의 일정 부분이 성숙기를 거치지 못한 친구라서요. 지금이라도 다시 생각해보는 게……."

"뭘 말씀하시는지는 알겠어요. 하지만 저는 절 향한 폭언이나 독설에 28년간 길들여진 사람이에요. 혹시 그 외제차 딜러라는 분이 누구를 자살로 몰아넣은 전적이 있나요?"

발뺌도 협상도 통하지 않았다. 필은 체념하고 미가 주문해둔 아메리카노로 시선을 떨궜다. 빠져 죽기에는 다소 부족한 양이었다.

"마지막으로 묻죠. 정말로 갈 겁니까?"

"그럼 가짜로 가겠어요? 상황이 어떻게 흘러가는지도 지켜봐야 하고, 얘깃거리가 부족할 일은 없겠네요."

미는 자기 몫의 에이드를 한 모금 마셨다. 보아하니 이미 마음을 굳힌 것 같았다. 더 실랑이해봐야 나올 떡도 없었기에, 필은 예슬에게 전화해 모임 참석 의사를 밝혔다. 그리고 영준이 전화는 받으면서 내 전화는 안 받느냐는 잔소리에 그녀의 점심시간이 끝날 때까지 시달렸다.

2

필은 도살장에 끌려가는 기분으로 차를 몰았다. 자연히 운전 실력도 형편없어져, 약속한 술집에 도착했을 때는 20분이나 지각한 뒤였다. 친구들은 그가 늦었다는 사실보다 여자를 데리고 나타난 것에, 그리고 그 여자의 정체가 말로만 듣던 고객이라는 것에 놀란 눈치였다. 함께 간다고는 말했으나 정말로 데려올 줄은 몰랐던 것이다.

나온 반응도 제각기 달랐다. 영준은 씩 웃었고 현일은 눈이 휘둥그레졌다. 예슬은 미가 들어오자 마시던 맥주를 내려놨는데, 이 자리의 누군가는 필히 불편해질 것 같은 눈빛이었다. 영준이 감탄한 듯 말했다.

"야, 살다보니 이런 날도 다 있네. 농담이 아니었단 말야?"

필은 무뚝뚝하게 대꾸했다.

"그런 농담은 안 해. 늦어서 미안하다."

"저도 죄송해요. 초면부터 폐를 끼쳤네요."

뒤따라 들어온 미가 고개를 살짝 숙였다. 모르는 이가 봤더라면 친구들에게 연인을 소개하는 자리로 여겼으리라.

"어쨌거나 반갑습니다. 저는 신현일이라고 합니다. 출판사를 다니며 소설을 쓰고 있어요. 에…… 이 친구는 지영준이고, 또……."

현일이 더듬더듬 소개를 늘어놓았다. 예슬은 본인의 차례가 되기 전에 먼저 선수를 쳤다.

"허예슬입니다. 얘기 많이 들었어요, 반가워요."

미는 그녀가 내민 손을 잠깐 잡았다가 놓았다.

"김 미라고 해요. 제가 여기 있어도 괜찮은 거죠?"

"물론이죠. 야, 근데 생각했던 것보다 훨씬 더 미인이시네요. 필이 요즘 유독 뜸했던 이유가 다 있었지 뭡니까. 이럴 줄 알았으면 밤마다 저놈 아파트라도 찾아가볼걸 그랬어요."

영준이 몰상식한 너스레를 떨었다. 미는 필이 뭐라고 수습할 겨를도 없이 대답했다.

"아마 아무도 없었을 거예요. 요즘은 주로 제 집에 있어서요. 거기서 같이 잘 때가 더 많거든요."

영준의 입이 한 대 맞은 사람처럼 벌어졌다. 예슬은 코웃음을 작게 치더니, 저게 지금 뭐라는지 모르겠다는 표정으로 맥주를 콸콸 따랐다. 잠시 후 영준이 대답할 말을 찾아냈다. "그래요. 집에서 같이 주무시는구나. 보기보다 유머 감각이 있으시네, 보기보다."

필은 현일이 안쓰럽게 쳐다보는 것을 애써 무시했다. 오늘의 지옥도는 이제부터 시작이었다.

금방 새 메뉴가 나오고 소주가 종류별로 세팅됐다. 이야기는 잔보다 빠르게 비워졌다. 주로 미, 둘째로는 미, 셋째로도 미가 화제의 중심에 있었다. 필의 실직 걱정 술자리는 그녀의 등장으로 송두리째 뒤바뀌었다. 필은 미가 웃음을 터뜨리는 광경을 멀뚱하니 쳐다보았다. 그녀는 영준의 농담도, 현일의 함량 미달 유머도 재치 있게 받아치며 분위기를 끌어올렸다. 유일하게 세 마디 이상이 오가지 않은 사람은 예슬뿐이었다.

각자의 직업을 얘기하던 중, 소개를 들은 현일이 감탄했다.

"그럼 순수미술을 하시다가 공간 디자인도 하시고, 거기다 전시 디렉터까지 겸하신다는 말씀인가요? 대단하십니다. 저 같은 사람은 몸이 세 개 있어도 못할 거예요."

"어쩌다 보니 그렇게 됐네요. 운이 좋았죠."

미는 겸손하게 칭찬을 사양했다. 그 칭찬은 겸양과 담을 쌓은 외제차 딜러가 냉큼 물어갔다.

"전 이해할 수 있습니다. 사실 뭐, 흥미만 생기면 공부든 일이든 어려울 게 없죠. 이성 관계도 마찬가지고요. 인생의 문제 대부분은 사람들이 머리를 쓰지 않는다는 점에서 파생되거든요."

미의 대답은 변함없이 상냥했다.

"그래서 영준 씨가 여자에 흥미를 안 가지시는 거군요. 여성 편력으로 명성을 날리기가 싫으셔서요."

현일이 참지 못하고 실소했다. 필은 예슬의 입꼬리가 올라갈 듯 꿈틀거리는 것을 보았다. 정작 당사자는 당당하다 못해 뻔뻔스러웠다.

"잘 맞추셨습니다. 전 여자에 흥미가 있는 게 아닙니다. 제 인간적 목표 의식을 채우는 데 관심이 있는 거죠. 여기 있는 사람들에게 물어보시면 제 억울함을 말해줄 거예요."

뒤쪽 테이블에서 누군가가 구라 까지 마, 미친놈아! 하고 외쳐 일동은 폭소했다. 예슬은 그 와중에도 모임의 이유를 환기시켰다.

"웃고 떠드는 건 좋은데, 쟤 직장은? 정말로 내일이면 회사가 다 망해서 나앉는 거 아냐?"

"그럼 나랑 살면 되지. 밤마다 소음공해가 좀 생기긴 하는데, 어차피 방이 두 개라 상관없어. 식비도 방세도 다 안 받는다."

영준이 호쾌하게 선언했으나 아무도 대꾸하지 않았다. 몇 분 만에 발언권을 얻은 필이 말했다.

"그건 걱정하지 않아도 돼. 아직 표면상으로 드러난 소송도 없고, 실제 피해자들이라고 쉽게 나서지는 못할 테니. 회사에서 입막음료를 받는 순간 비밀 서약 비슷한 것을 했겠지."

영준은 매끄러운 턱을 엄지로 쓸었다.

"그래도 용케 아직 같이 있네. 내가 미 씨였다면 당장 뺨부터 올려붙이고 계약을 종료했을 텐데."

"어째서요?"

미가 정말 모르겠다는 듯 물었다. 영준은 한쪽 손바닥을 폈다.

"다른 이유가 필요합니까? 사기라잖아요. 자길 죽일지도 모르는 사람과 함께 있었던 게 소름끼치기도 하고."

"아뇨, 저는 상관없어요. 사람이 사람을 파괴하는 데에 꼭 어떤 관계가 필요한가요? 외로움을 없애려다 누군가 죽었다, 이 도의적인 책임을 그들에게만 뒤집어씌우는 것도 공평하지 못해요. 우리는 일에서도 사랑에서도, 모든 인간관계에서도 상실의 위험 속을 살아가고 있는걸요."

차분한 목소리가 주변의 온도를 낮췄다. 이미 마포대교 위에서 한번 들었던 이야기였으나, 친구들과 동석한 자리에서 듣는 말은 또 느낌이 달랐다. 예슬이 뭔가 말하려고 할 때 영준이 입을 열었다.

"그럼 말 나온 김에 하나만 묻겠습니다. 전 항상 궁금했어요. 외로 움을 죽인다 찢는다 하는데, 이게 대체 뭘 말하는 건지요. 둘이 어 디 골방에 틀어박혀 외로움을 잊는 특별 교육이라도 합니까?"

"나도 궁금하긴 했어. 도통 말해주는 사람이 없더라고."

듣고 있던 현일까지 끼어들었다. 필은 가장 쉬운 해답을 제시했다.

"그럼 너희도 입사해. 1단계랑 2단계 살해 매뉴얼은 신입들에게도 나오니, 그걸 보면 궁금증이 어느 정도 풀리겠군."

영준은 혀를 나귀처럼 커다랗게 찼다.

"이것 봐, 이것 봐. 이래서 우리나라가 안 되는 거야. 뭐만 하면 니 들이 해봐라 어째라…… 치사하고 더러워서 다음 이직은 외로움살 해자로 정했다. 딱 5억만 더 빌고 뛰어들 테니 기다려봐."

얼마간 신변잡기적 대화가 이어진 후, 술자리는 본격적인 토론의 장으로 변했다. 고학력자 다섯(현대인들은 전부 외로움 학위 소지자였다) 이 모였으니 열띤 논쟁이 벌어지는 것도 당연했다. 그중에서도 드디 어 미를 만난 외제차 딜러가 가장 적극적이었다.

영준이 먼저 미끼를 던졌다.

"미 씨는 마지막 연애가 언제였나요? 남자들이 가만히 안 놔뒀을 것 같은데, 버스만 타도 헌팅이 줄지어 들어올 외모잖습니까."

"얼마 안 됐어요. 1년이 조금 지난 것 같네요."

영준은 호들갑스럽게 놀란 표정을 지었다.

"정말입니까? 아니, 왜 그렇게 오랫동안 남자를 안 만났어요?"

미는 필이 익히 아는 답변으로 응대했다.

"연애가 지겨웠으니까요. 최근에는 일이 바빴고."

"이거 참, 그러니 외로워질 만도 하죠. 어쩌면 미 씨의 병도 좋은 남자를 너무 오래 못 만나서일지도 몰라요. 이러니저러니 한들, 여자는 사랑받아야 살아갈 수 있는 존재 아니겠습니까."

필은 영준을 곁눈질로 보았다. 평소라면 때려죽여도 안 했을 말을 하는 걸 보니, 그녀를 테스트해볼 생각인 게 분명했다. 미는 그것을 아는지 모르는지 소주 한 잔을 더 따랐다.

"저는 조금 생각이 달라요. 결국 다 필요성의 문제죠. 없는 쪽보다야 있는 쪽이 좋겠지만, 나중을 생각해보면 오히려 나를 더 외롭게 만드는 행위예요. 만기 날짜에 목숨을 빼앗아 가는 보험처럼요."

갑자기 현일이 가방을 뒤지더니 수첩을 꺼냈다. 필은 그가 〈문장 노트〉라고 적힌 수첩에 방금 들은 말을 적는 것을 지켜보았다.

"그럼 제수씨는…… 이런, 미안합니다. 미 씨는 누군가를 만날 생각은 없으신 겁니까? 외람된 말씀인지 모르겠지만, 언제까지나 외로움살해자의 도움을 받기도 곤란할 것 같아서요. 금전적인 문제도 있고, 줄곧 저런 시스템에 의지하는 것도 왠지 꺼림칙하니까요."

"네, 영준 씨 말씀도 맞아요. 저도 인간의 외로움을 완벽히 제거할수는 없다고 생각해요. 그저 정말 견디지 못하겠다고 느껴질 때, 약간의 도움을 받는 정도가 전부니까. 지금 필 씨가 제게 해주는 일들도 그런 것이고요."

"그래도 저런 회사에 의뢰하는 것보다는 연애가 낫죠. 더 정상적이고 건강한 방법이잖아요?"

기어이 참전한 예슬이 영준의 편에 섰다. 그녀는 눈엣가시를 밟기 위해 물과 기름이 섞이는 치욕까지 감내한 듯 보였다. 미를 도와야 하는 게 아닌가, 싶었으나 불필요한 기우였다. 2 대 1을 예상했던 싸움은 곧 암사자 두 마리의 결투로 좁혀졌다.

"어째서요? 어차피 필요에 의한 관계란 것은 같은데요. 예슬 씨가 왜 외로움살해자에게 반감을 가지시는지 모르겠어요. 정상적, 일반적, 표준적, 그런 단어들이 현대 사회에서 무슨 의미가 있는지도요."

미는 표정 하나 안 바뀌고 받아쳤다. 예슬도 상냥한 얼굴로 공격할 차례가 돌아올 때까지 기다렸다. 그녀들의 평소 모습을 아는 필로선 눈 뜨고 못 봐줄 지경이었다.

"당연히 중요하죠. 정상적인 방식이란 곧 평범하게 살아갈 수 있다는 걸 의미해요. 게다가 외로움을 살해한다니, 쓸데없이 감상적인 이야기예요."

"글쎄요. 그건 연애도 마찬가지 아닌가요?"

"연애가 차라리 낫죠. 적이도 인간관계를 마케팅화해서 지갑을 열게끔은 안 하니까. 외로움을 죽이기 위해 금전적 갑과 을이 생겨난다는 게 말이나 되나요?"

예슬이 대단히 치사스러운 일격을 날렸다. 왼뺨을 맞은 미도 상대의 오른뺨에 고스란히 되갚아주었다.

"연애 역시 사랑이란 핑계로 약자를 만들잖아요. 갑을이 명시된 계약서만 없을 뿐, 더 사랑하는 쪽이 덜 사랑하는 쪽에게 지갑을 여는 건 외로움살해자와 다를 바 없어요. 오히려 이편이 더 깔끔하지 않나요? 금액을 지불한 만큼만 기대하고, 지불받은 만큼만 행동하고. 허울 좋은 명분으로 온갖 희생을 요구하는 것보다는요."

현일은 듣고만 있어도 골이 쑤신다는 듯 눈을 비볐다. 그 불우한 소설가는 하필 미와 예슬 사이에 끼어 앉아서 고통받는 중이었다. 두 여자의 칼부림은 주제가 바뀌고 나서도 이어졌다.

"인간은 누구나 얼마쯤 망가져 있다고 생각해요. 꼭 연애나 외로움 살해에 국한시키지 않더라도요. 아무 이유 없이, 길을 걷다 굴러온 낙엽에도 주저앉아 통곡하는 게 외로운 사람이에요."

"그런데 왜 굳이 더 위험한 짓을 하냐는 얘기죠, 잘 살던 사람을 자기들처럼 만들면서까지. 이거야말로 21세기의 사회적 페스트 아니겠어요?"

말을 멈춘 그녀들은 투계장의 싸움닭처럼 서로를 마주 보았다. 육두문자만 없었지 거의 시장판 드잡이질이었다. 영준은 질렸다는 얼굴로 벨을 눌러 종업원을 불렀다. "저기요, 요즘 남들 싸움 구경을 할 때엔 어떤 술이 잘 나갑니까?"

한바탕 풍파가 몰아친 뒤, 현장에는 소강기가 찾아왔다. 미와 현일은 랭보의 작품에 대한 이야기를 시작했다. 예슬은 화장실에 간다며 사라져놓고는 한참이나 소식이 없었다. 필은 조용히 일어나서 뒤따라나갔다. 짐작대로, 그녀는 화장실 앞에서 휴대폰을 만지작거리고 있었다. 그를 보자마자 예슬의 눈이 가늘어졌다.

"너 미쳤어? 뭐 할 게 있다고 쟤를 여기까지 데리고 와?"

"내가 데려온 게 아냐. 본인이 너희들을 만나보고 싶다더라."

"이 바보야, 그럼 그냥 회사 견학이나 시켰어야지. 정말로 네 고객을 우리한테 소개시키면 어떻게 해?"

"왜, 아까 보니 얘기도 잘만 하던데. 나는 둘이 원래부터 알던 사이인 줄 알았지 뭐야."

예슬은 고개를 살래살래 저었다. 세련되게 컬을 넣은 머리카락이 그녀의 목덜미에서 찰랑거렸다.

"알던 사이는 무슨. 미쳤다고 저런 애를 지인으로 두니?"

필은 변명 아닌 변명을 고심했다.

"미는 네가 생각하는 부류의 인간과 달라. 조금만 더 이야기해보면 오해가 풀릴걸."

"아니, 오래 말 섞을 것도 없이 알겠더라. 전부터 누누이 얘기했지만, 저 여자는 정상이 아냐."

"정상이었다면 외로움살해자를 부르지도 않았겠지. 내 고객을 자처한 현대인들 중 병들지 않은 이는 없어."

예슬은 애한테 무슨 약이 필요할까, 하는 표정이었다. 그때 호주머니에 손을 찌른 영준이 어슬렁어슬렁 나타났다. 그는 화장실로 들어가기도 전에 새로운 희생양이 되었다.

"지영준, 넌 여기 또 왜 왔어?"

영준은 비무장임을 확인시키듯 양손을 들어올렸다.

"저기 앉아 있기가 고역이라서. 둘이 랭보니 릴케니, 사랑 소설 얘기를 아주 꽃피우던데. 난 그런 꾸며낸 것들을 싫어하는 거 알잖아. 그리고 예슬이 너, 말 시키지 말고 비켜. 내 방광이 터지면 책임질래?"

필은 뒤쪽을 돌아보았다. 이곳에서는 그들의 테이블이 잘 보이지 않았다. 예슬은 엇나갔던 화제를 다시 돌렸다.

"어쨌거나, 대충 먹어서 최대한 빨리 들여보내. 앞으로 이런 자리에 데리고 다니는 건 삼가하고."

"왜 애한테 그래? 난 재밌기만 하구만."

"넌 여자면 그저 다 좋으니까 재미있겠지. 아까도 좋아 죽으시던데, 난 둘이 선이라도 보는 줄 알았어."

예슬이 코웃음을 쳤다. 영준은 어깨를 으쓱했다.

"확실히 예쁘긴 한데, 저런 여잔 내 스타일 아냐. 궁금한 게 있어서 말을 걸어본 거지. 어떻게 나오나 확인하려고."

"그래서, 네가 보기엔 어떤 사람 같았는데?"

필이 묻자 영준은 뒤를 흘끔 보았다. 여성에 대한 일이라면, 그는 기본적인 조심성부터 남달랐다.

"병이 있는 여자가 맞던데. 그것도 뼛속까지 골병이 든. 겉보기에 아무 티가 안 난다는 건 정말 위험한 수준이란 얘기야. 저렇게 싹싹한 어조로 영준 씨, 현일 씨, 하다가도 언제 집에 가서 수면제 뚜껑을 딸지 모르거든. 사이코패스와 자살 후보자의 공통점은 알고 있지?"

"저것도 많이 나아진 거야. 한 달 전까지는 둘이 있을 때 웃는 모습을 한 번도 본 적 없었어."

영준은 뜨악한 표정으로 물었다.

"이게 나아진 거라고? 처음 만난 곳이 곤지암 정신병원이었냐?"

"아니, 합정에 있는 카페였는데."

필이 테이블로 복귀하자 노트북을 꺼낸 현일이 미에게 뭔가를 보여주고 있었다. 곧이어 영준과 예슬도 함께 돌아왔으나, 우려했던 2차 전쟁은 발발하지 않았다. 그들은 비교적 조용히 술잔을 비웠다. 필이 친구들과 외로움살해자의 전망에 대해 의논하는 동안, 현일은 주구장창 미를 붙잡고 본인 소설 이야기를 늘어놓았다. 외로움살해자, 외제차 딜러, 웨딩플래너 등 감성이 부족한 친구들 속에서 오랜만에 코드 맞는 이를 만나 신이 난 모양이었다. 그는 일전 필에게 예쁜 여자와 소설 얘기를 나누는 것이 꿈이라고 말한 바 있었다.

테이블 끝의 맥주 거품이 하얗게 말라붙었다. 세 번쯤 자리가 치워진 뒤, 모임은 평소의 분위기로 회귀했다. 필과 예슬은 변화가 없었고, 영준은 마실수록 멀쩡해졌고, 현일은 술주정을 시작했다. 각박

한 현실과 모자란 문학적 재능을 원망하는 레퍼토리도 똑같았는데, 이번에는 미 덕분인지 외롭다는 이야기가 섞였다. 미는 옆자리의 예슬에게 사근사근 말을 걸었다. "저분, 원래 술이 들어가면 잘 우시는 편인가요?" 예슬은 친구의 추태가 퍽 창피스러운 표정이었다. "울 때도 있고 안 울 때도 있어요. 오늘은 미 씨가 있으니까 적당히 끝나겠네요."

소설가는 자기 얘기를 하는 줄도 모르는 것 같았다. 현일은 한쪽만 감긴 눈으로 영준을 봤다가 예슬을 보고, 뒤이어 미 옆에 앉은 필을 쳐다보았다. 그는 혀가 다 꼬부라져서 중얼거렸다.

"요즘 있지, 나도 외살자를 불러볼까 고민 중이야. 딱 한 달에서 두 달 정도만. 그럼 좀 인생이 즐거워질 것 같아."

예슬이 현실적인 대답을 내놓았다.

"네 월급 가지곤 안 돼. 조만간 일을 그만두고 글에만 집중하려고 적금도 들고 있다며. 쟤네 회사가 얼마나 비싼지 몰라?"

"소처럼 돈만 모아봐야 아무 의미도 없어. 만약 글이 안 써지면? 계속 이렇게 살다가 덜컥 암이라도 걸리면? 나는 내 현실부터 덜 비참하게 만들고 싶어. 사람들도 아마 그래서 외살자를 부르는 걸 거야. 장차 행복하리란 보장은 없어도 당장 죽고 싶지는 않아야지."

소주를 한 잔 따라준 영준이 충고했다.

"아서라, 예슬이 말 들어. 넌 지금 외로운 게 아니라 궁상맞은 거야. 누군가 주는 관심이 필요한 거라고. 그런데 그 직원들의 비즈니스적 애정을 받는다고 행복할까? 지금 네 정신 상태로는 한강에 가서 뛰어들걸."

"나도 동의해. 그러니 조금만 더 생각해보지 그래, 출판사를 그만두는 건 나중으로 미루고."

듣고 있던 필까지 거들었다. 메일함의 소설은 진작 다 읽었지만, 이번에도 별 가능성이 없음을 어떻게 전할지 고민하던 차였다. 현일은 마지막 보루가 꺾인 낯빛으로 시선을 떨궜다. 그는 손바닥만 한 감방마저 곧 무너질 것을 알아차린 죄수 같았다.

"그래도, 죽는 것보다는 낫다고 생각해요."

낯선 목소리가 침묵 위로 돌을 던졌다. 외로운 몽상가들은 약속이라도 한 듯 미 쪽을 돌아보았다. 그러고 보니 오늘 모임에는 새로운 손님 한 명이 끼어 있었다. 영준이 물었다.

"실례지만 방금 뭐라고 하셨나요?"

미는 충분히 사이를 두고 입을 열었다. 현일을 보면서 한 소리처럼 들렸으나, 그 말이 의도한 청자는 그들 모두였다.

"외로움살해자를 부르려 한다는 건, 적어도 뭔가를 해볼 수 있다는 의미예요. 이번 글이 별로더라도 새 작품을 쓸 수 있어요. 소개팅에 실패해도 다른 이성을 만날 수 있어요. 인간에게 무뎌지지 않고, 죽으려 들지 않고, 더 나은 삶을 살아가고자 하는 욕망은 그 자체만으로 아름다워요. 그것이 비록 외롭고 지쳐 애인대행 업체를 찾은 누군가의 감정일지라도. 그래서 저는 제 살해자를, 필 씨를 불렀어요. 여러분처럼 되고 싶었으니까요."

집으로 가는 운전대는 대리기사가 잡았다. 구석구석 어둠으로 코팅된 뒷좌석에 앉아, 필은 미에게 물었다.

"오늘은 어땠습니까? 일부러 온 보람이 있었나요?"

차창에 기대고 있던 미의 고개가 움직였다. 택시를 타는 순간 쌓인 피로가 밀려온 기색이었다.

"네, 재미있었어요. 특히 그 허 플래너라는 분, 저를 무척 마음에 안 들어 하시는 눈치더라고요."

"미 씨가 싫어서 그런 건 아닐 겁니다. 그녀는 제가 외로움살해자 일을 시작할 때부터 뜯어말렸어요. 일 년 전까지만 하더라도 그만두란 말을 입에 달고 살 정도였으니까요."

미는 새로운 가능성을 제시했다.

"필 씨를 좋아했던 건 아니고요?"

"하늘이 두 쪽 날 소리입니다. 절 정말 좋아했다면 제 다리를 부러뜨리거나 센터를 무너뜨렸겠죠, 출근하지 못하도록."

미는 그의 시답잖은 농담에도 웃는 척을 했다. 입꼬리만 까딱이던 몇 달 전에 비하면 장족의 발전이었다.

"어쨌거나 유익한 시간이었어요. 덕분에 제 살해자에 대해 조금 더 안 것 같아요. 친구들 사이에서 당신이 어떤 존재인지, 그리고 고객이라며 데려온 저를 어떤 사람으로 여기는지요. 선입견이 없다면 오히려 부당한 일일 거라고 생각해요."

필은 그 오해 아닌 오해를 풀 방법을 고심했다.

"영준이 얘기군요. 그 친구는 원래 그런 사람입니다. 악의는 없는데, 몇몇 사유를 보는 주관이 지나치게 독특해요. 그가 한 말 때문에 기분이 상했다면 대신 사과하죠."

미는 기대고 있던 상체를 일으켰다.

"아뇨, 그런 얘기를 하려는 게 아니에요. 자리가 불쾌했던 것도 아니고요. 그저 독특한 공동체라는 생각이 들었어요. 관계의 유지가 생성보다 어려워진 세상에서, 당신들이 묶인 이유는 서로를 잘 알기에 일정 수준 이상으로 간섭하지 않아서가 아닐까 하는."

반은 맞았지만 반은 틀린 이야기였다. 그가 '몽상가들'에 남을 수 있던 까닭은 영준과 예슬의 끈질긴 관심이었으므로. 영준은 귀찮게 연락해댔고 예슬은 꾸준히 집으로 찾아왔다. 그 지극정성은 태풍 맞은 수수밭처럼 쓸려나가던 주소록에 세 개의 연락처를 고착시켰다. 필은 다른 관점에서 두 친구를 높이 평가했다. 그들은 필에게 자신들이 아무런 효용을 가지지 못함을 알면서도 괴짜 친구를 놓지 않았다. 자신의 가치를 확인하기 위해 살아가는 인간으로서는 결코 쉽지 않은 일이었다.

룸미러에 긴 머리카락이 언뜻 비쳤다. 오늘 온 대리기사는 중년의 여성이었다. 그들보다 고작 열서넛, 많아봐야 스무 살가량 차이가 날 그녀는 능숙한 핸들링으로 꼬불거리는 길을 돌았다. 40대의 가정주부가 무슨 일로 이 시간에 대리를 뛰는 것일까. 추측할 거리는 많고 많았다. 어딘가에 미와 닮은 딸이 있고, 그 딸의 미대 등록금을 마련하기 위해 밤낮없이 일하는 것인지도 몰랐다. 그녀의 남편은 모든 여성들의 사랑을 갈구하는 바람둥이로…….

필은 영준이 할 법한 상상을 그만두었다. 그리고 오전부터 때를 기다려 온 이야기를 꺼냈다.

"혹시 성완태란 사람을 압니까?"

미는 그 이름을 잊고 있었던 것 같았다. 고개를 든 그녀는 이상하다는 듯 필을 보았다.

"네. 제가 예전에 다녔던 심리상담소의 소장이었어요. 그런데 그 이름은 어떻게 알아요?"

"며칠 전 연락이 왔습니다. 자긴 김 미 씨의 예전 상담사인데, 꼭 할 말이 있으니 자리를 주선해달라더군요."

미의 표정이 멍해졌다.

"소장님이 당신에게요? 우리 사이를 어떻게 알고……."

"물론 거절은 해뒀습니다. 영 위험한 인간처럼 보여서요. 그자가 무엇 때문에 미 씨를 다시 찾는 겁니까?"

미는 옛 기억을 되짚는 눈빛이 됐다.

"글쎄요. 잘은 모르지만 짐작 가는 부분이 있긴 해요."

"말해봐요. 무엇 때문이죠?"

"치료를 그만두기 전까지, 저는 그 상담소를 오랫동안 다녔어요. 당연히 서로의 사정도 대부분 알고 있었고…… 제가 방문할 때마다 솔직한 이야기가 오가곤 했죠. 이유는 잘 모르겠지만, 소장님은 유독 제게 고민을 많이 털어놓으셨던 것 같아요."

필의 머릿속이 빠르게 돌아갔다. 미는 그쪽 바닥에서도 흔치 않은 유형의 환자였다. 그녀로 인해 마음의 틈이 생긴 순간, 성 소장이 감염된 외살자처럼 변하지 말라는 법은 없었다.

"무슨 고민이었습니까?"

미는 어깨를 으쓱했다.

"40대 중반, 그 또래 남성의 흔한 문제들이었어요. 부부 관계, 다이어트, 체력 저하와 발기력 감소 같은. 외도를 들킨 아내와 이혼절차를 밟을지, 아니면 본인도 불륜을 저질러야 할지에 대해 의논한 적도 있었거든요. 지금은 잘 계실지 모르겠네요."

그 문제들은 현재 탈모 및 고혈압, 혈당 저하라는 꽃봉오리를 터

뜨리고 있었다. 그제야 성완태가 고객 정보 밀반출에 동의한 이유
도 납득이 갔다. 아마 처음부터 그를 통해 미와 만날 요량이었으리
라. 필은 지난 5년간 중년 남자가 걸었을 악화일로를 짐작했다. 늘어
난 몸무게, 악화된 부부 관계, 다른 카운슬러를 찾기도 어려운 직업
적 명패. 연구소가 날아갈지 모른다는 말로 볼 때, 불법 카지노에 손
을 댔을 가능성도 있었다.

'비참한 인간은 자신보다 더욱 비참한 인간에게서 구원을 찾는
법이지. 새삼 놀랄 일도 아니야.'

필은 옛 조력자를 냉정히 비평했다.

"내담자를 의지했다는 것만으로도 상담사 실격입니다. 십중팔구
는 불순한 의도일 테니, 전화가 오거든 즉각 끊어버리세요."

미는 짧게 웃었다.

"소장님을 왜 이렇게 싫어해요? 직접 만난 적도 없잖아요."

"굳이 만나보지 않아도 압니다. 몇 년이나 지난 뒤 나타난 상담사
가 좋은 영향을 끼칠 리 만무해요. 제 일에는 과거의 잔재에게서 미
씨를 지키는 것도 포함됩니다."

미의 고개가 필 쪽으로 돌아갔다.

"하지만 떨쳐낼 수 없는 것들도 있죠. 영준 씨가 했던 이야기처럼,
우리 피 속에는 어머니의 열성과 아버지의 우성이 혼재되어 있어요."

우생학과 거리가 먼 외제차 딜러는 흥미로운 이론을 펼쳤다. 여성
이 외로운 것은 어미의 열성을 물려받아서고, 남성이 여성을 외롭게
만드는 것은 아비의 우성을 물려받아서라는 얘기였다. 마초적인 데
다 고리타분하기 짝이 없는 농담이었지만 해석의 여지 또한 분분했
다. 특히 세상의 축에서 튕겨 나와 변방을 떠도는 두 사람에게는. 필

은 자신이 감정면역자라는 사실에 큰 불만이 없었다. 그러나 또 다른 감정면역자, 후천적으로 진화된 그의 고객도 같은 생각일지는 미지수였다.

빵, 빠방. 성마른 총소리가 뒤쪽에서 들려왔다. 필은 차 뒤창을 돌아보았다. 선팅된 유리 너머, 벌건 눈을 부릅뜬 외로움들이 그들을 쫓아 발진하고 있었다. 그는 대리기사에게 더 빨리 달려달라고 부탁했다. 미는 의아한 표정을 지으면서도 안전벨트를 채웠다.

이내 차의 속도가 빨라졌다. 차체에 들러붙는 외로움들을 떨쳐내며, 그들을 실은 혜성특급은 마지막 코스로 달려나갔다.

3

다음 날도, 그 다음 날도, 외로움살해자는 이슈의 중심에 있었다. 세계대회에 나간 골퍼가 그랜드슬램을 달성하고 야구선수와 배우의 스캔들이 터졌으나 외살자를 헤드라인에서 끌어내리지는 못했다. 카메라 앞에서는 치열한 싸움이 격화되었다. 막내, 즉 오 대리와 일당들은 이번 동반자살 이외에도 몇 가지 경/중범죄를 증거로 들이댔다. 정신병원 감호 12건, 자살 시도 28건, 약물 과다 복용 173건, 그밖의 알려지지 않은 미제 사건들이 모조리 외로움살해자의 소치라는 것이었다. 회사는 '퇴사한 외살자는 우리의 책임이 아니다'라는 방어전술로 일관했다. 그것은 꼭 순서가 정해진 가위바위보 같았다. 한쪽이 가위를 내면 다른 한쪽이 바위를 내고, 바위를 본 상대방은 또다시 보자기를 냈다. 반(反)외살자 세력들은 의외로 굳건한 회사의 방어에 당황하는 듯 보였다. 필은 조 과장과 근처 호프집에서 맥주를 마시며 뉴스를 보았다. 외살자 초창기 시절, 얼마나 많은 위기를 겪으며 회사가 성장했는지 적들이 알 리 만무했다.

물밑에서도 협박과 고소, 역고소와 입막음이 숨 가쁘게 오갔다. 미의 예상대로, 보상금을 노린 전(前) 고객들이 회사와 접촉을 시도해 기삿거리가 되었다. 필의 예상대로, 그들은 별 소득 없이 패배해 사라졌다. 고객을 사칭하다 경찰서로 끌려간 사기꾼들도 있었다.

강 대표는 여전히 나타나지 않았다. 상황이 이 지경인데도 공식 발표가 없는 것으로 보아, 잠적 후 은신이라는 현 상태를 유지할 듯 보였다. 대신 임원 한 명이 나와 틀에 박힌 말만 반복했다. 우리는 국민들을 기만한 적이 없다. 불미스러운 의혹에 휩쓸리게 되어 죄송할 따름이다. 언제 오해가 풀릴지는 모르겠으나, 외로움살해자들은 이 땅의 모든 외로움이 사라질 때까지 싸울 것이다.

6팀의 외실자들 역시 살아남았다. 조 과장은 이번 사건으로 누수 될 인력을 염려했으나, 다행히 서 대리를 포함한 전원이 건재했다. 며칠간 싱숭생숭하던 사무실 분위기도 차츰 진정되어, 이제 어지간한 뉴스에는 신경도 쓰지 않게 됐다. 최대철이 거들먹거리며 한마디 했다. 봐, 인간은 적응의 동물이야. 우린 결국 이렇게 살아 있잖아? 팀원들은 환호했고 필은 한심한 기분에 사로잡혔다. 그는 고개를 가로젓던 도중 서 대리와 눈이 마주쳤다. 그녀는 필을 빤히 보더니 먼저 시선을 돌렸다.

다음 날 아침, 출근한 그의 자리로 서 대리가 찾아왔다.

"윤 대리님, 혹시 지금 바쁘세요? 할 이야기가 있는데."

필은 당일 일정을 잠시 점검해본 뒤 승낙했다. 이제 와서 그녀를 피할 이유도 없었다.

"오전 일정은 없군요. 30분 정도라면 괜찮습니다."

"그럼 밑에서 봐요. 먼저 내려가 있을게요."

때마침 온 미의 전화 때문에 약속 시간은 늦어졌다. 1층의 카페로 가보니 그녀는 커피를 마시면서 기다리고 있었다. 필은 성완태가 앉았던 테이블 바로 앞 의자에 앉았다.

"오래 기다렸죠? 갑자기 고객 전화가 와서, 미안합니다."

"괜찮아요. 어차피 대리님 괴벽은 잘 아니까. 또 말도 없이 바람이나 안 맞히면 다행이라고 생각했어요."

필은 뼈 있는 일침을 적당히 웃어넘겼다. 모호한 기류가 커피잔 너머로 흘렀다. 그가 서 대리와 독대하는 것은 그때 이후 처음이었다. 서 대리는 일회용 컵에 끼워진 마분지 홀더를 만지작거렸다.

"오 대리와 무슨 일이 있었는지 묻지 않으시네요."

필은 의자에 등을 기댔다.

"물어볼 이유가 없으니까요. 내가 들어야 할 이야기라면 말할 테고, 그렇지 않다면 굳이 알 필요는 없다고 여겼습니다."

"대리님도 참, 여전히 재수가 없어요. 고객들하고도 이런 식으로 얘기하는 건 아니죠?"

칼바람이 쌩쌩 부는 그녀의 말버릇도 여전했다. 다만 그 안에 평소 같은 독기는 섞여 있지 않았다. 필은 동료가 마음을 정할 때까지 느긋하게 기다렸다. 잠시 후, 과연 서 대리는 망설이다가 입을 열었다.

"모르겠어요. 결국 윤 대리님이 정확히 본 셈이죠."

"무엇을 말입니까?"

"막내와의 관계를 끝내야 한다는 걸요. 그때 대리님 말을 들었어야 했는데, 저 때문에 이런 사태까지 벌어졌잖아요."

"서 대리 탓이 아닙니다. 오 대리는 애초에 외로움살해자와 어울리지 않는 인간이었어요. 이번이 아니더라도 언젠간 터질 시한폭탄이었을 겁니다."

필의 위로에도 서 대리는 고개를 저었다.

"하지만 그 폭탄에 불을 붙인 건 저였어요. 나답지 못하게 안일하기도 했고. 평소였다면 진작 잘라내고 남았을 애를……. 귀엽다는 이유로 너무 오래 두고 봤던 거죠."

"어떤 일이 있었던 겁니까?"

서 대리는 손목에 찬 시계로 시선을 떨어뜨렸다.

"일주일쯤 전이었을 거예요. 호텔 바에서 술을 마시는데 윤 대리님과 똑같은 소릴 하더군요. 늦기 전에 이 일을 그만두는 게 어떻겠냐면서. 확 짜증이 치솟아서 몇 마디를 쏘아붙였죠. 너야말로 남자친구 행세는 그만두라고, 너와 난 아무 사이도 아니라고. 그 말을 듣고 한참 동안 저를 쳐다보다 자리를 떴어요. 그게 다네요."

필은 그녀가 생략한 내용까지 이해했다. 문제의 발단은 짐작대로 서 대리 쪽에 있었다. 어떤 외살자에게도 약해지는 시기란 존재했다. 그녀는 유능한 외로움살해자였으나…… 한순간 내준 빈틈이 화근이었다. 누군가에게 외살자 이전에 여자로서 존재했다는 것. 자의든 타의든 쓰임새가 바뀌는 순간, 살해자의 삶은 위기를 맞았다.

이럴 때 해야 할 말은 잘 알고 있었다. 필은 고객의 외로움을 다독거리듯 동료를 격려했다.

"그래도 이 정도로 끝나길 다행입니다. 오 대리가 칼이라도 물고 찾아갈까 봐 걱정했거든요."

그녀는 다리를 바꿔 꼬았다.

"대리님이야말로 몸조심해요. 우리 둘 다, 몇 년은 더 지금 사무실에서 얼굴을 볼 팔자 같으니까."

"여기서 뼈를 묻는 건 제 경우죠. 서 대리는 외로움살해자를 그만두더라도 다른 비전이 충분하잖습니까."

"그건 또 무슨 말이에요?"

"젊고 능력 있으니까요. 어디로 이직해도 잘할 겁니다."

서 대리는 가당치도 않다는 듯 웃었다. 그러나 이어진 목소리는 필이 들었던 것 중 가장 친절했다.

"그런 말은 너무 많이 들어서 질렸어요. 아부는 과장님한테나 해드리지 그래요? 요즘 머리숱이 부쩍 줄어 걱정이시라던데."

그들은 한동안 근황 이야기를 나눴다. 그녀는 이번 의뢰가 끝나면 이탈리아로 가볼 생각이라고 했다. 늘 데려갔던 친구나 남자 없이, 혼자 떠났다 혼자 돌아올 계획인 모양이었다. 필은 특급 선배답게 외로움을 조심하라고 충고했다. 서 대리는 선배님 안위나 챙기시라며 대꾸했다. 최근 점을 봤는데 주변에 시끄러운 일이 많다고 했다는 것이었다.

"점을 믿는 줄은 몰랐는데요. 새 취미가 생긴 겁니까?"

"물론 제 얘기라면 안 믿죠. 하지만 벌써 이런 일이 터졌잖아요. 다른 사고가 날지 어떻게 알아요?"

잔소리는 그러고도 몇 분간 이어졌다. 요즘 술은 줄였느냐, 위장약과 숙취 해소제는 무적이 아니다, 말 나온 김에 조 과장님이랑 건강 검진이나 한번 다녀와라. 필은 악담 같은 염려를 웃는 낯으로 들었다. 그리고 카페에서 나와 지하주차장으로 내려가는 그녀를 배웅했다. 걱정은 고마웠으나 그에게는 아직 할 일이 있었다.

필의 아파트에도 변화가 찾아왔다. 그가 입주하고 난 뒤 3년보다요 몇 달 동안 바뀐 것이 훨씬 많았다. 블랙-그레이의 배색과 깔끔한 인테리어는 그대로였다. 다만 사소한 소품들이 집 곳곳에 늘어났다. 향수와 화장품이 나열된 탁자에는 노란 오리 인형이, 침대 옆 러그에는 도라에몽이 생겨났다. 미는 간혹 인형 뽑기를 했고, 필은 그녀가 선물하는 것을 전시해두었다. 인테리어로의 가치야 전무했으나 상관은 없었다. 미가 사라지는 날, 저것들 전부도 폐품수거함에 들어갈 운명이었다.

벽에 걸린 화이트보드도 여전히 빽빽했다. 미의 변화, 징후, 병변 상태를 적은 도식은 칠판 가장자리까지 뻗어나가고 있었다. 한가운데 휘갈겨놓은 'to be continued'가 유독 시선을 끌었다. 필은 보드를 한참 내려다보다가 그 영문을 지워버렸다. 바야흐로 끝은 가까웠다.

미는 오늘 새로운 일거리 때문에 미팅을 한다고 했다. 작가들 40여 명이 참가하는 전시회의 총괄 디렉터인데, 규모나 네임밸류가 지금껏 해온 어떤 일보다 크다는 소식이었다. 목표물이 사라지자 시간이 붕 떴다. 그는 오랜만에 로봇 청소기를 꺼내 작동시켰다. 먼지포식자가 거실을 돌아다니는 동안, 필은 잼 바른 토스트를 만들어 먹었다. 마트에서 미와 하나씩 구매한 블루베리 잼은 혀가 녹도록 새콤했다.

점심을 모두 먹고, 소파에 기대 눕자 평온이 밀려왔다. 느른한 졸음도 깜빡깜빡 찾아들었다. 의뢰가 끝날 때가 되어 느끼는 안도감과는 조금 다른 기분이었다. 필은 왜 컨디션이 좋은지 되새겨보았다. 신경안정제는 먹지 않았을 텐데, 어젯밤 미와 마신 와인이 훌륭했던가?

그때, 탁자 위의 휴대폰이 진동했다. 찍힌 숫자 아홉 자리는 그가 처음 보는 번호였다.

외로움살해자의 직감은 두 번째 울림을 듣자마자 작동했다. 잘못 걸린 전화가 아니었다. 틀림없이 불유쾌한 볼일을 지닌 진동이다. 뉴스를 보고 그를 찾는 옛 고객일까. 필은 골치 아픈 예상에 눈가를 찌푸렸다. 지금은 얼굴조차 기억나지 않는 그녀들이, 회사의 소식을 듣고 전(前) 살해자에게 연락했는지도 모를 일이었다.

필은 전화기를 귀에서 3센티미터쯤 뗀 채 통화 버튼을 눌렀다.

"네, 여보세요."

— 윤 필 대리입니까?

목소리는 한증막에서 데워진 자갈처럼 건조했다. 까끌까끌한 30대로 추정되는 음성이었다. 필은 전화기 저편의 상대에게 답했다.

"맞습니다. 누구시죠?"

— 당신이 일전에 부탁한 사람을 찾아냈습니다. 지금 중년 여성 한 명과 함께 있습니다. 오실 수 있습니까?

필은 그 말 속에 빠진 단어들을 메꿨다. 차 회장에게 지시를 받은 전문가인데, 미의 아버지와 어머니를 찾아냈습니다. 지금 그들이 있는 곳으로 올 수 있겠습니까?

삭막한 목소리는 한 번 더 반복했다.

— 오실 수 있습니까?

갈지 말지를 고민할 사안이 아니었다. 필은 의자에 걸어뒀던 셔츠를 잡아채면서 돌아섰다.

"위치가 어디입니까?"

목소리는 삼청동의 한 카페를 말했다. 필은 전화를 끊자마자 뛰쳐나가 엘리베이터 버튼을 눌렀다. 15분 뒤, 그의 차는 질풍같이 강변

북로를 내달리고 있었다.

도로 위 차들이 순식간에 저 뒤로 밀려나갔다. 필은 백미러를 흘끗 보았다. 과연 그때의 하룻밤을 낭비한 보람이 있었다. 그와 회사, 모든 인맥에 흥신소까지 동원해도 찾을 수 없던 사람을 2주도 안 돼 발견해낸 것이다. 어떤 수단을 썼는지는 궁금하지 않았다. 그가 원하는 것은 미의 부모 두 명이 그 자리 그대로, 몸 성한 채 붙들려 있는 일뿐이었다. 단 아버지 쪽은 뼈다귀 한두 개가 부러진대도 상관없었다.

그는 30분도 안 돼 목적지에 도착했다. 켕기는 구석이 있는 이들답게, 미의 부모는 카페 3층의 맨 안쪽 자리에 앉아 있었다. 같은 층에 사람 몇몇이 보였으나 필은 곧장 그들에게로 걸어갔다. 두 사람은 영문 모를 얼굴로 낯선 청년을 올려다보았다. 표정들이 꼭 간통 현장을 습격당한 침대 위의 남녀 같았다.

"무슨 일이신가요?"

미의 어머니로 짐작되는 중년 여성이 물었다. 그녀의 모친과 만나는 것은 처음이었으나, 사진 한 장 없이도 알아볼 수 있었다. 얼굴은 새하얬고 눈썹은 미인형으로 쭉 뻗어나갔다. 전체적인 선이며 이목구비도 딸과 판박이였다. 필은 미와 다른 점을 곧 찾아냈다. 그녀의 눈빛에는 자아가 약한 이들 특유의 불안과 분열이 엿보였다.

필은 무미건조한 어조로 답했다.

"김 미 씨의 어머님과 아버님 되십니까?"

"네. 그런데요……."

미의 어머니가 대답했으나 김용일이 가로막았다. 그는 못 본 사이 전보다 더 비루먹은 낯짝이었다.

"당신은 누구요? 뭐하는 사람인지부터 말하는 게 예의 아니오?"

필은 긴장이 역력한 얼굴을 빤히 내려다보았다. 이런 자들의 특성은 한결같이 단순했다. 제 살 길만 찾아 목숨을 연명하면서도, 자기보다 약한 사람 앞에서는 강한 척을 일삼는.

"미 씨의 친구입니다. 일전에 한 번 뵌 적이 있을 텐데요."

김용일의 처진 눈이 생각에 잠겨 멍해졌다. 몇 초 뒤, 그는 기억났다는 듯 손뼉을 딱 쳤다.

"아, 그때 그 청년이로군. 그런데 여긴 무슨 일이신지?"

필은 간단히 전했다.

"두 분을 뵈러 찾아왔습니다. 미 씨의 일 때문에 전해드릴 말씀이 있어서요."

김용일의 얼굴에 다시 의심이 번졌다. 듣고 있던 미의 어머니가 조심스레 물었다.

"저…… 그 애에게 무슨 일이라도 있나요? 우리한테 전할 말이라는 건 또 무엇이고요?"

"아직 말씀을 안 드렸군요. 저는 미 씨의 외로움살해자입니다. 그녀의 망가진 감정을 복원하고, 외로움을 제거하고, 가족으로 인한 트라우마를 치료하는 일을 맡고 있죠. 그런데 두 분은 여기서 또다시 만나고 계시는군요. 지금 이 자리를 미 씨도 알고 있습니까?"

탁, 절지동물의 숨이 끊어지는 소리가 들렸다. 미의 어머니가 들고 있던 클러치를 떨어뜨린 것이었다. 얼굴이 벌게진 김용일이 항변했다.

"그 애가 이걸 알든 말든, 당신이 무슨 상관이오? 보자보자 했더니 웃기는 청년이로구만. 그리고 외로움살해자라니, 어디서 가당치도 않은……."

"잠깐만요. 그러니까 미의 친구란 말이죠?"

떨리는 목소리가 끼어들었다. 필은 고개를 돌렸다. 미의 어머니가 창백한 낯빛으로 그를 바라보고 있었다.

"그렇습니다. 두 분의 이야기를 들은 것도 그녀 본인에게서고요."

"그 애가 지금 많이 아픈가요?"

"예전에는 그랬지만, 차차 호전되고 있습니다. 아마 오래지 않아 정상으로 돌아갈 수도 있겠죠. 어머님이 더 이상 미 씨 몰래 남편분과 만나지 않는다는 가정 하에요."

김용일의 표정이 일그러졌다. 미의 어머니가 차분하게 물었다.

"설명해줘요. 미의 우울증이 재발했나요? 아까 외로움살해자라고 소개하셨는데, 나는 그게 무엇인지 잘 몰라요."

필은 안주머니에서 수첩을 꺼내 펼쳤다.

"제 말을 얼마나 믿으실지는 몰라도, 지금 미 씨는 매우 위험한 상태입니다. 우울증에 시달리며 정신과를 옮겨 다닐 때보다 더더욱. 병명은 누적된 외로움으로 인한 감정상실이고, 증상은 삶의 의욕 감퇴, 자극의 역치 극대화, 자살 시도 등 다양하게 나타납니다. 저는 미 씨를 돕는 일종의 카운슬러고요. 그리고 외람된 말씀이지만, 그녀가 이렇게 된 데에는 두 분의 책임이 큽니다. 바람둥이 아버지와 그 남편만을 사랑한 어머니 사이에서 자라난 결과죠."

두 피고는 아무 말도 하지 못했다. 필은 계속해서 미의 대변자 겸 변호인의 임무를 이어나갔다.

"미 씨에게서 처음 두 분의 이야기를 들었을 때, 저는 그녀가 지닌 외로움의 원인을 오판했었습니다. 그저 어린 시절 부족했던 애정이 불러온 트라우마라고 생각했죠. 하지만 얼마 전에야 알 수 있었습니다. 그녀의 진짜 상실은 그 모진 꼴을 당하면서도 엄마가 자신이 아닌 아빠에게 목을 맬 때, 그리고 성장해가며 본인 안에서 어머니의 모습을 발견했을 때 시작됐을 겁니다. 피는 물보다 독한 법이니까요."

이야기를 듣던 미의 어머니는 고개를 숙였다. 이제 그녀의 얼굴에서 보이는 것이라곤 내리감긴 눈뿐이었다.

"네, 맞아요. 내가 죄인이에요. 그러지 않겠다고 마음을 다잡고 또 다잡아도 매번 약해져서, 그 아이에게 상처를 주는 걸 알면서도……."

"그게 무슨 말이오, 당신은 잘못한 게 없어요!"

김용일이 소리쳤지만 아무도 귀담아듣지 않았다. 필은 말을 이었다.

"맞는 말씀입니다. 미 씨도 어머님이 바뀌리라는 것에 희망을 걸었을 테니까요. 그러나 인간은 쉽게 변하지 않습니다. 지금 두 분이 또다시 딸을 기만하고 여기 모인 것처럼."

한동안 침묵이 이어졌다. 내린 정적에 어깨가 다 젖을 때쯤, 미의 어머니가 무겁게 말했다.

"미에게, 그 애에게 미안하다고 전해주세요. 이 모든 불행이 못난 어미 때문이었다고요."

"그 말씀은 어머님이 직접 전하셔야 할 것 같습니다. 지난 3년간, 자살을 시도한 경력이 5회 이상 있으시지요?"

이번에는 김용일의 눈이 휘둥그레졌다. "여보, 나한테는 다신 그러지 않았다고 말하지 않았소?"

미의 어머니는 즉각 대답해 왔다.

"처음에는 이 사람의 마음을 돌리고 싶어서 시작한 일이었어요. 윤 필 씨라고 했죠? 당신도 분명 이해할 거예요. 나는 외로운 것이 싫었고, 그보다 더 혼자가 싫었어요. 남편도 미도 없는 밤은 날마다 찾아오는 지옥이었어요. 밤새 고통에 몸부림치다가 미쳐버리느니, 차라리 내가 나를 죽이는 편이 나을 정도로."

필은 매몰차게 고개를 가로저었다.

"내 행복을 바라는 사람 앞에서, 끈질기게 되풀이하는 자살 시도는 일종의 살인행위입니다. 타살에는 여러 방법이 있으니까요. 지금껏 아버님은 어머님을, 어머님은 미 씨를 죽여오고 계셨던 겁니다."

"그만, 그만! 더 이상은 도저히 못 들어주겠소."

기어이 김용일이 폭발했다. 아내 앞에서 당한 똥칠이 자존심을 자극한 모양이었다.

"이봐요, 선생. 당신이야말로 그 애를 죽이고 있던 건 아니고? 난 요즘 나온 뉴스를 봤소. 전직 외로움살해자가 고객과 함께 자살했다지. 당신도 필시 똑같은 족속일 거야."

"여보, 그만해요."

"보지 않아도 알아. 여기저기 쑤시고 다니면서 문제를 일으키고, 의사 흉내를 내면서 순진한 애들을 등쳐먹고, 정작 하는 일도 없는 주제에. 우리 가족에 대해 뭘 안다고……."

필은 홱 돌아섰다. 그의 흉흉한 기세에 김용일은 입을 다물었다. 더 떠들었다간 혀가 뽑히겠다는 위기감이 든 것 같았다.

"저는 당신의 딸이 지닌 외로움을 죽이고 있었습니다. 그녀가 어렸을 때부터, 두 분이 미 씨에게 주입했던 독약을 빼내고 있었던 겁니다. 눈으로, 귀로, 코로, 입에서 입으로."

대답은 없었다. 필은 수첩을 다시 안주머니에 찔러 넣었다.

"무엇을 아냐고 물으셨습니까? 그럼 제가 여쭙겠습니다. 아버님께

선 미 씨가 가라앉는 매너티를 보면서 무슨 생각을 하는지 아십니까? 길을 걸을 때, 놀이공원을 갈 때, 엄마와 아빠의 손을 잡은 여자 아이라도 마주치면 어떤 표정이 되는지 보신 적이 있습니까? 저는 그녀만큼 위태로운 환자를 몇 명 만나지 못했습니다. 가정이라는 울타리에서 방치된 채, 미 씨는 홀로 죽어가고 있었습니다."

미의 어머니가 비명을 틀어막듯 입을 가렸다. 김용일은 혼란과 불안, 필에 대한 공포가 섞여 어쩔 줄 모르는 얼굴이었다.

필은 테이블의 커피잔을 내려다보았다. 두 잔 모두 텅 비워져, 이젠 가느다란 갈색 초승달만 바닥에 떠 있었다.

"저는 미 씨가 회복된다면 어떤 일이라도 할 겁니다. 그러기 위해서는 어머님의 협조가 필요합니다."

"내가 뭘 하면 되나요?"

아까보다 한결 차분해진 목소리였다. 필은 해답을 전달했다.

"한국을 떠나십시오. 그 편이 모두를 위한 길입니다."

미를 쏙 빼닮은 눈동자가 커졌다. 필은 20년 뒤의 미와 마주한 기분으로 말을 이었다.

"미국에 언니가 살고 계시죠? 그곳으로 혼자 가서 3~4년간 머무시고, 그래도 못 견디겠다 싶을 때 아버님을 부르십시오. 그 즈음엔 그녀도 부모의 재결합을 고려할 만큼 회복되어 있을 겁니다."

차 회장의 일꾼은 시키지 않은 일까지 척척 해냈다. 이곳으로 오는 동안, 그의 메일로 편지 세 통이 날아들었다. 내용 전부가 엄선된 알짜배기였다. 미의 어머니에게 남은 친지 관계, 최근의 금융 거래 내역, 어디에 방을 얻었고 어디 전세를 뺐는지까지. 필은 가능한 방법 중 가장 현실적인 해결책을 선별했다. 한두 해는 괴로울 수도 있겠으나…… 미에게는 그가 있었고 미의 어머니에겐 다른 가족이 있었다. 떨어진 모녀는 서로의 부재 속에서 차츰 치유될 것이었다.

필은 다음 상대에게로 고개를 돌렸다. 마지막 메일이야말로 저 자발없는 인간을 미의 곁에서 쫓아낼 살충제였다.

"아버님께서는…… 지고 있는 빚이 많더군요. 새로 결혼하셨던 부인께도 지불할 위자료가 남아 있고요. 빚쟁이와 일수꾼, 옛 애인들에게 쫓기고 계신 것을 압니다. 꼬리라도 잡혔다간 그날부로 온갖 장기가 팔도유람을 떠날지 모르죠."

허옇던 김용일의 얼굴이 더욱 해쓱해졌다. 미의 어머니는 끔찍스러운 어휘 구성에 거의 졸도 직전이었다.

"나한테 어쩌라는 거요?"

필은 긴 검지로 턱을 쓸었다.

"당장 급한 불은 꺼드리겠습니다. 더 이상 도망자 생활을 안 하셔도 될 만큼. 하지만 어머니께 접근했다는 소식이 들리거나 미 씨의 앞에 나타나는 순간, 그 즉시 멈췄던 추적이 재개될 겁니다. 그녀에게 이 거래에 대해 이야기하더라도 마찬가지입니다."

김용일은 멍청하게 눈을 껌뻑거렸다. 자기 일은 어떻게 알았고 빚은 왜 갚아주는지, 돈을 받는 외로움살해자가 어째서 이런 친절을 베푸는지 납득이 안 간다는 표정이었다. 필은 멍하니 있는 그를 재촉했다.

"시간이 없습니다. 어떻게 하시겠습니까?"

미의 아버지, 김 씨 집안의 막내아들은 거래―를 빙자한 자선사업―를 받아들였다. 즉시 효력이 발생하는 협박이었기에 계약서나 지장은 필요 없었다. 이윽고 김용일은 담배나 한 대 태우고 오겠다며 나갔다. 미의 어머니가 음료를 권했지만 필은 거절했다. 대신 빈 테이블에 앉아 그녀와 이야기를 나누었다. 그녀는 미의 안부와 근황, 외로움 살해라는 것에 지대한 관심을 표했다. 딸과 전화는 2주쯤 전에 마지막으로 나눴는데, 그 이후로는 죄책감이 들어 가끔 문자만 주고받았다는 것이었다. 들어보니 그녀는 이미 김용일의 상황을 알고 있었다. 미의 어머니는 이번에 전세를 뺀 이유도 융통해줄 돈을 구하기 위해서였다고 귀띔했다. 필은 한심스러운 기분을 느꼈다. 그가 제때 나타나지 않았더라면 이 부인은 또다시 인생의 몰락에 직면했으리라.

'그랬다면 제 딸을 또다시 상처 입혔겠지. 미의 외로움이 악화만 거듭해온 이유가 있었어.'

면전에서 그 말을 할 수는 없었다. 필은 미에 대한 설명을 최대한 아꼈다. 당신 때문에 손가락 사이를 그었다는 둥, 스스로를 망가뜨리려 접근하는 남자마다 잠자리를 가졌다는 둥, 저런 진실을 밝혔다간 이 자리에서 충격으로 쓰러질 것이 뻔했다. 필이 보기에 그녀는 어설프게 착해빠져 주변 사람들을 고생시키는 애물단지였다.

"그 애는 남자친구가 있나요?"

머그잔 손잡이를 만지작거리던 미의 어머니가 물었다. 필은 고개를 저었다.

"아뇨. 제가 알기로는 없습니다."

"그럼 당신이 옆에서 좀 잘 챙겨줘요. 둘 다 젊으니, 이렇게 만나다가 사랑이 싹틀지도 모르잖아요."

필은 무뚝뚝하게 대답했다.

"제 일은 외로움을 죽이는 것이지 고객과 연애하는 것이 아닙니다. 좋은 사람이 있다면 그녀가 택할 일이죠."

미의 어머니는 딸과 꼭 닮은 눈썹을 내려뜨렸다.

"하지만 그 애는 누군가와 만나려 하지 않는걸요. 석호가 죽고 난 뒤, 미는 남자에게 마음을 닫았어요."

지금껏 듣지 못한 이름이었다. 석호가 누군지 묻자 미의 두 번째 남자친구였다는 대답이 돌아왔다.

"대학 시절 자살했다는 그 남자친구 말입니까?"

"알고 있었네요. 미가 말하던가요?"

자살하기 전날이라면 모를까, 당연히 그랬을 리는 없었다. 필은 애매하게 얼버무렸다.

"우연한 계기로 알게 되었습니다. 어머님은 혹시 그가 어떤 사람이었는지 알고 계십니까?"

미의 어머니는 생각을 더듬는 표정이 되었다.

"딱 한 번 봤었는데, 어딘지 그늘이 있는 친구였어요. 미가 드물게도 집으로 데려와서 밥을 함께 먹었죠. 나머지는 잘 기억나지 않아요. 왜 갑자기 그런 일이 일어났는지도. 하지만 미는 아마 자기 때문이라고 생각했던 것 같아요."

"특별한 까닭이 있었을까요? 평소 삶을 비관해왔다거나, 미 씨가 이별을 통보해서 홧김에 손목을 그었다거나 하는."

"거기까지는 나도 몰라요. 미가 다른 이야기는 일절 해주지 않으니까요. 장례식 이후, 미는 몇 주나 말이 없다가 딱 한마디를 했어요. 다시는 내 외로움이 사라지리란 희망을 갖지 않겠다고."

여름날 번갯불 같은 깨달음이 등골을 내달렸다. 필은 태어난 순간 형을 죽였다고 고백하던 오후를, 그 말을 듣고 있던 미의 표정을 떠올렸다. 그는 자신도 모르는 사이 해답의 중심부로 접근해 있었던 것이다.

'그래, 그래서 내게 그런 말을 했던 거였어. 자신이 남자친구를 죽였다고 생각한다면 전부 이해가 가는군.'

퍼즐이 한 피스 더 짜 맞춰졌다. 미는 바람둥이 아버지와 해바라기 어머니, 그녀를 시기하는 친구들에게 조금씩 깎여나갔다. 그리고 연인의 자살을 통해 완벽한 고독지로 굴러 떨어졌다. 필은 이해 속에서 납득했다. 바로 그것이 외로움의 근원이자 고독의 원천이었으며, 미의 안팎 어디에도 주삿바늘이 들지 않았던 이유였다.

그러나…… 이제 와서 달라질 것은 없었다. 그는 타인을 사랑할 수 없는 외로움살해자였다. 가능한 처방 또한 수복이 아닌 파괴뿐이었다. 썩은 피를 빼내고, 그 자리에 애정을 불어넣고, 마침내 새로운 삶을 부여하기란 불가능했다. 그것은 그가 떠나는 순간 미를 죽일 지연 살해였다.

아직 남아 있던 직감으로, 미의 어머니는 앞에 앉은 청년이 무슨 생각을 하는지 알아차린 것 같았다. 불현듯 필은 그녀가 이쪽을 똑바로 바라보고 있음을 깨달았다. 미를 꼭 닮은 눈이 말하는 중이었다.

부탁이니 필, 진짜 사랑을 줘요. 내가 남편에게 바랐고 그 애가 우리에게 바랐던. 그러지 않으면 미의 외로움은 죽일 수 없을 거예요.

외로움살해자는 그녀를 외면했다. 침묵 속에서, 길을 잃은 시선은 곧 숨을 거뒀다. 몇 초 뒤 그녀의 눈에 떠올랐던 빛이 사라졌다. 표정 역시 어리숙하고 겁먹은 듯한 평소의 얼굴로 돌아갔다. 그녀는 다시금 남편을 위해 평생을 바친 여자가 되어 있었다.

미의 어머니는 갑자기 생각난 듯 화제를 돌렸다.

"그런데 정말 엄청난 회사네요. 고객의 부모를 찾아내서 빚을 갚아준다니, 그것도 한두 푼이 아닐 텐데. 원래 외로움살해자들이 이런 일까지 하나요? 다 회사에서 지원금이 나오는 거죠?"

필은 아무렇지 않게 새 배역으로 들어갔다.

"때에 따라서는 그렇습니다. 고객들의 외로움이 각양각색이듯, 외로움살해자들이 하는 일들도 전부 달라서요. 그래도 오늘 저를 만난 얘기는 미 씨에게 비밀로 해주셔야 합니다."

"걱정 말아요. 절대 얘기하지 않을 테니까. 그런데 참, 다시 만나고 싶을 만큼 건실한 청년이네요. 예의도 바르고 신수도 훤칠하고, 가정교육까지 잘 받은 티가 나."

미의 어머니는 그를 제 딸과 엮어주려는 소망을 버리지 않은 것 같았다. 아까와 차이가 있다면 다분히 부녀회장 같아진 태도였다. 그녀는 여자친구가 있는지, 언제쯤 결혼을 생각하는지, 이상형은 무엇인지 따위를 물어 왔다. 필은 쏟아지는 칭찬에 적당히 예만 표했다. 진지한 교제만큼 그와 동떨어진 것도 없었다. 상견례 날짜가 잡혔을 때, 필은 그가 혼자 나온 것을 보고 상대방 측 부모가 어떤 표정을 지을지 잘 알았다. 결혼업계에서 가정불화는 반려 대상이었고 이혼전과는 파혼 사유였으며 부모님이 안 계신 것은 최악의 대죄였다.

어느덧 작별할 시간이 찾아왔다. 김용일은 담뱃불을 붙이다 머리털이라도 그슬렸는지 코빼기를 안 비쳤다. 미의 어머니는 몇 번이나 고맙다며 고개를 숙였다. 다시는 남편과 만나지 않겠다, 미를 상처 입힐 일은 없을 거라는 다짐도 덧붙였다. 필은 그 거짓말에 웃어 보이고 돌아서서 계단을 내려갔다. 마지막으로 본 그녀는 어딘가로 전화를 걸고 있었다.

8단계

—

소각시킬 것

1

카페에서 나오자 햇볕이 내로에 폭격을 가하는 중이었다. 그는 가시광선 세례를 피해 가게 그늘로 물러섰다. 확인한 메시지함에는 영준의 문자 하나가 반짝거렸다.

> 그 아가씨는 잘 있냐? 빨리 치료해서 다음에 또 데리고 나와.
> 현일이가 오매불망 그리워 안달이더라.

필은 지붕이 파란 카페를 올려다보았다. 미의 가장 큰 위험이 방금 전 제거된 참이었다. 그녀의 어머니를 남편과 미에게서 함께 떼어놓은 것이 첫 단계였다. 김용일은 쉽게 돌아오지 못하리라. 혹은 영원히 세상에 발을 딛지 못하리라. 필은 그가 다시 모습을 드러내는 순간 눈이 벌겋게 단 사냥개들을 풀 생각이었다. 옛 아내의 사랑과 일신의 안전 중, 그 겁쟁이가 무엇을 택할지는 뻔했다.

더운 새소리가 나무 꼭대기에서 들려왔다. 그는 기념품 노점이 즐비한 골목 그늘을 따라 걷기 시작했다. 큰 임무 하나를 끝마쳤는데도 어딘지 개운치가 않았다. 자기성찰에 능한 외살자는 즉각 이유를 발굴해냈다. 그가 5분 전 일을 처리한 방식은 외로움살해자의 그것이 아니었다.

폭력, 협박, 절도, 그들의 일터에선 모두 통용되는 이야기였다. 회사는 최후의 상황이 오면 도리어 범죄를 장려하기까지 했다. 그러나 고객의 어머니를 외국으로 보내주고, 아버지의 빚까지 갚아주라는 대목은 매뉴얼 어디에도 없었다. 다른 직원이었다면 중도 포기를 선언할지언정 본인의 돈이 새는 꼴은 보지 않았을 것이었다.

고객을 두 번 만족시키다간 네가 먼저 파산하겠는데. 메일에 찍혀 있던 그 사람 통합채무액을 못 봤어?

죽은 형의 목소리가 또다시 들려왔다. 필은 망자가 발하는 경보음을 무시했다. 그에게 소비란 전투를 위한 무기 구매 행위에 불과했다.

잘 생각해봐. 넌 방금 외로움살해자면서 외로움살해자가 아니었고, 윤 필인 동시에 윤 필이 아니었어. 일전의 너였다면 과연 이런 결정을 내렸을까? 천만에. 미행, 폭력, 협박과 협잡, 어떤 수를 써서라도 그들을 망가뜨려 세상에서 추방시켰겠지.

필은 고개를 세차게 저어 목소리를 뿌리쳤다. 시작됐던 일들이 하나둘씩 끝나가고 있었다. 서 대리와 막내의 로맨스, 현일의 소설 완성과 성완태의 몰락, 마침내 터진 외로움살해자 스캔들까지. 그 모든 일의 종막은 미의 살해로 귀결되었다. 그는 그녀 안에서 꿈틀거리는 외로움들을 쇠백정이 무소의 목을 따듯 찔러 죽였다. 외로움살해자가 외로움을 없앴다. 오직 그것만이 일부이자 전부였다. 저 명제를 완성키 위해서라면 어떤 방식인들 문제될 일이 있겠는가?

필은 미를 처음 만난 순간을 떠올렸다. 그녀의 외로움은 그야말로 난공불락의 요새였다. 성문을 뚫기 위해 쏟아 부은 무기도 무수히 많았다. 그는 창을 던지고, 돌을 날리고, 성벽 위에서 쏟아지는 기름을 피해 폭탄을 터뜨린 끝에 놈을 무너뜨리는 데 성공했다. 이제 남은 것은 요새를 함락시키고 그녀를 성에서 탈출시키는 일뿐이었다. 그는 어떤 수를 써서라도 미의 외로움 재발을 막을 작정이었다. 여태 본인을 거쳐간 모든 고객들에게 그리하였듯이.

그러나 지금은 할 일이 있었다. 미의 어머니와 이야기를 나누면서 갈 곳이 생겨났던 것이다. 필은 차에 올라타자마자 전화를 연결했다. 그리고 이름과 시간을 몇 번 주고받은 후 통화를 끝냈다.

룸미러에 걸어뒀던 선글라스를 쓰자 운전이 한결 편해졌다. 문병을 가기 알맞은 날씨였다.

2

열린 창문으로 후텁지근한 공기가 밀려들었다. 그 바람에 베이지색 커튼이 삼베옷처럼 흔들렸다. 천장형 에어컨이 있었으나, 투숙객들을 위해서인지 몇 시간째 꺼져 있었다.

필은 눈동자를 좌측으로 움직였다. 하얀 방, 하얀 천장, 하얀 벽지 아래 여섯 개의 침대가 놓여 있었다. 세 개는 비어 있었고 나머지 세 개에는 누워 있는 손님이 있었다. 그가 앉은 곳은 침대 옆에 붙여둔 접이식 의자였다. 다른 간병인 두 명은 모두 나가고 없었다. 무슨 일이 생기거든 간호사를 부를 테니, 걱정 말고 쉬다 오라며 내보냈던 것이다.

필의 눈동자가 다시 우로 돌아갔다. 사람의 윤곽만 희미하게 도드라진 시트는 미라를 덮어둔 천을 연상시켰다. 몸 곳곳에 연결된 링거와 배변 튜브, 얼굴의 반을 가린 호흡기를 보면 외로움에 치받힌 사상자 같기도 했다. 시트의 오르내림도 숨을 쉬는지 걱정될 만큼 미약했다. 담요 밖으로 나온 손은 바짝 말라 있었다.

필은 고개를 숙였다가 들었다. 그리고 그를 낳고 기르고 외로움살해자로 만든 어머니와 마주했다.

그녀가 필과 말을 하지 않게 된 뒤로 28년이 흘렀다. 실질적인 의미로 발성이 불가능해진 것은 올해가 3년째였다. 아버지를 끝장낸 원흉은 빗길의 교통사고였고, 어머니를 바보로 만든 범인은 만취한 운전자가 몰던 쏘렌토였다. 아스팔트 노면에 머리를 찧은 것이 치명적인 뇌 손상을 입혔다고 했다. 그녀는 지속식물상태 판정을 받았다. 경과를 기다리는 3주간, 의식 한 번을 되찾지도 못했다. 어머니가 마지막으로 한 말은 막내삼촌에게 밥을 잘 먹고 다니라고 걸었던 안부 전화였다.

필은 볼썽사납게 쪼그라든 육체를 내려다보았다. 그것은 이미 인간이라기보다 숨만 붙은 주검에 가까웠다. 제 의사로는 밥알을 씹는 것도, 숨을 쉬는 것도, 소변을 보고 싶다는 말조차 할 수 없었다. 인간성의 처참한 상실이었지만 필은 달라진 점을 느끼지 못했다. 한 지붕 아래 살아가는 내내, 그들은 서로를 인간의 탈을 뒤집어쓴 무정물처럼 대했다.

어머니를 이곳으로 옮긴 것은 몇 해 전의 일이었다. 그전까지는 대학병원 중환자실, 강화요양원, 서울 근교의 메디컬센터를 번갈아 전전하곤 했었다. 당연하지만 보험금만 잡아먹는 헛수고였다. 깨어날 가망이 없음을 모두가 인정할 때, 필은 꾸준히 어머니에게로 갔다. 어머니의 모습을 한 식물인간은 늘 같은 침대에 누워 있었다. 그는 익숙한 솜씨로 심전도를 체크하고 혈압을 확인했다. 그리고 욕창이 생기지 않도록 주기적으로 자세를 바꿔주었다. 그것을 보던 주변 환자나 간병인들은 입을 모아 칭찬하곤 했다.

"저 학생은 정말 대단해, 이런 상황에서도 희망을 가지고. 이제는 간병에도 적응한 거지."

필은 간단한 교정 욕구를 느꼈다. 그는 희망을 가져본 적이 없었고, 간병에 적응한 적은 더더욱 없었다. 어머니를 보살핀 것은 삶의 요식행위였을 뿐이었다. 그녀는 필을 그렇게 키웠고, 이젠 그가 의무를 다할 차례였으므로. 참담한 꼴로 드러누운 어미를 보면서도 그는 무덤덤했다. 다 죽은 나무에 물을 주는 학생이 슬퍼하지 않듯이.

아버지가 유명을 달리한 일 년 후, 어머니도 아버지처럼 교통사고로 식물인간이 되었다. 친지와 동기, 교수와 지인들 모두가 액운이 꼈다고 말했다. 필의 생각은 달랐다. 그것은 단순한 우연의 일치가 아니었다. 정신이 병든 이가 죽음을 부르는 방법은 많고 많았다. 그는 어머니가 운전 직전 일부러 술을 마시는 모습, 폐렴을 유발하려 빗속을 걷는 모습, 약물중독을 위해 하루 세 알씩 수면제를 먹는 모습을 상상할 수 있었다. 얻을 것은 남편과 큰아들이 있는 천당이요, 잃을 것은 건강뿐이 아니던가? 약간의 노력만으로 세상 저쪽에 갈 길이 열린다면 가치는 충분했다.

"어머니."

그는 무심히 불러보았다. 대답은 없었고, 더운 공기만 코밑을 간지럽혔다. 즉자는 있으나 대자는 없는 말이 이어졌다.

"오늘은 어떤 부모를 보고 왔습니다. 제 고객의 어미와 아비였고, 숱하게 헤어지고 만나며 저희가 낳은 딸을 괴롭혔던 이들이었습니다. 그들은 자식에게 고통을 주었습니다. 고독을 안기고 외로움을 주입했으며, 심장 곳곳에 구멍을 뚫어 저와 같은 감정상실자로 만들었습니다. 그러나 그들은 행복을 느낄 수 있는 감각 또한 주었습니다.

저는 그 두 사람을 보면서 생각했습니다. 처음부터 무엇도 없었던 인간, 한때 사랑을 받았다가 모든 것을 빼앗긴 인간, 과연 어느 쪽이 더 비참할지. 나는 나를 무통의 괴물로 만든 내 부모에게 감사해야 하는지를."

필은 고개를 조금 숙였다. 지난 3년간, 그의 목소리에 어머니가 반응한 적은 한 번도 없었다.

"이 땅에 형제살해범으로 태어난 이래, 저는 한순간도 제 삶을 원망한 적이 없었습니다. 키워진 개처럼 밥을 먹고, 나를 증오하는 이들의 옷을 입고, 날 때부터 뽑혀나간 감정을 당연시하며 살았습니다. 물론 인간이 될 가능성은 있었을 겁니다. 언젠가 저 호흡기를 떼고픈 충동이 들었던 걸 보면, 저도 완전한 괴물은 아니었던 모양이죠. 그것이 제가 어머니께 베풀 수 있는 가장 큰 친절이었을 테니까요. 어머니가 받아들일 수 있는 친절도 그 정도였을 것이고."

문득 어머니의 퀭한 눈이 활짝 열렸다. 필은 놀라지 않았다. 각성 주기가 돌아온 모양이었다. 어차피 지금의 눈빛과 사고 전 어머니가 그를 보던 눈빛은 똑같았다.

"하지만 저는 그러지 못했습니다. 그러기엔 두 분께서 뒤집어씌운 원죄가 지나치게 컸습니다. 이 분노를, 억울함을, 원망과 슬픔을 반만이라도 느낄 수 있었다면, 철저한 무관심 대신 차라리 증오와 욕설로 저를 대하셨더라면, 그랬다면 저도 조금 모자란 외로움살해자가 되었을지 모르겠지만…… 이제 두 분은 더 이상 제 곁에 없군요. 내게 고통을 줄 수 있는 사람들이 존재한다는 것이 얼마나 큰 축복인지, 나는 미의 부모를 보고서야 깨달을 수 있었습니다. 당신들은 날 인간으로 만들 마지막 열쇠를 쥐고 바다 밑으로 가라앉은 것입니다."

미의 부모는 이승에 있었고, 그의 아버지는 천당에, 어머니는 약물과 링거액으로 만들어진 연옥에 있었다. 호흡기를 쓴 얼굴은 살이 쪽 빠진 데다 검버섯까지 피어 울퉁불퉁했다. 그러나 표정만은 세상의 모든 번뇌에서 벗어난 듯 평온했다. 그녀는 임종 직전에 이르러서야 아들과 진정으로 맞닿은 셈이었다. 더는 아무것도 느낄 수 없다는 것을 알았을 때, 어머니는 즐거워했을까. 아니면 죽음을 희구했을까.

필은 고개를 숙였다. 불타버린 화산암 같은 얼굴 위로, 오후의 그늘이 비스듬히 드리워졌다.

"지난번에 같이 왔던 친구를 기억하십니까? 그 친구가 해준 말이 있었습니다. 제가 어떤 감정이든 내비치는 걸 못 봤다며, 꼭 심장에 바람구멍이 난 놈 같다더군요. 맞는 말입니다. 제 가슴에는 구멍이 뚫려 있습니다. 그 구멍은 아주 크고 깊숙해서, 나 자신은커녕 그 누구의 외로움도 머무르지 못합니다. 어머니를 증오하거나 아버지를 용서하지도 못합니다. 사랑을 담을 수도 없습니다. 저의 모든 감정은 생겨나는 순간 그곳으로 끊임없이 새어나가고 맙니다. 우리 세 명의 관계에도 그런 구멍이 뚫려 있었습니까? 그래서 저를 세상 끝까지 추방하셨던 것입니까? 아들이 얼어붙은 뼈와 차가운 피를 지닌 괴물로 자라나는 것을 보며, 두 분은 무슨 생각을 하셨습니까? 그 수 없는 나날 동안, 왜 저를……."

희미해지던 목소리가 차츰 잦아들었다. 아들은 고개를 숙이고 어머니는 천장을 올려다보는 채, 두 사람 모두 말이 없었다. 모자가 내뿜는 호흡만이 납골당의 흙냄새처럼 뒤엉겼다. 한 명은 죽어가는 시체였고 다른 한 명은 죽은 것과 다름없는 산송장이었다.

필은 뻣뻣해진 고개를 들었다. 어조는 전과 같이 차분했다.

"일전에는 어머니가 나무토막으로 보였습니다. 거기 누워 계신 어머니를 내려다볼 때면, 관에 누운 시체인지 혼수상태에 빠진 가족인지 구분할 수 없었어요. 그래서 매일같이 수발을 들고 똥오줌을 치웠습니다. 내 앞의 인간은 나를 증오했던 부모가 아니라 도움이 필요한 식물인간일 뿐이었으니까. 하지만 어머니, 이제는 어머니를 어머니로 받아들일 수 있을 것 같습니다. 어머니가 생전 제게 바랐던 소망을 비로소 알겠어요. 미의 부모가 본인들의 고통을 떠넘겨 딸에게 책무를 다했듯, 저는 당신을 내 안에서 끊어냄으로써 아들의 의무를 다할 것입니다. 아마…… 하늘에 있는 형과 아버지도 우리를 보며 기뻐하겠지요."

필은 잠시 사이를 두었다가, 낮은 목소리로 말을 맺었다.

"사람들이 오고 있군요. 어머니는 그렇게 죽음에, 저는 인간에 한 발짝 가까워질 것입니다."

그의 말이 끝나자마자 복도에서 실내화 소리가 들렸다. 곧 문이 열리고 산책을 나갔던 간병인들이 들어왔다. 젊은 쪽과 늙은 쪽 중, 나이가 많은 여자가 호들갑을 떨었다.

"아이고, 우리가 너무 일찍 왔나? 어머니한테 얘기를 해드리고 있었나 보네. 조금만 더 능장을 부릴걸 그랬어."

문 밖으로 새어나간 말소리를 들은 모양새였다. 필은 앉아 있던 의자에서 일어섰다.

"아닙니다. 이제 가봐야 해서요. 다음에 또 오겠습니다."

"그래요. 아들이 이토록 지극정성이니, 분명 어머니도 조만간 깨어나실 거야. 저렇게 누워 있어도 여기 소리는 다 듣고 계신다고요. 내가 간병인 생활만 20년을 해봐서 잘 알아. 안 그래, 연주 씨?"

나머지 한 명도 열렬히 고개를 끄덕였다. 아직 간병인 경험이 많지 않아서인지, 삶과 죽음의 악취에 덜 찌든 아가씨였다. 아마 어머니를 보살필 다음 타자는 그녀로 결정되리라. 필은 그녀들에게 미소 지은 뒤 병실을 빠져나갔다. 그리고 차에 올라타 요양원을 영영 떠났다.

돌아가는 길, 그는 차창 밖을 흘끗 보았다. 붉은 하늘에서는 거미줄 같은 땅거미가 해의 숨통을 조르고 있었다.

"저길 봐요. 외살사를 논한다, 특집 토론 방송이라는데요?"

나란히 앉아 있던 미가 말했다. 필은 그녀가 가리킨 곳으로 고개를 돌렸다. 레스토랑 대기석, 웨이팅이 지루하지 않도록 틀어놓은 TV에서 외로움살해자 관련 시사 프로그램이 방송되고 있었던 것이다.

"저런 토론은 매일같이 벌어집니다. 카메라 앞에서 싸우느냐, 아니면 뒤에서 싸우느냐의 차이일 뿐이죠. 굳이 볼 필요는 없어요."

"그래도 요즘 여론이 어떤지는 알 수 있잖아요. 전 당신이 준비도 없이 실직자가 되길 바라지 않아요."

적극적인 의견 피력은 그가 만든 변화 중 하나였다. 필이 지켜보는 사이, 미는 데스크 직원에게 뭔가를 말했다. 곧 볼륨이 몇 단계 올라가고 논객들의 목소리가 흘러나왔다.

"……는 전국민을 대상으로 한 희대의 사기극입니다. 여러분, 한번 잘 생각해보십시오. 외로움을 살해한다니요. 그리고 심지어 그것을 서비스화해 막대한 의뢰비를 받는다니요. 이야말로 시의적절한 마케팅과 군중심리가 조장해낸 눈먼 자들의 도시 아니겠습니까?"

말이 끝나자 카메라가 방청객들을 비췄다. 보아하니 토너먼트 방식의 토론회였다. 방금 발언한 사람은 외로움살해자를 반대하는 쪽에 선 문화평론가였고, 찬성 쪽 테이블에도 서너 명이 있었다. 콧수염을 점잖게 기른 중년 남성이 반론을 펼치러 나섰다.

"미국, 일본, 스웨덴, 네덜란드 등 어떤 선진국에서도 매춘을 무작정 금지하지 않습니다. 어느 시대에나 사회적으로 대두된 문제는 존재하며, 그에 따라 구조적 흐름이 뒤바뀌는 것은 당연해요. 필요에 의한 수요가 생겨났고, 그 수요에 발맞추었다 해서 그것을 사기극으로 폄하함은 어불성설입니다."

문화평론가는 안경 뒤의 시궁쥐 같은 눈을 번득였다.

"그럼 그들의 유해성을 인정하시는 겁니까? 보세요, 지금 안 교수님께서도 외로움살해자들의 서비스를 매춘에 비유하시지 않았습니까. 실은 우리 모두 알고 있었던 거예요. 그들의 감성팔이가 창녀의 조건만남이나 다름없다는 것을. 알면서도 대세에 엇나갈까, 시대의 흐름에 뒤떨어질까 두려워 목소리를 못 냈던 것뿐입니다."

말을 마치자 동조의 끄덕임이 방청석을 오갔다. 진지한 얼굴로 고개를 주억거리는 방청객 두어 명도 화면에 잡혔다. 잠시 말문이 막혔던 교수는 곧 돌파구를 찾아냈다.

"저는 외로움살해자를 매춘부에 비유한 게 아닙니다. 그럼 카운슬러와 상담사, 각종 서비스업 종사자들도 전부 감정을 파는 매춘부들입니까? 정당한 서비스에 왜 그리 흠집을 내시는지 알 수가 없군요."

문화평론가는 어깨를 으쓱해 보였다.

"저도 교수님께서 왜 그들을 변호하는지 잘 모르겠습니다. 아내

분과의 불화가 그들로 인해 해결되기라도 했나요? 권태기가 온 중년 부부에게 맞바람 식 외살자 구매가 인기라고 들었습니다만."

교수의 눈동자에 분노가 떠올랐다. 이내 그는 네 전 와이프는 외로움살해자와 바람이라도 나서 이혼했냐는 반격을 꽂았다. 그 뒤부터 전형적인 진흙탕 싸움이 이어졌다. 주어진 토픽에 서로의 개인사, 이미지, 과거 발언까지 끌어들여 치고 박는 식이었다. 사회자가 두 발언자를 가까스로 진정시키자 1차전은 막을 내렸다. 물을 마실 시간 3분이 주어진 뒤, 두 번째 후보들이 당의 부대변인처럼 나와서 서로를 마구 헐뜯었다. 그 지지부진한 토론은 100분이고 200분이고 계속될 듯 보였다. 보고 있던 미가 흥미가 사라진 얼굴로 말했다.

"그만 들어가요. 이세 우리 차례네요."

과연 웨이터가 다가와 자리가 났음을 알렸다. 필은 무용한 논쟁이 계속되는 원탁을 뒤로 하고 일어섰다.

그들은 헤져가는 여름의 막바지에 와 있었다. 폭염은 하루가 다르게 힘을 잃고 부스러졌다. 극성스러운 햇볕이 쓸려나간 자리를 쪽빛 하늘, 낡아버린 나뭇잎, 찢어진 솜털 같은 구름이 채웠다. 공기에서는 가을과 외로움의 냄새가 났다. 잔인하고도 아름다운 계절이었다.

미는 가을이 왔다는 말을 유독 많이 했다. 여름 막바지까지 몰아친 보람이 있어, 그녀의 증세는 몽상가들 모임에 갔을 때보다 호전되어 있었다. 불면증과 식욕 감퇴도 한결 나아졌다고 했다. 조금 굵은 젓가락 같던 허벅지는 뽀얗게 살이 붙었다. 책도 주마다 두어 권씩 읽었고, 굳이 먹으라며 잔소리를 하지 않아도 끼니를 제때 챙겼다. 무엇보다 큰 변화는 무뎌졌던 감정의 수복이었다. 미는 그가 농담을 하면 웃었고 바보 같은 행동을 하면 소리 내어 깔깔거렸다. 마치 쓰고 있던 얼음 가면이 올해의 더위를 이기지 못하고 녹아 흘러내린 것 같았다.

"요즘은 어떤가요. 밤마다 잠 못 드는 일은 없어졌습니까?"

그가 묻자 미는 이상한 표정으로 대답했다.

"그걸 왜 물어요? 매일 밤 함께 있으면서."

필은 크레페를 주문하면서 확신했다. 표면의 외로움이 대부분 제거된 지금, 이제는 떠날 일만이 남아 있었다.

이 기간이 되면 마지막 집중력이 치솟아 올랐다. 단 한 개의 돌덩이만 잘못 쌓아도 공든 탑이 무너질 수 있었다. 고객과의 이별이란 어드벤처 영화의 최종 탈출 장면과도 비슷했다. 칼날이 내려오고 불길이 뿜어지는 함정들 사이에서, 트랩을 발동시킬 기관은 털끝만큼도 건드리지 않고 철문 밑으로 굴러 나와야 했다. 그 타이밍을 잡는 것 또한 장기 근속자의 재능이었다. 언제, 어디서, 어떻게 발을 뺄 것인가.

그러나 이번은 유독 감을 잡기가 어려웠다. 일전의 고객도, 그전의 고객도 그리해왔지만 그는 마무리에 서툰 편이 아니었다. 오히려 무너지는 화산섬에서도 매 순간 살아나왔던 역전의 용사였다. 어째서 이토록 탈출이 늦어지는 걸까. 필은 자문했고, 미의 침대 위에서 그 이유를 찾았다. 그와 미는 지나치게 많은 시간을 함께 공유했다. 그것은 외로움을 죽이는 일이었으나, 동시에 미를 나약하게 만드는 일이기도 했다. 지원병들이 떠난 성채에는 또다시 침략만이 닥쳐올 뿐이었다. 그 다음은 한층 참혹한 대학살의 반복이리라.

잠들기 전, 그는 몇 시간씩 숙고하곤 했다. 수많은 최종안이 생성과 탈락을 거듭하며 한밤의 꿈처럼 스러져갔다. 필은 꿈을 꿀 때마다 미를 보았고 수천 번을 거듭해 헤어졌다. 이제 정말 끝을 준비할 시기였다. 지금껏 투여해온 신경활성제와 미의 생존 욕구가 맞물리는 순간, 그녀를 외로움살해자에서 해방시킬 때를.

그날도 두 사람은 함께 있었다. 데이트 장소는 여의도의 어느 공원이었다. 하늘에서는 몽당구름이 흘러갔고, 산산한 바람이 불어와 햇살을 흩어놓았다. 필의 브리프케이스 안에는 여름용 무기 세트 대신 카디건과 보온병이 들어 있었다. 그들은 맥주를 한 캔씩 사서 나란히 마셨다. 필이 절반을 비웠을 즈음 미가 말했다.

"이젠 정말 며칠 안 남은 것 같아요. 그렇지 않아요?"

그의 최근 심정을 엿본 듯한 말이었다. 필은 모르쇠로 일관했다.

"가을 말입니까, 아니면 이번 달을 말하는 겁니까?"

"아뇨, 우리가 함께할 수 있는 나날들이요. 당신도 의뢰 종료가 가까워졌다고 말했잖아요."

"그랬죠. 그러고 보니 벌써 반 년이 지났군요."

"꼭 서둘러 헤어져야 한다는 말투시네요."

필은 공원을 거니는 커플들에게로 시선을 주었다. 구름 뭉치를 닮은 푸들 두 마리가 신이 나서 달려갔고, 목줄을 쥔 남녀가 그 뒤를 헐레벌떡 뒤따라갔다. 낭만적인 나머지 현실성이 다소 결여된 광경이었다.

"저와 오래 있으면 미 씨에게 좋을 것이 없습니다. 외로움살해자는 독한 진통제예요. 투여 직후는 편하지만, 계속 맞다 보면 습관적으로 의존을 부르는. 그래서 이별은 빠를수록 좋다는 거고요."

미는 맥주를 들지 않은 손으로 턱을 괴었다.

"보통은 의뢰를 마치는 기간이 얼마나 되나요? 이렇게 말하면 조금 우스운데, 일반적인 고객들의 경우에요."

"거의 두 달에서 세 달 사이에 마무리됩니다. 비용 문제도 있고, 아까 말한 의존성 때문에라도 기간 내로 끝내는 편이죠."

다음 말은 바로 이어지지 않았다. 미는 들고 있던 맥주를 한 모금 마셨다. 필은 그녀의 목울대가 가냘프지만 힘차게 오르내리는 모습을 지켜보았다. 지난 반 년간, 악천후 속에서 쟁취해낸 삶의 증명이었다.

미는 캔 가장자리를 아랫입술에 댄 채 말했다.

"가끔은 그런 생각도 들어요. 우리가 조금만 더 일찍 만났더라면, 외로움살해자와 고객이 아닌 다른 사이가 되지 않았을까 하는."

"어떤 사이 말입니까?"

그녀는 뻔한 질문은 좀 삼가달라는 눈빛이 됐다.

"당연히 연인이겠죠. 설마 오빠나 아빠일까요?"

"제게는 아마 그럴 확률이 더 높을 겁니다. 아무리 일찍 만난대도 고객을 사랑할 일은 없었을 테니까요."

"외로움살해자가 아니던 시절에도요?"

"네. 제가 살면서 애인을 사귄 이유는 두 가지였습니다. 첫째는 누군가가 나를 필요로 한다는 것이 신기해서, 둘째는 내가 누군가를 필요로 할 수 있을까 알고 싶어서. 두 번째가 불가능하다는 것을 깨달은 뒤 현실을 받아들이기로 했죠."

미는 딱히 놀랐다는 반응도 보이지 않았다. 그녀는 한 모금을 더 마신 뒤 본인의 과거사로 화답했다.

"저는 대학에 들어가고 나서 남자친구를 두 명 사귀었어요. 인기 많은 경영학도와 우울한 예술가였는데, 첫 번째는 동기를 임신시켜서 해외로 떠났고 두 번째는 자살했죠. 생각해보면 아빠와 엄마의 나쁜 점만 쏙 빼닮은 애인들이었어요. 또다시 혼자가 된 뒤, 누구라도 필요해졌지만 누구도 만날 수 없도록 만들었다는 것까지."

이미 들은 이야기였으나, 진실을 말할 수는 없었다. 그녀의 어머니를 만난 일은 무덤까지 가져갈 비밀이었다. 필은 소개팅의 단골 질문에 약간의 변화를 첨가했다.

"최근의 로맨스는 어떻게 끝났습니까?"

"대답할 게 없네요. 막 시작하려던 중 상대가 부친상을 당해서, 끝내기도 전에 끝나버렸어요."

필은 어깨를 으쓱였다.

"제 경우는 조금 다릅니다. 직장 동료가 데이트 신청을 했고, 저는 약속 전날 일부러 술을 진탕 마시고는 곯아떨어졌죠. 그게 마지막으로 찾아왔던 로맨스입니다."

미는 잠시 후에 말했다.

"정말 궁금해서 묻는 건데, 혹시 여자를 싫어해요? 성적으로 혐오한다든가, 남자 쪽이 취향이라든가. 솔직하게 말해도 괜찮아요."

"아뇨, 그렇지 않습니다. 전 그녀들과 주기적으로 만남도 갖고 잠자리도 하죠. 단지 동료와의 데이트는 해가 되리라고 여겼을 뿐입니다. 고객과의 연애 감정이나 불필요한 교류처럼."

미는 져가는 노을처럼 웃었다.

"그러면서 나랑은 매일같이 딱 붙어 다녔어요? 밥도 해주고 함께 잠들어주고, 예비 신랑이 따로 없던데요."

"외로움을 죽이기 위해서였습니다. 그게 제 일이니까요."

"맞아요. 저도 가족 아닌 남자와 그렇게 많은 밤을 함께 보내리라고는 생각하지 못했어요."

어린 딸을 외로움의 사지로 몰아넣었던 장본인은 지금 그녀 곁에서 추방당해 있었다. 공원에는 많은 아빠들이 보였다. 산책을 나온 가족들이 붐볐고, 커플티를 입은 연인도 많았다. 최근 그는 미를 자극적인 코스 위주로 이끌었다. 가족과 이성, 그녀가 쥔 두 고통이 키워드였다. 타자의 간섭만으로 심화된 외로움을 끝장낼 수는 없었다. 다른 이들의 행복에 노출시키고, 본인의 병변을 자꾸만 끌어내고, 자연스레 홀로 서도록 유도하는 것이 3단계 환자의 최종 매뉴얼이었다.

'게다가 나는 언제 위험해질지 모르는 실무 요원이고. 나를 유일한 구원자로 믿고 의지할 때, 내가 쓰러지면 그녀도 함께 무너지겠지. 고객의 목숨까지 책임지고 싶지는 않아.'

평생 어깨에 걸머진 망자는 형 하나로 충분했다. 솜사탕 장수가 아이들을 몰고 나타났을 때, 휴대폰을 들여다보던 미가 말했다.

"엄마가 떠났어요. 당신은 알고 있었어요?"

필이 고개를 가로젓자 미는 말을 이었다.

"표는 진작 끊어놨었고, 바로 오늘 오전이 출국이었대요. 미국에 있는 이모네로 간다고 했어요. 아, 당신 얘기도 하던걸요. 필이란 청년에게 고맙다는 말을 꼭 전해달라고."

본인이 실토했다는데 더 잡아뗄 수도 없었다. 필은 별말 없이 옛 교훈을 되새겼다. 멍청한 선의는 악의를 뛰어넘는 해악이었다. 값싼 입과 산들바람 같은 다짐은 미의 어머니가 가진 고유성이었고. 그는 김용일의 빚만은 화두에 오르지 않길 바라며 기다렸다.

다행히도 미가 들은 이야기는 거기까지인 모양이었다.

"아빠랑 같이 떠나지는 않은 것 같아요. 이모를 잘 아는데, 아무리 엄마가 애걸복걸을 해도 아빠까지 받아줄 분은 아니에요. 두 분의 연락이 끊긴 건지, 아니면 엄마가 드디어 삶을 찾으려 결심했는지는 모르겠지만요. 그래도 마지막으로 본 엄마 모습이 밝아서 좋았어요. 게이트로 가기 직전 나눈 통화도 생기가 넘쳤고."

그럴 만도 했다. 인생을 조져놓은 전 남편을 회생시키고 본인의 노후 자금까지 굳혔으니, 억만 리 타국으로 가는 발길도 가벼울 터였다. 필은 어휘 정정 작업에 나섰다.

"미 씨의 어머니를 만나 뵌 것은 맞습니다. 혹시 막바지 살해 작업에 도움이 될까 싶어서요. 하지만 결코 다른 권유는 하지 않았습니다. 아버님에 대해서만 몇 가지 조언을 드렸을 뿐이에요."

강권이나 협박이라면 모를까. 필은 속으로 덧붙이다가 미의 옆얼굴을 보고 조금 놀랐다. 그녀는 지금껏 한 번도 보지 못한 표정을 하고 있었다.

"당신을 탓하려는 게 아니에요. 둘이 무슨 이야기를 나눴는지는 모르겠지만, 고맙다는 말을 전하고 싶어요. 지금껏 해주신 모든 것들에 대해서도요. 헤어지기 전 꼭 하고 싶었던 얘기 중 하나였어요."

필은 무뚝뚝하게 답했다.

"그게 제 일입니다. 또 하려던 말은 뭐였죠?"

미는 뭔가를 곰곰이 생각하는 얼굴이 됐다.

"오해하지 말고 들어줘요. 여태 필 씨를 보며 느낀 점이 있다면, 당신도 엄마만큼이나 안타까운 사람이라는 거예요."

생경한 평가에 필은 고개를 갸웃거렸다. 살아오며 단 한 번도 동정받은 적 없는 감정상실자에게는 흥미로운 답이었다. 그가 익숙한 것은 주로 부러움과 경멸, 혐오나 선망의 눈초리였으므로.

"이유가 궁금하군요. 왜 그렇게 생각했습니까?"

"외로움을 느끼지 못하니까요. 어쩌면 본인만 그렇게 믿고 있는지도 모르겠지만."

"하지만 사실입니다. 저는 입사 직후, 외로움에 감염될 만한 상황들을 제 몸에 가장 먼저 테스트했습니다. 1단계부터 3단계까지 모두 해봤지만 다른 이상은 없더군요."

"바로 그게 문제예요. 당신은 고향별을 잘못 찾은 외계인이에요. 언젠가는 다른 기압, 다른 중력에 상처를 받고 말."

얇은 펜선 같은 잔머리가 미의 뺨으로 흘러내렸다. 필은 그녀의 머리카락을 정돈해주고픈 충동을 느꼈다.

"외계인이라니, 말이 심한데요. 외로움을 느끼지 못하는 특성은 우리 시대의 사람들 틈에서 걸출한 재능입니다."

미는 작게 웃었다.

"재능이란 단어를 들으니 갑자기 생각났어요. 그때 제가 현일 씨에게 했던 이야기, 기억나요?"

필은 목소리가 흩어지기도 전에 기억을 뽑아냈다. 미가 관련된 이상, 그의 검색 속도는 슈퍼컴퓨터나 다름없었다.

"외로움살해자를 부르려는 건 무언가를 해볼 수 있다는 의미라고 했었죠. 살고자 하는 욕망은 그 자체로 아름답다고도."

미는 눈이 시린 사람처럼 눈가를 문질렀다.

"그건 사실 거짓말이었어요. 아마 현일 씨는 일이 년쯤, 적어도 몇 달은 더 용기를 낼 수 있겠죠. 다만 그때까지 원하던 바를 이루지 못하면 밑바닥부터 무너지고 말 거예요. 희망은 살아갈 힘을 주지만, 잃은 순간 내게 남은 모든 것을 앗아가버리니까. 제 외로움의 가장 큰 이유도 존재했던 존재의 부재였어요."

"이제 그런 걱정은 안 해도 됩니다. 외로움이 살해되고 나면 모든 것이 원래대로 돌아갈 테니까요."

"아뇨, 제 이야기가 아니에요. 필 씨 얘기를 하는 거예요."

필의 고개가 약간 기울어졌다.

"말했을 텐데요. 저는 외로움을 느끼지 못하는 외로움살해자입니다. 작별을 앞두고 염려해주는 거라면……."

흘러나오던 말은 어디론가 사라졌다. 필은 무릎 위에 포개진 흰 손을 내려다보았고, 다시 미를 보았다. 잡힌 왼손에서는 희미하게 아뜩한 외로움이 전해져왔다.

"쏟아붓던 마음이 갈 곳을 잃고, 사랑하는 상대를 상실한 순간, 인간은 주체할 수 없이 허물어져요. 그래서 전 당신이 저와 헤어지고 나서도 작고 무수한 상처를 새겨봤으면 좋겠어요. 우리가 외로움살해자에게 홀로서기를 배우듯이. 영원히 숨을 쉬지 않고 살 수 있는 사람은 없어요, 필."

그녀가 필의 이름을 그렇게 부른 적은 처음이었다. 필은 처음 손을 잡았던 클럽 안에서의 화학작용을 생각했다. 그때는 느려졌던 시간이 지금은 거꾸로 돌아가고 있었다. 주변은 미가 그린 유화처럼 부드럽게 뭉그러졌다. 사람들은 스케치한 펜화 속 점선으로 변했다. 비 오는 날의 수채화가 되어 흘러내리는 삼라만상 가운데, 차분한 두 눈이 외로움살해자를 바라보았다. 두 사람은 다른 별의 같은 시간을 여행하는 중이었다.

얼마나 그렇게 있었는지 몰랐다. 감각이 정상으로 돌아왔을 때는 주변이 어둑어둑했다. 검게 탄 하늘에서 불꽃이 반짝였고, 즐거움에 찬 환호성도 들려왔다. 미의 손은 살짝 싸늘해져 있었다. 팔을 움직이자 작은 동물처럼 움찔거리는 떨림이 전해져 왔다.

필은 무릎 위 손은 그대로 둔 채 몸을 돌렸다. 그리고 굳어 있는 미를 어색하게 끌어안았다. 그가 타인과 나눈 삶의 두 번째 포옹이었다.

그날 저녁, 필은 미와 가까운 레스토랑에 갔다. 가격은 무난했고 음식은 더더욱 무난했다. 식전 빵, 양송이수프, 스테이크와 파스타와 샐러드. 평범한 가족들이 적당히 특별한 날, 함께 외출해 외식으로 먹을 법한 식사였다.

기억에 남을 만한 에피소드도 없었다. 다른 테이블의 가족 중 한 명이 생일이었는지, 별안간 폭죽을 터뜨렸던 것이 전부였다. 미는 놀라지도 않고 나이프를 내려놓더니 귀가 아프네요, 했다. 필은 그 말을 듣고 실소했다. 조증이 생겼냐는 미의 질문에도 웃음은 쉽게 멎지 않았다. 그녀가 왜 자신의 평소 모습을 보며 웃었는지 이해가 갔던 것이다.

잠시 후에는 미의 프로젝트 근황이 화두에 올랐다. 얼마 전 제의가 왔던 디렉터 자리를 거절했다는 것이었다. 필은 연유를 물었다.

"당시에는 좋은 기회라고 하지 않았습니까? 전시회 규모도 크다고 했던 걸로 기억하는데요."

미는 담담하게 답했다.

"그랬죠. 하지만 확신 없이 합류해서 폐를 끼치고 싶지 않았어요.

다들 좋은 사람들이니, 더 나은 디렉터를 구할 수 있을 거예요."

어떤 확신이 없었다는 거지? 문득 의문이 솟았다. 그가 봐온 미는 결코 일적 측면에서 물러서는 법이 없었다. 필은 페이 때문이었는지, 다른 이유가 있었는지 물으려다 미가 독한 와인을 시키는 것을 말렸다.

"그건 조 과장님도 잘 안 마십니다. 다음 날 머리가 아프다면서요."

웨이터는 친절한 미소를 띤 채 기다렸다. 둘 중 누구의 의사결정권이 우위인지는 곧 판가름 났다.

"뭐 어때요. 어차피 한 잔만 마실 건데."

미는 네 잔을 마셨다. 함께 살 당시, 어머니가 몇 병씩 쟁여두고 마시던 와인이라고 했다. 필은 그녀가 그 주종을 선택한 이유를 짐작했다. 멜랑콜리가 당기는 날, 스스로를 엉망진창으로 만들기 알맞은 술이었다.

"그러고 보니 필 씨의 회사 사람들을 아직 못 만났네요. 조 과장님이랑 서 대리님, 나머지 팀원들도요."

잔을 놓은 미가 말했다.

"언젠가 만날 기회가 있을 겁니다. 일이 한가할 때 놀러 와요. 단 화요일과 목요일만 빼고."

"그 날들은 왜요? 당신이 쉬는 요일인가요?"

"아뇨. 제가 저 날들에 주로 출근하거든요. 그 모임에서의 일을 또 겪느니 회사를 그만두겠습니다."

미는 기어이 '오늘의 박장대소' 점수를 적립했다. 아무리 호전에 호전을 거듭했다고는 하나, 그녀의 감정 표현은 일반인들보다 박했다. 입매의 꿈틀거림은 미소, 짧은 웃음은 깔깔거림, 간혹 소리라도 내면 거의 자지러지는 웃음이었다.

그들은 평소처럼 다음 날의 스케줄을 조율했다. 미는 아침부터 밤까지 중요한 볼일이 있다고 했다. 감도 찾을 겸, 하루를 통째로 써서 그림에 집중해보겠다는 것이었다.

"그러니 내일 하루만 연락하지 말아줘요. 들어온 일까지 거절했으니, 더 큰 건을 준비해야 하지 않겠어요?"

필은 고객의 변심에 난색을 표했다.

"그래도 괜찮겠습니까? 아직 미 씨는 완치된 게 아닙니다. 만약 제 회사 일 때문에 배려하는 거라면……."

"당신이 아닌 나 스스로를 위해서예요. 이제 다시 그림을 그리기로 마음먹었거든요. 화방에 가서 도구 몇 개를 바꿔 오고, 지인들한테도 전화를 돌려볼 생각이에요. 회전을 준비 중인 갤러리나 괜찮은 아트페어가 있는지 알아봐야 하니까. 그 와중에 필 씨의 연락을 받으면 결심이 흐트러질 것 같아서 그래요."

그렇다면야 본인의 선택을 존중하는 편이 옳았다. 다시 찾은 옛 꿈이 외로움 살해의 방점을 찍을지도 모르는 일이었다. 그는 마지막으로 고객의 얼굴을 들여다보았다.

"한 번만 더 묻죠. 정말 괜찮겠습니까?"

미는 필과 마주 보았다. 아무런 불안도 격앙도 없는 눈동자였다.

"네. 저는 괜찮아요. 이보다 괜찮을 수 없을 만큼."

4

미가 없는 하루는 지긋지긋하게 길었다. 태양도, 바람도, 창밖 매미조차도 네 할 일을 하라며 늑장을 부리는 것 같았다. 뉴스에서는 가을비 예고가 흘러나왔다. 그동안에도 몇 차례 비가 왔지만 잠깐 쏟아지는 여름의 소나기였다. 본격적인 추우(秋雨)는 곧 시작될 모양이었다.

필은 오랜만에 홀로 시간을 보냈다. 옷장 속의 방탄복들도 꺼내보고, 나열된 향수병을 계절별로 구분해보기도 했다. 그러다 배가 고파져 볶음밥과 레모네이드를 만들어 먹었다. 러그에 앉은 도라에 몽이 요리 중인 집주인의 뒷모습을 빤히 응시했다. 그 쓸모없는 솜뭉치들 덕인지, 아파트는 전보다 훨씬 덜 삭막해 보였다. 미가 한번 보라며 준 인테리어 팸플릿은 며칠째 탁자 위에 있었다.

식사가 끝난 뒤, 필은 와인을 병째 들고 소파에 누웠다. 그는 팔걸이 밖으로 빠져나온 다리를 흔들며 생각했다. 모든 의뢰가 끝나고 나서, 그녀의 집에 깜짝 방문을 해볼까. 실은 그게 마지막 단계인 거지. 끝난 줄 알고 슬금슬금 나오던 외로움을 박멸하는.

그것은 썩 창의적인 방안으로 여겨졌다. 필은 그의 거실을 죽 둘러보았다. 정말로 이번 살해가 끝난 뒤, 그래서 몇 달이 흐르고 나면, 이 집에 그녀를 한번쯤 초대해도 재미있겠다는 생각이 들었다. 고객을 아지트로 들이는 것은 직접 만든 불문율이었으나…… 이번에 미의 신분은 의뢰인이 아닌 손님이었다. 무엇보다 그녀는 몽상가들 외에 처음으로 필을 '알게 된' 이가 아니었던가?

초대, 불발, 초대를 오가던 마음이 전자로 굳혀졌다. 이왕이면 대대적인 가구 교체 직후에 맞춰서. 그녀가 준 인테리어 잡지를 그대로 베꼈다고 하면 미가 어떤 표정을 지을지, 벌써부터 눈에 선했다. 필은 그 한심스럽다는 얼굴을 떠올리고 웃었다.

그는 와인병의 코르크를 따고 절반을 한 번에 비웠다. 나머지는 미에게 가져가서 함께 마실 생각이었다.

다음 날, 미는 연락을 받지 않았다. 따로 남긴 문자나 부재중 착신도 없었다. 필은 시간을 확인하고 휴대폰을 도로 넣었다. 주로 밤에 탄력을 받는 예술가들의 특성상, 아침 아홉 시는 한창 숙면을 취할 때였다. 어쩌면 몇 분 전 붓을 놓고 잠들었는지도 몰랐다.

이상한 낌새가 든 것은 오후 세 시가 지난 뒤였다. 미는 보통 정오 무렵, 늦어도 그로부터 한 시간 안에는 일어났다. 그러나 휴대폰은 괴이하리만치 잠잠했다. 필은 즉각 전화를 걸고 귀에 바싹 갖다 댔다. 뚜, 뚜우 하는 신호음에서는 불길한 암운이 감지됐다. 고객이 전화를 받지 않아 소리샘으로 연결됩니다, 하는 기계음조차 말 사이의 침묵이 지나치게 길었다. 그는 와이셔츠 바람으로 집을 뛰쳐나갔다.

외로움살해자의 본능이 미친 듯이 적신호를 발했다. 거의 잡은 승리에 방심한 것이 실착이었다. 필은 앞차들을 마구 추월하며 생각했다. 김용일인가, 성완태인가, 아니면 미국에서 돌아온 그녀의 어머니인가. 너희는 무슨 자격으로 내 피살해자에게 해악을 끼치는가.

미의 집까지 800미터쯤 남았을 때, 그는 가벼운 접촉 사고를 냈다. K7의 범퍼가 우그러지고 작은 흠이 곳곳에 났다. 차주는 양 팔에 이레즈미를 휘감은 근육덩이였다. 필은 명함과 보험사 번호를 건네고 차 열쇠까지 떠맡겼다. 그리고 어디든 주차해달라는 말을 남긴 뒤 달리기 시작했다. 등 뒤에서 고함이 들려왔지만 돌아보지 않았다.

미의 집 350미터 앞에서 전화벨이 울렸다. 미인가, 싶어 멈췄으나 모르는 번호였다. 그는 혹시나 하는 생각으로 전화를 받았다.

"미 씨입니까?"

대답 대신 무뚝뚝한 질문이 돌아왔다.

─ 윤 필 씨 되십니까?

"네, 그렇습니다만. 무슨 일입니까?"

딱딱한 목소리는 어쩐지 가까이 있는 듯 느껴졌다. 필이 몸을 숨긴 감시자를 찾아 주위를 둘러봤을 때였다.

─ 서울중앙지검 최우석 형사입니다. 김 미 씨와 어떤 관계이십니까?

휴대폰이 절절 끓는 불덩이로 변했다. 필은 손에서 미끄러지는 직육면체를 간신히 붙잡았다.

"그녀의 보호자입니다. 미 씨에게 무슨 일이 있습니까?"

─ 김 미 씨는 어젯밤 사망했습니다. 사망 추정 시각은 새벽 다섯 시, 원인은 양쪽 손목 절상으로 인한 과다출혈입니다. 현장에서 발견한 유서에 성함과 전화번호가 적혀 있어서 연락드렸습니다.

필은 느리게 눈을 감았다. 방금 들은 말은 그의 뇌에 작고 예리한 구멍을 냈다. 그 바람구멍으로 의식이 송두리째 빠져나갔다. 특별 주조된 은 탄환에 관통당한 느낌이었다.

– 윤 필 씨, 윤 필 씨? 듣고 계십니까?

다시 한 발, 납땜한 흉기가 비장을 꿰뚫었다. 필은 숨소리에 섞이는 바람을 억눌렀다.

"듣고 있습니다. 말씀하십시오."

– 지금 현장으로 와주십시오. 김 미 씨 자택입니다. 위치를 모르신다면 저희가…….

뒤이어 무슨 말이 이어졌으나 들리지 않았다. 배터리는 그의 손안에서 분리됐다. 필은 멍한 눈으로 붉은 주택들을 바라보았다. 누군가 안구 속 망막만 도려낸 것처럼, 눈앞의 건물이 둘로 나뉘었다. 눈을 몇 번 깜빡였지만 소용없었다. 세계는 넷으로, 여덟으로, 열여섯으로 분열됐고, 이윽고 수천 개로 쪼개져 산산이 깨져나갔다. 필은 조각난 세상 속에서 잡아찢겨지는 자신을 느꼈다.

그는 광인처럼 휘청대며 걸음을 뗐다.

미의 집 앞에 당도하기 전부터 소란이 들려왔다. 가까운 주택가 보도에서 구경꾼들이 웅성거리고 있었다. 미가 살던 건물 앞에 노란 줄을 쳐둔 것이 보였다. 필은 성큼성큼 걸어가 허리 높이의 테이프를 넘어갔다. 제지하러 달려온 순경에게는 형사인 양 신분증을 내보였다. 순경은 당황한 표정이었으나 더 막진 않았다.

필은 엘리베이터로 걸어가려다가 순경을 돌아보았다.

"그녀는 어디 있습니까?"

"네? 무슨 말씀이십니까?"

"김 미, 그녀가 어디 있냐고 물었습니다."

순경의 미간이 난감함과 의문으로 좁혀졌다. 필은 얘기가 안 통하는 말단을 내버려두고 돌아섰다. 목소리가 들린 것은 그때였다.

"형사 사칭은 범죄입니다. 아무리 급해도 지킬 건 지켜야죠."

마디가 굵은 손이 그를 잡았다. 필은 어깨에 올라온 손의 주인을 돌아보았다. 키가 필만큼이나 크고 쥐색 점퍼를 입은, 전화기 안에서 자길 형사라고 밝힌 사내였다.

"윤 필 씨입니까?"

그가 고개를 끄덕이자 형사도 자신을 소개했다.

"방금 통화했던 강력계 최우석입니다. 이렇게 일찍 오실 줄은 몰랐는데, 바로 근처에 계셨던 모양이군요."

필은 감정 없이 반복했다.

"그녀는 어디에 있습니까?"

최 형사는 엄지로 뒤쪽을 손가락질했다.

"조금 전 떠났습니다. 지금쯤은 안치소로 가고 있겠군요."

"저도 가겠습니다. 차를 빌려주십시오."

"죄송하지만 지금은 수사에 협조해주셔야 할 것 같습니다. 그럴 시간이 없어요."

필은 폭력적인 충동을 억눌렀다. 저 무능력자들이 이 일을 진작 알았더라면, 그래서 조금만 더 일찍 도착했다면 결과는 달랐을 수도 있었다. 그런데 지금 수사니 협조니 따위를 이야기한단 말인가?

"저 말고 이 일을 누가 또 알고 있습니까?"

최 형사는 짧게 깎은 머리를 좌우로 흔들었다.

"아무도 모릅니다."

"그녀의 어머니에게는 알리지 마십시오."

최 형사는 의중을 파악하려는 듯 가만히 바라보았다.

"그렇지 않아도 똑같은 말이 적혀 있더군요. 참고는 하겠습니다."

그들의 뒤에 서 있던 형사가 다가와 팔을 잡았다. 이제야 속았다는 걸 안 순경은 얼굴이 붉으락푸르락해져서 옆에 섰다. 필은 두 손을 포갠 다음 으스러지도록 꽉 쥐었다. 당장 이 자리를 뛰쳐나가지 않기 위해서는 최대한의 자제력을 그러모아야 했다.

"자, 그럼 갈까요?"

최 형사가 말했다. 필은 도착한 엘리베이터를 흘끗 본 뒤 돌아섰다. 여태 수없이 탑승했던 승강기였으나, 그 고철덩이는 더 이상 미에게 연결되어 있지 않았다.

경찰서를 나오자 빛은 절멸한 뒤였다. 필은 불타버린 하늘을 올려다보다가 걷기 시작했다. 어디로 가야겠다는 생각도, 이렇다 할 목적지도 없었다. 그는 발길 닿는 대로 걷다 어느 카페로 들어갔다. 입구쪽 의자에 주저앉자마자 맥이 탁 풀렸다. 쌍둥이 철심처럼 강고하던 두 다리가 쥐가 나기 직전마냥 후들대고 있었다.

서 안에서 나눴던 대화가 뒤죽박죽으로 떠올랐다. 최우석의 목소리도 머릿속에서 우렁우렁 울렸다. 필은 명멸하는 개벽 속에서 단편적인 기억들을 보았고—들었다.

조서가 거의 마무리됐을 무렵, 최 형사는 필을 경찰서 뒷문으로 불러냈다. 그는 담배를 한 대 물더니 필에게도 권했다. 불을 붙여준 형사는 품에서 흰 봉투를 꺼내 내밀었다.

"이게 뭡니까?"

"김 미 씨의 책상 위에서 발견된 유서입니다. 웬 검은 공책인지 수첩인지 같은 걸로 눌려 있더군요."

필은 보지 않고도 그 공책의 정체를 알아차렸다. 그가 미에게 선물했던 외로움 노트였다. 형사는 영혼 같은 담배 연기를 내뿜었다.

"꼭 선생에게 전해달라고 겉봉에 써져 있었습니다. 안의 편지는 사본이지만, 그래도 한번 읽어보십시오."

오랜만에 피우는 담배는 유독 역했다. 미가 아버지 생각이 난다며 흡연을 싫어하던 것이 뒤늦게 떠올랐다. 필은 두 모금도 안 빤 연초를 내버리고 봉투를 받아 만으로 접었다.

"발견 당시의 상황은 어땠습니까?"

형사는 이상한 눈으로 그를 쳐다보았다. 뭐 그런 것을 다 궁금해하냐는 눈빛이었다.

"들어도 괜찮겠어요?"

"상관없으니 말해주십시오. 그녀를 누가 처음 발견했습니까?"

최 형사는 간추려 설명했다. 미를 처음 발견한 사람은 지구대의 순경이었다. 오후 한 시경, 예약된 문자 한 통이 날아들었다. 어느 건물의 무슨 호수에 자살자가 있다는 내용이었다고 했다. 경찰은 곧장 출동했고, 대답이 없자 문을 따고 들어간 끝에 시신을 발견했다. 사망 직후 일고여덟 시간이 지났으리라 추정됐다는 이야기도 함께였다. 자살 방법을 묻자 그는 애매한 표정을 지었다.

"처음 현장에 가서 조금 놀랐습니다. 양쪽 손목 동맥을 정확히 긋고, 그 직후 수면제까지 한 통 다 털어 넣었어요. 그런 다음 물을 받

아둔 욕조에 들어가서 잠든 것 같습니다. 지구대 순경들도 사색이
됐더군요."

필은 생각을 천천히 정리했다. 수많은 시행착오를 거친 결과, 그
녀는 어딜 그어야 상처만 나고 어디를 그어야 과출혈로 사망하는
지 정확히 알 터였다. 새벽 다섯 시라면 그가 잠들어 있을 시각이었
다. 미의 동선은 쉽사리 머릿속에 그려졌다. 세상이 깨어날 무렵, 그
녀는 작업실로 쓰던 방에서 나온다. 부엌의 두 번째 서랍에는 필이
익히 아는 과도가 들어 있다. 곧 그 빨간 칼은 주인의 양쪽 손목을
차례로 긋는다. 피투성이 손가락이 뚜껑을 열어둔 수면제 통을 잡
고…….

형사는 말을 이었다.

"뭐라고 해야 할지, 그녀는 마치…… 죽지 못할까 염려했던 사람
처럼 보였습니다. 자살에 만전을 기하려는 여러 방법을 보았지만, 이
만큼 지독한 경우는 처음이었어요. 이번이 아니라면 기회가 없다고
생각했던 것 같았습니다. 선생도 유서를 읽으면 아실 겁니다."

필은 와이셔츠 앞가슴을 내려다보았다. 주머니 속 봉투는 활활
타는 장작처럼 뜨거웠다. 편지로부터 옮겨 붙은 불길은 심장에서 폐
로, 다시 비장으로 옮겨 가며 외로움살해자를 불살라먹었다. 그는
자신의 살가죽이 타들어가는 악취를 맡을 수 있었다.

"다 태우신 것 같은데, 들어가서 마저 합시다."

"아니, 잠깐만요."

경찰서로 들어가려던 필을 최 형사가 불러 세웠다. 뭔가 더 할 말
이 있는 눈치였다. 필이 돌아보자 예상했던 질문이 날아들었다.

"그런데 두 분은 정확히 어떤 관계였습니까? 단지 외살자와 고객

이라기엔 이해가 안 가는 부분이 많은데요."

필은 공허한 눈동자로 형사를 보았다.

"여태껏 말씀드린 그대로입니다. 저는 그녀의 두 번째 외로움살해 자였습니다. 미 씨는 제 43번째 고객이었죠."

"그러니까, 그것 이외에……."

"그 외에 무엇이 더 필요합니까? 전 외로움에게서 그녀를 지키지 못했고, 그래서 그녀는 자살을 택했습니다. 협조 불응으로 잡아넣으시려거든 마음대로 하십시오. 실패한 관계를 규정할 말은 없습니다."

최 형사는 그 이상 캐묻지 않았다. 그는 조서 작성이 끝난 뒤 조만간 호출하겠다며 필을 돌려보냈다.

카페의 자동문이 좌우로 벌어졌다. 필은 흠칫 놀라 일어섰고, 허탈감 속에 다시 앉았다. 미인 줄 알았던 여자는 다른 사람이었다. 목에 닿는 단발만 제외하면 키도 얼굴도 전혀 달랐다. 옷차림 역시 미의 스타일과 닮은 구석이라곤 없었다. 그녀는 이상한 눈빛을 던지더니 카페 안쪽으로 들어가버렸다.

필은 눈가를 꽉 눌렀다. 뭔가를 주문해야 한다는 의식은 있었으나, 철저하게 길들여진 사회성도 이번만은 힘을 쓰지 못했다. 온 신경은 셔츠 주머니 속 편지에 가 있었다. 이곳까지 오는 내내 피부를 불태우고 장기를 용해시킨 미의 유서였다. 그는 봉투를 잡았다가 놓고, 끄집어낸 뒤 다 구겨지도록 꽉 쥐었다. 도저히 펼칠 수가 없었다. 저 글을 읽었다가 얼마 남지 않은 이성이 모조리 탄화된다면? 그래서 더 이상 외로움과 맞서 싸울 수 없게 된다면? 널을 뛰던 사고가 딱 멎었다. 아까까진 보지 못했던 까만 글자가 눈에 들어온 것이다. 봉투 아랫부분에는 그에게 전하는 말이 적혀 있었다.

〈필 씨에게, 꼭 읽어주기를.〉

미의 필체임을 확인한 순간, 망설임은 사라졌다. 필은 겉봉을 열고 속지를 꺼냈다. 둔해진 손가락 탓에 내용물이 찢어지지 않도록 주의를 기울여야 했다. 고투 끝에 나온 종이는 모두 네 장이었다.

그는 미를 처음 만났던 장소에서 이별을 읽었다.

— 안녕, 필. 진부한 표현이지만, 당신이 이걸 볼 때쯤 저는 거기 없을 거예요. 아마 둘 중 하나는 떠나고 난 뒤겠죠. 내가 사라졌거나, 이 세상의 외로움 모두가 사라졌거나. 열에 아홉은 전자 쪽이겠지만.

필은 고통스레 눈을 감았다. 그녀의 예상은 맞아떨어졌다. 외로움은 여전히 만연했고, 청부업자 겸 보디가드는 요인 보호에 실패했으며, 편지의 주인공은 놈들에게 살해당했다. 남은 거라곤 편지 한 통과 약간의 박탈감뿐이었다. 끝을 길게 빼는 미의 필체는 계속되었다.

— 당신이 지금 어떤 눈빛으로 이 글을 읽고 있을지 궁금해요. 제가 외로움에 굴복했다며 안타까워하고 있을까요? 완벽하던 이력에 흠집이 나 화를 내는 중일까요? 아니면 지금껏 봐온 모습처럼, 무심히 돌아서서 새 의뢰인을 찾아가고 있을까요? 제게 화가 났대도 어쩔 수 없는 일이라고 생각해요. 다 나은 척 속인 것처럼 보일지 모른다는 것도 알아요. 하지만 당신은 실패하지 않았어요. 저는 제 외로움을 이기지 못해 죽는 것이 아니에요.

오히려 그 반대에 가까워요. 필 씨가 제 외로움을 살해했기에 죽을 수 있다는 걸, 다른 사람이 아닌 당신이라면 이해하겠죠.

어디서부터 말해야 할까요. 네, 저는 회복됐어요. 우리가 처음 만났을 때 나눴던 이야기 기억나요? 저는 제 외로움을 죽일 수 없을 거라고 말했고, 당신은 자기가 실패할 리 없다고 대꾸했죠. 당시만 해도 저는 정말 그렇게 생각했어요. 여태 누구도 제 고독 속에 발조차 담그려 하지 않았으니까. 친구와 연인은 물론, 저를 이렇게 만든 엄마와 아빠 역시도요. 하지만 필 씨와 만나면서 뭔가가 달라졌어요. 당신은 저를 저보다도 더 잘 알았어요. 제가 있는 곳이 얼마나 어둡고 깊은 호수 밑인지도 알았고, 한번 내려오면 다시 떠오를 수 없다는 것도 알았어요. 그럼에도 당신은 산소통 하나 없이 가장 깊은 심연까지 내려왔어요. 그리고 몸이 터질 듯한 수압 속에서 저를 데리고 수면 위로 올라갔어요.

필, 당신이 제 과거를 정확하게 유추해낼 때마다 얼마나 놀랐는지 모를 거예요. 신기하게도 불쾌한 기분은 들지 않았어요. 한 명은 외로움을 느끼지 못해서, 다른 한 명은 외로움에 시달려서 사랑을 할 수 없게 되었다는 공통점 때문일까요. 그래서 당신이 좋았어요. 시종일관 덤덤하고 무감정한 태도도, 철저히 배제된 이성적 감정도. 끝까지 연인이 아닌 외로움살해자로 남아주었기에 저는 제 외로움에서 조금씩 빠져나올 수 있었어요. 우스운 말이지만 정말 희망을 가지기까지 했어요. 당신이 옆에서 잠든 밤마다 생각했어요. 이대로라면 언젠가 완치되지 않을까, 나도 다른 이들처럼 평범한 삶을 살 수 있는 걸까 하고.

하지만 필, 저는 알고 말았어요. 당신의 팔에 이끌려 수면 위로 고개를 내민 순간, 비로소 진실을 깨달았어요. 저는 너무 오래 숨을 쉬지 못하고 있었던 거예요. 외로움과 완벽하게 동화되어 정상적인 방법으로는 호흡할 수 없을 만큼. 이미 내겐 아가미가 생겨버렸으니까.

물 밑에서 세상을 올려다볼 때는 몰랐던 사실을, 이젠 또렷하게 알 수 있어요. 내 고독은 심장에 박힌 채 뿌리를 내렸어요. 이제 어떤 도구로도 우리를 분리하기란 불가능해요. 나는 외로움에 잠식되어 익사해가지만, 동시에 그 외로움 속에서밖에 살아갈 수 없어요. 필, 저는 당신에게 구원받고 나서야 알았어요. 당신이 김 미를 구하려 무너뜨렸던 바다 밑 동굴의 주인은 바로 저였어요.

언젠가는 벌어질 일이었다고 생각해요. 어차피 모든 인간은 자신의 외로움에 나날이 갉아먹히는 중이니까. 다만 제가 탄 열차의 노선이, 연결된 레일이 남들보다 조금 짧았을 뿐이에요. 나는 16918번쯤 죽고 싶다는 생각을 했고 27번 자해하려 했고 그중 6번을 시도했어요. 그러니 당신은 나를 구원하는 거예요, 나와 외로움을 세상에서 함께 없앨 수 있도록. 이번에야말로 성공할 것 같다는 느낌이 들어요.

날이 밝아오고 있어요. 당신은 곧 일어나서 샤워를 하고, 음식을 만들고, 제게 올 가장 좋은 시간을 찾겠죠. 저는 이제 욕조에 물을 받고, 예약된 문자를 전송하고, 외로움과 영영 이별할 준비를 할 거예요. 당신에게는 정말 미안하지만…… 이번이 마지막 기회예요. 내가 둘러쳤던 방어막은 모두 깨졌고, 난 고통은 느끼지만 회복할 수는 없는 환자가 됐어요. 아마 시간이 조금만 지나면 당신에게 사랑을 애원하겠죠. 설사 당신이 내 곁에 있어준들 우린 연인이 될 수 없어요. 나는 병든 이가 사랑하는 사람을 어떻게 망가뜨리는지 알아요. 그들이 어떤 방식으로 타인을 파괴하는지도. 그러기 전에 떠나려는 거예요. 당신이 내 외로움에 전염되기 전에, 아직 외로움살해자로서 존재할 수 있을 때.

다른 미련은 없어요. 지희는 내가 죽은 줄도 모르고 평생을 살다 김 미를 잊겠죠. 엄마는 많이 슬퍼하겠지만 극복할 수 있을 거예요. 어차피 저보다는 아빠를 위해 한평생을 바치신 분이니까. 남겨둔 것도 없어요. 일거리도 전부 거절했고, 내야 할 돈도 모두 지불했어요. 나머지는 장례식 비용을 충당한 뒤 외로운 아이들에게 돌아가도록 손써놨고요. 한 가지 걸리는 게 있다면……

미안. 갑자기 눈물이 쏟아져서 잉크가 다 번졌어요. 원래 슬플 때는 나지도 않았는데 무슨 일이람. 다시 하던 얘기로 돌아가서, 걸리는 게 있다면 바로 당신이에요. 필, 당신은 불안정한 수은과 같아요. 지금은 단단하게 얼어붙어 있지만, 실온으로 돌아가자마자 녹아 사라져버릴. 그래서 저는 당신을 치료해주고 싶었어요. 그 비인간적인 강고함을 인간다운 나약함으로 바꿔주고 싶었어요. 제 외로움이 당신으로 인해 사라진 것처럼. 그것을 못하고 떠나는 게 못내 아쉬워요.

당신의 외로움살해자가 되어주지 못해 미안해요. 당신은 꼭 좋은 사람을 만날 수 있을 거예요. 아, 마지막 두 달분 요금을 빼준 거 알고 있었어요. 당신 통장으로 이체해뒀으니까 확인해봐요. 현일 씨에게는 꿈을 포기하지 말라고 말해줘요. 특별한 재

능은 없지만 꾸준히 하다 보면 인정받을 수 있을 거라고. 영준
씨에겐 비뇨기과 정기검진을 잊지 말라고 말해주고요. 예슬 씨
에게는…… 그냥 조금만 더 신경 써줘요. 그녀만큼 정상적인 방
식으로 당신을 아끼는 사람도 없어 보이니까. 그리고 할 말이 많
게 해줘서 고맙다고, 모두에게 전해줘요.

내 외로움을 살해해줘서 고마워요.

필, 정말 고마웠어요.

편지는 거기서 끝났다. 앞면과 뒷면 어디에도 다른 추신은 없었
다. 눈앞이 부예서 몇 번을 비볐으나 물기는 느껴지지 않았다. 필은
편지 네 장을 한데 모아 봉투에 넣었다. 28년간 자취를 감췄던 인간
성의 증명이 여기서 나타날 리 없었다.

문제는 다른 곳에서 발생했다. 육신을 불태우던 불길이 기어이 몸
안쪽으로 옮겨 간 것이다. 껍질이 검게 탄 심장이 요동쳤다. 들끓는
쇳물이 혈관마다 소용돌이치는 기분이었다. 그 액체는 신경 가닥 가
닥으로 퍼져나가며 외로움살해자의 이성을 마비시키고 판단력을 용
해시켰다.

내가 왜 이러는 거지? 필은 자문했고, 생전 처음으로 답을 내리지
못했다. 어차피 외살자와 고객 사이에는 필연적인 위험성이 수반되었
다. 회사의 방호에 가려 드러나지 않았을 뿐, 고객이 악화된 사례는
얼마든지 많았다. 수면제를 삼킨 이, 폐쇄병동에 격리된 이, 습관성
자해가 한층 심해진 이. 그중 한 명이 미가 되었을 뿐이다. 3단계 말
기 환자란 것이 대수던가? 그는 본인을 포함한 어느 누구도 동정한
바 없는 인간이었다.

그녀가 몇 단계였는지는 상관없어. 중요한 건 네 심장에 뚫린 구멍이 막혔다는 거지. 외로움이며 고독, 감정과 더불어 온갖 치명적인 질병들을 흘려보내던 배출구 말이야.

형—무의식의 목소리가 전방위로 송출됐다. 필은 손을 갈퀴처럼 펴 이마를 꽉 눌렀다. 그럼에도 붉은 경고등은 꺼지지 않았다.

경고했잖아. 그곳으로 내려가지 말았어야 했어. 넌 미가 있는 심연에서 너무 오래 싸웠고, 그 결과가 바로 이거야. 부식된 갑옷과 부스러진 이성을 끌어안고 호수 밑바닥으로 가라앉는 것. 고작 자살한 고객 한 명 때문에 평정을 잃고 나를 불러내는 것.

"아니, 그렇지 않아. 그녀는 내가 외로움살해자로 존재하기 위해 이용한 도구였을 뿐이야. 다시 새 파트너를 구하면 그만일 일이지."

필, 파트너를 구하고 말고의 문제가 아냐. 여태 넌 타인들의 외로움을 양분으로 무한한 회복력을 얻어왔어. 하지만 외로움을 공급하던 대상이 특별해지는 순간, 무적의 투사는 가장 큰 무기를 잃고 말아. 평범한 인간으로서 네가 싸워왔던 적들과 맞설 수 있겠어?

목소리는 의문만을 남기고 사라졌다. 필은 이마를 감싼 손에 더욱 힘을 주었다. 벌건 눈앞이 빙빙 돌았다. 도저히 이 이상 징후를 설명할 방도가 없었다. 거의 다 처리했던 의뢰가 수포로 돌아가서? 완성 직전의 탑이 붕괴된 허탈감 때문에? 어느 것도 들어맞지 않았다. 외로움살해자의 기본은 죽이는 것이 아닌 살아남는 것이었다. 그가 변함없이 맹위를 떨칠 수 있었던 이유는 저 무시무시한 수복력 덕분이었고. 그것이 없었더라면 지난 3년 치의 외로움에 진즉 찢어발겨졌으리라.

필은 일반적인 감염 사례를 떠올렸다. 감염은 주로 고객과 싹튼 사랑에서 시작됐으나, 그들 두 사람에게는 해당되지 않는 이야기였다. 미는 사랑할 수 없는 사람이었고 그는 사랑을 몰랐다. 거기에 외로움살해자는 수 겹의 안전장치까지 더했다. 의뢰 기간 내내 키스나 섹스, 애정이 생길 만한 행위 하나조차 철저히 배제했던 것이다. 스킨십이라곤 몇 차례 손을 잡은 것과 짧은 포옹 두 번이 다였다.

그렇다면 대체 이것은, 오체를 분시하고 정신을 불살라먹는 이 상실은 무엇이란 말인가?

까맣게 탄 목구멍에서 재가 날렸다. 그는 가까스로 중심을 잡고 일어섰다. 카운터로 다가가자 점원이 친절히 그를 맞았다.

"얼음물 한 잔만 주시겠습니까?"

"네…… 네?"

"물, 얼음물 한 잔만 주십시오. 부탁합니다."

점원은 그를 다 죽어가는 병자로 안 것 같았다. 그녀가 주방으로 바삐 뛰어가는 동안, 필은 지갑을 뒤졌다. 그리고 점원이 물컵을 가지고 돌아왔을 때 카운터 위에 지폐 몇 장을 올려놓았다. 대학생으로 보이는 커피빈 아르바이트생은 당황한 표정이었다.

"손님, 이건 안 주셔도 되는데……."

"컵 값입니다. 매장 안에 냅킨이 있습니까?"

"네. 뒤에 있어요. 그냥 가져가시면 돼요."

흘러나오던 스윙재즈가 잠시 멎었다. 이제 다른 사람들도 와이셔츠에 트레이닝 바지, 짝짝이 로퍼를 신은 청년을 힐끔거리고 있었다. 주위를 둘러보던 필은 비품이 쌓인 셀프바를 발견했다. 여점원은 그가 비틀거리며 뒤쪽으로 가는 것을, 잔뜩 움켜쥔 냅킨을 셔츠 심장 부근에 가져다 대고 누르는 것을 멍하니 바라보았다. 그는 철철 넘치는 피를 틀어막으려는 부상자처럼 보였다.

곧 청년은 절뚝거리면서 입구로 걸어갔다. 지켜보는 이들의 침묵 속에서, 지나간 자리마다 흰 피 같은 냅킨이 떨어졌다. 그것은 외로움살해자가 눈물 대신 흘린 혈흔이었다.

5

타오르던 시간이 거무스름히 사위어갔다. 필이 아파트로 들어와 틀어박힌 이후, 벌써 수일이 흘렀다. 그는 엿새인가 이레인가까지 가늠하다가 헤아리기를 그만두었다. 바깥의 날짜는 어차피 무의미했다. 그의 방공호가 공습당했을 때 윤 필의 시계도 함께 폭파되어버렸으므로.

그는 파괴된 시간과 가라앉은 도시 사이를 떠돌았다. 이 공간은 호수 바닥에 잠긴 폐허의 잔해였다. 눈을 뜨면 밤이었고, 눈을 감으면 새벽이었다. 산란한 환상이 현실과 비현실, 꿈에서 꿈을 오가며 외로움살해자를 집어삼켰다. 잠에서 깨어날 아침은 돌아오지 않았다. 창문마다 달려 있는 블라인드를 모두 내린 뒤부터, 그의 아파트에는 한 번도 해가 뜬 적이 없었다.

그동안 무얼 먹었는지도 몰랐다. 배가 고프면 레토르트 식품을 씹고 목이 마르면 수돗물을 마시는 나날이 반복됐다. 딱히 허기가 느껴지지도 않았다. 그의 신진대사는 동면에 임한 짐승처럼 느려져 있었다. 필은 탁자 위로 손을 뻗다가 전자달력을 떨어뜨렸다. 날짜는 10월 초를 표시하며 깜빡였다. 미가 죽은 날로부터 열흘하고도 닷새가, 360시간과 21600분이 흘렀으나 집 안은 그대로였다. 러그도, 향수도, 의자와 인형들도, 모든 것이 내버려진 그대로 방기되었다. 관심을 잃은 물건들은 믿기 힘들 만큼 빠르게 낡아갔다. 빈 폐가에 삭정이가 쌓이고 담쟁이덩굴이 기어오르듯이. 거실은 시간의 억겁이 잘못 스친 고생대의 정글처럼 변해 있었다.

뽀얗게 먼지가 쌓인 도라에몽이 허공을 응시했다. 미가 그린 그림은 4호짜리 캔버스에 걸려 탁자 위에 놓여 있었다. 맨 처음 선물했던 외로움 노트도 함께였다. 딱 봐도 누군지 알겠던데요, 죽기 직전 그렸나 봅니다. 최 형사는 그렇게 말하며 액자를 건넸다. 필은 내밀어진 캔버스를 무심히 들여다보았다. 그림 속에는 그와 꼭 닮은 남자가 유화로 그려져 있었다. 그는 별말 없이 캔버스를 받아 들고 집으로 돌아왔다. 왜 유화였는지, 그림을 그리면서 무슨 생각을 했는지, 저 표정을 덧칠하기 전 나는 어떤 얼굴이었는지, 묻고픈 질문은 많았으나 덧없는 일이었다. 그것을 대답해줄 유일한 미는 이 세계를 영영 떠난 뒤였다.

소파 틈새에 박혀 있던 휴대폰이 몸부림쳤다. 필은 진동이 끝날 때까지 기다린 뒤 전화기를 빼냈다. 배터리는 4%가 남아 있었고, 찍혀 있는 부재중 통화는 157통에 달했다. 그중 3분의 2는 영준이었고 나머지는 조 과장과 예슬이었다. 그는 초인종이 시끄럽게 울려대던 것을 기억해냈다. 벨 소리, 노크 소리, 쾅쾅거리는 소리에 이어 영준의 목소리가 들렸다. "야, 그 안에 있는 거 알아. 할 말이 있으니까 문 좀 열어봐!" 주민 신고가 들어왔는지 바깥은 곧 조용해졌으나,

그 후로도 영준은 몇 번이나 더 왔다. 조 과장도 두 번쯤 찾아왔던 것 같았다. 그는 팀원들의 소식과 함께 걱정하는 이가 많다는 말을 전하고 떠났다. 필은 몸을 파묻은 소파에서 일어나지 않았다.

신체 중 움직이는 것이라곤 정신체가 전부였다. 죽어버린 고생동물 같은 육신과 달리, 질퍽한 뇌수는 끊임없이 소용돌이쳤다. 흐르는 물살은 오로지 미였다. 또는 미와의 시간이었다. 그의 놀라운 기억력은 미와 함께 있던 모든 순간을 동시 재생했다. 수천 개의 스크린 속에서 수천 명의 미가 웃고 걸어가고 고개를 갸웃거렸다. 필은 영사기가 보여주는 화면들을 미친 사람처럼 살폈다. 이해가 가지 않는 부분은 반추하고 반복시키며 원인을 찾았다. 외로움살해자의 뇌 안은 파란 화면들로 둘러싸인 CCTV 상황실이나 다름없었다.

그 처절한 모색의 끝자락에서, 그는 불현듯 깨달았다. 모든 퍼즐이 처음부터 어긋나 있었다. 본인의 증상을 아는 3단계 환자, 예술이 아닌 이유로 병든 예술가, 부모 중 누구의 사랑도 받지 못한 외동아이, 스스로 외로움을 죽이려 애써온 자살 희망자…… 저 비밀들이 밝혀지고서도 의뢰를 진행한 것이 실착이었다. 그녀의 진실과 마주한 순간 회사로 돌아갔어야 했다. 몇 단계의 매뉴얼 따위로 미를 구원하기란 불가능한 일이었다. 본질적 외로움이 얼마나 존재 자체와 맞닿아 있는지, 그는 똑똑히 알면서도 청부를 강행했던 것이다. 윤필은 날 때부터 존재를 상실한 인간이었으므로. 고통을 모르는 자가 타인의 비명에 놀라겠는가?

물론 외로움은 죽일 수도 없앨 수도 있었다. 그러나 미의 외로움은 아니었다. 그는 놈들을 살해하는 방법은 알았으나 외로움으로 죽어가는 사람을 살리는 법은 몰랐다. 외롭고픈 사람과 외로워 보이고픈 사람, 외로움이 하나의 자기증명으로 뿌리내린 이 세상에서, 미는 몇 없는 '진짜' 환자였다.

고통스러운 깨달음이 대바늘처럼 파고들었다. 그녀를 살리려 했던 모든 일들이 실은 그녀를 죽이는 행위였다. 병명 모를 환자에게 다짜고짜 항암제부터 주사하는 짓이었다. 그로 인해 미는 세상의 외로움에 아무 방어기제 없이 노출되고 말았다. 필은 잔인한 자책 속에서 통감했다. 그가 맡아온 43명의 고객들, 그들 안에서 소각해왔던 감정들은 순수한 외로움이 아니었다. 그가 죽인 것은 그 사람들의 일부였다.

나는 미를 살해했다.

괴로운 서식이 문드러진 뇌하수체 위로 떠올랐다. 필은 반쯤 감긴 눈을 깜빡거렸다. 눈꺼풀 안에서 제멋대로 굴러가는 동공은 과거를 보고 있었다. 미와 함께 유명 피아니스트들의 협연에 갔던 기억이었다. 연주회가 끝난 뒤, 두 사람은 클래식 바에서 저녁을 먹었다. 브람스의 음악이 나오고…… 바그너와 하이든이 후배를 뒤따랐다. 음악을 듣던 미가 단상 한쪽에 놓인 피아노를 보면서 물었다. 저 피아노, 쳐볼 수 있을까요? 필은 즉각 웨이터를 불러 물었다. 다행히 피아노는 연주자가 없을 때면 오픈이 된다고 했다. 미는 악보도 없이 슈만의 교향곡 몇 곡을 쳤다. 평소라면 하지 않았을 행동이었으나, 그들은 취해 있었고 밤은 지나치게 아름다웠다. 필은 그녀의 와인잔을 들고 피아노 옆에 서 있었다. 건반에 손을 얹은 미가 불쑥 물었다.

내 이름이 뭔 줄 알아요?

네, 미잖습니까.

미는 고개를 끄덕였다. 맞아요. 어느 노래에나 들어가 있는 음이에요. 미는 보통 한 곡에 120번쯤 들어가죠. 긴 곡이라면 180번, 그러니 평균적으로 150개의 나와 함께 노래를 듣는다고 보면 돼요.

그것 참 낭만적인데요. 필의 말에 그녀는 바람꽃같이 웃었다. 미보다는 도나 레 정도가 어울리는, 작고 나직한 웃음소리였다.

한때는 사랑하는 사람이 음악을 하길 바랐어요. 그게 아니라면 노래를 들을 때마다 음계를 떠올리기를 바랐어요. 길거리를 걸을 때, 카페에 들어갈 때, 우연히 라디오를 들었을 때. 혼자가 된 어느 순간에도 나는 항상 그의 곁에 있을 테니까. 피아노 속 주기율표처럼요.

그렇게 한다고 외로움이 사라지겠습니까?

미는 꽃잎을 털듯 고개를 가로저었다.

어디에나 있다는 것은 필연적으로 대체품이 존재함을 의미하죠. 미는 항상 곁을 지키지만, 그 미가 꼭 나일 필요는 없어요. 아마 내 외로움의 이유도 같을 거란 생각이 들어요. 엄마에게는 아빠가 있었고, 아빠에게는 딸이 아닌 여자가 있었고, 내가 사랑했던 이들에게는 나보다 더 중요한 가치가 늘 많았으니까. 어쩌면 인간은 타인에게 유일한 존재가 되기 위해 이토록 치열하게 살아가는지도 몰라요.

미는 말을 마치고 클라라 슈만의 곡 몇 개를 쳤다. 그날 밤, 필은 그녀와 헤어지고서 거리로 나갔다. 과연 미가 한 말이 맞았다. 번화가에서 들리는 노랫소리, 클럽 앞의 쿵쾅대는 비트, 창문을 연 자동차와 사람들의 말소리 안에도 미가 있었다. 밤거리를 걸으며 했던 생각이 몇 달을 뛰어넘어 되살아났다. 이 세상에는 너무 많은 음계가 있다. 너무 많은 미가 있다. 너무 많은 외로움이 있다. 그녀의 세포질을 채우고 대신하고 사라진 자리마저 틀어막을 만큼.

필은 뻣뻣한 목을 돌렸다. 금이 간 바둑돌 같은 눈동자가 책상 위의 노트에서 멎었다. 다시 가져온 외로움 노트는 내용 일부가 바뀌어 있었다. 그의 매뉴얼 옆마다 미가 꼬리말을 달아뒀던 것이다. 〈새벽에 홀로 깨어 있지 말 것〉 옆에는 "오늘도 잠에 못 들었는데."가 적혔다. 〈술을 마시고 싶다면 주량을 넘길 것〉 옆에는 "좋은 생각이네. 그런데 나한테는 효과가 없었어, 어쩌지?"가 적혔다. 처음 무감정하고 회의적이던 덧말들은 뒤로 갈수록 조금씩 밝아졌다. 그녀 스스로도 어느 시점까지는 자신이 낫고 있다고 여겼던 것으로 보였다. 오늘은 엄마가 열일곱 번밖에 생각나지 않았어. 진짜로 웃은 것도 두 번이나 돼. 이 사람 말대로, 정말 내 외로움이 살해되어가고 있는 걸까?

필은 천천히 일어서서 거실 중앙으로 걸어갔다. 글자가 빽빽한 화이트보드는 마지막 외출 전과 똑같았다. 마인드맵 위에는 하루하루 달라지던 미의 증상과 예후, 변화 과정이 세밀히 기록되어 있었다. 그는 그 화이트보드를 벽에서 떼어 내팽개쳤다.

간혹 외출을 해야 할 때도 있었다. 몇 번 더 와야 할 거라는 최 형사의 말대로, 그는 관할 경찰서에 심심찮게 불려갔다. 보호자라 주장하는 사람이 그 한 명뿐이었으니 어쩔 수 없는 일이었다. 필은 세 번째로 서에 방문했을 때 미가 나온 뉴스를 보았다. 경찰서 TV 속에는 '타락한 외로움살해자, 고객을 살해하다'란 헤드라인이 떠 있었다. 그의 시선이 향하는 곳을 본 최 형사가 얼른 채널을 돌렸다. 화면이 바뀌기 직전, 필은 막내가 열변을 토하는 것을 보았다.

새삼스러운 분노는 일지 않았다. 미의 죽음이 앗아간 것은 본래부터 무감각하던 감정만이 아니었다. 부족한 인간적 특성과 별개로, 그는 자신이 취해야 하는 행동을 항상 알고 있었다. 양아치들에게 둘러싸였던 공사판 한가운데, 아버지의 사고 소식을 들은 기말고사장,

눈앞에서 어머니가 분신자살을 시도한 순간, 그의 판단력은 최적화된 선택지를 제공했다. 그러나 이번만큼은 무엇을 해야 할지 알 수 없었다. 그는 망망대해에 나포된 함선이 되어 흔들리고 있었다. 앞으로 갈 수도, 고물을 돌릴 수도 없었다. 할 수 있는 거라곤 그저 기다리는 일뿐이었다. 조금씩 차오른 물이 내부를 채우고 엔진실로 밀려들어와, 마침내 선체를 침몰시킬 때까지.

소파 위 휴대폰이 다시 울기 시작했다. 필은 기계적으로 손을 뻗어 액정을 켰다. 미의 문자가 들어오던 전자기기에는 그녀를 모르는 타인들만이 남아 있었다. 확인한 문자도 딱 한 줄뿐이었다.

〈최우석입니다. 오늘 17시까지 방문 바랍니다.〉

발신자는 최 형사였다. 지난번 조서 작성 때 마지막으로 부를 일이 남아 있다더니, 오늘이 그날인 모양이었다. 그는 폐허가 된 거실 정경을 다른 세상처럼 쳐다보았다. 출석하지 않는다 한들 상관은 없었으나…… 그런다고 바뀔 일 또한 없었다. 게다가 그 형사는 이제 미의 죽음을 아는 유일한 인간이 될 터였다.

몸에 힘을 주자 기름칠을 거른 근육들이 삐거덕거렸다. 필은 버려진 살인기계 같은 몰골로 일어섰다. 챙길 무기도 더는 없었다. 사시사철 준비했던 옷, 상비약, 핫팩과 쿨팩 등은 무의미한 고철로 변한 뒤였다. 무장을 담던 브리프케이스는 침대 뒤편에 나뒹굴고 있었다. 지잉, 배터리가 다 된 핸드폰이 짧게 진동했다. 그는 확인해보지도 않고 휴대폰을 뒷주머니에 쑤셔 넣었다. 그리고 입고 있던 옷 그대로 문을 열고 나갔다.

배터리의 수명은 이제 3% 남짓 남아 있었다.

6

필을 본 최 형사는 잠시 할 말을 잃은 기색이었다. 그는 첫마디를 몸은 괜찮으십니까, 로 떼었다. 필은 마지막으로 서에 출두했던 날이 일주일 전이었음을 떠올렸다. 그 사이 외로움살해자에게 어떤 변화가 있었는지는 거울을 보지 않아도 알 수 있었다.

커피 한 잔을 건넨 최 형사는 오늘이 마지막이라고 했다. 별문제 없이 협조해줘서 고맙다는 말도 덧붙였다. 필은 건조하게 답하곤 그가 앉아야 할 곳으로 갔다. 자리에 앉자 형식적인 질문들이 이어졌고, 필은 몇 번이나 했던 답변을 반복했다. 나는 의뢰를 받은 외로움 살해자로서 그녀 곁을 지켰다. 총 기간은 6개월 반에서 7개월 사이, 그동안 증상은 점진적인 호전을 보였다. 사망 이틀 전이 마지막으로 본 날짜였고 타살 가능성은 전혀 없다……. 그는 미와 성완태의 관계나 동창의 증언, 아버지의 빚을 포함해 그가 알아낸 사안들에 대해서는 함구했다. 고객의 비밀은 오직 외로움 살해만을 위해 이용될 수 있었다.

오늘은 그 코스에 질문 몇 개가 추가되었다. 혹시 있을지 모를 갈등 관계를 조사하려는 듯 보였다. 최 형사는 최근 그녀를 총괄디렉터로 섭외했던 대형 전시회가 있었다고 말했다. 그 일을 왜 고사했는지 아냐는 질문에, 필은 형사의 눈을 빤히 바라보았다.

"그녀는 타인에게 폐를 끼치는 행위를 극도로 싫어했습니다. 자신을 망가뜨려온 부모의 영향이었겠죠. 본인이 끝마치지 못할 프로젝트에서 빠진다는데, 다른 이유가 또 필요합니까?"

최 형사는 말보다 그의 눈 속에서 답을 찾은 것 같았다. 조서는 곧 마무리되었다. 막바지에 다다랐을 즈음, 늘어져라 하품을 하던 경위 하나가 중얼거렸다. "밖이 컴컴하네. 비가 오려나?" 폭우의 징후는 어제 새벽부터 알고 있었으나, 필은 아무 말도 하지 않았다. 외로움살해자가 지닌 초월적인 오감은 한낱 잔재주에 불과했다. 그것은 고작 인간 한 명의 상실 앞에서 무의미해졌다.

떠나기 전, 잠깐 이야기를 나눌 시간이 있었다. 두 남자는 경찰서 한쪽의 작은 탁자에 마주 앉았다.

최 형사가 침묵을 뚫고 말했다.

"번거롭게 오가느라 고생이 많으셨습니다. 김 미 씨의 다른 보호자들과는 연락이 안 돼서 곤란했는데, 덕분에 수고를 덜었어요."

필은 건조하게 칭송을 사양했다.

"그녀와의 일을 마무리하고 싶었을 뿐입니다."

"뭐, 어쨌거나 상관없지 않습니까. 모로 가든 담을 넘든 물에만 안 빠지면 된다는 말도 있고."

형사는 머쓱한 기색도 없이 담뱃갑을 꺼냈다가, 속이 빈 걸 보곤 뭐라고 구시렁대며 쓰레기통에 던졌다. 그러더니 재킷을 벗어 통째로 털기 시작했다. 필은 결국 한 대 나온 담배를 흘끗 보았다.

"형사님, 혹시 외로움을 느껴본 적이 있습니까?"

그보다 대여섯 살 많을 형사는 무슨 헛소리냐는 표정이었다.

"당연한 것 아닙니까? 난 지금도 외로워요. 청량리에서는 사체를 유기한 살인마가 도망쳤고, 오류동 부근에서는 연쇄 방화가 일어나서 나를 더 외롭게 합니다. 반겨줄 애인이 없는 원룸 탓도 있겠습니다만."

"그렇다면 절대 우리를 부르지 마십시오. 외로운 인간에겐 어떤 흉악범보다 위험한 것이 바로 외로움살해자입니다."

"지금 본인을 잡아넣어달라고 말하는 겁니까?"

형사의 농담에도 필은 웃지 않았다. 그는 퀭한 눈을 힘겹게 바로 떴다.

"형사님은 그녀가 자살한 이유가 뭐라고 생각하십니까?"

"글쎄요. 본인이 아니고서야 알 수 없겠지만…… 습관적인 자살 충동, 심해진 우울증, 불우했던 가정사 정도가 아닐까요?"

"아닙니다. 미 씨를 죽음으로 몰아넣은 것은 접니다."

형사는 인상을 찌푸렸다.

"무슨 소립니까?"

"말 그대로입니다. 제가 미 씨를 죽였습니다. 외로움이 그녀의 숨을 틀어막았고, 저는 인공호흡을 한다는 명분 아래 붙어 있던 호흡기를 떼어버렸습니다. 그래서 죽은 겁니다."

틀린 말은 아니었다. 미는 자신의 외로움에게 살해당했다. 그러나 절반의 책임은 그에게 있었다. 서서히 들러붙어 하나가 된 샴쌍둥이, 분리되면 둘 다 죽기에 제거하지 못하고 28년을 자라난 악성 종양이 기어이 그녀를 집어삼킨 것이다. 그 수술을 집도한 외과의는 바로 윤 필 본인이었다.

최 형사는 뭔가를 말하려 했지만 실패했다. 그는 아직도 미와 필, 외로움살해자와 고객의 관계를 정의내리지 못한 듯 보였다. 필은 타 직업군을 구태여 이해시키기보다 자리를 뜨는 쪽을 택했다.

"이만 나가보겠습니다. 그럼."

그는 필을 쳐다보더니 몸조리 잘하십시오, 했다. 필이 일어서자 오다가다 안면이 생긴 순경 두 명이 고개를 까딱했다. 필은 인사를 받는 둥 마는 둥 하며 서를 걸어 나왔다.

초저녁인데도 밖은 한밤처럼 어두웠다. 돔처럼 도시의 하늘을 덮어버린 어둠 때문이었다. 새카만 하늘에서는 비와 오존 냄새가 풍겼고, 먼 곳에서 포성 같은 천둥이 우르릉거렸다. 필은 몇 초 지나지 않아 숨을 쉬기가 어려워짐을 느꼈다. 끈적이는 대기는 그의 호흡을 방해했다. 기도에 질퍽한 진흙덩이가 들어찬 기분이었다.

필은 최대한 빠르게 돌아섰고, 예전보다 대폭 떨어진 반사신경을 체감했다. 요 며칠간 부족했던 영양 공급 때문이 아니었다. 공기 중에 노출된 육체는 무서운 속도로 부식되어가고 있었다.

'망가졌군. 칠이 벗겨진 쇠가 녹슬듯이.'

비로소 그는 미의 편지 속 내용을 이해했다. 이곳은 그들이 살 수 있는 세상이 아니었다. 그는 감정을 상실시켜서, 미는 외로움을 받아들임으로써 본인들을 보호해왔을 뿐, 결국 산소헬멧 없이는 숨조차 쉴 수 없는 해저의 인간들에 불과했다. 필은 외로움이 한 꺼풀 탈락된 순간 미가 어떤 고통을 느꼈을지 짐작할 수 있었다. 고독의 벽은 그녀가 살아남기 위해 친 차폐막이었다. 그러나 그는 무엇을 하였던

가. 외로움을 때려죽이고, 투약되던 항생제 바늘을 뽑아버리고, 호수 깊은 곳에서 잠들어 있던 인어를 납치해 오지 않았던가?

필은 호흡이 곤란한 사람처럼 가슴을 움켜쥐었다. 심장에 뚫린 구멍은 어느새 막혀 있었다. 바닥이 생긴 무저갱에는 외로움과 상실, 잊고 있던 감정들이 차곡차곡 쌓이며 내부를 부식시켰다. 외로움살해자는 되찾은 인간성 속에서 신음했다. 그를 인간으로 추락시킨 것도 미, 인간으로 살아가게 할 유일한 존재도 미였다.

그는 잘 움직이지 않는 팔을 내려다보았다. 정신이 부스러지고 육체가 썩어들어가는 와중에도, 목표 의식만은 점차 뚜렷해졌다. 이제 그가 해야 할 일은 오직 하나였다.

일단 이곳에서 벗어나야 했다. 필은 네발 달린 운송수단의 이름이 뭐였는지 고민하다가 가까스로 택시를 떠올려냈다.

대로변으로 나왔을 때, 누군가가 그의 이름을 불렀다.

"윤 필!"

필은 택시를 잡으려 내밀었던 오른손을 거둬들였다. 그리고 느릿느릿 돌아섰다. 등 뒤에는 클러치를 쥔 예슬이 서 있었다.

습기 찬 침묵이 둘 사이에 흘렀다. 이곳까지 줄곧 뛰어온 듯, 그녀의 입성은 엉망이었다. 흰 블라우스는 펜슬스커트 밖으로 빠져나왔고 이마에는 머리카락이 어지럽게 달라붙었다. 항상 단정하던 옷차림이 오늘은 비 오는 날 뛰쳐나온 미친년 꼴이었다.

필은 불타버린 성대에서 목소리를 끄집어냈다.

"오랜만이군. 여긴 어쩐 일이야?"

"네가 연락을 한 통도 안 받았으니까. 영준이가 경찰서에 전화까지 해서 네 출석 날짜를 알아냈어. 난 퇴근하자마자 이리로 달려온 거고."

예슬은 단단히 결심한 얼굴이었다. 필은 어렵게 말을 이었다.

"난…… 괜찮아. 걱정할 필요 없어."

질끈 악문 예슬의 입술이 하얗게 변했다.

"걱정할 필요가 없다고? 윤 필, 지금 네가 하는 짓을 봐. 네 꼴을 보란 말이야. 며칠이나 지났다고 다 죽어가는 몰골로 변해서는, 그 여자를 따라 목이라도 매달 것 같은 얼굴이잖아. 애인도 아니었던 우울증 환자 한 명 때문에!"

필은 막역한 지우를 처음 보는 생물처럼 바라보았다. 그녀는 친구들의 문제를 외면했던 적이 없었다. 그것은 본인의 인생에 있어서도 마찬가지였다. 닥쳐온 위기는 극복해야 했고, 앞을 막는 장애물이 있다면 부숴버려야 했다. 한때 그를 현실에 비끄러매뒀던 회계학도는 십여 년이 지난 지금까지도 불굴의 투사였다.

그러나…… 이번만큼은 그 기질이 골칫거리로 작용했다. 필은 방해받은 목표 의식이 발하는 경보음을 느꼈다. 예슬은 그가 모처럼 찾아낸 할 일에 훼방을 놓고 있었다.

그는 화제를 돌리려 시도했다.

"너희 전부가 올 줄은 몰랐는데. 현일이는 언제쯤 도착한다고 했지?"

계획은 적중했다. 예슬의 표정에 빈틈이 생긴 것이었다.

"그 애는 아마 안 올 거야. 한 달 전쯤 외살자를 부른 뒤로는 쭉 연락이 없어."

헛웃음이 내장을 부풀리며 비어졌다. 그가 고객을 살해한 지금, 가장 친한 친구 한 명은 스스로 타살 의뢰에 몸을 맡기고 있었다.

"어쨌거나, 지금 중요한 건 그게 아냐. 영준이가 곧 온댔으니 조금만 기다려. 여기서 몇 분만 있으면……."

"미안하지만 가야 할 곳이 있어."

필은 이어지던 말을 잘랐다. 예슬은 입술을 한 번 더 깨물더니 필의 앞으로 다가와 섰다.

"어딜 가려는 건데? 아니, 대답하지 마. 어차피 못 갈 테니까. 난 네가 뭘 하려는지 알아."

필은 비스듬히 감긴 눈으로 그녀를 내려다보았다. 익히 봐온 갈색 눈동자가 몇 센티미터 앞에서 깜빡이고 있었다. 친구의 얼굴은 불안과 염려로 온통 창백했다.

"그렇다면 결국 소용없는 짓이라는 것도 알 텐데. 날 보내줘."

"내가 네게 해줄 수 있는 걸 생각해!"

억눌린 고함이 터져 나왔다. 그녀가 그들 앞에서 소리를 지른 것은 영준과 사귀었던 대학교 3학년 이후로 처음이었다. 예슬은 영준이 다른 여자 둘과 잠자리를 가졌을 때, 딱 한 번 화를 내며 소리쳤다. '누굴 만나든 마음대로 해. 다만 네 천박한 짓거리에 나까지 끌어들이진 마, 얼마나 많은 여자들을 망가뜨려야 직성이 풀리겠니?'

하늘에서 폭탄 터지는 소리가 울려 퍼지더니, 굵은 장대비가 쏟아지기 시작했다. 금세 아스팔트가 새까맣게 물들었다. 그들을 흘끔거리던 주변 사람들은 황급히 비를 피해 사라졌다. 옷이며 클러치가 다 젖는데도 예슬은 움직이지 않았다. 그녀는 숨을 몰아쉬면서 말했다.

"내가 네 곁을 언제나 지킬 수는 없어. 일을 해야 하고, 사랑을 해야 하고, 내 삶을 살아가야 해. 우리 모두가 그래. 영준이는 자기 인생에 치이느라 바빴고, 현일이는 그 애의 문제를 해결하기에도 벅차.

그래서 널 구하러 제때 오지 못했던 거야. 이렇게 다 늦어서 친구랍시고 얼굴을 비추는 것밖에는. 그 이상 뭘 더 할 수 있었겠어?"

"그게 정상이야, 누구도 타인을 구원할 수 없으니. 외로움 살해라는 명목으로 고객들을 죽여온 내 경우만 봐도 그렇지."

이번에야말로 폭발할 거라 여겼으나, 예슬은 소리를 지르지도 뺨을 때리지도 않았다. 비에 젖은 속눈썹이 몇 차례 떨렸다.

"네가 다른 세상에 살고 있다는 건 전부터 알았어. 네 안에서 인간의 가치란 얼마나 하찮은 것인지도. 하지만 우리 셋에게는 네가 필요해, 지금 네겐 우리가 필요하고."

"아니, 내게는 항생제가 필요해. 외로움을 이겨낼 수 있는 약, 외로움을 느끼지 못하게 만드는 약, 놈과 나를 이 세상에서 한꺼번에 지워버릴 약품 말이야."

"너, 정말로 끝까지……."

필은 반쯤 감긴 왼쪽 눈을 간신히 떴다. 오래된 잠이 밀려오듯 기분이 나른했다.

"너희는 항상 나를 과분하게 대해주었지. 그중 예슬이 네게 가장 고마운 감정이 커. 영준이는 나사 빠진 괴짜였고 현일이는 소심한 겁쟁이라 쳐도, 너만은 유일하게 정상적인 사람이었으니까. 내가 어떤 인간인가를 알면서도 곁에 머무르기란 쉽지 않았을 텐데."

내리친 번갯불이 하늘을 찢어발겼다. 천둥의 굉음과 함께, 필은 백색으로 명멸하는 세상을 보았다. 그림자가 사라진 예슬의 얼굴은 빛과 선만 가지고 얼기설기 그어낸 판화 같았다.

"각자의 문제를 해결하기도 벅찬 세상이라고 했지? 하지만 나는 그녀를 구해냈어야 했어. 반드시 살려내 데려왔어야 했어. 미를 알게 된 뒤 지금까지, 난 외로움을 죽이고 있었던 게 아냐. 나는 그녀 안에서 찾은 내 인간성을 살해해가고 있었던 거야."

빗방울이 유산탄처럼 쏟아졌다. 빗줄기가 거세짐에 따라, 그의 호흡곤란도 악화되었다. 필은 뭐라고 말을 이으려다 격렬한 기침을 토했다. 다가온 예슬이 재빨리 그를 부축했다.

"너 괜찮은 거 맞아? 어디가 안 좋은 거지?"

그 말은 그녀 쪽에 묻는 편이 어울릴 듯했다. 흰 블라우스는 흠뻑 젖어 안이 다 비쳤고, 화장이 지워진 얼굴은 창백했다. 그제야 부러진 하이힐 굽이 눈에 들어왔다. 택시에서 내려 뛰다가 보도블록에라도 끼인 것이리라.

필은 희미하게 웃었다.

"이 정도면 됐어."

"뭐라고?"

"너와 영준이가 날 막는다 한들, 과연 내가 얼마나 더 살아갈 수 있을까? 나는 이미 외로움살해자로서의 능력을 잃었어. 정신은 감염되고 육체는 파괴당해, 더 이상은 놈들을 죽일 수도 무찌를 수도 없어. 지금까지 보여준 우정은 고맙지만…… 그것도 여기까지야. 내 증세는 내가 가장 잘 알아."

"왜 그래야 하는데? 빌어먹을 외로움 살해에 왜 그렇게 목을 매냐고. 그딴 일은 집어치우고 평범한 세상으로 돌아오면 되잖아!"

예슬의 끝마디는 거의 비명에 가까웠다. 그녀의 목소리에 반응이라도 하듯, 머리 위에서 귀청을 찢는 포성이 진동했다. 필은 하얗게 타버린 하늘을 올려다보며 말했다.

"왜냐하면 나는 태어난 순간 죽어버린 인간이니까. 정상적인 방법으로는 이 세상에서 살아갈 수 없었던 거야. 나도, 그리고 미도."

그의 어깨를 잡고 있던 손가락에 힘이 빠져나갔다. 필은 그녀의 손을 부드럽게 떼어냈다. 손 안에서 흐르는 비가 핏물처럼 끈적했다. 고객들의 피, 외로움살해자의 피, 미의 피, 그가 죽인 친형의 피.

필은 다 젖은 양복 외투를 벗었다. 그리고 덜덜 떨리는 예슬의 어깨에 걸쳐주었다. 운이 좋다면 가벼운 감기로 끝날 것이었다.

"조금 늦은 얘기지만, 나는 너를 좋아했어. 아마 한 번쯤 사귀어 볼 수도 있었겠지. 내가 너희와 같았더라면."

허망한 가정은 빗줄기에 섞여 쓸려나갔다. 필은 그녀에게 걸쳐준 양복 앞섶을 여민 뒤 돌아섰다. 이제 떠날 시간이었다.

"영준이한테 안부 전해줘, 현일이도."

"필아, 잠깐만. 기다려!"

예슬이 다급히 불렀으나 필은 이미 대로로 나간 뒤였다. 빗길을 파헤치며 달려온 택시가 운명처럼 그의 앞에서 멈췄다. 필은 뒷좌석에 올라탔다. 출발하라는 말은 몇 초 후에야 꺼낼 수 있었다.

"강변역으로 갑시다. 최대한 빨리."

차가 출발하자마자 번개가 대기를 후려쳤다. 빗줄기는 잠수정에 부딪치는 상어 떼처럼 택시 천장을 두들겨댔다. 놈들은 턱밑까지 굴러들어왔던 먹잇감의 도주에 약이 바짝 오른 것 같았다.

필은 가물거리는 의식 속에서 예슬의 마지막 말을 생각했다. 네가 우리와 다른 세상에 살고 있다는 걸 알아. 그 이야기는 정확히 본질을 꿰뚫었다. 입과 연결된 산소통이 떨어져나간 뒤, 외로움살해자는 공기 중에 노출된 물고기로 전락했다. 그는 초 단위로 말라붙는 목울대를 거머쥔 채 죽어가고 있었다.

"저, 손님? 강변역 어디로 모실까요?" 택시기사가 물었지만 필은 듣지 못했다. 그는 무엇도 갖추지 못함으로써 전부를 갖춘 살해자였다. 그러나 부재로 인한 존재도 이제 끝이었다. 뚫린 구멍을 미가 막은 순간, 형체 없던 영혼에는 피와 육이 덧씌워졌다. 이제 그는 빗발치는 총알을 투과시킬 수도, 인간의 제약에서 벗어나 놈들과 맞설 수도 없었다. 필은 무너져내리는 얼굴 근육을 인지했다. 감염된 신경이 육신의 지배력마저 앗아간 탓이었다. 인간이 지닌 불완전함의 신성(神性)은 어째서 삶이 아닌 죽음으로 증명되는가.

기사에게 목적지를 말했을 때, 불현듯 어떤 직감이 번득였다. 그는 친구가 지근거리까지 접근했음을 느낄 수 있었다. 택시가 스쳐 지나간 승용차 중에 영준의 차도 섞여 있을 터였다. 필은 희미한 안도감과 서글픈 아쉬움을 함께 느꼈다. 그를 보고 전할 이야기가 있었으나…… 동시에 영영 전하지 못할 이야기이기도 했다. 지금이 아니라면 또 언제 떠날 수 있을지 몰랐으므로. 미 역시 그래서 훼방꾼을 떼어놓지 않았던가?

외로움살해자는 숨이 막힐 듯한 웃음소리를 냈다. 그의 마지막 고객은 최후까지도 본인을 쏙 빼닮은 환자였다.

차창 밖으로 눈에 익은 풍경이 보이기 시작했다. 아파트의 불빛들도 안개 속 도깨비불처럼 떠올랐다. 필은 상체를 굽히다가 맹렬한 밭은기침을 토했다. 기사는 그것을 보면서도 아무 말을 하지 않았다. 그는 이 폐병 환자가 병균이라도 옮길까 겁에 질린 낯빛이었다.

'그래, 이건 인간이 퍼뜨리는 전염병이지. 미를 앗아가고 나를 망가뜨리고, 언젠가 우리 모두를 파멸시키고 말.'

택시는 횡단보도 앞에서 멈췄다. 필은 지갑 속 현금을 잡히는 대로 꺼내 건네고 굴러떨어지듯 내렸다. 차에서 나오자마자 장대 같은 빗줄기가 전신을 두들겨댔다. 그는 비척대며 불빛 쪽으로 걸어갔다. 아파트 앞에서는 우산을 쓴 몇몇이 대화를 나누는 중이었다. 그들은 흠뻑 젖은 필이 비틀비틀 다가오자 황급히 피했다. 금방이라도 품에서 칼을 꺼낼 정신이상자를 보는 눈빛이었다. 눈앞의 사내가 외로움의 흉탄에 맞아 죽어가는 중이라고는 상상도 하지 못했으리라.

필은 물을 줄줄 흘리면서 로비를 가로질렀다. 엘리베이터에 막 탔을 때, 우산을 접은 동승객이 뛰어 들어왔다. 흘끗 보니 몇 번 마주쳤던 옆집 여자였다. 그는 신경 쓰지 않고 올라갈 층을 눌렀다. 조심스러운 목소리는 승강기가 움직이고 난 뒤 들려왔다.

"저, 괜찮으세요?"

필은 핏발 선 눈을 돌렸다. 눈이 마주친 그녀는 어깨를 약간 움츠리면서 말을 이었다.

"우리 몇 번 본 적 있죠? 저는 그쪽 옆집에 사는 사람인데, 혹시 어디가 아프신가 해서요. 안색이 엄청 안 좋으세요."

필은 정신적 실소를 터뜨렸다. 지난번 엘리베이터에서의 조우가 떠오른 탓이었다. 당시만 하더라도 그는 저 옆집 여자를 다음 고객 후보로 낙점했었다. 지금은 외로움살해자와 고객이 뒤바뀐 채였다.

"괜찮습니다. 비를 조금 맞았을 뿐이에요."

"하지만 얼굴이…… 어머, 피도 묻었잖아요!"

내려다본 앞섶은 그녀의 말처럼 벌겋다. 놈들의 흉탄에 꿰뚫렸으니, 출혈이 있는 것은 당연한 결과였다. 필은 기계적으로 반복했다.

"정말로 괜찮아요. 제가 천식 환자라, 주기적인 발작이 일어난 겁니다. 집으로 가서 약을 먹으면 괜찮아질 거예요."

그녀는 못내 걱정스러운 표정이었으나, 마침 그들이 내릴 층에 불이 들어왔다. 필은 비틀대지 않으려 애쓰며 엘리베이터에서 내렸다. 복도를 걷는 내내 뒤따르는 시선이 느껴졌다. 문을 열며 보니 그녀는 자기 집 앞에 서서 이쪽을 응시하고 있었다.

철컥, 소리와 함께 등 뒤에서 잠금장치가 돌아갔다. 필은 문에 기대 숨을 몰아쉬었다. 잠시 호흡을 가다듬자 훨씬 숨쉬기가 편해졌다. 반파된 아지트일지언정 이곳이 바깥보다는 안전했다. 적어도 지금부터 하려는 일이 가능할 만큼은.

그는 신발도 벗지 않고 거실로 올라섰다. 젖은 옷에서 떨어지는 물방울이 러그 위에 까만 혈흔을 남겼다. 시커멓게 찍힌 구두 자국은 타다 만 재 같았다. 그의 흔적을 비추던 스탠드가 두어 번 깜빡거렸다.

외로움살해자는 지친 육신을 소파에 주저앉혔다. 택시 안에서도 숱하게 진동하던 휴대폰은 숨이 멎었는지 잠잠했다. 필은 그와 연결된 한 명 한 명을 떠올렸다. 영준과 조 과장, 예슬과 현일, 이 순간에도 고객의 외로움을 살해 중일 6팀 동료들을 생각했다. 마침내 끝을 앞둔 지금, 그는 그들이 무엇을 하는지 훤히 알 수 있었다. 영준은 폭우를 뚫고 그의 아파트로 차를 몰아오고 있었다. 조 과장은 고객과의 치정 문제에 휘말려 변호사와 상담 중이었다. 현직 검사였던 고객의 남편이 주도면밀한 증거 수집 끝에 소송을 제기한 것이다. 서 대리는 폭우로 비행기가 연착되어 공항에 우두커니 앉아 있었고, 한 대리는 최대철과 맥주를 마시며 그의 이야기를 하는 중이었다. 그녀의 목소리가 빗물에 가려 아득하게 들려왔다. 우린 윤 대리님을 구해야 해요. 저대로 감염이 진행되도록 놓아둘 수는 없다고요. 무슨

452

방법이 없을까요?

필은 느리게 고개를 저었다. 미와 그, 세상 변두리에 내몰린 인간들의 끝은 본질적으로 같았다. 만일 저들 모두가 힘을 모았더라면 결과는 달라졌을지 몰랐다. 그러나 도시는 협력을 거부했다. 놈은 교활하게도 구원자들을 한 명씩 떨어뜨리고, 관계를 빼앗고 인과율을 뒤틀어 운명에 굴복하도록 만들었다. 그리고 외로움과 공생하며 절망으로의 톱니바퀴를 굴려나갔다. 도시 뒤편의 소각로에서는 연일 연기가 치솟았다. 그곳은 외로움과 인간, 외로움을 죽이려 했던 죄인과 외로움을 죽여온 죄인들이 함께 탄화하는 지옥이었다.

결국 우리를 무화시키는 장본인은 우리 자신인 것이다. 미가 본인의 죽음을 알면서도 외로움살해자를 청했듯.

창문을 두들기던 빗소리가 일순간 멈췄다. 흉탄이 관통한 심장에서, 피가 아닌 무엇인가가 천천히 흘러나왔다. 필은 왼쪽 가슴을 누른 채 깨달았다. 미가 막아놓았던 구멍은 어느새 뚫려 있었다.

그는 다른 쪽 손으로 주머니를 더듬었다. 젖은 휴대폰을 켰지만 화면이 들어오지 않았다. 방전된 배터리에 물까지 들어간 탓인지, 아예 고장이 나버린 것 같았다. 필은 유선전화의 수화기를 들었다. 누른 번호는 여느 때처럼 수화음 두 번 만에 연결되었다.

— 안녕하십니까. 당신의 외로움을 없애드리는 외로움살해자, 센터 상담원 추미소입니다. 무엇을 도와드릴까요?

얼굴 모를 동료가 친절하게 그를 맞았다. 필은 부서져가는 세상을 향해 이야기했다.

"살해자가 필요합니다. 한 달 코스면 됩니다."

— 그러셨군요. 저희에게 연락을 주시기까지 얼마나 마음고생이 많

으셨습니까, 이젠 걱정하지 않으셔도 됩니다. 발병 시기는 언제였는지요?

"한 달 남짓…… 아니, 28년 전입니다."

— 28년 전, 접수되었습니다. 증상은 어떠신가요?

"숨을 쉴 수 없습니다. 호흡이 곤란하고 움직이기가 힘듭니다. 누군가 멈추지 않고 목을 졸라대는 기분이에요. 더 늦기 전에 내 살해자와의 공조가 필요합니다."

전화 저편에서 잠시간 침묵이 이어졌다. 보이지 않는 손가락들이 그의 말들을 받아 적고 있었다. 상담원은 산뜻한 목소리로 말했다.

— 오래 기다리셨습니다. 지역과 주소, 나이와 직업을 말씀해주시면 임의의 살해자와 연결해드리겠습니다. 담당 외살자가 출발할 때까지는 일주일 정도가 소요되며, 그 기간은 고객님의 정보를 취합하기 위한…….

"아뇨, 지금 당장 필요합니다. 꼭 3단계 의뢰가 가능한 외살자가 아니어도 됩니다. 분석팀이나 상담팀 누구라도 상관없으니, 지금 가능한 사원이 있다면 즉각 보내주십시오."

상담원은 다소 당황한 듯 보였다. 내부 사정을 이렇게까지 잘 아는 고객은 그녀의 상사, 혹은 직장 동료들밖에 없을 터였다. 그녀는 필이 익히 아는 응대 매뉴얼대로 질문했다.

— 알겠습니다. 실례지만 성함과 직종이 어떻게 되시는지요?

필은 고개를 들었다. 멎어가는 심장이 검게 발열했다.

"윤 필, 김 미의 외로움살해자입니다."

작가의 말

출간이 결정됐다는 연락을 받았을 때, 나는 무심히 생각했다. '이제부터 시작이구나.' 잠시 후에는 조금 다른 생각이 들었다. '음, 잘못하면 이번이 끝이겠구나.' 감상은 그것이 전부였다. 기쁨, 환희, 드디어 내 책을 낸다는 벅참도 신기하리만치 없었다. 순수문학과 대중소설의 경계에서 오랫동안 방황해온 신인이란 그런 것이다. 첫 출간을 앞두고도 마냥 설렐 수 없는 것, 나오지 않은 책의 판매 부수부터 고심하는 것, 꿈을 이룬 성취감보다는 이젠 무얼 쓸지에 대한 걱정이 더욱 버거운 것. 내 글은 어디서도 환영받지 못하는 반편이였다. 장르소설이라기엔 고루했고, 순수문학치고는 연약했다. 대학과 문예지와 출판사의 답도 항상 똑같았다. 이걸로는 안 돼. 조금 더 우리 입맛에 맞춰봐. 그러지 않으면 네 작품을 내줄 수 없어. 나는 퇴짜 맞은 원고들을 끌어안고 활자의 틈새를 표류했다. 부푼 불안과 위태로운 가능성 속에서, 언젠가는 내 두 가지 특성이 합쳐질 때가 오리라고 다짐하면서. 마침내 그 접점을 찾은 것이 『외로움살해자』였다.

인간의 외로움을 죽인다는 것이 가능한가요? 이 책을 접하신 분들께, 아마 저 질문을 가장 많이 받으리라 생각한다. 물론 외로움이란 지극히 자연스러운 감정현상이다. 세상으로 추방당한 모든 이가 짊어지고 살아가야 할 천형이다. 그러나 놈들은 옅어지거나 희미해지기도, 간혹 기적적으로 해소되기도 한다. 연인과 가족과 친구의 존재로 말미암아, 인간만이 인간에게 줄 수 있는 구원으로 인해. 외로움살해자들이 현실의 여러분께 드릴 수 있는 해답은 그런 것이다. 어느 사무치도록 외로운 날, 우연히 책

455

장을 펼쳤을 때, 필과 미의 이야기에 내 외로움이 사라지는—어쩌면 더 해지는—것을 경험하면서.

그래서 외로움의 살해 방법이 궁금한 분, 표지가 예뻐 한 권 집어 든 분, 작가의 말을 읽으며 내용을 파악하려는 분, 이걸 살지 말지 고민하는 분들께 꼭 책을 가지고 카운터로 가주시라는 당부를 드리고 싶다. 어쨌거나 작가의 다음 글을 가능케 하는 것은 판매 부수와 인기도니까. 내 첫 꿈이 출간이었다면 두 번째 꿈은 서점 판매대에서 한 달을 버티는 것이었다. 세 번째 꿈은 계속해서 소설가로서 글을 쓰는 것이고.

처음 펜을 잡은 지도 십 년이 훌쩍 지났다. 나는 때때로 순수문학을 썼고 가끔 환상소설을 적었으며, 지금은 그 사이 어딘가에서 회색분자 같은 글을 쓰고 있다. 그리고 앞으로도 나와 독자 모두가 재미있어하는 소설을 써나가고 싶다. 글쓰기를 포기하고 싶을 때마다 예술가 선배이자 인생의 멘토로서 나를 지탱해주었던 형진이형, 참을성과 사랑으로 고집불통 신인을 이끌어주신 유예림 편집자님, 박성규 편집주간님, 김지연 팀장님, 이수빈 디자이너, 원수 같은 6333 팀원들, 가족들, 민혁, 가을, 솔, 그 밖의 수많은 이들에게 고맙다는 인사를 하고 싶다. 그들이 없었더라면 진작 나를 엄습한 외로움에 잡아먹혔을 것이다. 내 외로움살해자는 필이 아닌 나의 사람들이었다.

지금껏 부족한 저를 지켜봐주신 모든 분들께, 고개 숙여 감사드립니다.
여러분의 외로움이 단명하지 않기를.

5월 어느 새벽, 윤재성 배상